KB217641

레스 길을 잃다

레스 길을 잃다

앤드루 숀 그리어

장편소설

강동혁 옮김

은행나무

감사의 말

이 책을 즐길 거라고 생각되는 엘리진 트로슬과 조카 알로와 맥을 포함한 가족에게 그리고 린 네스빗, 주디 클레인, 애나 데라로사, 레이건 아서, 니아 하워드, 스테이시 파셜 젠슨, 셔디 맬러리, 트레이시 로, 리 부드로, 대니얼 핸들러, 줄리 오링어, 아옐렛 월드먼, 웨스틀리 가족, 데이비드 로스, 프리실라 길먼, 클로디아 피거에게 감사한다. 모든 RV 차량 렌트를 가능하게 해준 보조금에 대해 구겐하임 재단에 고마움을 전한다. 이 소설은 맥다월 콜로니에서 시작해 샌타매덜레나 재단에서 쓰였으며 치비텔라 라니에리에서 완성되었다. 변함없었던 개, 쿼와, 언제나 함께인 엔리코 로텔리에게 특히 감사를 전한다. 사랑하는 퍼그, 올리브(2006~2022)를 기억하며.

이 책의 인물과 사건은 허구다. 살아 있는 사람과 죽은 사람을 막론하고 실제 인물과의 모든 유사성은 우연이며 작가의 의도가 아니다.

나의 훌륭한 아버지, 윌리엄 그리어께

어떤 사람에게 뭔가 우스꽝스러운 점이 많이 있다면,
아마 당신이 생각하는 것 이상의 무언가가
그에게 있을 것임을 명심하라.
─허먼 멜빌,《모비 딕》

차례

레스 길을 잃다

Less is lost

해넘이

레스는 몇 주 전 병원에서 그의 연애에 어떤 문제가 있다는 걸 알았어야 했다. 미국에서 50세 이상의 남자라면 1년에 한 번씩 결과를 제출해야 하는 일반적인 건강 검진을 위해 일반적인 채혈을 할 때였다. 레스가 병원 문을 열었을 때 종이 딸랑거리다가, 그가 문을 닫지 못하자 다시 딸랑거리고 또 딸랑거렸다. 그리고 또 한 번. "죄송해요!" 레스는 텅 빈 대기실을 향해 소리쳤다. 그곳에 있는 것이라고는 클립보드 하나, 냉수기 하나, 부채꼴 모양으로 펼쳐놓은 기이한 색채의 가십 잡지들뿐이었다. 하지만 레스를 보라. 형광펜처럼 밝은 색깔의 운동복 상의에 조그만 마르세유 어부 모자*를 쓰고 있다. 이곳에서는 누구도 다른 누군가를 이상하다고 여기지 말자.

검사실에서는 채혈사(대머리의 대만인으로, 문신을 잔뜩 새겼으며 우리 이야기와는 별 관계가 없는 실연을 최근에 겪었

---

* 캡과 비니가 합쳐진 형태로, 챙이 없는 모자.

다)가 클립보드를 가지고 들어와 아서 레스에게 건넸다.

"맨 위에 이름 전체를 적어주세요." 채혈사가 흥미로운 약병 트레이를 준비하며 말했다.

환자는 아서 레스라는 이름을 적었다.

"보호자 이름도 적으시고요." 채혈사는 팽창식 커프를 준비하며 말했다.

환자는 프레디 펠루라는 이름을 적었다.

"두 분이 어떤 관계인지 적으세요." 채혈사가 말했다.

환자는 놀라서 고개를 들었다. 사랑을 잃은 우리의 채혈사는 질문지를 힐끗 보더니 켈프 해초처럼 생긴 튜브와 공이 달린 압력 커프를 옆 트레이에 내려놓았다(그건 그렇고, 이런 장치는 혈압계라 불린다).

"두 분이 어떤 관계인지 적으시라고요, 레스 씨." 그가 퉁명스럽게 말했다.

"어려운 질문이네요." 환자가 말했다. 세상을 오해하며 잠시 머뭇거리던 그는 마침내 이렇게 적었다.

불확실.

이런 식의 서툰 마음은 어떤 캘리포니아 자동차 여행에서도 드러났다. 당시 레스에게는 연인과 오래된 사브*, 서둘러 구

---

*   스웨덴 사브 스카니아사의 자동차.

16

입한 캠핑 장비밖에 없었다. 캠핑 장비는 내부에 지퍼가 달린 침낭 두 개와 커다란 나일론 원반이었는데, 스위스 제조사에서 만든 그 원반은 펼치면 믿을 수 없이 거대한 내부 공간을 갖춘 텐트가 되었다. 레스는 텐트의 포켓과 환기구, 빗물받이에 매료됐다. 텐트의 박음질, 그물, 둥근 구겐하임 천장**도. 하지만 스위스가 그렇듯 그 텐트도 중립이었다. 텐트는 레스를 마주 사랑하지 않았다. 자신에게 아무 오류가 없음을 확신한 레스는 모기장의 지퍼를 열었다. 그 바람에 인간을 무료로 제공하는 선술집에 쳐들어오는, 시끌벅적한 미혼 암모기 무리를 맞아들였다. 그는 심지어 침낭의 지퍼를 천장에 채우기도 했다. 마지막 날, 사나운 폭우가 쏟아진 점심시간에는 텐트야 믿어도 레스 자신은 믿을 수 없다는 판단이 내려졌다. 호텔을 예약해야 했다. 가장 가까운 호텔은 호텔 다무르***라는 곳이었다. 알고 보니 그곳은 비에 쫄딱 젖은 숲속에 있는 크림색 케이크 모양 건물로, 내부가 흰 장미와 도금된 가구로 장식되어 있었다. 접수대 직원은 놀라면서도 즐겁게 그들을 맞이했다. 막바지에 결혼식이 취소되는 바람에 호텔에는 손님이 하나도 없었다. "장미꽃 제단과 목사님, 결혼식 만찬과 케이크와 샴페인과 DJ와 모든 걸 준비해뒀는데 말이죠!" 그녀는 한숨을 쉬었

**   뉴욕시 구겐하임 박물관의 특징적인 천장과 유사한 형태의 천장을 의미한다.
***   '사랑의 호텔'이라는 뜻의 프랑스어.

다. 동료 직원들은 기대감에 차서 새 손님들을 바라보았다. 새 장 안의 비둘기들이 낭만적으로 구구 울었다. 비에 젖어 예복 색깔이 어두워진 뚱뚱한 여자 목사도 희망에 차서 미소 지었다. 현악 사중주단이 '무슨 일이 있어도(Anything Goes)'*를 연주하고 있었다. 바깥 폭풍에 문이 닫히며 출구가 차단됐다. 운명을 피할 방법은 없어 보였다.

"어때?" 내가 아서 레스에게 말했다.

그게 나다. 내가 프레디 펠루다. 내가 그 보호자다(레스가 기절하고 얼마 지나지 않아 채혈한 병원에서 그를 데려간 사람 말이다). 나는 마흔 살이 되어가는 키 작고 날씬한 남자로, 마흔 살이란 이십대의 매력적인 별난 모습들(곱슬머리를 보존하겠다고 실크 보닛을 쓰고 자고, 토끼 귀가 달린 슬리퍼를 신고 다니는 등)이 중년의 바보짓이 되는 나이이다. 내 곱슬머리는 오래된 은제품의 부채꼴 장식처럼 푸른 녹이 슬었다. 내 빨간 안경은 내가 근시라는 사실을 떠벌렸다. 한번은 우리 집 개를 따라 공원을 돌다가 숨이 찼다. 하지만 아직 주름은 없다. 나는 아서 레스가 아니다. 그보다는 이탈리아, 스페인, 멕시코 유산의 합금이라고 부를 만한 존재다(우리 할머니라면 파스티초**라고 부르겠지만). 이런 나라들은 그저 국적에 불과하며

---

* 　미국 작곡가 콜 포터의 곡.
** 　이탈리아어로, 여러 작품과 형식을 뒤섞은 혼성 모방을 가리킨다.

그 자체로 이베리아, 아메리카 원주민, 아프리카인, 아랍인, 프랑크족 이주자의 혼합물이다. 이들도 다시 우리 모두를 후손으로 둔 최초의 인간에게 이를 때까지 나뉜다.

지난 9개월 동안 나는 이 딱한 환자, 소설가이자 여행자인 아서 레스와 함께 살았다. 우리가 산 곳은 거의 방수가 되긴 하지만 완전히 되지는 않는, 우리가 다정하게 '오두막'이라 부르는, 샌프란시스코*** 벌컨스텝스의 침실 하나짜리 방갈로로서, 레스의 옛 연인인 로버트 브라운번의 집이었다. 레스는 임대료도 내지 않고 그곳을 10년 동안 자기 집이라고 불렀다. 이런 행운을 공유한 건 톰보이****라는 이름의 불도그였는데, 사람들은 그 개를 수컷이라고 생각했다. 레스가 굳이 톰보이란 정의상 암컷이라고 지적했는데도. 둘 모두와 함께 사는 것은 허드렛일이자 영광이자 코미디였다. 결혼과 상관없는 9개월의 축복. 하지만 우리는 그보다 훨씬 더 오래 연결되어 있었다.

우리는 내가 27세, 레스가 41세일 때 일상적으로 어울렸다. '일상적으로'가, 내가 9년간 상황을 유지해온 방식이었다. 입양된 가정에 자리도 잡지 못하고 성마른 삼촌 카를로스와 함께 지내던(그러는 동안 제2언어라는 거추장스러운 장치를 통해 숨 쉬고 살아가던) 나는 '오두막'을 축 늘어져 지내기에 아

*** 미국 서부 캘리포니아주의 도시.
**** 선머슴, 남자들이 주로 하는 활동을 즐기는 말괄량이.

늑한 공간이라고 느꼈다. 레스는 헤어질 때의 키스 말고는 무엇으로도 부담을 주지 않았다. 나는 레스가 작품 활동에든, 그 나이 남자들이 하는 무슨 일에든 매여 있으려니 했다. 9년간 그러려니 한 것이, 그 시절이 내게는 가장 소중한 시절 축에 들었던 것이다―이런 사실을 인정하자니 잔인하게 느껴지지만. 내 인생에서 유일하게 내가 왕자이던 시절. 마음대로 드나들며 혼도 나고 덮어놓고 귀여움을 받기도 하던. 당시에 나는 '사랑'을 뭐라 불러야 할지 몰랐다.

어렵사리 배워야만 했다. 어느 날 아침 눈을 떠보니 나는 아서 레스와 세상 하나를 사이에 두고 있었다. 보이는 것이라고는 그의 특징적인, 밝은 파란색 정장뿐이었다. 나는 손을 뻗기만 하면 움켜쥘 수 있는 곳에 행복이 있다는 걸 알았다. 그래서 레스를 되찾으려고 세상을 여행했지만…….

그날 호텔 다무르에서 레스는 나와 결혼하지 않았다. 비둘기도 있고 증인이 되어줄 케이터링 업체 직원들도 있었는데, 머리 위 천창에서 쏟아지는 비가 드럼을 쳐대고 있었는데. 그의 얼굴에는 단 하나의 단어가 적혀 있었다. 불확실. "생각해봐야겠어." 그가 말했다.

이 이야기는 우리 삶의 위기에 관한 이야기다. 병원에서나 호텔 다무르에서가 아니라 (또는 다른 어떤 불행한 여행에서가 아니라) 홀로 하는 여행 때 벌어진 위기에 관한 이야기. 여행은 샌프란시스코에서 시작해 샌프란시스코에서 끝난다. 그 사이에는 당나귀 한 마리, 퍼그 한 마리, 고래 한 마리, 무스 한 마리가 나온다. 당장은 나, 프레디 펠루에게서 멀어지자. 나는 한참이 지날 때까지 이 이야기에 등장하지 않으니까.

(확인차 말하는데, 병원에서 레스는 배우자라고 썼어야 했다.)

오늘의 아서 레스를 보라.

그는 (별로 무섭지 않은 영화에서) 안개 속에 떠다니는 유령의 머리처럼 보인다. 안개의 색깔과 정확히 똑같은 잿빛 정장을 입고 샌프란시스코 연락선 갑판에 서 있다. 바람에 쓸려 금색 머랭처럼 빳빳한 봉우리를 이루는 그의 숱 없는 머리카락과 섬세한 입술, 뾰족한 코, 바이외 태피스트리*의 바이킹 침략자를 떠올리게 하는 긴 턱을 보라. 그는 인간이 흴 수 있는 한 가장 흰 모습이다. 색깔이라고는 코와 귀 끝의 분홍빛과 블로운글라스**의 파란색처럼 보이는 눈의 빛깔뿐이다. 아서 레스를 보라. 50세를 지난 어느 시점의 그는 정말이지 과거의 레스의 유령이다. 하지만 하늘이 어두워지면서, 그는 추위에 떠는 키 큰 중년 남자로 실체화된다. 우리의 주인공은 여기에 서

---

* 　　11세기경에 만들어진 유명한 태피스트리.

** 　　풍선을 불듯이 바람을 불어 만드는 유리 제작 방식.

서, 콧수염을 길렀기에 누군가 알아봐주기를 바라는 듯 주위를 둘러보고 있다.

그는 실제로 콧수염을 길렀다. 실제로 누군가 알아봐주기를 기다리고 있다.

이 안개 낀 10월의 아침, 우리의 비주류 미국인 소설가는 '중요한 연사들의 강연' 시리즈에서 강연을 하기 위해 시에라네바다산맥*에 있는, 골드러시 때 형성된 작은 마을로 가고 있다. 다른 모든 사람에게는 겨우 세 시간짜리 여행이다. 하지만 우리의 아서 레스는 뭐든 어렵사리 해야 한다. 그는 연락선과 기차를 타기로 선택했다. 그러면 약 다섯 시간 뒤 조그마한 읍내에 내리게 될 것이다. 레스는 금광의 광부들이 외설스러운 샌프란시스코에서 운명의 황량한 산까지 올라갈 때 틀림없이 지났을 풍경을 가는 길에 볼 수 있을 거라고 기대했다.

아, 인간의 본질을 정말로 측정할 수 있는 혈압계가 있다면! 그랬다면 혈압계는 너무 오래 노출된 사진처럼 안개 속으로 희미해져가는 자신의 도시를 보며 부드럽게 미소 짓는 우리 주인공에 관해 무엇을 보여주었을까? 아마 50년쯤 된 갈비뼈 안에서 허우적거리는 심장의 초조함을 보여주었을 것이다. 하지만 내 생각에는, 누군가 자신을 알아보았을 때 스며 나오는 기쁨도 보여주었을 것이다. 작가들은 자기가 지구를 떠나기

---

*   미국 서부 캘리포니아주의 산맥.

전에 잉크가 마르기를 바랄 뿐이라고 주장하게 마련이다. 하지만 누가 그를 알아봤다면, 이토록 춥고 안개 낀 일요일에 상갑판에 서 있는 이 유일한 인물은 분명 온기를 느꼈을 것이다. 하긴 그는 '중요한 연사'가 아니던가? 서부를 여행하던 오스카 와일드와 비슷하게, 금광의 광부들에게 갈채를 받으러 지금 이 순간에도 여행하고 있는데(레스는 너무도 망상에 빠져 있어 마리화나 재배자들이 아니라 광부들을 만나게 될 거라고 상상한다). 게다가 아서 레스는 최근 며칠 동안에 과거의 모든 세월을 합친 것보다 더 많은 초청을 받았다. 주요 문학상에서 그에게 심사위원이 되어달라고 부탁했다. 어느 극단에서는 레스의 단편 하나를 상연하게 해달라고 요청했다. 그의 신작 소설을 열렬히 기다리는 침묵하는 독자가 있을 수도 있을까? 궤도에 오른 우주정거장처럼 절대 미국의 다른 지역과 상호 작용하지 않고 그런 지역을 내려다보기만 하는, 뉴욕시의 출판 및 비평계에서 인정하지 않은 어떤 숨겨진 힘이 있는 걸까?

그 모든 걸 무시해. 기억 속에서 시인 로버트 브라운번이 그에게 말한다. 글 쓸 때 중요한 건 페이지야. 유명한 시인 로버트 브라운번. 그야 쉽사리 사랑을 등지고 돌아서라고 말할 수 있겠지.

시인 로버트 브라운번은 나의 전임자다. 레스와 로버트는 15년간 함께하며 그 시절 대부분을 '오두막'에서 살았다. 둘은 레스가 겨우 스물한 살이었을 때 샌프란시스코 베이커 해변에서 만났다. 레스는 당시 선글라스를 끼고 담배를 피우던 어떤 여자와 대화하게 되었는데, 그 여자는 자기 이름이 메리언이라며 레스에게 젊음을 잘 쓰라고, 낭비하라고 말하더니 그에게 한 가지를 부탁했다. 남편을 데리고 위험한 서핑을 해줄 수 있겠느냐는 거였다. 레스는 그렇게 했다. 알고 보니 그 남편이 로버트 브라운번이었다. 로버트는 레스와 함께 살려고 메리언을 떠났다. 퓰리처상을 받았을 때 그는 레스를 데리고 시상식에 갔다. 레스를 데리고 파리와 베를린과 이탈리아에도 갔다. 그와 이별했을 때 아서 레스는 삼십대 중반이었다. 로버트 브라운번이 레스의 청춘이었다고 말할 수도 있겠다. 나는 그의 중년이었다. 아서 레스의 노망이 될, 아직 그가 만나지 못한 누군가가 또 있을까? 할 수만 있었다면 레스는 로버트 브라운번과 결혼했을지도 모른다. 하지만 당시에는 시절도, 법도 달랐다. 나는 한 번도 질문하지 않았고.

차디찬 샌프란시스코로 돌아가보자. 연락선에 타고 있던 레스는 오늘 아침에 가장 먼저 걸려 온 전화 세 통을 받는다.

"안녕하세요-피터-헌트-님이-전화를-걸었습니다-기다려-주세요."

레스가 귀 기울이는 가운데 셀린 디옹이 AC/DC*의 '밤새 나를 뒤흔든 너(You Shook Me All Night Long)' 전체를 부른 뒤 침묵으로 이루어진 간주가 나오고 그 뒤에 레스의 에이전트인

---

* 오스트레일리아의 록밴드.

24

피터 헌트의 목소리가 이어진다. "아서, 바로 얘기할게요." 그는 좋은 것이든 나쁜 것이든 소식을 전할 때 소몰이용 전기 충격기를 휘두르듯 깜짝 놀라게 하는 방법을 쓴다.

"피터!"

"이번에 문학상 심사위원이 되셨죠?" 피터가 간단명료하게 말한다. 수말의 꼬리 같은 백발 꽁지 머리가 그의 등 뒤로 흔들거리는 모습이 그려진다. "그 제안을 받아들이지 않으셨기를 바랍니다. 내 생각엔 올해에 작가님한테 기회가……"

"피터, 말도 안 되는 소리 하지 말……"

"애써 뭔가를 읽지는 말라는 조언을 드리는 겁니다. 수상자는 알아서 떠오를 거예요. 어떤 계시처럼요. 작가님 시간은 다른 데 쓰시는 게 더 나을걸요."

"고마워요, 피터. 하지만 내 의무는……"

"다른 얘기가 나와서 말인데, 좋은 소식입니다!" 피터가 밀어붙인다. "H. H. H. 맨던의 독점 프로필 기사를 가져왔어요. 10페이지짜리 대단한 프로필입니다. 사진이며 뭐며 다 있어서 반짝반짝해요. 맨던이 특별히 작가님을 요청했습니다."

"누구요?"

"당신요, 아서."

"아니, 내 말은 누가 요청했느냐고요?"

"맨던이 요청했어요. 맨던이 헷갈려 하길래 내가 정리해줬죠. 맨던은 최신작 투어에 나설 예정이에요."

"나는 자동차 여행을 할 생각이 없는데요."

"자동차도, 여행도 필요 없습니다. 작가님은 팜스프링스*랑 샌타페이**로 가세요. 무대에서 맨던을 인터뷰하시고요. 그다음에도 맨던과 이야기하세요. 잡지에 실을 프로필을 짜 맞추는 거죠. 작가님이 이틀 뒤에 비행기를 타야 한다는 게 유일하게 걸리는 겁니다."

"그럼 거절할게요." 레스가 단호하게 말한다. "나는 메인주***로 갈 거예요."

"뭐 하려고요?"

"피터, 난 방금 책 한 권을 다 썼어요!"

"그럼 팜스프링스는……."

"피터, 거절이라니까요."

"화요일에 시작돼요. 생각해보세요. 심사위원회 일 재미있게 하시고, 집에 돌아오신 걸 환영……." 그렇게 전화가 끊어진다.

샌프란시스코만의 물에서 한 얼굴이 떠오른다. 물범이 아서 레스를 빤히 바라보고 있다. 레스는 연락선 갑판의 차가운 바람을 맞으며 혼자 서 있다. 레스가 녀석을 마주 본다. 물범이 레스에게 뭘 경고하려는 건지 누가 알까? 물범(아니면 셀

---

*   미국 서부 캘리포니아주 남부의 도시.

**   미국 남서부 뉴멕시코주의 주도.

***   미국 북동부의 주.

키?****)가 물속으로 사라지자 레스는 혼자 남겨진다.

　정말이지 집에 돌아온 걸 환영할 일이다. 이 비주류 미국인 소설가는 고국을 오랫동안 떠나 있었으니까. 너무 오래 떠나 있어서, 지금 그는 부모가 살던 실개천으로 돌아가는 연어가 그 실개천에 대해 생각하듯 이곳을 또 하나의 외국으로 생각하고 있다. 전 세계를 돌아다니는 지그재그 일정을 겪고 나서—그는 알바트로스가 날아간다는 9600킬로미터를 여행했다(이건 다른 때에 할 이야기다)—집인 샌프란시스코에 상륙했지만…… 소설을 끝마치기 위해 미국 없는 시간을 석 달 더 보내러 다시 떠나버리고 말았다. 우리의 검소한 작가님은 오악사카***** 해변의 오두막을 예약했다. 새벽에 일어나, 해 질 녘 전기가 끊길 때까지 억지로 작업할 수밖에 없는 태양열 시설의. 내게 돌아왔을 때 그는 엉망진창이었지만, 나는 그가 살면서 이보다 만족한 적이 없다는 걸 알 수 있었다.

　그렇게 오랜 시간이 흐른 뒤 자신의 나라에 돌아오는 건 어떤 기분일까? 레스는 그게 꽤 오래전 내려놓았던 소설을 집어 드는 기분일 거라고 생각했다. 조금씩 책을 다시 읽으며 제이니가 누군지, 또 부치는 누군지, 또 잭은 누군지, 또 왜 뉴타

**** 스코틀랜드, 아일랜드, 페로제도의 신화 속 동물. 물범의 모습으로 살다가 물범 가죽을 벗고 인간의 형상으로 육지에 올라와 인간과 교류할 수 있다고 한다.
***** 멕시코 남부의 주.

운-온-티펫의 모든 사람이 그 성(城)에 대해 이렇게까지 기분 상한 상태인 건지 다시 떠올려야 할지도 모르겠다고. 하지만 아니, 아니, 아니다. 고국에 돌아오는 건 훨씬 낯설었다. 그보다는 소설을 집어 들고 보니 떠나 있는 동안 소설이 알아서 더 쓰였다는 걸 알게 되는 것과 비슷하다. 제이니도, 부치도, 잭도 없다. 뉴타운도 없다. 성도 없다. 어떤 이유에서인지 독자는 우주에 나와 토성 주위를 돌고 있다. 그보다 나쁜 건 앞 장이 찢겨 나갔다는 것이다. 다시 읽을 수가 없다. 지금 있는 곳—지금 당신의 나라가 있는 곳—에서 시작해 그냥 밀고 나가야 한다. 무슨 일이 일어난 거지? 아니, 세상에, 지금 장난하는 거야?라는 생각이 들 만하다.

그러나 아아, 인생의 법칙은 아무도 장난하는 게 아니라는 것이다.

두 번째 전화는 나, 프레디 펠루가 걸었다.

"사다리 내려!" (둘만의 농담이다.)

"프레디, 좋은 소식이야!"

"기분 좋아 보이네!"

"피터가 방금 전화를 걸었는데, H. H. H. 맨던이 나한테 프로필 작업을 해달라고 했나 봐."

내가 묻는다. "누구?"

"H. H. H. 맨던!" 레스가 말한다. "우리 시대 가장 유명한 작가 중 한 명이야. 돈이 걸려 있어. 근데 내가 싫다고 했어!"

"그게 좋은 소식이야?"

레스는 환희에 젖어 있다. "내가 싫다고 했다니까! 내일 난 너랑 함께 메인주에 있을 거야! 무슨 일이 벌어지는 건지 모르겠어, 왜 내가 이 심사위원회에 들어가게 됐는지도 모르겠고, 왜 오늘 연설을 하게 된 건지도 모르겠고, 왜 맨던이 나를 요청했는지도 모르겠지만, 프레디, 그냥 좋아! 누군가 나를 원하니까 좋아! 근데 정말이지, 대체 누가 아무도 들어본 적 없는 중년 백인 게이 소설가를 원하는 걸까?"

"나." 내가 말한다. "내가 원해."

나는 차디찬 샌프란시스코에 있지 않다. 차디찬 북동부에 있다. 나는 석 달의 안식월 동안 메인주의 작은 대학 도시에서 서사 구조에 관한 수업을 듣는 중이다.

"뭐, 넌 운이 좋아." 레스가 말한다. "내 비행기는 내일 정오야."

"진짜 거절했어?"

"당연히 거절했지! 난 메인주에서 너를 만날 거야. 그게 우리 계획인걸. 너랑 몇 달이나 떨어져 지내고 싶지 않아."

"형이 여행을 좋아하긴 하잖아."

"난 여행을 좋아하는 게 아니야, 너한테 여행해 가는 걸 좋아하는 거지." 레스가 말하는데 안개 경보가 울린다. "난 금광 마을에 갔다가 메인주로 너를 보러 갈 거야."

"형, 아무도 들어본 적 없는 중년 백인 게이 소설가에 대해서 내가 좋아하는 점이 뭔지 알아? 약간의 자신감이야. 어쩌면 이런 초대를 받는 이유는 형이 정말로 훌륭한 작가이기 때문일지도 몰라."

"그거 알아?" 레스가 말한다. "오늘은 정말 그럴지도 모른다는 기분이 들어!"

"당연히 정말 그렇지!" 내가 말한다.

"미안, 프레디. 다른 전화가 와. 사랑해!"

"전화 받아! 노벨위원회일지도 몰라!"

"정말 그럴지도 몰라!" 레스가 말한다. 나는 레스에게 사랑한다고 말한다. 물범인지 셀키인지가 물에서 레스에게 손을 흔드는 것처럼 보인다. 마지막 경고다. 레스는 마주 손을 흔들며 전화를 즐겁게 받아 오늘 아침 세 번째 통화를 한다. 오늘은 일이 너무 잘 풀려가고 있어 이 전화를 노벨위원회에서 걸었을 가능성도 있어 보인다.

하지만 친구들이여, 노벨위원회가 전화를 건 게 아니다. 아아, 이런 전화는 절대 노벨위원회에서 걸지 않는다는 게 인생의 법칙이다.

어느 침울한 목소리가 들려온다. "아서, 메리언인데……."

강해져, 아서 레스. 우리 거래를 기억하지? 내가 '오두막'에 들어가고 나서 얼마 지나지 않아 한 거래 말이야. 일요일이었고, 나는 (나팔꽃 덩굴 창문 아래에 있는) 그 흰 침대에서 학생들의 과제를 고치며 온종일을 보냈어. 아침 식사 이후로 움직이지도 않고. 오랫동안 어두웠어. 그때 형이 피자랑 레드와인 한 병을 들고 들어왔지. 형도 목욕 가운을 입고 하루를 보낸 뒤였어. 형이 침대에 앉아서 나한테 와인 한 잔을 따라주며 말했지. "프레디, 함께 살게 됐으니까 제안할 게 있어." 형의 머리카락은 헝클어진 금발, 형의 두 뺨은 영국 소설에 나오는 '상기된 얼굴'이었지. 아마 형은 이미 다른 병의 남은 술을 다 마신 뒤였을 거야. "우리 둘 다 강하지 않아. 우린 책장을 받칠 수도 없고 싱크대를 고칠 수도 없어. 우리 둘 다 쥐를 잡을 수 없고." 형이 내 팔에 손을 얹었어. "하지만 누군가는 쥐를 잡아야 해. 그래서 이게 내 제안이야. 월요일, 수요일, 금요일에는 네가 강해져. 화요일, 목요일, 토요일에는 내가 강한 사람이 될게."

나는 수상해서 잠시 침묵하다 말했어. "일요일은?"

형은 안심하라는 듯 내 팔을 토닥였지. "일요일에는, 프레디, 아무도 강하지 않아."

나는 메인주에서 음성 메시지를 받는다. "프레디. 로버트의 전 부인 메리언이 전화했어." 잠시 침묵이 흐른다. "로버트가 몇 시간 전에 죽었어. 다발성 장기 부전으로. 행사는 취소했어. 돌아가야 해. 메리언은 이미 소노마*에서 이리로 오고 있대.

---

* 　 미국 캘리포니아주의 카운티.

'오두막'에서 하룻밤을 지낼 거야. 우린 장례식을 계획해야 해. 장례식은 내일이고. 그러니까 집에 오려고 노력하지는 마. 그냥 몇 사람만 초대해서 작게 할 거야. 어떻게 해보고 알려줄게. 나중에 전화할게. 사랑해."

오늘은 일요일이다.

레스의 콧수염을 알아보지 못하는 첫 번째 사람은 로버트 브라운번의 전 부인이다.

"정말 미안해, 여기서 담배 피우면 안 되는 건데." 메리언이 말한다. 레스는 그녀가 이미 '오두막'의 침실에서 자신을 기다리는 것을 보았다. 다른 방에서는 허리케인 같은 진공청소기 소리가 들린다. 우리의 히피 청소 도우미, 리디아가 카펫 전체에 흰 가루를 뿌려놓았다. 레스가 들어가 문을 닫고 한숨을 쉰다.

작고 단단하고 아름다운, 이제 거의 여든 살이 된 메리언은 지금도 레스의 기억 속 해변에서 처음 만났을 때의 활기찬 향을 풍긴다. 그녀의 머리카락—레스의 기억 속에서는 갈색 곱슬머리로, 아마 파마한 것이었을 터다—은 턱까지 내려오는 흰 강철의 단발머리가 되어, 그리스식 투구처럼 얼굴을 엄격하게 감싼다. 물론 레스의 머리카락은 빛이 바래 수도원장의 삭발 머리가 되었다. 침대에 앉은 메리언은 긴 보라색 면 판초인지 제의인지를 입었으며 목에는 큰 자갈이 매달린 줄을 두르고 있다. 메리언이 미소 짓는다. 얼굴은 어둡고, 우느라 화장이 번져 있지만.

"내가 가진 모든 악덕에 뒹구는 중이야." 메리언은 담배를 창밖으로 던지며 말한다. 일어서기 힘들어한다. 둘이 처음 만난 그날 모래밭에서 너무도 호화로웠던 그녀의 엉덩이는 뼈를 교체한 뒤다. 이번에도 흰 강철로. "악덕이 두 개밖에 안 남았어. 담배 말고 다른 악덕은 낙관주의야. 실은 같은 악덕이지." 그녀와 레스가 포옹한다.

"아, 메리언. 끔찍해요. 그야말로 끔찍해요."

"모습이 달라졌네, 아서."

"그래요?" 레스가 콧수염을 건드리며 묻는다.

"말랐어." 메리언이 말한다. "슬픔으로 나도 그렇게 될 수 있으면 좋을 텐데."

"말랐다고요? 당신은 멋져 보여요, 메리언."

메리언은 다시 자리에 앉으며 웃더니 손바닥 아랫부분으로 얼굴을 닦는다.

여든 살이나 쉰 살이 되면 옛 연인의 죽음을 견디기가 더 쉬워질까? 이들 숙적과 그들의 희미해져가는 미소를 보면 알기

어렵다. 메리언은 여전히 생기 있어 보이지만 자포자기한 모습이다. 뿌리가 뜯겨 나간 식물 같다. 메리언이 겪는 고통을 도와줄 방법은 없다. 그녀의 눈은 계속해서 창문으로 향한다. 그 창문 너머에 이런 일이 하나도 일어나지 않은 다른 차원이 있다는 듯이. 그리고 아서 레스. 아서 레스는 마술사를 잃은, 마술사의 조수 같은 모습이다. 이제 누가 그를 반으로 썰어주겠는가?

레스가 침대의 그녀에게 다가간다. "메리언, 어떻게 지냈어요?" 둘은 로버트의 호스피스 시설에서 최근 몇 달간 서로를 민감하게 피해왔다.

"글쎄, 너도 내가 깔개를 짜왔다는 건 알잖아." 그녀는 가슴에 놓인 돌을 움켜쥐며 말한다. 아마 반사적으로, 위로를 받으려고 그런 것이리라. "난 저 위 몬태나주*에서 어떤 부유한 여자의 대저택에 깔 온갖 깔개를 짜고 있어. 방이 열두 개야. 이제 거의 다 했는데, 아서, 속도가 느려지네. 내가 어떤 주문을 걸어둬서, 그 마지막 깔개를 다 짜고 나면…… 쓰러져서 죽을 것만 같아."

"소설가처럼 말하시네요." 레스가 안쓰러워하며 말한다.

메리언은 어깨를 으쓱하며 창밖을 본다. "내가 그 여자한테 일을 마치기가 두렵다고 했더니, 그 여자가 게스트하우스를 지었지 뭐니? 그냥 내가 만들 깔개가 하나 더 생기도록 말이야."

---

*   미국 북서부의 주.

레스가 주위를 둘러본다. "여기 어디에 개가 있는데……."

"그 개는 만나봤어. 저 착한 여자가 그를 욕실에 가둬두던 걸. 우리도 마법의 가루가 깔개에 작업을 하는 동안 여기에 간혀 있는 것 같아. 여기 묵게 해줘서 고맙구나."

메리언은 톰보이를 '그(him)'라고 불렀으나 레스는 성별을 고쳐주지 않는다. "만나서 반가워요, 메리언. 너무 슬프긴 해도."

메리언이 레스를 똑바로 본다. 하지만 콧수염은 여전히 알아채지 못한다. 다른 방에서 나던 진공청소기 소리가 점점 다가오는 게 들린다. 허리케인이 지나갈 때까지 둘은 말없이 앉아 있다.

"너는, 아서? 어딘가로 여행한다고 했잖니."

"아, 그냥 여기서 바로 북쪽이에요." 레스가 말한다. "취소했어요."

"난 언제나 너를 여행하는 모습으로 상상해."

"더는 아니에요." 레스가 말한다. "초대는 엄청나게 많이 받았어요. 문학상 심사위원회에도 들어갔고요. 하지만 프레디랑 같이 살기 시작한 이후로는 여행을 다니지 않아요."

"알겠지만, 난 로버트를 죽은 사람으로 생각하지 않아." 메리언이 말한다. "바보 같지 않니? 난 로버트를 멀린**처럼 생각

**   아서왕 전설에 나오는 마법사.

한단다. 멀리 떠나서, 산사나무 둥치 안에 봉인된 것처럼 말이야. 천 년 동안."

레스는 자기도 모르게 미소 짓는다. "정말요? 그거 재미있네요. 로버트가 그 얘길 하곤 했는데. 전 로버트가 제 얘기를 하는 줄 알았어요. 제가 나무라고 말하는 줄 알았죠."

"아냐, 아서, 그건 아냐."

"제가 로버트를 유혹해 갔다고요." 레스가 말한다. "요정처럼. 로버트의 힘을 훔쳐 갔다고."

"아니, 아서. 그런 생각을 한 사람은 아무도 없어. 굳이 말하자면 내가 그 나무였지." 메리언이 허벅지에 두 손을 내려놓더니 갑자기 숨을 내쉰다. "이건 아무도 해본 적 없는 터무니없는 대화로구나. 우린 세상에서 가장 터무니없는 생명체야."

"로버트가 우릴 자랑스러워하겠어요."

아, 메리언! 존재하는 것에 한계 짓지 말기를, 거기에 미지의 기적이 담겨 있으니! 세상에는 더더욱 터무니없는 생명체가 있고, 지금 그것이 허둥지둥 바닥을 가로질러 다가오고 있다. 흰 가루를 뒤집어쓰고 증기기관차처럼 콧김을 뿜어대면서. 불도그 톰보이가 사랑에 미쳐 있다.

메리언은 밤이 되어 침실로 물러났고 레스와 나는 통화를 했다. 이제 레스는 파자마로 갈아입고 콧수염을 위한 특수 전기면도기를 콘센트에 꽂은 채 소파베드에 늘어져 〈느린 독일어 뉴스)를 듣는다. 비료 수레를 끄는 추크프페어트*처럼 서두를 것 없는 침착한 속도로 어떤 여자가 〈디 벨트〉의 기사를 읽어 주는 채널 말이다. 젊은 시절에 자주 연습했던 레스의 독일어 는 이제 무대에서 은퇴한 위대한 여인처럼 거의 나오지 않으나 〈느린 독일어 뉴스〉는 그가 위안을 얻는 가장 큰 방법 중 하나 다. 나는 그걸 〈단조로운 독일어 뉴스〉라고 부르기를 좋아한다. 레스는 〈느린 독일어 포르노〉를 듣다가 걸리기라도 한 것처럼 쑥스러워하며 헤드폰을 숨긴다. 나는 레스가 그만의 독특한 방 식으로 실제로 포르노를 듣고 있었던 거라고 생각한다. "디 바 크센데 클루프트."** 여자는 위로하듯 레스에게 말한다. "츠비 센 뎀 아메리카니셴 폴크."*** 이 시점에 그는 전화를 받는다. 이번에는 배우자의 전화가 아니다. 레스의 여동생 리베카다.

"아아, 아치!" 리베카가 한숨을 쉰다. 리베카는 그를 아치라 고 부른다. 예전부터 그래왔고 앞으로도 언제까지나 그럴 것 이다. "잘 버티고 있어?"

"전혀. 메리언도 마찬가지야. 그래야 하고."

"너무 충격적이야."

"충격적이진 않아." 레스가 인정한다. "이런 일이 닥칠 줄 알 고 있었어. 그냥 제대로 준비하지 못한 거야."

---

*   '짐말'을 뜻하는 독일어.

**   Die Wachsende Kluft. '커져가는 격차'라는 뜻.

***   zwischen dem amerikanischen Volk. '미국인들 사이에서'라는 뜻.

"아치, 앞으로 며칠 동안 오빠가 해야 할 일은 사람들이 슬프다고 말할 때 고개를 끄덕이고 최대한 많이 먹는 것뿐이야. 술마시는 것도 잊지 말고. 그게 중요해. 오빠가 좋아하는 그 작은 병 술을 좀 마셔. 잠깐, 오빠 혹시 독일인 여자랑 같이 있어?"

"아니, 아니." 레스는 프로그램을 끄며 말한다. "없어. 그냥 나 혼자야."

"그래. 장례식은 언제야?"

"내일." 레스가 말한다. "콜룸바리움에서. 유골밖에 없어. 메리언이랑 내가 모든 걸 허둥지둥 처리했거든. 메리언이 옛 친구 몇 명을 불렀어. 나는 합창단을 고용했고."

"뭐?"

"합창단 말이야. 노래하는 사람들."

"잘했네."

"그다음에는 로버트의 삶을 기리는 예식을 할 거야. 최소한 공지는 그렇게 됐어. 로버트라면 싫어했을 텐데. 넌?"

"나랑 바다뿐이지."

레스는 리베카의 한숨을 듣는다. 리베카는 둘의 고향인 델라웨어주*에 있다. 시간대를 셋이나 거쳐 가야 하는 곳이다. 레스의 동생은 가능성의 동시적 확장과 축소 속에 브루클린의 방한 칸짜리 집에서 남편과 함께 살다가, 남편이 없는 채로 대서

---

* 미국 동부 대서양 연안의 주.

양의 작은 집으로 옮겨 갔다. 이혼은 일주일 전에 이루어졌다.

"넌 괜찮아, 비**?"

"다들 사는 대로 사는 거지." 리베카는 조상 대에 일어났던 대재앙에 대해 이야기하듯 가족의 이혼에 대해 말한다. 레스와 이야기할 때는 그와 로버트가 헤어진 일을 얘기하고. "오빠도 겪었잖아. 더 힘들어지긴 하지만 이게 더 나아. 가위를 찾겠다고 쓰레기가 잔뜩 든 다른 사람의 서랍을 뒤질 필요가 없거든. 비유법으로 하는 말이야."

"엄마도 힘들지만 더 나았을까?"

"난 아빠가 미쳤었다고 생각해." 레스의 동생이 말한다. "매일 기적을 약속하는 누군가와 함께 깨어나야 했고 매일 그 말을 믿었는데 매일 그 일이 일어나지 않는다면, 오빤 어땠을 것 같아?"

"비, 나도 매일 그렇게 깨어났어."

"아빠가 떠났을 때 내가 어려서 너무 다행이야. 대체로 내가 기억하는 건 아빠가 날 왈론***이라고 부른 것뿐이야."

둘 모두 즐거운 웃음을 터뜨린다. 리베카가 레스에게 좀 쉬라고 말하고 통화는 끊긴다.

나중에, 레스가 보초처럼 마지막으로 작은 집을 한 바퀴 돌

** 　　리베카의 애칭.

*** 　　벨기에 남부 왈로니아 지방에 사는 켈트계의 한 종족. 프랑스어 방언을 사용한다.

아보고 톰보이를 소파베드로 데려간 뒤, 다시 헤드폰을 쓰고 여자가 동화 같은 목소리로 말하기 시작했을 때에야—"모멘탄 운클라르 벨체 리히퉁 디제스 란트……"*—레스는 밤새 이어질, 어깨를 엄청나게 들썩거리는 흐느낌을 시작한다.

레스의 동생이 쓴 왈론이라는 단어는 내게 의미로 가득한 말이다. 나는 언제나 그 말이 애도하는 사람을 의미한다고 느꼈기 때문이다. 나의 유전적 유산에 관해서는 말한 적이 있지만, 내가 굳이 레스의 유산에 대해 묻기까지는 어느 정도 시간이 걸렸다. 우리는, 레스와 나는 '오두막'의 침실에 있었다. 초반에, 그러니까 내가 아주 젊었고 아마 레스도 그랬을 시절에 있었던 일이다. 레스는 나팔꽃 덩굴이 오래전에 점령한 창문 아래에 헝클어진 흰 시트를 덮고 게으르게 누워 있었다. 밝은 햇빛이 덩굴로 여과되어 들어와 내 연인의 몸에 무쇠 같은 잎사귀 그림자를 드리웠다. 나는 레스의 턱시도 재킷만을 입고 거울 앞에 서 있었다. 밖에서는 이웃의 고양이가 차오…… 차오…… 차오…… 라고 말하는 소리가 들렸다.

"형네 조상은 어디 출신이야?" 내가 물었다.

레스는 침대에 아주 가만히 앉아서 나를 살펴보았다. "나 놀

---

* Momentan unklar welche Richtung dieses Land. '현재 이 나라가 어느 방향으로 갈지 불명확합니다'라는 뜻.

리지 않겠다고 약속해?" 그가 물었다.

"레스, 약속할게."

"진짜로 약속해야 해. 이 일로 놀림받고 싶진 않거든." (나는 최근에 레스의 첫 키스 이야기로 그를 놀렸다.)

반쯤 옷을 벗은 채 나는 손가락으로 십자가 표시를 만들어 보였다. "그런 걸로는 절대 형을 놀리지 않을 거야."

레스는 시선을 돌리더니 말했다. "나는 왈론이야."

나는 그 말에 대해 생각해보았다. "다시 말해줘."

"나는 왈론이야." 그가 말했다. "내 조상인 프뤼당 드레스는 1638년에 여기에 왔어."

"어디서?"

"왈로니아에서."

나는 참지 못하고 웃음을 터뜨리며 거울 앞에서 배를 잡았다. 레스는 조용히 커피를 홀짝였다. "미안, 미안. 참을 수가 없어!" 나는 침대로 기어들어 가며 애원했다. "왈로니아 출신의 왈론이라고?" 레스가 엄숙하게 고개를 끄덕였다. "스머프야, 뭐야?"

"날 놀릴 줄 알았어. 그럴 줄 알았다고."

"알았어, 알았어, 알았어. 미안해." 나는 레스 쪽으로 기어가 며 인상을 찡그렸다. "더 얘기해줘. 무슨…… 프뤼당?"

레스는 눈썹을 치켜올렸지만 말을 이었다. "프뤼당 드레스. 아버지가 우리한테 다 얘기해줬어. 리베카는 그게 이 세상에서 제일 웃긴 일이라고 생각해. 프뤼당 드레스는 남자야. 1638년에 건너와서 뉴스웨덴을 세운 불한당이지."

"뉴스웨덴이라는 곳은 없어."

레스는 뉴프랑스, 뉴스페인, 뉴잉글랜드에 더해 뉴스웨덴도 있었어야 마땅하다고 설명했다. 하지만 뉴스웨덴은 잠깐밖에 지속하지 못했다. 뉴스웨덴은 뉴월드에서 집으로 처음 돌려보내진 경기자였다. 그렇게 먼 길을 여행해 왔는데!

"그럼 프뤼당은?" 내가 물었다.

레스가 말했다. "프뤼당은 유일한 왈론이었어."

나는 이제 일어나 앉아 레스의 커피를 옆의 작은 탁자에 올려놓았다. "하지만…… 왜 이래. 모두가 다른 왈론들과 400년 동안 근친결혼을 하지는 않았을 거 아냐. 다른 조상도 있겠지."

레스는 두 팔을 활짝 벌렸다. "당연하지. 왈론 이야기 전체가 헛소리야."

"지어냈을 가능성이 크지."

"그래도 날 놀리면 안 돼."

당시에는 이유를 몰랐지만, 나는 재미있기보다는 나도 모르게 짜증이 났다. 나는 전쟁 영화의 스파이처럼 서류를 보여달라는 요구를 하는 모든 미국인에게 내 혈통을 읊어주고 있는데 내 연인은 제우스의 이마에서 튀어나온 것처럼 굴 수 있다니! 하지만 그날 내가 할 수 있었던 말은 이것뿐이었다.

"지금부터는 형을 프뤼당이라고 부를 거야." 나는 침대에서 내려와 거울 속 내 모습을, 또 등 뒤 레스의 모습을 보았다. "형한테 완벽하게 어울리는 이름 같아."*

"제발, 프레디. 그러지 마……."

프뤼당이 일어나 귀마개를 뽑는다. 그는 메리언이 이미 샤워를 마치고 커피를 타놓은 것을 본다. 메리언이 커피 한 잔을 가져다주었을 때 그는 그녀가 온몸에 검은 옷을 걸친 것을 본다. 둘이 오늘 해야 하는 일을 떠올린다.

장례식은 콜롬바리움─도시 북서쪽 지역, 인쇄소와 주차장 사이에 끼어 있는, 번트 팬** 모양의 보자르 양식 건물─에서 열린다. 수많은 유명 샌프란시스코인의 화장된 유골이 안치된 곳이다. 대부분의 납골당이 그렇듯 칸마다 떠난 사람의 유골이 들어 있다. 대부분의 납골당과는 달리 이곳의 칸은 유리로 되어 있다. 덕분에 유족은 유골 항아리만이 아니라 마음으로 원하는 것은 무엇이든 전시할 기회를 누린다. 인형의 집 가구, 참회의 화요일*** 구슬, 포장된 중국 요리 한 상자, 게필테 피시**** 한 병. 그토록 많은 인생이 전시된 것을 보면 덕성

---

*   '프뤼당(prudent)'은 '신중한'이라는 뜻의 프랑스어.
** 고리 모양의 과자인 번트 케이크를 굽는 틀.
*** 기독교의 기념일 중 하나. 재의 수요일 전 화요일에 축제를 하는데 이때 행진하면서 알록달록한 플라스틱 구슬이 걸린 줄을 던진다.
**** 뼈를 발라낸 어육에 달걀과 무교병을 섞어서 경단처럼 만든 것.

이 함양되게 마련이다. 예컨대 레스는 당연히 그 누구도 〈페인트 유어 웨건(Paint Your Wagon)〉*의 DVD와 함께 묻힐 만큼 그 영화를 좋아할 리 없다고 생각했겠지만, 여기에 반박 불가능한 증거가 있다! 또 여기에는 마돈나의 〈디 이매큘레이트 컬렉션(The Immaculate Collection)〉이 있다. 〈주디 앳 카네기홀(Judy at Carnegie Hall)〉**도 있고. 이것들을 통해 샌프란시스코 역사의 다른 면이 드러난다. 에이즈가 창궐하던 초기에, 수많은 묘지에서 에이즈로 죽은 시신을 받지 않겠다고 하던 시절에, 이 이상한 곳이 죽은 게이 남자들에게 틈새시장을 제공했다는 것이다. 그들은 게이다운 즐거움으로 엄숙한 묘실을 장식하고 있다. 사망 연도는 1992년, 1993년, 1994년 등이다. 가장 힘들었던 시절이다. 묘비에 새겨진 사망일 중 너무 많은 수가 1850년 혹은 1851년—수백 수천 명이 금을 캐겠다고 샌프란시스코로 달려온 지 한 해나 두 해 뒤인—인 옛 미션 돌로러스 묘지와 비슷하다. 그들은 이곳에 와 이곳에서 죽었다. 이 젊은 게이 남자들과 똑같이. 이곳은 그들의 운명이 묻힌 황량한 산이다.

"이걸 봐." 메리언이 레스에게 말한다. 둘은 검은 옷을 입고 있다. 메리언은 일종의 잠옷 셔츠 차림이고 레스는 그의 유일한 검은색 정장을 입었는데, 정장의 가슴 주머니에는 흰 리넨 손수

---

*   클린트 이스트우드가 출연한 1969년 서부 코미디 뮤지컬 영화.

**   주디 갈런드의 음반명.

건이 접혀 들어가 있다. 레스가 20년 전 파리에서 로버트와 함께 산 손수건이다. 레스와 메리언은, 젊고 콧수염이 난 남자의 모습이 각각 들어간, 두 개의 크리스털 이미지가 담긴 유리 케이스 옆에 서 있다. 레스는 둘이 커플이라고 생각하지만 메리언이 새겨진 글씨를 가리킨다. 그들은 같은 남자의, 아직 살아 있는 듯한 어떤 남자의 "사랑하는 배우자들"이었다. 메리언이 말한다. "그는 이 사람이 죽을 때까지는 이 사람하고 같이 있었대. 그랬다가 이 사람이 죽을 때까지는 이 사람하고 같이 있었고."

"아, 세상에."

"두 번째 남자가 된다고 상상해봐. 그 사람은 여기에 와봤을 게 틀림없어. 이 기념물을 틀림없이 봤겠지. 그러다가 그는 연인이 아프면서 어쩌면 두 번째 남자한테도 기념물을 만들어주겠다고 약속했을지 몰라. 상상해봐. 크리스털이 되다니."

"레너드 르듀크." 레스가 그곳에 새겨진, 큰 사랑을 받은 이름을 읽는다. "운 없는 사람이었네요."

"운 좋은 사람이지." 메리언이 반박한다.

밖에서 어떤 소리가 들리더니 검은 정장과 드레스—사람들이 때때로 옷장에서 마주치고는 저 옷은 절대로 입지 않으니까 버려야겠다라고 생각하고 꺼냈다가, 색깔을 보고 죽음이 가까운 곳에 있다는 걸 떠올리는 옷—를 입은 이들이 온다. 선글라스를 쓰고 닳아빠진 신발을 신고 주머니에는 크리넥스를 넣은 채 온화하게 수다를 떨며, 콜룸바리움의 대문을 지나온다. 애도하는 미국인들이다.

그리고 또 온다. 러시안리버파(派). 최소한, 로버트의 시절에 일어난 그 예술운동의 남은 참여자들은 말이다. 그들이 얼마나 늙었는지 보라! 레스는 통나무집에서 보낸 저녁을, 카드 게임과 레드와인과 고함 지르기, 로버트가 스텔라 배리와 운율에 대해 논쟁할 때 쑥스럽게 물러나 앉아 있던 일을 떠올린다. 그 시절에도 이 사람들은 레스에게 너무도 늙어 보였다. 주름도, 올챙이배도. 물론 그 시절의 그들은 지금의 레스보다 젊었다. 레스가 이곳에 온 그들보다 늙을 시간 또한 오고 말 테니, 인샬라*(멋들어진 스타일의 산문을 쓰고 싶다면 언제나 시간에 기댈 수 있다). 지금도 레스는 그때처럼 바보 같은 기분을 느낄까? 지금 이곳에는 스텔라가 있다. 자갈길을 따라 양쪽 발을 하나씩 조심스럽게 떼어놓는, 커다란 파란색 왜가리 같다. 그녀의 머리카락은 흰 불꽃이다. 여위었으면서 태도에 확신이 없다. 하지만 그녀의 섬세한 부리는 그녀의 팔을 잡고 있는 남자에게 말을 걸 때마다 여전히 앞뒤로 빠르게 오간다. 그녀의 팔을 잡고 있는 남자는 프랭클린 우드하우스로, 한때 아서 레스의 누드화를 그렸던 유명한 화가다(지금 그 누드화는 개인 소장품이 되었다). 우드하우스는 허리가 너무 굽어서 질질 끄는 두 발만을 바라보는 것 같다. 앞길은 전혀 보지 못한다, 아

---

*   '알라의 뜻대로'라는 뜻.

마 우리 모두 그렇겠지만. 레스가 이름을 기억하지 못하는 다른 사람들도 있다. 레스와 함께 사진 배경에 찍혔던 사람들이다. 지금 그들은 지팡이와 보행 보조기에 의지해 움직인다. 한 명은 전동 휠체어를 쓴다. 모두가 레스와 메리언이 크리스털을 돌아보던 곳을 향해 가는 중이다.

커플로서 함께 지내던 시간의 중간쯤, 연애 초기의 아른거리는 마법은 흐려졌지만 환멸의 안개는 아직 내려앉지 않았던 시절에, 평범함이 때로는 그 선명함에 그림자를 드리울 수 있던 낭만적인 시기에, 그 나름의 아름다움이 있던 그 시절에, 로버트는 레스를 프로빈스타운에 데려갔다. 그는 레스가 미국을 충분히 보지 못했다고 했다. 썰물 때마다 커플은 어슬렁어슬렁 작은 물굽이를 건너갔다. 기적적으로 바닷물이 빠진 그때, 물굽이에는 바다 밑바닥의 거칠고 검은 모래와 원고에 표시한 편집자의 부호를 닮은(이건 빼죠. 이것도, 이것도) 빨간색 애벌레들이 드러나 있었다. 하긴, 아마 레스에게는 거의 모든 것이 꿈을 페이지에 옮기면서 겪은 지속적인 실패를 닮은 것처럼 보였을 것이다. 느긋한 남자들의 머리 위, 잿빛 타래 속에 부드러운 모직 하늘이 펼쳐진다. 그들은 여전히 사랑에 빠져 있다.

레스는 어머니가 암에 걸렸다는 걸 프로빈스타운에서 알았다. 그는 흔들거리는 작은 탁자에 몸을 떨며 앉아 있었다. 폭풍이 그들을 실내로 몰아넣었다. 선장의 침대처럼 생긴 침대 옆에서 불이 타닥거렸다. 레스는 비행기를 타고 델라웨어주의 집으로 돌아가겠다고 말했고 로버트는 아무 말도 하지 않았다. 레스는 소설을 포기하겠다고 말했다. 어쨌든 다 허영심이었다고. 어머니가 죽어가는데 어떻게 글을 쓸 수 있겠느냐고.

"네가 작가가 되어서 유감이야." 마침내 로버트가 레스 옆에 무릎을 꿇고 그의 손을 잡으며 말했다. "너한테 이런 재앙이 닥쳐서 유감이야. 난 널 사랑해. 하지만 넌 주의를 기울여야 해. 지금은 도움이 안 되겠지. 뭐든 지금은 도움이 되지 않을 거야. 하지만 장담하는데, 나중엔 도움이 될 거야. 네게 필요한 건 그게 전부야. 주의를 기울여."

레스는 어머니의 죽음을 글쓰기 연습으로 활용하지 않겠다고 말했다.

로버트는 일어서서 와인 한 병을 가져다 따르더니 유리잔 두 개에 따랐다. 불꽃이 그들 옆에서 시계처럼 탁탁 소리를 냈다. 로버트의 백단향 오드콜로뉴가 위로의 감각을 완성했다. "내가 파도바에서 가르치던 시절에 누이가 죽었어. 전에도 얘기했었지. 나는 거기 있는 스크로베니 예배당에 들어가서 조토의 작품을 봤지만 아무것도 느끼지 못했어. 그래도 억지로 봤지. 조토는 1305년에 그 예배당에 그림을 그렸어. 단테가 조토를 만나러 왔지. 그리고 '무고한 유아 학살' 장면에는 인간의 눈물에 대한 최초의 현실적 묘사가 등장해. 눈물이 뺨을 따라 내려가는 흔적을 남기고 턱에 잠시 머물렀다가 떨어지는 모습이야. 누군가가 700년 전에 알아챈 거야. 누군가가 내 고통을 알았어." 그는 레스의 잔을 탁자에 올려놓았다. "네가 해야 하는 일이 그거야. 주의를 기울여. 너 자신을 위해서가 아니야. 지금으로부터 700년 후의 누군가를 위해서야." 레스는 고개를 들었다. 그는 이 말에, 죽음과의 첫 현실적 만남에 분노로 달아올라 있었다. 나중에 로버트는 그때의 눈물이 시 안에 찾아들었다고 말했다. 그 세부 사항이 눈에 띄었다고. 레스는 어떤 세부 사항이냐고 물었다. "눈물이 검은색이었어."

장례식은 다양한 동성애자들이 레너드 코언 노래를 부르는 합창으로 시작된다. 메리언이 허리를 숙여 조용한 목소리로 어디서 그런 끔찍한 합창단을 찾았느냐고 레스에게 묻고, 레스는 다른 사람이 찾은 거라고 말하면서도 이렇게 속삭인다. "괜찮은데요, 오케이 할 정도예요." 이 말에 메리언은 코웃음 치며 말한다. "오케이 합창단*이라니."

로버트의 시에서 영감을 받은 바이올린곡도 있다. 성게처럼 분홍색 머리를 뾰족뾰족 세운 십대 소년이 그 곡을 연주한다. 메리언이 울기 시작한다. 사방의 기둥 위에 티슈 상자가 놓여 있지만 레스는 가슴 주머니에서 리넨 손수건을 꺼내 건넨다.

---

* 원문에서는 '오케이 코럴(OK Chorale)'로 표현되었는데, 이는 1881년 애리조나 주 툼스톤에서 벌어진 전설적 총격전의 현장인 'O.K. Corral(오케이 목장)'과 발음이 같다.

메리언은 그 손수건에 대고 시끄럽게 코를 푼다.

레스는 그가 가장 좋아하는 손수건을 메리언이 자기 핸드백에 집어넣는 모습을 지켜본다.

베레모를 쓴 나이 든 흑인 남자가 떨리는 목소리로 델포이 신탁의 마지막 한마디를 읊는다. "모든 것이 끝났노라!"

오케이 합창단이 레너드 코언의 노래를 한 곡 더 부른다.

주의를 기울여, 어서 레스. 이곳에, 사람들이 위층 로버트 브라운번의 납골당으로 걸어 올라가는 곳에. 유골 항아리 안의 재가 된 시신으로 생각을 인도하도록 노력해. 이제 그 시신은 작은 칸 안에 놓이지만—지금이야말로 바로 그 순간, 애도할 기회다—좁다란 슬픔의 정문 너머로 생각을 구슬려내는 순간…… 생각은 그곳에서 벗어나 어떤 새로운 들판으로 뛰놀며 들어간다. 그래, 예를 들어 그대는 그대의 리넨 손수건에 대해 생각하고 있다. 메리언이 자기 핸드백에 넣어버린 손수건에 대해서. 그는 장례식에서 보인 자신의 몸짓이 흐느끼던 사람, 손수건을 받은 사람에게 그 손수건을 영원히 주어버린다는 뜻이었음을 깨닫는다. 장례식에서는 영원이 그날의 테마이니까. 리넨 손수건은 다시 돌아오지 않으리라. 파리에서 특별히 산 건데. 그대는 예식과 사람들이 중얼거리며 한 말에 대해 생각하고 있다. 오케이 합창단에 대해 생각하고 있다. 그 생각은 하지 않는 게 좋겠다. 이제는 작은 미소를 억지로 눌러 참아야 하니까. 지금 그는 메리언과 눈을 마주친다. 메리언에게도 같은 일이 일어나고 있다. 로버트는 그를 따라온 유명한 시인들, 화가들로 이루어진 군중 앞에서 그보다 앞서 떠난 유명한 시인들, 화가들과 합류하기 위해 자신만의 작은 동굴로 들어가고 있다. 웅장한 순간이다. 그런데 그의 전처와 옛 연인이 그 순간을 놓칠 참이다. 다른 생각을 해, 아서 레스. 뭐든 좋으니까. 예컨대 해골 같은 로버트의 얼굴과 숨소리, 그 끔찍했던 마지막 머리 모양. 흰색 앞머리가 한 가닥 나와 있던, 만화 속 아기 같던 그 모습을. ……통하지 않는다. 오케이 합창단이 느린 독일어로 찬송가를 부르기 시작한다. 메리언은 미소를 숨기려 애쓰고 있다. 그녀가 핸드백에서 문제의 손수건을 꺼낸다. 그때 그 일이 벌어진다. 아서는 코웃음을 터뜨린다.

로버트 브라운번을 처음 만났을 때 나는 스물일곱 살이었다. 로버트 브라운번은 예순 살이 넘었는데—나이로는 거의 할아버지뻘이었다—당시 나는 아서 레스와 아무 공식적 관계가 아니었으며 어린 보노보처럼 자유롭고 어디에도 얽매이지 않았음에도 그를 라이벌로 여겼다. '오두막'에서 열린 소소한 디너파티에서였다. 로버트가 초인종을 눌렀을 때, 나는 가관이었다. 두 손은 강황 때문에 노랬고 눈은 고춧가루 때문에 빨갰다. 레스가 침실에 있었으므로 나는 성자처럼 두 팔을 펼치고 역시 성자처럼 흐느끼며 문을 열어주었다. 바로 그렇게 나는 로버트를 처음으로 만났다—나는 찡그린 미소와 '네가 카를로스의 아들이겠구나' 하는 표정을 마주했다. 다음 한 시간은 설명할 수 없는 분노로 흐릿했다. 설명할 수 없었던 이유는 로버트가 내게 친절하고 관대했기 때문이다. 모두가 그랬다. 하지만 나는 그가 내 라이벌이라는 사실을 알고 있는 반면 로버트는 나를 라이벌로 생각하지 않는 게 분명하다는 생각을 떨칠 수 없었다. 그게 아니라면 왜 내게 친절하고 관대하게 굴겠는가?

레스는 시인에게 내가 고등학교 교사라고 알려주었다. 나는 덧붙였다. "수업 시간에 호메로스를 읽고 있어요."

"아, 운도 좋군!" 로버트가 환하게 말했다. "알겠지만 난《오디세이아》에 문학사 전체를 통틀어 가장 놀라운 카메오가 나온다고 생각했어."

"제 학생들도 늘 그 작품을 사랑하죠."

로버트는 미소 짓더니 탁자의 다른 사람들을 돌아보며 두 팔을 활짝 벌렸다. "텔레마코스가 메넬라오스의 궁정에 도착했을 때, 우리는 그 모든 은과 금과 호박금 장식품에 대해 듣게 되지." 그가 말했다. "사람들은 영원히 이야기를 나누고. 그때, 배경에서 헬레네가 지나가는 거야. 씨발 트로이의 헬레네가."

"'향수를 뿌린 방에서' 나왔죠." 내가 인용했다.

"바로 그거야. 호메로스가 지은 마지막 서사시 심장부에 그 여자가 나와. 그리고 호메로스는 그녀를 다시 등장시키지. 20년 뒤, 그냥 궁전을 돌아다니는 모습으로. 그런데 호메로스는 우리가 죽도록 알고 싶어 하는 걸 절대 말해주지 않아. 과연 헬레네는 아름다운가?"

나는 파파야 샐러드로 손을 뻗었다. "제 학생들은 그런 생각을 받아들이지 않아요, 헬레네가……."

로버트는 사람들을 돌아보았다. "매혹적이지 않나?"

나중에, 파티가 끝나고 내가 레스와 함께 뒷정리하며 설탕을 넣은 진과 샴페인에 취해가고 있을 때 레스는 내게 로버트를 어떻게 생각하느냐고 물었다. 나는 로버트를 어떻게 생각하는지 알기엔 너무 어렸다. 그저 나 자신에 대한 생각을 알 뿐이었다. 그리고 그 생각은 정복당했다는 기분이었다. 그래서 나는 그냥 되뇌었다. "매혹적이지 않나? 매혹적이지 않나? 매혹적이지 않나?" 결국 레스는 방을 떠났다. 우리는 말다툼했고 레스는 유리잔을 깨더니 그걸 보고 흐느꼈으며 나는 그 자리에 서서 승리감과 수치심이 뒤섞인 나만의 칵테일 잔을 들고 있었다.

내가 두 번째로 시인 로버트 브라운번을 만난 곳은 우연히도 장례식장이었다. 레스의 어머니 장례식이었다. 몇 년째 회복기이던 암이 재발했기에. 레스는 길을 잃었다. 그의 동생 리베카도 마찬가지였다. 그래서 손님맞이를 계획하는 일은 내게 맡겨졌다. 나는 시인 로버트 브라운번이 도착해 옛 연인에게 인사하고 난 뒤를 기억한다. 둘이 슬프게 포옹하는 가운데 시인의 시선이 내게 닿았다. 시선에 담긴 메시지는 내 지능을 거의 성공적으로 따돌렸다. 그는 입 모양으로 안녕, 프레디라고 말했다. 그런 다음 레스의 동생에게로 가서 내 시선을 벗어났다. 유령들의 행렬이 뒤따랐다. 나중에 나는 불신감이 담긴 표정으로 멕시칸 스프레드*를 바라보던 시인과 마주쳤고, 뭘 섞을지 제안했다. 그는 나를 돌아보며 말했다. "네가 한 말을 생각하고 있었어. 헬레네가 그 장면에서 뭔가 하긴 하지. 안 그래?" 꼭 우리의 만남 사이에 세월이 전혀 지나지 않은 것처럼 말이다. 나는 그렇다고, 헬레네는 사람들의 와인에 약초를 넣었다고, 펜토스와 콜론, 즉 슬픔과 분노에 대항하는 약을 넣었다고 말했다. "'그날은 누구도 눈물을 흘리지 않을 터였다.'" 내가 그에게 인용했다. "그래야 그들이 고통 없이 과거를 이야기할 수 있었을 테니까요." 로버트는 고개를 끄덕이고 콩을 한 번 더 덜어 갔다. 그런 다음 내게 말했다. "너도 마가리타에 그 약초를 좀 넣으면 좋겠어." 그는 곧 떠났고 나는 여러 해 동안 그를 다시 보지 못했다.

그러니까 그게 내가 고인이 된 로버트 브라운번을 두 번째로 만난 때였다.

'인생 기념식'은 시클리프 저택에서 열린다. 레스는 버번위스키 한 잔을 건네받고—누군가가 로버트가 좋아하는 술을 잘 알았다—바다와 만을 연결하는 해협, 즉 금문교가 보이는 커다란 유리의 방으로 안내된다. 태평양 속으로 숨을 내쉬는

---

*   파티 등에서 손님들이 골라 먹을 수 있도록 늘어놓은 일련의 멕시코 음식.

54

것처럼 보이는 검은 물에서 햇빛이 반짝인다. 물은 그 유명한 다리 아래에서 물결친다.

"실례지만 브라운번 선생님의 친구이신가요?"

잘 맞지 않는 해군 제복을 입은 젊은이가 레스에게 다가온다 — 얼마나 젊은지는 레스가 알 수 없다. 짐작으로는 태아에서 서른 살 사이인 것 같다.

레스는 미소 지으며 말한다. "네, 맞아요."

"죄송해요, 방해하고 싶지는 않은데요. 그냥 너무 팬이어서요." 젊은이는 머리를 매우 짧게 깎았고 무테 안경을 쓰고 있다. "저는 브라운번 선생님의 시를 전부 읽었어요, '미국 도서관' 선정작만이 아니라 오래된 것들, 정말로 흥미진진한 것들까지요. 스티븐스의 표현대로라면 지능에 거의 성공적으로 저항하는** 60년대의 그것들, 아시죠? 전 그냥 너무 팬이에요. 그런데 브라운번 선생님은 별로 여행을 많이 하지 않으셨고 저는 홀리스터에 사니까 브라운번 선생님이 낭독하시는 모습을 본 적이 한 번도 없어요."

"그거 안됐네요." 레스가 말한다. "로버트는 믿을 수 없을 만큼 훌륭한 낭독을 하곤 했죠. 로버트가 낭독하는 모습을 처음 본 건 시티라이트에서였어요."

"아, 세상에. 꿈같네요!"

** 월리스 스티븐스의 시 '남자가 들고 있는 것(Man Carrying Thing)'에 나오는 표현.

레스: "당시에는 로버트의 시에 대해서 아무것도 몰랐어요. 우린 그냥 데이트를 시작했죠. 그런데 로버트가 자기 작품을 읽는 모습을 보니까, 꼭…… 나와 데이트하는 사람이 스파이더맨이라는 걸 알게 된 것만 같았어요." 레스는 웃지만 젊은이는 웃지 않는다. 대신 그는 충격받은 표정이다.

"아…… 당신이…… 당신이 아서 레스인가요?"

"맞아요."

"그 아서 레스?"

다른 아서 레스가 있나? "그런 것 같은데요." 레스가 대답한다. "저는 15년간 로버트와 함께했어요."

젊은이의 얼굴이 기쁨으로 물결치는 것 같다. "아아, 알아요." 그가 말한다. "여기 온 게 얼마나 영광인지 말로 표현할 수가 없네요. 거기다 아서 레스와 이야기하다니! 언젠가는 당신이 어떤 문학상을 받게 될 거예요! 솔직히 전 초대장 없이 마구 들어온 거거든요. 그냥 로버트 브라운번 기념식에 관한 공지를 보고, 올 수밖에 없었어요. 죄송해요, 공개 행사가 아니라는 건 알아요."

"제 집도 아닌데요. 로버트는 한 번도 시를 읽는 팬들을 돌려보내지 않았고요."

"브라운번 선생님과 함께 사는 건 어땠나요? 천재와 함께 산다는 건?"

레스는 한숨을 쉰다. 그는 로버트에 대해 정직하게 말하기로 한다. 오늘은 시인 로버트 브라운번에 대해 정직하게 말하는 날이니까. "뭔가 사건이 일어나는 건 보이지 않았어요. 오랫동안 매일 아침 일어나는 일이라곤 아무것도 없었거든요. 그런 아침은 매우 긴장되어 있었죠. 그러다가 뜬금없이 그 일이 이루어지는 거예요. 작업이 마무리되면 로버트는 '샴페인!'이라고 소리치곤 했어요." 레스는 그 행복한 외침의 기억을 즐기고 있다. 물론 그 말은 실제로 레스에게 샴페인을 따르라는 뜻이 아니었다(둘은 거의 항상 파산한 상태였으니까). "대부분의 날에는요. 어떤 날에는 그랬죠. 늘 쉽지만은 않았어요. 로버트는 자신에게 엄한 사람이었어요. 주변 사람들에게도."

"당신에겐 그럴 만한 가치가 있는 일이었나요?"

알지도 못하는 채로 젊은이는 그 무엇보다 까다로운 질문을 던졌다. 레스는 방 건너편의 메리언이 특유의 마리오네트 같은 걸음걸이로 화려한 소파를 향해 천천히 걸어가는 모습을 본다. 벌컨스텝스에서 살던 그 시절, 레스가 로버트의 창의력을 보호하는 데에 모든 시간을 들이며 까치발을 들고 집 안을 돌아다니고 최대한 조용히 점심을 만들고 문을 가만히 노크해보면 로버트는 기껏해야 침대 겸용 긴 의자에 누워 분노한 표정으로 천장을 쏘아보고 있던 그 시절. 레스가 스물한 살, 스물두 살, 스물세 살이던 시절. 그 시절은 향유한 것일까, 낭비한 것일까? "젊음을 낭비해." 메리언은 30년 전 그 해변에서 레스에게 말했다. 당시에 레스는 자기 젊음을 낭비하고 있다고 말했다. 하지만 정말 그랬을까? 아마 레스는 젊음을 투자한 것이리라. 다만 자신에게 투자한 건 아니었다. 사람은 은퇴한 뒤 젊은 시절의 나날을 되찾아 그것들을 불쏘시개로 던져 늙은 뼈마디를 덥힐 수 없다. 레스는 그 젊음을 로버트에게 투자했다.

레스가 대답한다. "저한텐 특권이었죠."

방 건너편에서 메리언이 의기양양한 표정으로 소파를 꽉 쥐더니 그 위에 몸을 앉힌다. 그녀는 드레스 위로 손을 포갠다. 눈을 감는다. 어디로 여행하는 걸까? 레스의 기억 속 잠긴 문에서 소리가 난다. 샴페인!

"그분이 뭔가 낭독하실까요?"

레스는 듣고 있지 않았다. "네? 누가요?"

"브라운번 선생님요." 젊은이가 당황하며 말한다. "브라운번 선생님을 위한 파티라는 건 알지만, 그분께서 뭔가 읽어주실지도 모른다고 생각했어요."

폐가 수축되며, 아서 레스는 깨닫는다.

젊은이가 수줍게 미소 짓는다. "너무 지나친 부탁일지 모르지만, 잠깐이라도 절 소개해주실 수 있을까요? 안 돼도 괜찮아요. 그냥…… 저는 저 멀리 홀리스터에서 왔거든요."

레스는 모르는 사람을 건드리는 스타일이 아니지만 젊은 남자의 팔에 손을 얹는다. 기대에 찬 얼굴을 바라보며, 누군가에게 너무 늦었다는 말을 어떻게 전해야 할지 애써 생각한다.

천재와 사는 것이 어떤 일이었는지는 내가 말할 수 있다.

그건 마치 귀신 들린 집으로 이사한 부부가 되는 것 같다. 처음에 레스와 함께한 내 인생은 축복이었다. 우리는 '오두막' 안쪽을 전부 하얗게 칠했다. 함께하는 새로운 삶을 떠올리게 하려는 듯 우리 손톱과 머리카락에는 페인트가 남았다. 그런 뒤에는 징조가 나타나기 시작했다―혼자서 열리는 문, 있어서는 안 될 곳에 있는 그림자. 물론 비유적으로 하는 말이다―내가 시야 가장자리에서 본 것은 사실 로버트 브라운번의 유령 같은 존재감이었다(그 시절에는 브라운번이 아직 살아 있었다). 그 유령의 첫 모습은 매일 6시면 집을 장악하는 불안감이었다. 나는 오랜 시간이 걸려서야 그때가 로버트가 글을 쓰다 나와 마실 것과 저녁을 달라고 요구한 시간이라는 걸 알았다. 그리고 내 눈앞에서 6시면 레스는 멍텅구리같이 미소 짓는 연인에서 겁에 질린 가정부로 바뀌었다. 인상적인 모든 요리에 걱정이라는 양념이 뿌려졌다―"마음에 들어? 너무 익혔나?" 이제는 레스가 내게 물어본 게 아니라는 걸 안다. 레스는 20년 전의 로버트에게 물었던 것이다. 레스가 자신에게 사랑받을 자격이 있는지 몰랐던 그 시절의. 나는 레스를 안심시켰고 긴장감은 잦아들었다. '오두막'에서는 그림자가, 삐걱거리는 문이 사라졌다. 하지만 그런 뒤에는 빙의가 일어났다.

어느 날, 집에 와보니 폴터가이스트가 있었다! 아니면 폴터가이스트의 증거랄까. 빨랫감이 으스스하게 집 전체에 흩어져 있었다. 흔들거릴 만큼 높이 쌓인 책들과 아침에는 없었던 자리에 놓인 커피 잔들이 있었고, 침실에서는 지상의 것 같지 않은 목소리가 외쳐댔다. "아니야, 아니야, 아니야, 아니야, 아니야……." 문을 열었을 때 나는 끔찍하게도, 눈가가 붉어진 채 울부짖으며 나를 마주 보는 악마를 보았다. "프레디, 나 일하는 중이잖아!" 나는 그 지옥 같은 풍경을 두고 문을 닫은 뒤 그 끔찍한 광경을 이해하느라 잠시 서 있었다. 내 배우자가 소설을 쓰기 시작한 것이다.

나는 그렇게까지 그 과정이 엉망진창이거나 압박감이 심할 거라고는 한 번도 생각해보지 못했다. 예를 들어, 레스가 침실에서 글을 썼기에(그곳이 '오두막'의 유일한 다른 방이었다) 그 안에 있는 뭔가를 가져오고 싶으면 난 에베레스트 등반이라도 계획하듯 신중히 전날 밤에 그 물건을 내놓아야 했다. 하지만 더 나빴던 건 로버트 브라운번의 영혼이 아서 레스의 몸에 들어가는 감정 전이 혹은 영적 빙의를 의심하기 시작했을 때다. 고문당하는 듯한 비명, 총살 부대가 내는 듯한 타자 치는 소리. 나는 그 게헨나* 안에서 무슨 일이 벌어지는 건지 생각하며 몸을 떨었다. 내 생각에 전환점은, 아서 레스가 문을 쾅 열고, 설거지하던 나를 탁 치며 "샴페인!"이라고 소리친 때인 것 같다. 그는 위대한 작가가, 로버트 브라운번이 되었다.

---

* 예루살렘 근처의 골짜기로 '지옥'을 뜻한다.

나는 악마의 앞잡이가 되었고. 나는 너무도 많은 단어로 레스에게 이 말을 했다. 레스의 대답은? 레스는 소파에 앉아 흐느꼈다. "내가 뭔가를 시도하려 했나 봐. 자신감을 느끼려 했나 봐."

"그게 날 하인처럼 대한다는 뜻이야?"

"난 로버트의 방식밖에 몰라. 너무 미안해."

나는 모든 관계에 로버트가 있어야 하는 건 아니라고 설명했다. 이건 《안토니우스와 클레오파트라와 로버트》도 아니고, 《로미오와 줄리엣과 로버트》도 아니니까. 나는 말했다. "우린 그냥 프레디와 레스이면 돼."

레스가 조용히 말했다. "어쩌면 내가 다른 방법을 몰랐던 건지도 몰라."

나는 그가 너무 가엾었기에 고개를 젓는 그의 등을 토닥였고 우리는 조용히 앉아 있었다. 그러자 상황이 나아졌다. 하지만 얼마 만에 한 번씩은 정확히 6시에 안개 속에서 웃는 유령의 소리가 들렸다.

아서 레스는 과연 한 명일까? 혹시 다른 아서 레스가 있을까? 알고 보니 아서 레스는 수백 명이었다. 우리 주인공이 하는 모든 인터넷 검색을 틀어막는, 기도로 가득한 동영상의 주인공인 기독교 음악의 스타 아서 레스. 친구들이 생일에 보내는, 먹을 수 없는 호박의 주인인 유기농 농부 아서 레스("레스와 함께 덜어내면 많아져요!"*). 〈공포의 뱀장어〉〈공포의 뱀장어 2〉〈공포의 뱀장어 3: 꿈틀거리는 자〉의 스타인 공포영화 전문 배우 아서 레스. 사우스캐롤라이나주의 부동산 거물 아서 레스("레스와 함께 덜어내면 많아져요!"). 수많은 투자 관리인, 관리자 겸 편집자, 편집자 겸 관리자. 물론 다른 소설가 아서 레스도 있다. 둘은 서로를 잘 안다. 상대방에게 전해졌어야 할 메시지를 몇 번 정중히 전해주고 상대방으로 오인당했을 때 농담 섞인 온라인 댓글을 주고받기도 했지만, 그 이상은 없었다. 한번은 레스가 문학 행사에 도착했는데 벨벳 재킷을 입은, 생각에 잠긴 턱수염의 상대방 작가를 담은 포스터와 마주쳤다. 레스 자신이 아니었다(검색을 너무 조금밖에 하지 않은, 과로한 인턴 직원에게는 안타까운 일이었다). 두 명의 소설가 아서 레스의 책은 심지어 같은 책장에 꽂히지도 않는다—우리의 아서 레스는 퀴어 작가 책장에, 다른 작가는 흑인 작가 책장에 꽂힌다. 둘 다 문학 일반 책장에 꽂히지는 않는다. 둘 다 문학 일반에 꽂히기에는 너무 알려지지 않았다. 말할 필요도 없지만, 두 장르가 그렇듯이 둘은 서로 만나본 적이 한 번도 없다.

레스는 로버트를 추종하는 젊은이와의 대화를 핑계를 대고

---

*   '레스(less)'에 더 적다는 뜻이 있어서 하는 말장난.

피한다. 그는 자신이 끔찍한 짓을 저질렀다고 느끼며, 그 결과를 목격하는 고통을 감당할 수 없다. 젊은이는 이제 버번을 들고 서서, 이 먼 길을 와서 만나려 했던 단 한 사람이 없는 방 안을 둘러본다.

아서에게는 갈 곳이 없다. 메리언은 과거나 미래와 소통하고 있거나 어쩌면 생각으로부터 자유로운 상태이고—만일 그렇다면 메리언에게는 잘된 일이다—스텔라의 주변에는 늘 그렇듯 사람들이 모여 있다. 그래서 레스는 다시, 또다시 바(bar)로 이주한다. 버번 한 잔 더. 한 잔 더. 겁에 질린 세 번째 잔 때 레스는 나이 든 남자가 서빙하는 사람에게 하는 말을 엿듣는다. 그의 머리카락은 길고 철의 장막 같은 잿빛이다. 그의 억양도 마찬가지다. "너도 재능이 없다는 걸 알 텐데 계속하는 목적이 뭐야? 내 말 잘 들어. 지금 당장 글쓰기를 그만둬." 여자는 눈에 띄게 그러나 프로답게 발끈하며 계속해서 와인 잔을 닦는다. 남자는 눈치채지 못한 듯 방의 다른 구역으로 시선을 돌린다. 그의 눈 주변은 아마 미국인들이 모르는 끔찍함에 그늘진 듯하다. 그런 뒤에 그의 시선이 레스에게 닿는다. 그가 미소 짓는다. "안녕, 아서, 내 사랑."

"안녕하세요."

"날 기억 못 하는구나. 난 비트……." 그 뒤로는 모든 모음이 제거된, 반체제 인사 같은 성씨가 따라 나온다. "난 로버트의 체코 편집자였어. 너랑은 베를린에서 만난 적이 있는데. 넌 아주 어리고 바보 같은 꼬마였지. 나는 성인 남자였고. 넌 하나도 변하지 않았구나!"

레스는 더 많은 걸 알게 된 건 아니지만 이렇게 말한다. "만나서 반가워요…… 비트." 그는 한 번도 이 이름을 들어본 적이 없다고 생각한다.

남자가 웃는다. "넌 독일어 실력이 형편없어!"

"저는 독일어 빼면 시첸데요." 레스가 자신 있게 대답한다. "이히 빈 도이치운터리히트 게노멘, 자이트……."*

비트가 손바닥을 평평하게 펴 그를 막는다. "고맙지만 다들 얘기하듯이 같은 요리를 두 번 먹지는 않을 거야. 어쩌다 이 동네에 들렀는데 로버트 소식이 들리더군. 너무 슬펐어. 네가 작가가 됐다고 들었는데." 레스는 늙은 흡혈귀가 피를 노리는 게 아닐까 두렵지만 어째서인지 위기를 모면한다. "나도 마찬가지야. 우린 아주 다른 종류의 작가인 것 같지만."

"제 생각도 그래요."

"뻔한 것부터 얘기하자면 난 유럽 작가지. 넌 미국 작가고." 비트가 이 말을 너무도 특이한 방식으로 해서—난 남자고, 넌 여자야라고 말하는 것과 너무도 비슷하다—레스는 그가 수작을 거는 걸지도 모른다고 생각한다. 하지만 비트는 공식에서

---

* Ich bin Deutschunterricht genommen, seit. '나는 ~부터 독일어를 배워왔다'는 뜻의 독일어이나 문법이 틀렸다.

벗어난다. "미국 작가들의 문제가 뭔지 알아?"

"쉼표요."**

체코 사람은 손가락을 좌우로 흔든다. "너희 문제는 모두가 뉴요커라는 거야." 레스는 더는 그와 무슨 이야기를 하는 건지 알 수 없다. 레스의 생각은 잉크가 떨어진 펜으로 아무 의미 없는 낙서를 하고 있다. 하지만 남자는 말을 잇는다. "뉴욕, 보스턴, 샌프란시스코. 미국의 나머지 지역에는 신경도 쓰지 않지. 모하비사막은 봤나? 나체즈 길은? 애팔래치아 자연 산책로는? 아니, 너희는 바닷가의 뉴욕이라는 도시만을 알 뿐이야. 피츠제럴드 작품을 계속 다시 쓰는 것도 이상할 게 없지!"

"로버트도 미국 작가였어요."

"로버트는 유럽 작가였어." 비트가 말한다. "로버트한테는 특유의 베케트 감성이 있었지. 사물은 산산이 부서졌고, 인간이 된다는 것에는 아무런 의미도 없고, 기억이란 아무것도 아니며, 사랑 또한 아무것도 아니라는 감성 말이야." 아무것도 아니라는 말에서 전부, 선전용 포스터를 세로로 쭉 찢는 것 같은 소리가 난다.

"로버트를 아예 모르셨네요."

비트는 씩 웃어 보인다. 치아가 그의 이름 속 자음처럼 한데 욱여넣은 것같이 보인다. "미국의 진짜 문제를 알아?" 그는 레

** 　미국식 영어는 유럽식 영어에 비해 쉼표를 많이 쓰는 것으로 알려져 있다.

스가 말하기를 기다리지 않는다. "팔꿈치로 주위를 치면서 얼굴도 붉히지 않고 '할 수 있다'라는 식으로 이뤄낸 너희의 모든 성과가 바로 문제야. 아무도 '잠깐! 우리가 틀린 거면?'이라고 말하지."

"저는 늘 그렇게 물어보는데요." 레스가 대답한다.

"널 말하는 게 아니야, 친구. 미국을 말하는 거지. 미국이 틀렸으면? 미국이라는 이념 전체가 말이야."

레스는 답을 찾아본다. 그는 한 번도 그런 개념을 떠올린 적이 없다.

"미국이라는 이념 전체가 틀린 거라면?"

이 남자를 어떻게 해야 할까? 목을 조를까? 경례를 할까? 소설에 넣을까? 넌 고통을 보고 있어. 로버트는 끔찍한 사람을 맞닥뜨리면 그렇게 말하곤 했다. 넌 고통에 빠진 누군가를 보고 있는 거야. 하지만 비트는 자기가 빠져나갈 출구를 마련해두었다. 문자 그대로나, 우주적으로나. 그는 레스에게 고개를 끄덕이며 담배 한 갑을 꺼낸다. 이제 체코 작가는 프랑스식 문을 통과해 이탈리아식 로지아*로 들어가 유럽 흡연자 연대에 참여한다. 남자의 오드콜로뉴만이 남는다. 레스는 그 냄새를 향해 말한다. "당신이 미국에 대해 뭘 알아요?" 오드콜로뉴는 대답하지 않고 레스는 의기양양하게 씩 웃는다. 어쨌건 그는 프로

---

*   주택에서 거실 등의 한쪽 면이 정원으로 연결되도록 트여 있는 형태.

빈스타운에 가본 적이 있다.

"뭐, 끝났네." 메리언이 말한다. 델포이 신탁의 마지막 한마디를 또 말한 것이 아니다. 메리언은 그냥 뻔한 사실을 이야기하고 있을 뿐이다. 그녀는 길고 진 빠지는 하루를 보낸 뒤 신발을 벗고 있다. 와인처럼 어두운 '오두막'의 거실에, 여섯 번의 종을 치는 오래된 항해용 정밀 시계 옆에 앉아 있다. 손님맞이는 끝났고, 러시안리버파는 해산했다. 아마 해산도 이번이 마지막일 것이다. 프랭클린 우드하우스가 또 한 번의 암 치료를 거부했다는 속삭임이 오갔다. 그는 레스의 양쪽 뺨에 메마른 입맞춤을 한 뒤 작별 인사를 했고, 레스는 노인이 어렵사리 걸어가는 모습을 지켜보았다. 노인은 이번에도 스텔라 배리의 팔을 잡고 있었다. 레스는 그가 예전에 이 돌에서 저 돌로 경중경중 뛰어 강을 건너갔던 것을 떠올린다. 오늘의 그는—기다리고 있던 택시 안에 짐짝처럼 놓인다.

"메리언, 그 젊은 남자 만났어요?" 레스가 머릿속으로 하루를 훑으며 묻는다. 그는 메리언 맞은편의 흔들의자에 앉아 있다. 톰보이가 그의 무릎에 잠들어 있다. 레스는 메리언에게 저 멀리 홀리스터에서 온 젊은 남자 얘기를 한다. 모든 자세한 정보를 들려준다. 남자의 짧게 깎은 머리, 잘 맞지 않던 정장. 그가 장례식을 로버트를 위한 파티로 알고 있었다는 점. 어째서인지 그가 오해로…….

"아아, 이런." 메리언이 헛숨을 들이켠다.

"로버트가 낭독하기를 기다리고 있더라고요." 레스가 말한다. "시를 열정적으로 읽는 사람이었어요."

"아아, 안 돼. 아아, 안 돼!" 메리언은 손으로 입을 틀어막고 눈을 휘둥그렇게 뜬다.

레스는 어깨를 으쓱하며 덧붙인다. "부고란은 열심히 읽지 않나 보죠."

둘 다 미친 듯이 웃음을 터뜨린다. 길고도 고통스러운 날이었다. 이제 메리언은 즐거움에 흐느끼고 있다. 손수건이 다시 나온다. 오케이 합창단이 레스의 머릿속에서 음이 맞지 않는 노래를 부르는 것 같다. 레스도 메리언과 함께 웃지 않을 수 없다. 잠깐은 부주의하게 슬픔을 버린다.

레스는 이런 날을 메리언과 함께하리라는 생각을 한 번이라도 해봤을까? 이 마지막 나날을, 이처럼 함께하는 애도를, 몇 년 동안이나, 몇십 년 동안이나 남편을 훔쳐 갔다는 이유로 그를 증오해온 여자 메리언 브라운번과 함께 보낼 줄 알았을까? 매일 자신의 수의를 짰다가 밤이면 풀어 헤쳤던 그 사람과? 깊이 생각할 가치가 별로 없을 것 같다. 그냥 고마워하면 된다.

"저녁 먹고 가세요." 레스가 말한다.

메리언은 손수건을 꺼내고 레스는 그녀의 마스카라가 번지기 시작한 것을 본다. "그건 안 돼. 이젠 날이 어두워지면 운전할 수가 없거든. 난 늙었어, 아서." 메리언의 눈물은 검은색이다.

"그럼 자고 가세요."

"안 돼." 메리언은 숄을 두르며 말한다. "실은…… 아서, 너 불안증 약 먹었니?"

"네." 레스는 체코 작가의 말을 생각하며 말한다. "하나 드릴까요?"

"아니, 얘야." 메리언이 말한다. "근데 너한테 해줄 아주 힘든 이야기가 있어."

"아아, 안 돼."

메리언이 턱을 치켜들며 심호흡한다. "상황을 더 어렵게 만들 얘기야. 나도 유언 집행자한테서 들었어. 지금 말해줘도 괜찮을까?"

창문 너머로 피아노 음악이 조용히 도둑처럼 들어왔다가, 가져갈 만한 가치가 있는 걸 아무것도 발견하지 못한 채 다시 도둑처럼 나가 조용해진다.

"말해주세요." 레스가 말한다.

그래서 메리언은 레스에게 말한다.

"다시 말해줘, 레스. 못 들었어."

레스는 흰 침대에 잠든 톰보이 옆에 앉는다. 침대처럼 그의 목소리도 걱정으로 끽끽거린다. 레스에게는 전화를 걸 만한 시간이지만 메인주에 있는 내게는 자정이 한참 지난 시각이다.

"우린…… 우리한테는…… 우린 집이 없어."

"이번에도 물이 넘친 거야?"

"아니, 아니, 아니야." 레스는 잠수! 잠수! 잠수!라고 명령하는 잠수함 선장의 기관총 같은 말투로 말한다. "우린 '오두막'을 떠나야 해. 유언 검인이라는 것에 들어 있는 내용인데……."

"천천히, 형. 유언 검인에 따라 집을 비울 필요는 없……."

이제는 호흡이 거칠어진다. "내가. 그 집. 월세를. 밀렸어." 레스는 자기가 정말로 모든 것을 물에 잠기게 했다는 듯 말한다.

"월세라고?" 내가 놀라서 말한다. "난 '오두막'이 형 건 줄 알았는데!"

"로버트는 아무것도 요구하지 않았어. 그냥, 뭐랄까…… 양해된 거지."

"양해라니?"

침묵.

"레스." 나는 짜증이 나서 말한다. "영원히 그렇게 될 거라고 그냥 생각했단 말이야? 그러면서 나한테는 한 번도 말하지 않았고? 그래서 이젠 집세를 내야 해?"

"프레디, 로버트랑 헤어진 뒤에 나는…… 그냥 그 생각은 하지 않았어."

"밀린 월세가 얼만데?"

"10년 치." 레스가 말한다. "그걸로 역모기지인지 뭔지가 까인대. 잘 모르겠어. 그러고 나면 '오두막'이 우리 것이 돼. 근데 시간이 한 달밖에 없어."

이번에 침묵은 내 몫이다.

"그래서 아직은 메인주에 갈 수 없어. 난 팜스프링스로 갈 거야. 그다음에는 샌타페이로."

"프로필 작업을 하려고?"

"프로필 작업을 할 거야." 레스가 말한다. 마지막 강도질에 참여하기로 동의하는 은행 강도 같다. "함께 따라오는 다른 일도 전부 다. 내가 모든 걸 괜찮아지게 할 거야. 맨던은 돈이고, 난 심사위원회에 속해 있어. 그것도 돈이야. 내가 모든 걸 괜찮아지게 할 거야. 나한텐 한 달이 있어. 팜스프링스에서 전화할게."

"팜스프링스에서." 나는 우리의 모든 걱정을 사라지게 할 마법의 주문이라도 된다는 듯 그렇게 말한다.

"그리고 새 책을 쓸 계획도 세울게." 레스가 말한다. "그걸 팔아야겠어. 두고 봐, 프레디. 내가 모든 걸 괜찮아지게 할 거야!"

차가운 침묵이 이 주장을 맞이한다. 마을에 들어온 낯선 사람을 맞이하는 바텐더의 침묵처럼.

"형이 취직할 수도 있지." 내가 말한다.

"그건 해봤지." 레스가 말한다. "위치타 기억해?" 우리 둘 다 레스가 방문 석좌교수로 지냈던 끔찍한 시간을 떠올리며 잠시 침묵한다. "근데 맞아, 꼭 취직해야만 한다면 취직할게. 이걸 먼저 해보고."

내가 말한다. "그동안 내내 '오두막'이 우리 것도 아니었다는 거야?"

"나한텐 한 달이 있어. 이 문학상과 프로필로 문제의 3분의 1은 해결될 테고……."

"영웅 납셨네." 나는 다소 잔인하게 말한다.

"그런 다음에 메인주로 갈게……."

"미안, 그래. 미안해." 나는 퍼뜩 그 상황에서 빠져나오며 말한다. "이게 형한테 완전히 끔찍한 일이라는 거 알아. 형은 새 소설을 쓰려 했는데……."

"그건 기다렸다 써야겠지."

"전부 너무 끔찍하다."

"프레디, 우린 집을 잃지 않을 거야. 내가 모든 걸 괜찮아지게 할게."

"형이라면 그렇게 할 거라는 거 알아, 내 사랑."

"내가 모든 걸 괜찮아지게 하고, 그다음에 메인주로 널 만나러 갈게."

나는 레스에게 사랑한다고 말하고 그를 놓아준다.

그렇지만…… 이제는 내가 불확실해질 차례다. 나의 프뤼당은 또 무슨 불운을 숨기고 잊고 까먹었을까? 이제부터는 그를 앵프뤼당*이라고 불러야 할까?

나는 루이스와 클라크를 자주 생각한다. 제퍼슨 대통령이

---

*   imprudent. '신중하지 못한'이라는 뜻의 프랑스어.

북서쪽 영토로 보낸 젊은 탐험가들 얘기가 아니다.** 레스의 친구인 루이스와 클라크 얘기다. 20년간 부부로 지낸 둘은 갑자기 헤어지겠다고 선언했다. 알고 보니 그들은 10년에 한 번씩 데이트를 하며 계약을 다시 살펴보았는데, 마지막 데이트 때 계약이 갱신되지 않았다. 그들은 샴페인을 마시고 헤어졌다. "우린 할 수 있는 한 최대로 서로를 받아들였어." 클라크는 충격받은 아서 레스에게 미소 지으며 말했고, 레스는 내게 그 말을 전해주었다. 그냥 그런 식으로 사랑이 끝났다. 그 먼 길을 여행해 갔는데! 결국 그들은 탐험가 루이스와 클라크와 비슷해졌다. 그 탐험가들도 여행이 끝나고 나서 열여덟 번의 축배를 들었으니까. 이 이야기는 나를 걱정으로 채웠다. "우린 할 수 있는 한 최대로 서로를 받아들였어." 커플이 이런 식으로 말하던가? 10년이라는 세월이 일종의 계약 관계 같은 형식성을 나타내고—자기만의 스튜디오를 갖춘 병아리 스타처럼—이 불확실한 느낌을 낳는 걸까? 매우 당황스러운 전화 통화를? 팜스프링스로의 매우 당황스러운 여행을? 머잖아 우리의 첫 키스 이후로 10년이 될 텐데 말이다. 포치에서, 파티에서, 유리병 속의 촛불…….

나도 안다. 이건 왈론 짓거리에 대한 극적인 반응이다. 집세

** 미국의 대통령 토머스 제퍼슨의 명령으로 메리웨더 루이스와 윌리엄 클라크가 1804년에서 1806년까지 미국 횡단 탐험을 했다.

해넘이   73

니 유언 검인이니 세월의 흐름 같은 것에 대한 레스의 순진무구함은 당연하게도 아서 레스의 매력에 포함된다. 그는 모든 하루가 그다음 하루보다 나을 거라고 생각한다. 틀린 생각이다. 그는 다음 날 아침 잠에서 깨어 다시 그 생각을 한다. 그것도 틀린 생각이다. 그는 우리가 자유롭게 진정한 우리 자신이 될 수 있다고, 우리는 선택하는 대로 자유롭게 사랑할 수 있다고 생각한다. 너무도 미합중국인 같은 정신 상태라, 케첩을 곁들여 내놓을 수 있을 정도다.

하지만 친구들, 케첩만 먹고 살 수는 없다.

다른 이야기가 떠오른다. 레스의 인생에서 로버트와 나 사이의 시간에 있었던 일이다. 그때 레스는 북서부 지역 여행기를 쓰고 있었는데, 자세한 정보와 지역색을 담기 위해 그의 숙소에서 추천한 온천으로 향했다. 레스의 말에 따르면, 그는 즉석요리 전문 주방처럼 덜그럭거리는 시끄러운 시냇물 옆 오솔길을 따라갔다. 그러다가 온천을 마주쳐 옷을 벗고 알몸으로 웅덩이에 자리 잡았다. 물안개가 수면에 유령처럼 맴돌았다. 레스의 머리 위에서는 완고한 산이 그 보랏빛 손을 포개고, 캐슬링을 당한 킹을 내려다보는 체스 기사처럼 그를 내려다보고 있었다. 바로 그때가, 매우 조용하지만 갑작스럽게 돌 사이로 머뭇머뭇 발걸음을 내디디며 거대한 무스가 숲 밖으로 나온 때였다.

무스는 아서 레스에게 다가가 웅덩이 옆 그의 곁에 앉았다.

침묵의 순간. 레스는 순전한 두려움에 사로잡혀 자유롭게 소변을 보았다.

하지만 아서 레스의 말에 따르면, 인간과 무스가 떨어지는 태양을 바라보던 그 몇 분 동안 그는 선택받은 기분을 느꼈다. 로버트의 그늘에서 몇 년 동안 고군분투하다가 가능성이라는 드넓은 바다에서 표류하던 중 갑자기 이 거대한 생명체가 그를 선택한 것이다! 레스는 이 어마어마한 무스 옆에서, 그의 뮤즈 옆에서 변신한다고 느꼈다. 그러다가 무스가 그를 떠나 숲속으로 돌아가자, 무스의 순간이 지나가고 그 순간에서 살아남자, 레스는 자신이 무슨 일을 겪어도 살아남을 수 있으리라는 사실을 받아들였다. 그는 로버트 없이도 살아남을 수 있을 터였다. 그는 어떤 변화로부터도, 그의 앞길을 막는 어떤 무스에게서도 살아남을 수 있었다. 그는 작가가 될 것이다. 걱정과 의심은 지옥에나 가라지.

그게 내가 원하는 것이다. 나는 선택받고 싶다. 아서 레스처럼 낙엽송 사이를 비틀거리고 다니다가 선택받고 싶다. 내 무스는 어디에 있을까? 그런 무스를 만나는 건 미국 헌법에 약속된 권리 아니던가? 민간인의 집에 군대를 숙영시킬 수 없다는 조항과 공직자는 의회의 동의 없이 외국 정부의 선물을 받을 수 없다는 내용 사이 어딘가에 나오는 권리? 이곳은 대단히 불의한 나라다. 레스는 허둥대고 실패하다가 무스라는 보상을, 팜스프링스라는 보상을, 나, 프레디 펠루라는 보상을 받는다.

그런데 나는 여기, 메인주의 학회에 앉아서 고민한다. 내 무스는 어디에 있을까? 내 무스는 어디에 있지?

내가 시인 로버트 브라운번을 마지막으로 만난 건 호스피스에서였다. 레스와 나는 소노마 카운티까지 차를 몰고 가 요양 시설에서 메리언을 만났다. 그녀는 유리창을 통해 햇빛이 드는 로비에서 인내심 있게 기다리다가 우리를 로버트의 방까지 데려다주었다. 방은 밝은 노란색이었다. 열린 창 밖의 월계수 향기가 났다. 마찬가지로 노란색이며 빙빙 도는 제비 무늬가 들어간 커튼이 걷혀, 임종의 침상에 있는 시인의 모습을 드러냈다. 레스는 즉시 그에게 다가가, 마찬가지로 노란색인 플라스틱 의자에 앉았다. 레스는 마찬가지로 노란색인 그의 손을 잡았다. 하지만 시인의 눈은 내게 머물러 있었다. "안녕, 프레디." 로버트의 눈은 눈자위가 검게 변한 눈구멍 안쪽으로 깊이 가라앉아 있었다. 쓸 수 있는 모든 빛을 빨아들인 듯했다. 입술은 꽉 다물리고 턱은 떨리고 있었다. 중풍 때문이 아니었다. 괴롭지만 그 괴로움을 드러내고 싶지 않다는 단순한 사실 때문이었다. "많이 컸구나!" 그가 씩 웃으며 말했다. "인생의 중간 부분에 온 걸 환영한다, 프레디. 경고하는데, 마지막 부분은 마음에 들지 않을 거야." 그와 레스는 로버트의 음식과 약, 간호 팀과 겪은 우여곡절, 커튼 무늬에 대해 이야기했다. 시인은 그 무늬가 절대 제비가 아니라 원을 그리는 독수리라고 주장했다. 레스는 그를 테이레시아스*라고 불렀다. 둘만의 농담이었다. 그런 뒤에는 떠날 시간이 됐다. 그의 시선은 다시 내게로 돌아왔다. "이탈리아 여자를 부르는 최악의 방법이 뭔지 아나? 트로이 사람이라고 부르는 거야. 트로이의 헬레네를 말하는 거지! 굉장하지 않아? 이건 아주 오래된 원한이라고, 프레디." 나는 그의 뺨에 작별의 입맞춤을 했다. 그게 내가 시인 로버트 브라운번을 마지막으로 본 때다.

하지만 아서 레스가 그를 마지막으로 본 때는 아니었다. 레스는 2주 뒤 그의 테이레시아스를 만나러 갔다. 그의 손을 다시 잡았다고, 로버트가 음식과 간호 팀과 주변 사방을 맴도는 독수리에 대해서 다시 불평했다고 말했다. 로버트는 사람들이 자신에게 꿀과 우유만을 먹인다고 했다. 물도 오염된 샘물에서 나온 것을 주고, 등등. 그는 괴로워하고 혼란스러워했다. 그런 뒤, 노인은 중년의 레스를 돌아보았다. "아서. 어딘가로 사라져버려. 너한텐 그게 늘 도움이 됐어. 하지만 아직은 아니야. 그냥, 아직은 날 떠나지 마."

아서 레스가 연인에게 말했다. "무슨 말이에요? 난 당신을 떠나지 않아요!"

알 만한 일이지만, 결국 떠난 건 로버트 브라운번이었다.

---

* 그리스 신화에 등장하는, 테베 출신의 눈먼 예언자.

"모든 것에는 끝이 하나 있어." 우리의 주인공은 특유의 레스식 독일어로 그렇게 말할지 모른다. "소시지는 예외지. 소시지는 끝이 둘이니까." 물 샐 틈 없이 철저했다고는 할 수 없는 오랜 세월이 지난 지금, 이게 그가 '오두막'에서 보낼 마지막 밤일까? 우리의 주인공은 핑크색 스웨터, 특수 전기면도기, 회색 비단 정장을 챙기고 알람을 맞춘다. 혼자서 우리 침대에 기어든다. 톰보이는 이웃이 이미 데려갔다.

오늘 밤에는 누가 꿈속 성채의 벽에 올라 있는 우리의 햄릿을 방문할까? 분명 로버트 브라운번은 아닐 것이다. 모든 동물과 인간이 모여 정신 나간 재회를 하는 천국이 있대도 로버트 같은 무신론자들은 유령의 형태로 우리에게 돌아오지 않을 것이다. 그가 천국의 감옥에 갇혀 있기 때문이 아니라, 순전히 고집스럽기 때문이다. 레스의 어머니도 절대 아닐 것이다. 그녀는 한 번도 레스를 겁주고 싶어 한 적이 없으니까. 어쨌든 그녀는 레스의 신경계 안에 편재해 있다. 그녀는 위험한 콘센트나 미끄러운 샤워실 바닥을 볼 때마다 소리친다. 불안해하는, 레스의 전속 유령이다. 날짜를 알 수 없는 죽음의 밤 속에 숨어 있는 옛 친구들도 절대 유령이 되어 나타나지는 않을 것이다. 역병의 피해자인 그들은 오래전 더 나은 파티장을 찾아 떠났다. 할머니들이나 할아버지들도 아닐 것이다. 아무리 저승에 수다 떨 시간이 많대도 그들이 살아 있을 때 하지 않은 모든 말을 할 수는 없을 테니까. 그의 아버지, 로런스 레스도 아닐 것이다. 그 역시 우리의 주인공을 떠난 또 한 명의 남자이지만 아직 어딘가에 살아 있으니까…….

그렇다지만—그 그림자는 엉뚱한 곳에, 우드하우스가 그린 레스의 초상화 옆에 있는 게 아닐까? 지금 침대를 향해 가고 있는 게 아닐까?

어딘가로 사라져버려. 그 유령이 속삭이는 것 같다.

레스는 다른 소리를 듣는다. '딱' 하는 소리다. 서툰 유령일까? 물론 레스는 그 유령을 안다. 그 소리는 로버트가 밤에 여러 번 내던 소리다. 그의 턱관절에서 나는 소리. 로버트는 근육 경련을 일으키며 깨어나는 경우가 많았고, 다시 잠들기 위해 신체의 각 부분을 이완시키는 상상을 하곤 했다. 발가락에서부터 시작해 딱 소리를 내며 턱까지 스트레칭했다. 그 소리에 옆에 있던 레스는 자주 깼다. 물론 방금 건 로버트가 낸 소리가 아니었다. 당연히 유령은 없다. 레스는 자기가 그 소리를 냈다는 걸 깨닫는다. 죽은 자들은 오직 우리 안에만 살아 있기에.

레스는 눈을 깜빡여 잠의 얇은 막을 걷어낸다. 모든 것이 사라졌다. 방은 어둡고 조용하며 그림자는 적절한 자리에 있다. 레스는 행운의 물건인 어머니의 오래된 펜이 있는지 확인하려고 침대 옆 탁자를 더듬어본다. 원통형 펜의 서늘한 촉감이 그를 편안하게 한다. 그때 창문 너머로 자동차 헤드라이트가 밝게 빛나며 침대에 나팔꽃 덩굴 그림자를 드리워, 누군지는 몰라도 지켜보고 있을 만한 사람에게 어떤 기억을 떠올리게 하지만…… 레스는 이미 의식을 잃고, 이미 반쯤 팜스프링스에 가 있다.

잘 자기를, 내 사랑. 오늘 밤 우리 둘의 거리는 대륙보다도 머니까.

남서부

[다음 인터뷰는 독일어에서 번역한 것이다.]

"레스 작가님, 프로그램에 참여해주셔서 감사합니다. 미국에서 와주셔서요."

"이것이 제 감사입니다."

"작가님이 독일어로 이 인터뷰를 해주실 수 있어서 청중들이 즐거워할 겁니다. 우리 말을 할 줄 아는 미국인은 아주 드물거든요."

"이것이 제 독일어입니다. **아**-아-아."

"시간이 조금밖에 없는데, 곧 다가올 작가님의 여행에 관해 여쭤보고 싶었어요. 여기, 독일에서도 상당히 유명한 작가인 H. H. H. 맨던과 함께 투어를 하신다고 들었는데요."

"맨던 작가님이 함께 가자고 나한테 요구한 건 정신 질환처럼 보이지만 진짜로 요구했어요. 맞아요!"

"정말 정신 질환이네요. 두 분은 아주 다른 종류의 작가인 것 같거든요. 작가님의 다음 책인《스위프트》는 코미디라고 들었어요. 맨던 작가님은 코미디가 아니라 SF로 유명하시고요."

"잘 알려진 로봇 탐정이 있습니다."

"네, 네. 피보디 말이죠. 맨던 작가님이 왜 특별히 작가님을 요청했다고 생각하세요?"

"인터뷰를 한 적이 있습니다. 그분이 제 취조를 좋아했습니다. 당신도 그분을 취조한 적이 있나요?"

"실은, 맞아요. 어려웠죠. 맨던 작가님이 약간 예민한 걸로 유명하대도 과한 말은 아닐 것 같네요. 어떤 사람은 맨던 작가님이 정신적으로 안정적이지 않다고도 하죠. 초조하신가요?"

"이해가 안 됩니다."

"그렇게 변덕스러운 일행과 가까운 관계를 맺게 되어서 초조하진 않으신가요?"

"이해가 안 됩니다."

"초조하세요?"

"우린 호텔 방을 같이 쓰지 않습니다, **아**-아-아."

"자, 레스 작가님. 작가님의 새 책과 투어에 관해서, 독일의 저희는 행운을 빕니다."

"**아**-아-아."

레스는 샌프란시스코에서 미국 왼쪽 아래에 달린 동전 주머니 속 도시인 팜스프링스로 비행기를 타고 간다. 레스는 그의 가방(특수 전기면도기와 책 여러 권, 그가 가장 좋아하는 핑크색 스웨터가 들어 있는 가방이다)을 머리 위 짐칸에 넣고 창가에 자리 잡는다. 날개를 내다본다. 겁에 질린 상태에서, 그는 사람이 정말 날 수 있는지 궁금해한다. 그 뒤에는 승무원이 걱정하며 그에게 땅콩을 권한다. 레스는 땅콩을 준다는 개념 자체에 킬킬거린다. 땅콩이라니! 상공 9킬로미터에서! 아서 레스에게는 높은 고도의 모든 것이 기적적으로 느껴진다. 그냥 이런 일이 벌어진다는 걸 믿을 수가 없다. 아마 이는 레스의 체계 안에서, 이불을 덮어쓰고 손전등 불빛으로 책을 읽거나 나무 위 놀이 집으로 초콜릿을 몰래 가지고 들어가는 등 어린 시절의 반쯤 금지된 기쁨과 상관관계를 맺고 있는지 모르겠다. 와인 권유에 레스는 그 불가능성을 생각하며 몸을 떤다. 어떻게 이 위에 와인을 가져왔지? 레스에게는 그 와인이 다섯 살짜리 꼬마의 가판대에서 산 레모네이드 한 잔 정도의 맛이다. 그 말은, 언제나 맛있다는 뜻이다. 음식도 마찬가지다. 레스가 전자레인지에 데운 닭고기나 엉겨 붙은 라자냐를 포일을 벗겨 드러내는 걸 보면, 그가 초콜릿 공장에 들어가는 황금 티켓이라도 찾은 줄 알 것이다. 그의 기쁨은 무한해 보인다.

하지만 모든 것에는 하나의 끝이 있다. 이륙하고 얼마 지나지 않아 다른 승객들은 지속적으로 웡웡거리는 소리에 경계심을 느낀다. 레스도 그들과 함께 추측한다. 비행기 부품이 헐거워진 걸까? 기압에 뭔가 문제가 있을까? 곧 승무원들이 개입한다. 기장이 불려 온다. 그는 그 소리에 감응하더니 사라진다.

"승객 여러분, 우리 비행기는 다른 비행기보다 먼저 팜스프링스로 비상 착륙을 하도록 허가받았습니다. 비행기에 경정비가 필요하지만, 지금의 단거리 비행에는 영향을 미치지 않을 것입니다." 그들은 비상 착륙을 시작한다. 레스는 겁에 질린다. 무슨 경정비? 대체 어떤 필수적인 장치가 치명적이고도 시끄럽게 풀려버린 걸까? 물론 레스가 그 위협의 근원지를 파악하기까지는 오래 걸리지 않는다. 문제는 그의 특수 전기면도기다. 전기면도기가 머리 위 짐칸에서 어쩐 일인지 알아서 켜진 것이다. 레스는 아무 말도 하지 않는다. 특수 전기면도기(능숙한 복화술사다)는 객실 모든 곳에 소음을 퍼뜨린다. 덕분에 레스는 혐의를 받지 않는다. 레스의 계획은 착륙 때까지 기다려 면도기로 달려간 다음, 누군가가 눈치채기 전에 면도기 퓨즈를 끊어놓는 것이다. 처음에는 모든 것이 잘된다. 승무원이 그의 물잔과 사소한 쓰레기를 치워 간다. 그런 다음, 그들은 팜스프링스에 도착한다. 자유의 종이 울리고 레스는 벌떡 일어서 가방 지퍼를 연다. 분홍색 보풀이 색종이라도 뿌리듯 그를 맞이한다. 비행시간 내내 면도기는 승무원에게 경고했을 뿐 아니라 자신의 동반자인 스웨터를 잡아먹기로 했다. 사랑이란 그런 것이다.

팜스프링스 공항에서 엘리너라는 이름의 출판업자가 아서 레스(여전히 분홍색 보풀로 장식돼 있다)를 만나 팜스프링스

주요 지역으로 데려간다. 그곳에서 레스는 캘리포니아 북부에서 남부로의 갑작스러운 전환 속에, 깊은 물에서 너무 빠르게 떠오른 다이버가 느낄 법한 충격을 경험한다. 아, 캘리포니아! 통계학적으로 불가능할 만큼 많은 금발, 어디에나 있는 선글라스. 꼭 모두가 방금 안과에 들른 것 같다. 수많은 비(非)원주민이 그렇듯 새로 찾은 나라에 대해 상당히 애국심을 느끼는 것처럼 보이는 비원주민 대추야자. 서늘한 10월에 태양과 그 온기를 가장하는 모습. 이곳, 엘리너의 컨버터블 자동차도 상황이 비슷하다. 그녀는 추위를 상쇄하느라 히터를 세게 틀어 놓았다. 그 모습이 레스에게는 가족 명절에만 보이는 심오한 거부 행위처럼 보인다.

솔직히 말하자. 레스는 겁을 먹고 있다. 돈과 여행과 아직 맞닥뜨리지 않은 창피한 일들 때문이다. 추운 북동부에 있는 사랑하는 사람의 따뜻한 품 대신, 아서 레스는 그 어떤 왈론도 대비할 수 없는 자외선의 악몽 속에 들어왔다. 자외선 차단제도 없이. 여기엔 어떤 새로운 외로움이 안치되어 있을까? 그야, 아서는 유명한 중절모자를 쓰고 유명한 퍼그를 데리고 다니는 그 유명한 작가를 거의 만나지도 못할 테니 말이다. 레스는 호텔 방에서 혼자 지내다 작가와 함께 샌타페이로 날아가기 전까지 심사위원회 회의에 참여할 것이다. 게다가 그는 나, 프레디 펠루로부터 더 먼 곳까지 여행해 왔다.

엘리너가 거대한 금속 아보카도처럼 생겼으나 사실은 강당인 건물로 레스를 데려간 다음, 다시 아보카도의 그린룸*으로 데려간다('그린'이란 아보카도의 초록색을 나타내는 말이다. 그 누구도 장난을 하는 게 아니다). 그런 뒤 엘리너는 레스를 과일 접시와 미니바 옆에 버려둔다. 레스는 간신히 자기가 마실 미니 칵테일을 타서 조심스럽게 홀짝인다. 무대 위에서 술에 취하고 싶지는 않으니까. 그의 임무는 관심을 거의 완전히 피하는 것이다. 위대한 작가가 빛나게 하는 것이다. 무대 위 의자나 탁자, 물잔, 스포트라이트처럼 잘 기억되는 것, 다시 말해 전혀 기억되지 않는 것. 레스는 이 일에 자신이 대단히 잘 어울린다고 느낀다. 레스가 미니 칵테일의 체리를 먹을 때가 왔는지 생각하고 있을 때, 진지한 표정의 남자가 들어온다. 하지만 그는 아서 레스를 힐끔거리지도 않는다. 그는 잿빛 곱슬머리에 헤드셋을 끼고 클립보드를 들고 있다. 그가 책임자라는 표시다.

"실례합니다." 레스가 말한다. "뭐 좀 여쭤볼게요. 맨던 작가님은 언제 오시죠? 잠깐 핸드폰으로 회의를 해야 하거든요. 문학상 때문에요."

남자는 조바심을 내며 그를 본다. 그가 핑크색 보풀을 알아본다. "맨던 작가님은 곧 도착하실 겁니다."

"그럼 전 시간이 좀 있는 건가요?"

---

* '그린룸'에는 '대기실'이라는 뜻이 있다.

남자의 왼쪽 눈썹에는 눈썹을 나누는 특유의 흉터가 있다. 꼭 결투에서 생긴 흉터 같다. 그가 인상을 쓴다. "맨던 작가님의 일정이야 그분이 알아서 하시는 거죠, 예스 작가님."

"레스입니다." 레스가 말한다. "아서 레스. 예스가 아니고요." 그가 제임스 본드 영화의 악당이라도 된 걸까?**

남자가 클립보드를 본다. "여기에는 예스라고 적혀 있는데요." 그가 깔끔하게 그 단어를 그어버린다.

"맨던 작가님이 언제 도착할지 알려주실 수 있나요?"

남자가 잠시 레스를 바라본다. "맨던 작가님이 도착하시면, 당신도 알게 될 겁니다." 그가 말한다.

첫 번째 책인《인큐버스》가 1978년에 출간되고 논란의 여지가 컸던 영화 버전이 뒤따라 공개된 이후로 줄곧 베스트셀러 작가였던 H. H. H. 맨던은 책의 세계에서 즉시 어마어마한 존재감을 자랑하게 되었다. 특유의 중절모와 담배 파이프, 빈센트 프라이스식의 줄무늬 턱수염***으로 그는 자신의 행사에 수천 명의 팬들을 끌어들였고, 호텔 방을 엉망진창으로 만든다든지 돈에 불을 지른다든지 자신을 푸에르토리코로 데려가라

** 영화 007 시리즈의 주인공 제임스 본드가 늘 "본드입니다, 제임스 본드(Bond, James Bond)"라고 소개하는 것을 빗대어 하는 말이다.

*** 빈센트 프라이스는 미국의 영화배우로, 흰 수염이 섞여 있어 줄무늬가 있는 것처럼 보이는 턱수염으로 유명했다.

며 민항기를 납치하려 하는 등의 록 스타 같은 행동으로 헤드
라인을 장식했다(민항기는 이미 푸에르토리코로 가는 중이었
다). 나중에 맨던은 그게 처방을 받아서 먹고 있는 약 탓이라
고 했다. 하지만 그 무엇도 맨던이 내는 성과를 막지는 못했다.
그는 1년에 장편소설 한 편, 때로는 두 편을 냈다. 그것도 그냥
아무 소설이 아니라, 일반적인 인간이라면 타자만 치는 데에도
1년이 걸릴, 우주 전쟁과 외계인의 제국 건설을 묘사한 600페
이지의 장편소설을 말이다. 맨던은 땀 한 번 흘린 적이 없었다.
어떤 비평가는 최근 그를 "미국의 찰스 디킨스"라고 불렀다. 또
다른 사람은 "쓰레기 공장"이라고 불렀고. 맨던은 이제 팔십대
였지만, 그중 무엇도 그의 생산성을 무디게 하지는 못했다.

　아서 레스는 전에도 H. H. H. 맨던을 만난 적이 있었다. 2년
전쯤 뉴욕시에서였다. 당시 레스는 공개적으로 이 위대한 남
자를 인터뷰했다. 재앙에 가까운 일이었다. 식중독에 걸려 다
양한 약물에 취해 있던 맨던을 무대 위에서 이끌어야 했으니
까. 맨던은 레스가 던지는 질문에 한 시간 동안 투지에 차 대답
했고, 청중이 질문을 던질 시간이 되자 그 외로운 시선을 아서
레스에게로 돌렸다. 레스는 일렁이며 꺼져가는 절망의 양초
꼬투리를 보았다. 그러더니 그 불꽃이 꺼져버렸다. "자, 맨던
작가님. 작가님 답변대로라면 5권이 한창 전개됐을 때……."
레스는 그렇게 말을 이어갔다. 마치 맨던의 성령에 사로잡힌
것처럼 맨던 특유의 언어로 말했다. 레스가 그날을 살렸다. 시

간이 끝나자 가엾은 맨던은 "끝났나?"라고 속삭일 수 있을 뿐이었고, 레스는 수천 명의 갈채를 받으며 그를 데리고 무대에서 내려갔다. 맨던은 호텔의 병상으로 사라졌고 레스는 그 위대한 남자의 소식을 다시 듣지 못하리라 예상했다.

하지만 그는 위대한 남자의 소식을 다시 듣게 되었다. 우리가 어느새 팜스프링스의 그린룸에, 아서 레스가 심사위원회의 위원으로 첫 회의에 참석하는 현장에 와 있는 걸 보면.

"안녕하세요, 여러분!"

심사위원회는 절대 직접 만나지 않는다. 그들의 만남은 무형이다. 천사들의 만남과 같다. 아서 레스는 상을 받을 뻔한 적이 많다. 한번은 이탈리아에서 상을 탄 적도 있다. 하지만 지금 그는 심사위원이 될 기회, 즉 성실청*에 들어갈 기회를 잡았다.

위원장이 도전 과제를 내며 통화를 시작한다. "제 생각엔, 이 상이 무엇을 위한 것인지에 관해 각자 느끼는 바를 밝혀야 할 것 같습니다."

레스 말고 다른 심사위원은 세 명이다. 레스는 그 셋 모두의 이름을 들어봤지만, 셋 중 누구의 작품도 읽어본 적이 없다. 아프리카계 미국인 작가인 알코프리바스 ('프리비') 나지에와 역

---

*   14세기 이후 영국 런던의 웨스트민스터 궁전의 성실(Star Chamber)에서 열리던 특별 재판소로, 불공평의 상징이었다. 오늘날에는 법원이나 다른 공공기관 등의 일탈적이거나 비밀스러운 모임 등을 가리킨다.

사소설가 비비언 리, 마지막 위대한 승리—'모르몬교 환각 문학'의 최후 일성으로 여겨지는《계단》이라는 작품이었다—를 20년 전 과거에 거둔 에드거 복스였다. 레스는 오직 특유의 목소리로 동료들을 구분할 수 있을 뿐이다. 에드거 복스는 통화 중 완전히 침묵을 지키는 것으로 구분할 수 있다.

잠깐, 미안하지만 에드거 복스는 절대 마지막이 아니다. 다른 사람이 있다. 심사위원장 말이다. 어떻게 잊을 수가 있지? 우리가 희망을 잃고 인생이란 혼란이라고 믿는 그 순간, 운명의 여신은 어떤 패턴을 제공한다. 심사위원장은 다름 아닌 레스의 오랜 숙적, 핀리 드와이어다.

수십 년 동안 두 명의 백인 게이 남성 작가는 비슷한 출판의 길을 걸어왔다. 때로는 동일한 퀴어 전문 서점에서 비슷한 날 밤에 낭독회를 열기도 했다. 하지만 레스는 샌프란시스코에, 핀리 드와이어는 뉴욕에 살았기에 둘이 만난 적은 한 번도 없었다. 그러다가 파티가 (파리에서) 열렸는데, 이때 핀리가 서재 구석으로 레스를 몰아넣고 다른 누구도 감히 말하지 않던 것을 굳이 말해주겠다고 했다. 레스가 어떻게 이런 악마의 거래를 거부할 수 있었겠는가? 다른 누구도 감히 말하지 않으려는 걸 들려주겠다는데? 알고 보니 그 말은 이것이었다.

아서 레스가 '형편없는 게이'라는 것.

레스는 지금까지 2년을 꽉 채워 그 말을 머릿속에 굴려보고 있었다.

"아서." 핀리 드와이어가 전화기 너머에서 말한다. "당신도 알겠지만 난 당신 작품 팬이에요. 나라면 당신을 가장 먼저 선택했을 거랍니다. 하지만 이럴 수가, 우리로서는 운 좋게도 당신이 심사위원이 됐네요! 당신은 이 상이 무엇을 위한 거라고 생각하는지 말해주세요."

"특별한 사람을 위한 거죠." 레스는 그린룸을 돌아다니다가 자기도 모르게 불쑥 내뱉는다. "뭐랄까, 이야기를 전하는 새로운 방식이라든지 언어의 새로운 사용이라든지요. 새로운 목소리를 내는 작가에게 주거나 우리가 간과한 위대한 작가를 재조명할 수도 있겠죠. 마음을 열어두면 발견할 수 있을 거예요."

"고마워요, 아서. 비비언?"

비비언 리는 웅변술 교수 같은 우아한 목소리의 소유자다. "이 상이 무엇을 위한 게 아닌지는 말할 수 있겠네요. 이 상은 이미 문학 정전에 들어 있는 작가들을 위한 건 아닙니다. 우리에겐 누군가의 삶을 바꿀 기회가 있어요. 그 기회를 낭비하지 말죠."

"훌륭해요, 비비언." 핀리 드와이어가 말한다. "당신은요, 프리비?"

프리비의 목소리는 열성적인 토론자의 목소리다. "핀리, 내 생각에 이 상은 캐나다 사람에게 주면 안 되는 상입니다! 캐나다 사람들이 이 상을 너무 많이 받아요!"

"자, 알겠습니다, 알겠어요, 프리비. 흥미롭네요. 에드거, 덧붙일 의견이 있나요?" 숙고의 침묵이 흐른다. "에드거, 듣고 있어요?"

"듣고 있습니다."

"덧붙일 의견이 있나요?"

침묵이 더 이어지고, 마침내 한숨이 들린다. "이 상은 첫 문단에 보지라는 말을 넣었다는 이유만으로 모든 상을 휩쓰는, 그런 어린애들을 위한 게 아닙니다."

"누굴 말하는 거죠?" 비비언이 묻는다.

"이 상이 무엇을 위한 건지 얘기하는 중이라고 생각했는데요." 아서가 끼어든다. 어린 시절, 선생님의 애완견처럼 굴던 그때의 목소리와 매우 비슷하다.

"알잖아요." 에드거가 말한다. "첫 번째 문단에 보지라고 쓰는 사람들."

프리비가 끼어든다. "아서는 우리가 열린 마음으로 작품을 읽어야 한다고 생각한다는데요, 에드거."

이제는 핀리의 노래하는 듯한 목소리가 들려온다. 칵테일 쟁반을 들고 있는 집주인 여자 같은 목소리다. "자, 각자의 성격을 드러내니 좋네요. 난 이 상이, 우리 모두가 형편없는 작가로 알고 있는 사람들을 위한 게 아니라는 점에는 모두가 동의할 거라고 봐요. 칭찬도 받고 명성도 누리지만 형편없는 작가들 말이죠. 흉내쟁이, 사기꾼, 게으르게 베껴 쓰는 자들이나, 트루먼이 쓸 만한 표현을 빌리자면 타자꾼 말이에요. 그런 자들은 많아요. 이 상은 재능 없는 사람들을 위한 게 아니에요. 이런 말이 인기 없으리라는 건 알지만요."

"찬성, 찬성!" 프리비가 그렇게 말한다. 한바탕 기침 소리가 들린다.

다시 아서가 말한다. "전 우리가 얘기하려던 게……."

"난 첫 문단에 보지가 들어가도 문제없다고 생각하는데요." 비비언이 뾰족하게 덧붙인다.

"알겠습니다." 에드거가 말한다. "그 말은 취소하죠. 보지가 들어가도 좋습니다."

핀리: "우리에겐 미국 문학을 광범위하게 탐색해볼 기회가 주어졌어요. 흥미진진한 한 달이 될 거예요! 뉴욕에서 시상식이 열릴 테니 일정 비워두세요. 나머지 우리도 아서의 정확한 기준에 맞출 수 있을지 보자고요!"

레스: "전 그냥……."

"그럼 다음에 봐요, 오 레에쿠테!*"

아서 레스는 '형편없는 게이'일까? 확실히 게이로 사는 걸 형편없이 못하긴 한다. 이 문제를 좀 더 자세히 살펴보자. H. H. H. 맨던이 도착할 때까지 기다릴 시간은 충분하니까…….

80년대에 대학을 졸업하고 뉴욕으로 이사했을 때 아서 레스

---

*   Au réécouter. '나중에 다시 듣죠'라는 뜻의 프랑스어.

는 훌륭한 게이가 되려고 최선을 다했다. 알고 보니 섹스 소굴이던 헬스장에 회원권을 끊었다. 알고 보니 정부 진료소에 관한 음모론을 믿던 어느 정당에 가입하기도 했다. 알고 보니 섹스 소굴이던 독일어 학회에 가입하기도 했다. 알고 보니 정당 가입자만을 위한 곳이던 독서 모임에 가입하기도 했다. 알고 보니 섹스 소굴이던 롤플레잉 게임 동호회에 가입하기도 했다. 알고 보니 정부 진료소이던 섹스 소굴에 가입하기도 했다. 모든 것이 너무 혼란스러웠다.

하지만 가장 혼란스러웠던 건 모든 남자가 성적으로 매우 자유로웠다는 점이다. 레스는 계속해서 "긴장을 풀어야" 한다는 말을 듣고 또 들었다. 그는 그 말이 사실이라고 확신했다. 하지만 어떻게 절대적으로 모든 사람이 긴장을 풀었는데 그는 아닐 수 있을까? 그토록 많은 남자가, 특히 그토록 수많은 평범하고 용모 단정한 미국인 남자가 섹스에 대해 그토록 속 편하게 굴 수 있다는 건 통계적으로 불가능해 보였다. 과거를 그냥 그런 식으로 떨쳐버릴 수는 없는 게 아닌가? 예컨대 아미시 공동체의 농부가 어느 날 아침에 눈을 떠보니 훌륭한 나스카* 선수가 될 수는 없다. 그건 설령 가능하더라도 몇 년은 걸릴 일이다. 게다가 이 남자들이 전면적으로 속 편한 것도 아니었다. 오히려 그 반대였다. 그들은 너무도 많은 익숙한 분야—음악, 드

---

*   전미 스톡 자동차 경주 협회 NASCAR를 말한다.

라이클리닝, 치즈 스프레드, 장소 설정, 피부 관리 등등—에서는 계속해서 빡빡하게 굴었다. 어머니는 물론 할머니까지도 만족시킬 법했다. 하지만 섹스 문제에 관해서는—뭐랄까, 원숭이 집**에 어서 오세요!라는 식이었다. 레스는 믿을 수가 없었다. 다들 레스의 주치의라면 처방하지 않을 무슨 약이라도 먹은 걸까? 레스가 참석하지 않은 무료 야간 학교라도 있었던 걸까? 해방되지 않은 다른 남자들은 모두 바닷가에서 좀 떨어진 곳의 보트에 갇혀 있는 걸까? 섹스 소굴에? 천천히, 레스에게도 불가능한 깨달음이 찾아왔다. 그는 공포감을 느끼며 자신의 내면 깊은 곳을 어쩔 수 없이 들여다보았다. 우리 모두 언젠가는 그렇게 해야 하니까. 그리고 그는 물어보았다. 내가 뉴욕의 유일한 불감증 동성애자일까?

알고 보니 정말 그랬다. 그래서 그는 떠났다.

그래서, 그는 형편없는 게이일까?

"예스 작가님?"

"예."

헤드셋을 쓴 남자는 레스를 보고 있지 않다. 클립보드를 보고 있다. 레스의 말을 듣고 있지도 않다. 헤드셋을 듣고 있다. 하지만 레스에게 말하는 건 사실이다. "문제가 좀 있는 것 같

***

**   Monkey House. '정신 나갈 듯 혼란스러운 곳'이라는 뜻이 있다.

습니다. 맨던 작가님한테요."

"또 아프시대요?"

"아프냐고요?" 남자가 그제야 걱정스럽다는 듯 레스와 눈을 마주친다. "왜 그런 말을 하시죠? 아뇨, 아프신 건 아닙니다. 그냥 맨던 작가님이 아직 도착하지 않으신 것뿐이에요."

"그건 잘 알겠어요."

"그래서 맨던 작가님 없이 시작해야겠습니다. 청중을 더 기다리게 할 수는 없거든요."

"하지만…… 하지만 맨던 작가님 인터뷰인데요."

"혹시 예스 작가님 작품을 좀 읽어주실 수 있을까요? 일종의 개막 행사로요."

"청중이 원하는 건 제가 아니라 맨던 작가님일 텐데요."

"사람들이 몹시 불쾌해합니다." 남자가 말한다. "구호를 외치려고 해요. 혹시 작가님한테, 맨던 작가님이 나타나지 않을 경우에 시간을 벌어줄 만큼 길지만 작가님이 도착할 경우에는 즉시 멈출 수 있을 만큼 짧은 작품이 있나요?"

"긴 동시에 짧은 작품요?"

"한 한 시간 정도인데, 5분쯤으로 짧기도 한 거요. SF 대중을 위한 작품이기도 하지만 SF는 아닌 거요. 당연한 얘기지만, SF는 맨던 작가님 거니까요. 제 말 무슨 뜻인지 아시겠죠."

"SF인 동시에 SF가 아닌 거요?"

"네."

"원한다면야 저도 늙은 동시에 젊어질 수 있겠죠. 키가 큰 동시에 작아질 수도 있고요."

"작가님한테 맡기겠습니다. 폭동이 일어나기 전에 작가님을 무대에 올려야 해요. 따라오세요, 예스 작가님."

아서 레스는 자신의 이름이 (혹은 그 비슷한 무언가가) 발표되는 소리를 듣고, 희게 색칠된 무대 위, 밝은 백색의 조명 아래로 휘청거리며 나간다. 그렇게 그는 혼란스럽고 산발적인 갈채를 내놓는 백색에 현기증을 느끼며 서 있다. 갈채가 팝콘 제조기에서 터지는 마지막 옥수수 알갱이 같다. 잠깐은 구호가 멈췄다. 레스는 마이크 앞에서 목을 가다듬는다. 눈이 보이지 않는 채로, 레스는 이미 실망감에 잔뜩 달아오른 인간들의 덩어리를 감지할 수 있다. 어둠 속에서 어떤 외침이 들려온다. "당신은 대체 누구야?" 같은 어둠 속에서 떨리는 듯한 웃음소리도 들린다.

레스가 대답한다. "전 아서 레스입니다."

"H. H. H.는 어디에 있어?"

"맨던 작가님은 준비 중이세요. 제가 인터뷰를 진행할 거라, 주최 측에서 뭔가 읽으라고 저를 내보냈습니다." 대체 레스는 어쩌다가 자신의 관을 톱질하고 사포로 문지르라고 강요받은 죄수처럼 자신만의 말도 안 되는 치욕의 순간에 들어가라는 설득에 넘어갈 수 있었을까? 땀이 나기 시작한다. 레스의 손수건은 온통 핑크색 보풀을 뒤집어쓴 채 그린룸에 있다. 거긴 얼마나 행복할까.

"무대 뒤 어딘가에 맨던 작가님을 숨겨놓은 게 아니라는 점은 분명히 말씀드립니다." 레스는 미친 사람처럼 씩 웃으며 말한다. "오고 계세요. 그동안 주최 측에서 저더러 제 소설《암흑물질》을 읽으라고 했는데……."

군중이 다시 구호를 외치기 시작하고—"H. H. H.! H. H. H.!"—레스는 그 구호가 자신의 뼈를 드릴처럼 두드려대는 걸 느낀다. 프레디, 그는 생각한다. 넌 내가 무슨 일을 겪고 있는지 몰라.

강당 조명의 흰 빛이 설빙처럼 눈을 멀게 했기 때문인지도 모르고, 청중의 폭풍 같은 소리 때문인지도 모르지만, 레스의 시야에서는 그 장면이 흔들리며 흐려진다. 그는 다른 무대에, 40년도 더 전의 무대에 서 있다. 그곳은 더 작고 조명도 더 어둡지만, 이번에도 한 남자가 꽉 찬 객석을 향해 소리치고 있다. 그의 아버지, 로런스 레스다. 땀방울이 잔뜩 돋고 술 달린 데님으로 장식된 그의 아버지가 땅에 매인 말미잘처럼 무대를 돌아다닌다. 그는 마이크에 대고 소리치고 있다. 레스의 어머니는 이 기억 속에 존재하지 않는다. 레스 자신과 그의 아버지, 조명, 갈채만이 있다. 사람들이 매혹된다. 무언가가 팔리고 있다. 레스가 무대에서 하는 일도 똑같이 수수께끼다. 레스도 아버지가 하는 행위의 일부인 건 분명하지만, 남아 있는 건 아버지의 마구 흔들어대는 몸뿐이다. 아마 경찰이 수사를 시작하고 말미잘이 이 장면에서, 레스의 인생에서, 법의 예봉에 맞아 사라지기 6개월 전일 것이다. 공공의 말미잘 제1호.

"우리가 보는 서술자는." 레스는 마이크에 대고 소리친다. 청중이 즉시 조용해진다. 꼭 레스가 저주라도 내린 것 같다. 그들은 귀 기울인다. 이유야 누가 알겠는가? 묻지 않는 게 최선이다. 레스가 다시 주도권을 잡았다. 오른손에 경련이 일어 페이지가 떨린다. 계속 이어가는 것 말고는 선택할 방법이 없다.

"우리가 보는 서술자는……." 레스가 되풀이한다. 그의 목소리가 강당 전체에 메아리친다. "이미 움직이고 있……."

말을 끊는 함성이 문장 중간에서 레스를 멈춰 세운다. 청중이 일어선다. 레스는 옆에서 투구와 긴 창을 든 키 큰 남자처럼 보이는 어떤 그림자를 본다. 물론 레스는 그가 누구인지 정확히 안다. H. H. H. 맨던이 최후의 순간에 승리를 거두기 위해 나타났다.

한 시간 뒤, 행사는 끝난다. 레스는 행사를 거의 기억하지 못한다. 맨던과의 지난번 행사와는 완전히 달라서, 누군가가 사람을 고용해 맨던을 사칭하게 했다는 생각이 들 정도다. 전에 레스는 무대 위에서 거의 걷지도 못하는 약하고 늙은 작가를 돌보았다. 지금 여기에서는 중절모를 쓴 웬 위대한 신이 은지팡이를 들고 성큼성큼 앞으로 나서며 군중을 이끌어 구호와

슬로건의 종교적인 부활로 몰아넣었다. 그 상황이 끝나고 일어난 포효는 티라노사우루스의 울부짖음 같았다. 맨던은 두 팔을 내밀어 그 소리의 괴물 같은 형상을 끌어안았고, 아서는 경이로워하며 서 있을 수밖에 없었다.

그들은 맨던의 차를 타고 행사장에서 물러난다. 위대한 작가는 레스를 보지 않는다. 창밖의 문질러진 것 같은, 지나가는 불빛을 내다본다. 그는 선글라스와 트레이드마크인 중절모, 피처럼 붉은 코듀로이 블레이저, 줄무늬 오소리 같은 턱수염에 (모자 아래로는) 딱히 불만족스럽지는 않게 가지 색깔로 염색한 헝클어진 머리를 하고 있다. 깊은 굴곡이 진 그의 평면적 얼굴은 전기톱 예술 작품 같다. 머리통에서 튀어나온 귀는 스페인 요새의 가리타스*와 닮았다. 목소리는 으르렁거린다. 무엇보다도 그의 덩치, 그 위풍당당함이 그렇다—이런 요소들은 예전에도 합쳐져 수많은 최면술사의 모습을 만들어냈고(헨리 8세가 떠오른다. 오슨 웰스도) 지금은 그 위협을 아서 레스에게 돌린다. 선글라스 너머에서 그가 말한다.

"그래서, 사람들이 내 프로필 기사를 작성하라고 보낸 사람이 자네인가? 내가 기대했던 거랑은 다른데."

레스가 말한다. "아마 기억 못 하시겠지만, 전에도 우린 만난 적이 있……."

---

* '초소'라는 뜻의 스페인어.

우리 주인공은 기대감을 품고 기억의 요정이 그 장면에 색채를 살짝 더해주기를 기다린다. 하지만 맨던은 입을 열지도, 동요하지도 않는다.

"뉴욕에서요." 레스가 분명히 밝힌다. "그때 아프셨잖아요."

그래도 유명 작가에게서는 아무 움직임이 없다. 팜스프링스가 흐려진 창문 뒤로 흘러간다. 일종의 데이-포-나이트 기법**이다. 야자나무와 네온 간판이 달빛으로 밝혀진 것처럼 보인다. 마침내 위대한 남자가 작은 깡통에서 민트를 꺼내 끙 소리를 내며 레스에게 내민다.

"이게 뭔가요?" 레스가 묻는다.

"마법의 버섯."

레스는 놀란다. "정말요?"

선글라스 아래에서 찡그리는 얼굴. "입 냄새 제거용 민트야, 이 사람아. 나는 빌어먹을 여든넷이라고."

아서는 망설이다가 어디로 가는 거냐고 묻는다.

맨던이 레스에게로 허리를 숙인다. 레스는 자신의 모습이 검은 유리에 작아진 채 비친 모습을 본다. 맨던은 대답 없이 반문한다. 아마 그게 여든네 살인 사람들의 권리일 것이다. "아주 중요한 질문이 하나 있어, 예스 선생."

"레스입니다."

** 영화에서 낮에 밤 장면을 찍기 위해 카메라 렌즈에 필터를 끼워 촬영하는 기법.

"뭐?" 맨던은 약간 귀가 먹은 것처럼 보인다. 그것도 여든네 살인 사람들의 특권이다.

"레스요. L-e-s-s."

"레스."

"예."

맨던은 이 짜증스러움을 떨쳐내고 말을 잇는다. "레스인지 예스인지 선생, 우린 문제가 있어. 책 쓰는 일정이 아주 늦어져서, 출판사에서 날 가뒀어. 가택 연금 중이야. 여기 마르코는 나를 행사나 공항으로만 태워다 줄 수 있지. 난 문학의 포로야."

"프로필 기사는 어디서든 쓸……."

"프로필 기사는 없어." 맨던이 사자의 앞발 같은 손을 흔들며 창밖을 내다본다. "씨발 거, 다 취소할 거야."

두려움이 레스의 정신을 시로코*처럼 휩쓴다. 취소한다니? 이렇게 멀리까지 와서 스웨터까지 잃었는데, 또 한 번 재정 파탄 지경에 내던져질 뿐이란 말인가? 레스는 불편하게도 뉴스웨덴이 된 기분이다. "무슨…… 뭐라고요? 하지만 샌타페이까지 비행기도 예약되어 있는데……."

"난 비행기 안 타. 어떤 어지럼증이, 현기증이 생겼거든. 꼭 내가 빙빙 도는 데르비시**라도 된 거 같아. 그러니까 씨발 취

---

*   북아프리카에서 남유럽으로 부는 열풍.
**   이슬람교에서 신비 체험을 얻기 위해 빙빙 도는 춤을 추고 다니는 수행자.

102

소야." 맨던은 그렇게 선언하더니 덧붙인다. "다만⋯⋯."

"다만 뭐요?" 레스가 묻는다. "다만 뭔데요?"

노인이 한숨을 쉰다. "내가 찾아야 하는 사람이 있어."

"예."

맨던이 그를 돌아본다. "우린 오늘 밤 사막에 들를 거야. 내일은 그녀가 마지막으로 목격된 오아시스에서 멈출 거고. 그런 다음에 그녀를 찾으면 샌타페이에 가서 행사를 하는 거지."

"우리라고요? 저한테 같이 갈지 물어보시는 거예요?"

"아니, 레스 선생. 내가 물어보는 건⋯⋯." 위대한 작가가 말한다. 그의 선글라스는 레스 쪽을 향해 있다. 커다랗고 광채가 번쩍이는, 아무 감정 없는 문어의 시선이 자동차의 어둠 속에서 천천히 레스에게로 흘러온다. "내가 물어보는 건, 자네한테 운전면허가 있냐는 거야."

센 술을 마시며 저녁을 보낸 다음 내밀어진 수표처럼 순전히 실용적인 이 질문에 레스는 공황에서 벗어난다. 모든 게 무너져 내릴지 모른다는 두려움으로, 욕망과 욕구로, 모든 질문에 직접적이고도 정직하게 대답해야만 하는 병적인 경향으로─또 우주의 다른 여러 법칙에 따라서─예스 씨는 이렇게 대답할 수밖에 없다.

"예!"

게이는 사막에서 얼마나 오래 살아남을 수 있을까?

우리는 곧 그 답을 알게 된다. 캘리포니아를 내려다보는 대머리수리의 시선으로, 우리는 티 하나 없는 초록색으로 칠해진 낡은 개조형 밴이 어둠을 가르며 비틀비틀 모하비사막을 나아가는 모습을 보고 있기 때문이다. 앞 유리 너머로 세 명의 승객이 보인다. 중절모를 쓴 늙은 남자, 검은색 퍼그 한 마리, 그리고 운전대를 잡은 비주류 미국인 소설가. 지금 타이머를 누르길.

그 모든 일이 너무도 빠르게 일어났다. 레스는 차고로 끌려갔고, 거기에서는 맨던의 말마따나 두 명의 '미녀'가 기다리고 있었다. 첫 번째는 돌리라는 이름의 반짝이는 검은색 퍼그로, 녀석은 거의 인간적인 시선으로 우리의 주인공을 뚫어져라 바라보았다. 이때 인간적이라는 말은 수다스러운 멍청함이 드러난다는 뜻이다. "돌리, 우리 친구 아서야." 돌리는 옆으로 보면 레스가 좀 더 이해될지 모른다는 듯 고개를 갸웃했다.

두 번째는 로지나라는 이름의 캠핑용 밴으로, 서부 해안 전체에서 특징적으로 보이는, 아주 오래되고 사람이 들어가 사는 개조형 밴이었다. 할머니 안경 같은 헤드라이트에, 코로는 포장해놓은 스페어타이어가 달려 있으며, 꽉 다문 입술 같은 앞 범퍼까지 있어 바우타 가면*을 닮은 기이하고 텅 빈 표정

---

* 베네치아의 전통 가면으로, 얼굴 전체를 가리도록 되어 있으며 각진 턱이 두드러지고 입 구멍이 뚫려 있지 않다.

을 완성했다. 밝은 초록색에, 레스도 나중에 알게 되지만 군함조(軍艦鳥)의 부푸는 주머니처럼 탁 열리는 지붕이 장치돼 있었다. 맨던은 절대 그 차를 몰지 않는 안과 의사에게서 그 차를 산 모양이었다. 맨던 자신도 그 차를 절대로 몰지 않았고("마음만은 안과 의사야." 맨던은 한숨을 쉬며 덧붙였다). 그는 레스에게 열쇠를 던져주었다. 그들은 안으로 기어들어 갔다. 레스는 자기가 뭘 하는 건지 알 수 없었다.

"그래서 오늘 밤에 이걸 샌타페이로 가져가는 건가요?" 그가 물었다. "리무진은요? 여기서 자는 거예요? 망가지면 어쩌죠?"

"운전이나 해." 레스는 명령을 들었다. 그래서 그렇게 했다.

레스와 밴은 서로를 알기까지 어느 정도 시간이 걸렸다. 레스는 확실히 오래된 차에 익숙했지만, 이토록 인간처럼 느껴지는 차에 익숙한 건 아니었다. 레스가 움직일 때마다 차도 그와 함께 움직였다. 술에 취한 댄스 파트너 같았다. 차 쪽에서도 마찬가지였다. 차가 극적으로 진동했기에, 또 핸들을 꽉 잡고 있었기에, 레스는 자기도 모르게 차와 함께 진동하고 있었다. 꼭 마티니 칵테일 셰이커를 모는 것 같았다. 귀신 들린 집처럼 어두운 뒷길을 따라 차를 몰면서 헤드라이트로는 무시무시한 모퉁이를 돌 때마다 유령 사냥꾼의 손전등처럼 그 너머를 살펴보며, 그렇게 흔들린 지 거의 두 시간이 지나고 나서 그들은 남쪽으로 내륙의 바다를 향해 떠난다.

"오늘 밤에 묵을 사막의 정거장"은 봄베이 해변이라고 불리며(해변이 아니다), 바의 이름은 스키 여관이다(스키장이 아니다). 바의 밋밋하고 주눅 드는 외관은 문이 열리면서, 패널로 되어 있는 천장과 벽이 거의 완전히 달러 지폐로 뒤덮인, 따뜻한 방으로 이어진다. 마차 바퀴처럼 생긴 샹들리에가 달려 있고 바닥에는 톱밥이 깔려 있으며 침 뱉는 통이 주변에 여러 개 있는 이 방의 우리 주인공을 상상하기란 어렵다. 그는 홀로 그램 영상처럼 아른거리는 듯이 보인다. 솔직히 말해, 미국에 있는 아서 레스를 상상하는 것 자체가 어렵다. 해외에서 그의 어색함은 자연스러워 보인다. 여기서는 곤욕스럽다. 대부분의 미국인이 외국과 얽혀 있다 마침내 풀려나 자기와 비슷한 사람들과 함께 긴장을 풀고 지내는 완전히 미국적인 배경—미식축구 경기장, 맥주와 TV가 있는 바, 기차 객실을 개조한 식당—에서 레스는 자신이 사실 그런 곳에 존재하지 않는다는 듯한 표정으로 허리를 똑바로 세우고 앉아 있다. 예컨대 밀밭에 두면, 그는 촬영 후 편집 과정에서 추가된 것처럼 보인다. 최악은 교회다. 그는 뮤지컬 〈갓스펠(Godspell)〉 공연을 보게 될 거라 기대하며 온 남자 같은 당황한 표정을 짓는다. 오늘 그가 짓는 표정도 바로 그것이다. 아마 영화 〈페인트 유어 웨건〉을 기대했을 것이다.

"여기, 라운지 바인가요?" 레스가 묻는다.

"바에는 전에도 와본 적 있을 텐데." 맨던이 퉁명스럽게 대답하며 의자에 앉는다.

레스는 주위를 둘러본다. 그곳은 간판들과, 그리고 묘기를 부리는 기수들과 아마 말에게 쓰는 것일 쇠로 된 뭔가가 찍힌 오래된 사진들로 장식돼 있다. 바는 너무 매끄럽게 닳아서, 한쪽 끝에서 반대쪽 끝까지 맥주잔을 쭉 미끄러뜨릴 수 있을 게 분명하다. 그 자체로 만화의 한 장면이다. 하긴 말쑥한 회색 정장을 입은 아서 레스도 그렇게 보이긴 마찬가지다. 우리 모두가 그렇다.

"뭘로?" 바텐더가 묻는다. 그의 백발이 당겨져 작은 말총머리로 묶여 있다. 그는 토머스 제퍼슨처럼 보인다.

"마티니 두 잔." 맨던이 부드러운 목소리로 말한다. "아주 차갑게."

아서 레스는 천장을 쳐다보고 있다. "저 위에는 달러를 어떻게 붙이죠?"

"25센트짜리랑 압정으로." 제퍼슨이 둘의 술을 준비하며 말한다. "그래야 무게가 실리거든. 던지는 법을 연습해야지. 어느 정도 지나면 지폐가 펼쳐지면서 25센트짜리가 떨어져."

맨던이 묻는다. "내가 해봐도 되겠소?" 제퍼슨은 골무 여러 개가 담긴 그릇을 휙 고갯짓으로 가리킨다. "펜 있나?" 맨던이 레스에게 묻는다. 레스는 어머니의 오래된 펜을 꺼내고, 노인은 달러 지폐 한 장을 꺼내 능숙하게 사인한 다음 가운데에 압정을 끼워 넣고 25센트짜리 동전으로 완전히 덮는다. 그러더니 달러 지폐를 비틀어 만두처럼 여문다.

제퍼슨: "온 힘을 다해 던지쇼."

맨던은 그렇게 한다. 기적적이게도 지폐가 붙는다. 레스는 놀라서 웃지만, 노인은 그냥 천장만 쳐다본다.

"그러니까, 맨던 작가님." 레스가 마티니를 한 모금 홀짝거리며 말한다. "제 생각에 모두가 알고 싶어 하는 건……."

"이게 프로필 기사를 시작하는 자네만의 어색한 방식인가?" 맨던이 레스 쪽으로 선글라스 낀 얼굴을 돌리며 말한다.

"거래했잖아요, 맨던 작가님."

"질문을 질문으로 거래하지." 이제 맨던은 담배 파이프를 꺼내더니 불을 붙이지 않고 그 끝을 입에 댄다. "내 질문 먼저. 우리 가족은 여기가 리조트였을 때 종종 여기에 오곤 했어. 그게 우리의 의식이었지. 사람들은 여길 솔턴해*라고 불렀어. 진짜 바다도 아니었는데. 그냥 말라붙은 호수 밑바닥을 채우는 운하의 끊긴 부분이었지. 한동안은 집도 있고 모텔도 있고 수영도 하고 수상스키도 탔지. 물론 지금으로부터 오래전에 사라졌지만."

그러면 스키 여관이 설명됐다.

"물이 어디로 간 건가요?"

---

* 캘리포니아 사막에 있는 얕은 호수로, 염도가 높다. 처음에는 인기 있는 휴양지였으나 시간이 지나며 오염이 심각해져 인기를 잃었다.

맨턴은 거울 속 자기 모습을 뚫어지게 보는 듯하다. 그 모습에는 달러가 액자처럼 둘러져 있다. 그가 어깨를 으쓱한다. "이제 가족의 의식에 대해 말해보게."

"의식요?"

"알잖아, 할머니가 올 때면 언제나 진을 숨겨놔야 했다든지."

"저희 할머니는 남부 침례교도셨어요." 레스가 말한다. 그는 지금도 텅 빈 담배 파이프에 매료되어 있다.

"질문 하나에 질문 하나."

레스는 노인을 보며 그를 소년으로, 사라진 바다 속에서 물장구를 치는 모습으로 상상해보려 노력한다. "아버지는 제가 어렸을 때 떠나셨죠." 레스가 말한다. "어머니의 두 번째 남편은 화학자였어요. 그래서 언제나 주기율표로 생일을 기념했죠. 원자번호에 따라서요. 루테늄, 로듐, 그런 식으로."

맨턴이 웃는다. 다른 이들이 그를 돌아본다. "터무니없군."

퍼그 한 마리와 담배 파이프, 개조형 밴을 가진 남자가 하기에는 과한 말인 것 같다. 레스가 말을 잇는다. "그분이 은의 나이에 접어들었을 때가 큰 사건이었죠. 그제야 엄마가 그분에게 선물을 사줄 수 있었거든요. 루테늄 커프스단추를 살 수는 없잖아요?"

"안 될 이유는 모르겠는데. 그래서 은으로 된 건 뭘 줬나?"

"은커프스단추요." 레스는 한숨 소리를 듣는다. "금의 생일도 있었어요. 새아버지의 마지막 생일은……." 레스는 기억하려 애쓰며 말한다. "그분의 마지막 생일은…… 탈륨이었어요."

"탈륨이라." 맨던이 엄숙하게 되풀이한다.

"81번이에요." 레스는 달러 지폐의 별자리를 쳐다보며 말한다. "납까지는 못 가셨죠."

웃음일 리 없는 소리가 난다. 레스는 맨던 쪽을 보고 놀란다. 맨던은 선글라스를 벗었다. 그의 눈은 사자 같은 황금색이다. 그의 얼굴이라는 말라붙은 호수 밑바닥을 보고 기대했던 것보다 어째서인지 작다. 조그만 솔턴해.

"레스 선생." 맨던이 말한다. "자네가 아버지를 마지막으로 본 게 언젠가? 진짜 아버지 말이야."

레스는 노인을 조심스레 살핀다. 그는 미치광이일 뿐 아니라 독심술사이기도 한 걸까? 제퍼슨처럼 생긴 바텐더에게 백발을 귀 위로, 제임스 매디슨처럼 고불고불하게 만 늙은 여자가 다가간다. 레스는 그 모습을 지켜본다. 둘은 귓속말로 대화한다. 레스는 대륙회의* 한복판에 있는 것 같다. "이젠 제가 질문할 차례인 것 같은데요."

맨던은 한숨을 쉬며 선글라스를 다시 쓴다.

레스: "누굴 찾으시려는 거예요?"

---

*　미국의 독립 혁명기에, 독립 후 각 주가 되는 13개 식민지 간의 연합을 주도하기 위해 결성됐다.

노인은 아무 말도 하지 않는다.

레스가 입을 열기 직전에 갑자기 꺅 소리를 지른다. 뭔가가 그의 머리를 쳤다.

제퍼슨이 고개를 끄덕이며 바를 닦는다. "그게 25센트짜리 동전이요."

해변이 아닌 해변 옆의 여관 아닌 여관의 오래된 공중전화 부스에서 건 전화.

"사다리 내려!" 레스가 내게 말한다.

"레스! 무슨 일이야? 전화하기로 했던 게 언젠데……."

"계획이 바뀌었어. 내가 운전해주지 않으면 맨던이 프로필 인터뷰를 하지 않겠대. 그래서……."

"그래서 샌타페이에 있긴 한 거야?"

"아직은 아니야. 우린…… 정확히 어딘지 모르겠어. 캠핑용 밴을 타고 있어."

"괜찮은 거야? 이거, 무슨 유혹이라도 당하는 거야?"

"아냐! 맨던은…… 맨던이 모든 걸 취소하려 해. 프로필이 없으면 돈도 없어, 프레디."

"위치타에 전화해도 될……."

"그 얘기는 그만해! 내가 처리할 수 있어."

"메모를 해놔. 내가 할 수 있는 말은 그게 전부야." 주의를 기울여.

"그럴게. 약속해."

우리는 서로에게 사랑한다고 말한다. 하지만 전통적인 작별 인사를 나누는 동안 그 말의 이면에는 걱정이 깔린다.

맨던은 레스를 데리고 봄베이 해변에서 사막으로 들어가 숙소를 찾는다. 숙소는 크레오소트 관목 사이의 흙길을 따라가면 나오는 곳이다. 마침내 그들은 캔버스 텐트 두 채가 밤이라는 식탁 위에서 랜턴처럼 빛나는 곳에 이른다. 그 사이에는 통속에서 불이 타오르고 있다. 양가죽을 몸에 두른 여자가 다가온다. 잿빛 레게 머리에, 불빛을 받는 두 뺨이 뚜렷하고 둥근 흑인 여자다. 그 여자가 이 땅의 주인인 게 틀림없다. "돌리!" 여자가 소리치자 맨던이 밴에서 내린다. 레스는 맨던이 개를 땅에 내려놓고 개가 여자에게 잽싸게 달려가는 모습을 지켜본다. 이제부터 레스가 뭘 해야 하는지는 수수께끼다. 누군가의 소설 속 인물이 되는 게 이런 기분일까?

"음식 남기지 마." 여자가 레스에게 엄하게 경고한다. "옷도." 레스는 여자에게 자기는 옷이 없다고 말하고 싶다. 그는 텐트로 안내받는다. 텐트는 인류의 기적 중 하나다. 커다란 황동 침대가 세라노* 부족 담요와 털가죽 천으로 덮여 있다. 누군가가 친절하게도 아무것도 없는 이 뜬금없는 사막 한복판까지 끌고

---

* 캘리포니아 아메리카 원주민.

온 물건이다. 레스는 고마운 마음에 고개를 숙여 인사하며 침대로 기어든다.

잠들기 직전에 캔버스 벽 너머에서 목소리가 들린다. 맨던이 낮은 목소리로 그르렁거리는 소리다. "난 자네 새아버지를 생각하고 있었어."

"네?"

"플루토늄에서 죽는 게 적절했을 거 같아. 플루톤이 죽음의 신이니까."

레스는 억지로 외웠던 주기율표를 뒤져본다. "하지만 플루토늄은 94번인가 95번인데요!"

"맞아." 위대한 남자가 웅얼거린다. "너무 젊어서 갔어, 너무 젊어서." 레스는 맨던이 머릿속에 그 생각을 품은 채 잠들었다고 느낀다. 그 이후로는 맨던의 묵직한 숨소리만이 들리다가, 마지막 한 문장이 어둠 속에서 튀어나왔으니까. "우리가 찾는 사람은 내 딸이야."

우리의 주인공이 차디찬 사막의 밤을 상대하려고 침대 이불 안에 몸을 웅크리고 있으니, 아서 레스와 함께 '캠핑'을 하며 보냈던 시간들이 생각난다. 물론 불운했던 호텔 다무르 사건도 있다. 하지만 그 전에는 내가 직접 여행을 제안하기도 했다. 나는 내가 미국을 충분히 보지 못했다고 생각했다. "여기서 포틀랜드까지 쭉 올라갔다가 보스턴으로 건너가는 기차가 있대.

오리건, 아이다호, 몬태나를 지나고 다코타 중 한 곳도 지나게 돼. ……나흘이 걸리는데, 우리 전용으로 작은 객실을 쓸 수 있고…….”

레스는 특이한 성행위를 제안하는 연인을 보듯 나를 빤히 보았다. 처음에는 레스가 나를 여행에 어울리지 않는다고 생각하는 줄 알았다. 하지만 열띠게 토론을 한 이후에 알고 보니 전혀 그런 게 아니었다. 문제는 레스가 이미 여행을 계획했다는 사실이었다. 그는 그 여행을 나의 방학을 위한 깜짝 선물로 생각했으나 이제는 모든 내용을 드러내야만 했다.

우리의 첫 정거장은 레스가 “특별한 물가의 호텔”이라고 부른 곳으로, 알고 보니 어떤 예술가의 프로젝트였다. 캘리포니아 호수에 떠 있는 한 칸짜리 그 방은 물속의 플렉시글라스 침실로 이어지는 잠수함 바닥 문이 달린, 까딱거리는 별채에 불과했다. 우리는 어두워진 뒤에 도착했고, 십대 소년이 우리를 모터보트에 태워 데리고 나갔다. 우리는 잠수함에서와 마찬가지로 “사다리 올려!” 혹은 “사다리 내려!”라고 외쳐 서로에게 부딪히지 않도록 해야 한다는 말을 들었다. 잠들기 힘든 밤이었지만, 물살이 우리를 물속 요람처럼 흔들어주었다. 나는 비명을 들으며 잠을 깼다. 아서 레스가 침대에 똑바로 앉아 있었다. 나는 레스가 무엇에 놀랐는지 보았다. 우리는 아마도 100마리쯤 되는 물고기가 우리를 바라보는 가운데, 정육면체 모양의 아침 햇살 속에 누워 있었다. 녀석들은 빛을 받는 마법의 단검처럼 자리 잡고 있었다.

'물' 여행의 두 번째 부분에서는 "사다리 내려!" 사건보다 훨씬 더 집중력이 필요했다. 레스가 기발하게도 신청한 프로그램이, 뗏목을 만들어 이틀 밤 동안 그걸 타고 아메리칸강*을 따라 내려가는 프로그램이었기 때문이다. 아마 레스는 허클베리 핀이 되는 꿈을 꿨을 것이다. 그야 수많은 작가들의 공통점이니까. 캘리포니아 사람들은 지금도 골드러시의 꿈을 간직하고 있는 건지 모르겠다. 그 모든 일의 벌목꾼 같은 느낌에 에로틱한 기운이 가득했을지도 모르고. 하지만 우리가 발견한 것은 그 모든 판타지를 깨버렸다. 맨숭맨숭한 통나무가 쌓여 있는 진흙투성이 강변, 둥글게 말려 있는 밧줄, 다른 커플 두 쌍, 스톡홀름 출신으로 우리의 노동을 감독하는 어깨 넓은 여자. 하나 덧붙이자. 비가 왔다. 각 커플의 일은 (올리브색 우비를 입은 여자가 명령한 대로) 통나무를 운행에 적합한 배로 만드는 것이었다. 거기에는 뗏목에 A자 형태의 피신처를 만들어, 여자가 시범 삼아 보여준 다양한 매듭으로 고정하는 일도 포함되어 있었다. 물론 이 모든 일을 강에 엉덩이까지 담그고 해내야 했다. 나도 항구 노동자 밑에서 자라지 않았기에 매듭짓기가 불가능하다고 느꼈지만, 레스는 나보다도 힘든 시간을 보냈다. 우리의 리더는 무지비하게 나의 왈론을 닦아댔다. 꼭 뉴스웨덴의

---

* 캘리포니아 북부에 있는 강.

실패에 대한 보상을 요구하는 것만 같았다. 레스는 여러 번 아메리칸강의 물살로 미끄러져 강변까지 기어 나와야 했다. 우리는 다른 두 커플에 비해 한참 늦게 일을 마쳐 오후 늦게 출발했지만, 오거* 같은 우리의 주인에게서 풀려나 안도감을 느꼈다. 우리는 한가롭게 둥둥 떠서 나무 막대로 강바닥을 찍으며 나아갔다. 우리 관계가 이 어마어마한 마크라메** 프로젝트에도 살아남았다는 게 꽤 만족스러웠다. 우리 머리 위로 흰 돌과 소나무로 이루어진 강둑이 솟아올랐다. 햇빛이 비를 대신했고 숲은 거울 같은 강 속에서 모습을 뽐냈다. 하지만 우리는 한 가지 중요한 물건을 강변에 두고 왔다. 우리가 먹을 음식을.

우리는 이 사실을 거의 즉시 깨달았다. A자 피신처에서 깍 소리가 들리더니 레스가 눈을 휘둥그렇게 뜬 채 맥주 두 캔을 들고 나타났다. 우리는 듀이 맥주 케이스(델라웨어주에서 산 것이었다)와 캠핑 장비만을 가져온 듯했다. 음식은 우리 뒤쪽 먼 곳에 있었다. 수많은 소중한 기억이 그렇듯이. 비난이 뜨거운 감자처럼 앞뒤로 오갔다. 레스의 머릿속에는 불안의 보름달이 떠 있었다. 레스는 이빨 없는 늑대 인간이나 마찬가지였다. 식인 행위가 일어날지 모른다는 위험이 공기 중에 떠돌았다.

"난 타임머신을 발명할 거야!" 내가 격분해 소리치자 그가

---

* 성질이 포악하고 덩치가 크며 힘이 센 서양 도깨비의 일종.

** 매듭으로 만드는 아라비아 전통 공예.

아, 그래?라고 말했다. "타임머신을 발명해서, 절대로 형을 선택하지 않을 거야!" 레스는 이 말에 눈에 띄게 상처받았다. 아마 그게 내가 레스에게 한 최악의 말이었을 것이다.

아, 하지만 운명의 바퀴는 얼마나 빠르게 돌아가던지! 한 시간 뒤, 우리는 다른 커플 한 쌍이 모래톱에 처박힌 것을 보았다 (강물의 수위가 말도 안 되게 낮았다). 그래서 우리는 아주 오래된 해결법, 즉 해적질에 기댔다.

듀이 맥주 네 캔을 주고 풀려나도록 도와주는 대가로, 우리는 썰어놓은 빵 한 봉지와 토마토 한 개, 치즈 조금을 받았다. 우리는 그걸로 초저녁까지 버텼고, 초저녁에는 웬 바위에 낀 다른 커플을 마주쳤다. 그들은 우리에게 무글루텐 파스타 한 상자와 토마토 몇 개를 주었다. 우리는 모두 로터스라고 불리는 덤불 많은 강변에서 야영했다(호메로스 작품의 한 장면이라고 보기에는 어려웠다)***. 그곳에서 나는 부끄럽게도, 몹시 시끄럽게 코를 고는 사람 몇 명에게서 달걀을 훔쳤다. 우리는 악당들이 그렇듯 잘 잤다. 다음 날은 화창했고, 똑같이 수익이 좋았다. 우리의 불행한 일행은 세 번 더 우리 도움을 받아야 했다. 우리는 꽤 매섭게 폴섬 호수의 마지막 야영지에 이르렀다.

*** 로터스란 연꽃을 의미한다. 호메로스의 서사시 《오디세이아》에서 오디세우스를 비롯한 선원들이 연잎을 먹고 사는 사람들의 섬에 가는 에피소드가 있어서 하는 말이다. 《오디세이아》에서는 연잎에 마취 효과가 있어, 그걸 먹은 사람들은 고향으로 돌아가고자 하는 의지를 잊는 것으로 묘사된다.

해 질 녘이 되자, 수위가 낮은 강물이 오래전 댐으로 인해 수몰된 옛 탄광촌을 드러냈다. 우리는 마지막 남은 듀이 맥주를 지친 여행자들과 나누고, 불가에 우리 약탈물과 함께 몸을 욱여넣었다. 다음 날 아침, 스웨덴 여자가 고함을 치며 우리를 깨우더니 뗏목을 침수시켜 단순한 나무와 젖은 삼으로 돌려놓으라고 고집을 부렸다. 서글픈 작별이었다. 우리의 마법 같은 항해는 끝을 맞았고, 그와 함께 우리의 사악한 여행도 끝나버렸다.

멍들고 지친 채로 '오두막'에 돌아왔을 때, 레스는 두 손으로 머리를 감싼 채 소파에 앉았다. 무엇도 계획대로 되지 않았고 레스는 그 모든 게 자기 짓이라고 느꼈다.

"당연히 형이 한 짓이지." 내가 레스에게 말했다.

레스는 늘 일을 엉망진창으로 해서 너무 미안하다고 말했다.

"레스." 나는 가엾은 나의 왈론에게 말했다.

레스는 내가 타임머신을 만들어 다시는 그를 선택하지 않을 거라고 했다.

"레스!" 나는 레스 앞 바닥에 쪼그리고 앉아 말했다. "난 너무 좋았어!"

사막의 소리. 이번에는 늑대 울부짖는 소리가 거의 확실하다. 레스는 세라노 담요로 몸을 감싼 채 즉시 텐트에서 나간다.

풍경이 뒤집혔다. 사막은 이제 하늘에 있다. 모래언덕 가장 높은 곳을 따라서, 양꽃마리의 연보라색과 황갈색에 가까운 금색 줄무늬가 나 있다. 그 아래로는 뾰족뾰족한 식물들의 어두운 은하가 펼쳐진다. 조슈아 나무다. 그 나무들이 군집을 이루어 지평선 저 멀리까지 뻗어간다. 묵직한 팔을 쳐들고 있는, 부활 의식의 홀리 롤러*들 같다. 얼마나 오래 저랬을까? 언제나 그랬을까? 왜 아무도 레스에게는 말해주지 않았을까? 별들이 하나둘 꺼져간다. 꼭 가로등지기가 끄는 것 같다. 그렇게 지평선이 기대감 속에 하얗게 변하기 시작한다. 그리고 레스는 저 조슈아 나무들 사이에, 대부분의 조슈아 나무들 사이에 하늘을 배경으로 존재하는 어떤 실루엣을 발견한다. 뜨는 해를 바라보는, 망토를 입은 노인이다. 그의 작은 개가 으르렁거리기 시작한다.

솔직히 말해, 이곳에서 미국은 좋아 보인다.

"일어나 빛나라, 그대 빛이 왔나니." 레스의 어머니는 매일 아침, 플라스틱 블라인드 사이로 햇빛을 들일 때마다 그렇게 말하곤 했다. 그녀는 언제나 성경의 장과 절을 붙였다. "이사야서 60장 1절." 그런 다음 그녀는 꼬마 아치에게 코를 풀 손수건을 건넸다.

새벽이 오자 (아침 코 풀기와 함께) 레스는 다시 텐트에서

---

*   홀리 롤러란 성령강림절 교회의 신도를 말한다. 이들은 기운차게 움직이고 소리를 지르고 춤을 추는 등 예배 때 하는 열광적 행동으로 유명하다.

나와, 아침 불가에서 생각에 잠겨 있는 맨던을 본다. 레스는 커피와 단둘이 남겨져 이 낯선 세상을, 그의 나라를 둘러본다. 그는 맨던을 건너다본다. 이 퉁명스러운 노인은 언제 더 깊은 불안정성을 드러낼까? 오늘, 오아시스라 불리는 이곳에서? 그는 맨던이 어젯밤 마티니 두 잔을 쉽게 삼키는 걸 지켜보았다. 오늘 밤에는 더 센 걸 마시려나? 그게 정말 입냄새 제거용 민트였을까? 저 담배 파이프가 정말 비어 있을까? 레스는 혼란스러워 긴장한다. 하긴 그는 모든 것에 긴장한다.

그들은 길로 나선다. 이제 길은 완벽히 평범하게, 심지어 밋밋하게 변했다. 조슈아 나무들이 만화책에 나오는 기둥선인장으로 바뀌기 시작한다. 레스는 오케이 목장까지의 거리가 얼마나 되는지 궁금하다.

맨던이 툴툴거린다. "질문 하나 더 하지, 아서 레스."

레스가 목을 가다듬는다. "왜 작가님은……."

"내 질문 말이야. 자네 아버지는 살아 있나?"

우리의 작가는 오른쪽 차선으로 다시 자신을 몰아간다. 잠깐의 침묵, 공포, 돈을 원한다면 규칙에 따라 움직여야 한다는 생각. "제가 어렸을 때 떠나셨어요." 레스가 말한다. "초기의 동기부여 강사 같은 분이었죠. 어느 정도는 폰지 사기꾼이었고, 뭐 그런 말도 안 되는 것들요. 아버지는 경찰이 잡으러 오기 직전에 떠나셨어요. 학교에서 연극을 하기로 한 날 밤에요."

"범죄자라니!" 맨던이 소리친다. "뭘 했나?"

"그게, 저도 몰라요. 그 이후로는 아버지 소식을 한 번도 들은 적이 없거든요, 딱히. 전화를 받긴 했는데……." 레스는 갑자기 한숨을 쉰다. "뉴멕시코 화이트샌즈의 보안관한테서 온 전화였어요. 아버지가 위성 접시와 품위 없는 교제를 해서 체포했다더라고요."

두 번째로, 레스는 늙은 작가가 웃는 소리를 듣는다. 진짜 웃음이다. 레스의 귀가 붉어진다. "올해 들어본 얘기 중에서, 씨발 최고네." 그가 말한다. "근데 이번 한 해가 거지 같긴 했어."

레스: "이젠 제 차례죠. 이번 소설은 왜 이렇게 오래 걸리시는 거예요?"

맨던이 입에서 파이프를 꺼낸다. "페넬로페 알지, 시아버지의 수의를 다 짜면 결혼하겠다고 말했던? 그러고서는 매일 밤 자기가 짠 옷을 다 풀어버리고 말이야. 내가 페넬로페야."

이상하게도 레스는 미소 짓는다. "작가님을 보니 캘리포니아의 어떤 여자가 생각나네요."

"그 여자도 다 끝나면 결혼하겠대?"

"그건 아닌 것 같아요."

"나도 마찬가지야." 맨던이 말하며 빈 파이프를 손바닥으로 말아 쥔다. "난 죽을 거야."

(민담에서처럼) 당나귀들이 운영하는 듯한 버려진 마을에 바보같이 30분 동안 갇혀 있고 난 뒤 그들은 콜로라도강을 건너 애리조나주에 들어간다. 애리조나주는 광물 채굴의 흔적으

로 자신의 존재를 선포한다. 쿼츠사이트니 보크사이트니 펄라이트 같은 이름의 마을들이 채석장 가장자리에 위태위태하게 솟아 있다. '유령 마을'로 브랜드 교체 작업을 한 실패한 광산에는 훨씬 더 흔들거리는 낡은 호텔들이 있다. 전기도 들어오지 않는 이런 호텔들은 자칭 '귀신 들린' 호텔이라는 간판을 달고 추가 요금을 받는다. 자갈 구덩이가 아주 많다. 추한 모습도 사방에 있다. 인류에 대한 절망이 느껴진다. 저 먼 곳에서는 붉은 바위 더미가 검푸른 그림자를 드리운다. 이처럼 찬란한 모습 아래의 어느 지점, 다른 주에서라면 웅장한 '귀신 들린' 호텔이 있을 만한 곳에는 언제나 트레일러나 위성 접시가 있다. 그 외에 땅은 평평하며 생명이라곤 없다. 너무 평평해서, 도로가 휘어지려는 시도라도 하려면 몇 시간은 달려야 한다. 그때 레스는 누군가가 크리스마스 장식을 해놓은, 불멸의 존재처럼 보이는 길 양옆의 아카시아를 발견한다(왜 갑자기 이런 즐거운 기분이 들까?). 반짝이는 금속 조각과 장식으로 이루어진 기나긴 거리. 사막이 아름다움 속에서 반짝인다. 인류여, 우유부단하도다.

암브로조—최후의 자유로운 곳—거의 도착! 그라피티가 바위 옆면에 스프레이로 그려져 있다. 거의 도착이라는 말로 대강 설명된다…….

아서 레스는 살면서 여러 번 엉뚱한 곳에 있어봤다. 내 생각에, 레스는 나팔꽃 덩굴이 있는 그 침실이 아닌 거의 모든 곳에서 엉뚱하게 느껴졌을 것이다(아마 나도 그랬을 테고). 레스는 모든 소년에게 가장 좋아하는 매듭을 지어보라고 시키던 컵스카우트* 모임에도 가봤고, 이름표에 성적 기벽을 적어야 했던 게이 파티에도 가봤으며(그의 기벽은 긴 속옷이었다), 주크박스에서 노래를 골라야 하는 바에도 가보았고, 곡예사의 자세를 흉내 내야만 하는 요가 수업에도 가보았으며, 평생 매일 아침에 뭔가 해낼 수 있을지 판단해야만 했다. 그는 이 모든 것을 해보았다. 그러니 완전한 무질서와 혼란에 들어가는 것은 레스에게 아무 문제가 아니다. 어떤 면에서는 그런 곳이 아서 레스에게 편안한 구역이다. 그런 곳에서 레스는 자기가 어디에 서 있는지 안다.

처음에는 신기루처럼 보인다. 그 신기루가 눈에서 꺼낼 수 없는 무언가라도 된 듯 사막 가장자리에서 아른거리다가 오래전에 파묻힌 사원의 분홍빛 둥근 지붕이 된다. 다음번 모퉁이를 돌자 그것이 텅 빈, 빛나는 금속으로 다듬어진 반쪽짜리 조개껍데기 모양의 건물이라는 것이 드러난다. 그 옆과 아래, 골짜기 깊은 곳에는 조악한 콘크리트 블록이 흩어져 있다. 그 모든 블록이 마치 (직선성에 갇힌 채) 예배를 하느라 무릎을 꿇고 있는 것처럼 조개껍데기를 마주 본다. 대문이 여럿 달린 벽

---

* 보이스카우트가 되기 전의 어린아이들을 위한 단체.

이 그 모든 것을 둘러싸고 있다. 골짜기는 기적적이게도 강이 흐르는 곳 근처에서 살짝 초록색이 돈다. 야생 아카시아와 메스키트로 둘러싸인 그 먼지투성이 지역은 100년 전에 버려진 것처럼 보인다. 생명의 흔적은 단 하나도 없다. 하지만 벽을 따라서, 바위에 이름이 새겨져 있다. **암브로조.**

(레스가 서 있는 곳은? 실패하고 말 곳이다.)

"구식 해적 소굴의 마지막 잔재지." 맨던이 설명한다. "경찰도 없고 법도 없어. 대체로 자기가 알아서 하는 거야."

"따님이 여기 계신다고요?"

"여기 있었지."

"그런 다음에 샌타페이로 갔고요? 작가님은 샌타페이에 가셔야 해요!" 프로필 기사가 없으면 돈도 없다. 나팔꽃 덩굴이 뜯겨 나가고 창문에는 널빤지가 쳐지고 철거용 철퇴가 휘둘려 건물을 무너뜨리는 모습이 잠시 스쳐 가고…….

맨던은 대답 없이 밴에서 내린다.

그토록 무질서한 곳치고, 암브로조의 대문은 놀라울 정도로 튼튼하다. 무쇠가 살구색 벽돌에 박혀 있다. 대문 전체를 따라 청동 종이 대롱대롱 매달려 바람에 흔들린다. 맨던은 그 넓적한 손으로 (약간 움찔하면서) 모든 종을 동시에 울린다. 양가죽 조끼에 스웨이드 바지를 입은 건장한 젊은이가 나온다. 머리카락은 분홍빛 먼지를 설탕처럼 뒤집어쓰고 있다.

"아이스티가 있다!" 맨던이 소리친다. 젊은이가 기다렸다는 듯 대문을 열고—대문은 자물쇠에 사용하는 것 같은 조합식 번호로 잠겨 있었다—그들을 들이는 걸 보면 그게 일종의 암호인 듯하다. 보도는 콘크리트 블록으로 이루어져 있다. 그 안에는 물고기의 뼈, 그리고 한 곳에는 인간의 두개골이 보이는 유리가 박혀 있다. 남자는 그들을 돔 안이 아니라 분홍빛 벽 뒤쪽의 먼지투성이 메사* 위로 이끈다. 네 개의 거대한 전신주가 땅에 박혀 있다. 전신주 사이에는 임시 사다리로서 널빤지가 못으로 고정돼 있고, 다른 두 남자가 그 위에서 도르래를 설치하고 있다. 레스는 부끄럽게도 그 모든 것이 초라하며 궁핍하고 불친절하다고, 범죄일지도 모른다고 느끼고는 겁을 먹는다.

맨던이 웃는다. "발루가 훌륭하게 상황을 개선했군!"

"그런 것 같네요." 젊은이가 말한다. 그의 고귀한 이목구비는 메스티소** 혈통을 암시한다. 여기에 확실히 캘리포니아티가 나는 웅얼거리는 말투가 따라온다. "우주 감상대를 짓고 있어요."

"뭐라고요?" 레스가 묻는다.

더 큰 웅얼거림. "우주 감상대요." 여전히 말이 되지 않는다. 그 말을 들으니 레스는 대학 시절의 룸메이트가 떠오른다. 그는 미국인들이 말을 할 때 전혀 알아들을 수 없다고 늘 주장

꼭대기는 평평하고, 등성이는 벼랑으로 된 언덕.

**   라틴아메리카에 널리 분포하는 유럽인과 아메리카 원주민의 혼혈인.

하는 상류층 파키스탄 사람이었다. 그에게는 모든 것이 "햄버거-햄버거-햄버거"로 들린다고 했다.

맨던은 활짝 미소 지으며 돌아본다. "아서." 그가 말한다. "훌륭한 구경을 하게 됐어." 단상에서 보이는 풍경을 말하는 거라면 맨던은 아마 충격받을 것이다. 사랑을 준대도, 돈을 준대도 레스는 저 햄버거에 올라가지 않을 생각이니까.

한 여자가 모퉁이를 돌아온다. 그녀는 온통 청록색인 얇은 천을 걸치고 있으며 커다란 밀짚모자를 쓰고 있다. 사십대나 오십대인 그녀는 아름다우며, 머리카락은 길고 곱슬곱슬한 고동색이고—나처럼 파스티초다— 페르시아의 요정처럼 가볍게 움직인다. "H.!" 그녀가 소리치며 달려와 H. H. H. 맨던을 끌어안는다. 그녀가 맨던의 뺨을 어루만지고 그 뺨에 입 맞추는 모습을 보니 불가능한 함의가 들어 있는 것만 같다.

"하나도 안 변했네." 그녀가 소리친다.

"당신은 이제 금발이 아니고." 맨던이 말한다.

"난 채식주의자가 됐어." 여자가 엄숙하게 말한다. 레스는 둘의 연관관계를 알 수 없다.

"아라투사, 이쪽은 내 동료 아서 레스인지 예스인지야."

청록색 영혼들이 무리 지어 내려왔다가 그의 영혼과 결합하고 다시 흩어지는 것만 같다. 아라투사에게는 그런 느낌이 있다. 그녀는 오렌지와 참깨의 향을 남겨놓는다. 채식주의자 유령이라면 그럴까.

"만나서 너무 반가워요, 아트. 난 위원장 아라투사예요."

그래서 이젠 레스가 '아트'인 걸까? "안녕하세요?"

아라투사가 입을 삐죽거린다. "글쎄요, 아트. 오늘 아침에는 우리 개가 내 부메랑을 절반이나 먹었어요." 아라투사는 주머니에서 씹다 만 나무 조각을 꺼낸다.

"그래도 쓸 수 있나요?"

아라투사는 그 질문에 대해 생각해보더니 놀랍도록 능숙하게 뜰 건너편으로 그 물건을 던진다. 부메랑은 휘파람 소리를 내며 허공을 가르고는 옥외 변소에서 몇 발짝 떨어진 먼지 바닥에 떨어진다. 둘 다 잠시 그 물건을 바라본다. "뭐." 아라투사가 즐거운 듯 말한다. "반은 쓸 수 있나 보네요! 아트, 당신 철학은 뭔가요?"

몇 가지 격언이 떠오르지만─겨울에는 토마토를 사지 마라, 마흔 살이 넘은 남자는 머리를 염색하면 안 된다, 비싼 속옷은 제값을 한다─철학은 떠오르지 않는다. 레스가 머뭇거린다. "음, 그런 건 없는 것 같아요."

"모두에게 철학이 있어요. 그냥 발견하기만 하면 되죠. 내 철학은 긍정적인 것을 끌어안자는 거예요. 이런 식이죠. 아니는 아니인 걸 아니(Know no no)!*"

"아니, 아니, 아니(No, no, no)라고요." 레스가 앵무새처럼 말

---

* '아니요'는 없다는 걸 알라는 뜻.

한다.

"내 말을 잘못 들었네요." 아라투사가 미소 지으며 말한다.
"자, 잘 들어봐요. 아니는 아니인 걸 아니."

"아니, 아니, 아니."

아라투사의 미소가 날카로워진다. "아니, 아니, 아니에요!"
아라투사가 말하더니 다시 천천히 이야기한다. "아니는. 아니
인 걸. 아니."

"아니." 레스가 천천히 말한다. "아니. 아니."

한숨. "아니에요."

그는 티피*를 배정받는다. 반면 아래쪽 정착지의 맨던은, 나
이 든 작가가 킬킬거리며 한 말에 따르면 "늑대들에게 남겨질"
것이다. 레스가 느끼기에는 티피라는 단어의 어떤 부분도 늑대
의 존재를 배제하지 못한다. 특히 그의 눈앞에 보이는 티피 전
체에 늑대가 그려져 있으니 말이다(사실 그건 티피가 아니라
라부**다. 라부도 이 지역에 고유한 것은 아니지만, 여기에 고
유한 사람이나 물건이 있던가?). 끔찍한 실수를 했다는 소름
끼치는 느낌이 든다. 이런 짓으로 어떻게 프로필 기사에, '오두
막'을 위해 낼 돈에 가까워진단 말인가? 아니면 저 멀리 메인

---

*   북미 평원 아메리카 원주민의 천막집.

**   스칸디나비아와 러시아에 사는 사미족 사람들이 사용하는, 텐트와 비슷한 구조물.

주에 있는 그의 연인 —나, 프레디 펠루에게?

레스가 돌아보니 돌리와 맨던은 사라지고 없다. 그의 그림 자만이 보인다. 아래쪽 계곡을 내려가고 있다. "기다려요!" 레스는 생각도 하지 않고 소리친다. "날 떠나지 말아요!"

하지만 노인의 그림자는 가장자리 아래로 사라진다.

"여긴 노을이 끝내준답니다." 아라투사가 말한다. 그녀는 늑대들도, 사라져가는 프로필 기사의 대상도 의식하지 않는다. 그녀는 이미 그림자 속에 들어가 있는 콘크리트 정육면체 쪽을 가리킨다. "한 시간쯤 뒤 저 아래에서 저녁을 줄 테니까, 뭔가 가져올 수 있으면 가져와요. 모두 환영이에요! 그리고 당신 바로 근처에 있는 온천에도 들러봐야 해요. 호스를 따라가세요. 네, 거기 그 호스요. 하지만 밸브는 건드리지 말아요! 그랬다간 암브로조에 홍수가 일어날 테니까요. 하하! 온천은 노을 질 때 보기에 아주 좋아요. 지금이 그때쯤인 것 같네요. 팻말을 봐요. 자, 이거예요."

아라투사가 말한 건 레스의 라부다. 하지만 정말이지, 자, 이거다. 남서부의 군주인 태양이 산봉우리 너머로 추방당했고 계곡 전체가 이제는 긴장을 풀고 캔털루프*** 같은 지평선의 빛으로 들어갔다. 그 빛이 산등성이에 있는, 정교한 장식이 달린 가죽 공예품을 이끌어내고, 그 아래에서는 표면들(창문, 웅

***　껍질은 녹색에 과육은 오렌지색인 멜론.

덩이, 크롬 도금된 자동차들)이 연속적으로 그 저녁놀을 하나 하나 이어서 반사한다. 오케스트라 각 부문마다 반복되는 교향곡의 마지막 음 같다. 그러다가 반쪽짜리 조개껍데기의 가장자리가 마지막 불꽃을 내보내고 행사는 마무리된다. 태양이 진 뒤에는 감정가들만이 남아 하늘에 머물러 있는 귤색과 산호색의 다양한 띠들을 즐긴다. 뒤늦게야 떠오른 바로 이런 현란한 생각을 배경으로, 비둘기 한 마리가 실루엣이 되어 레스의 시야를 가로지른다. 그렇게 날아간 비둘기는 어쩐지 느슨한 전깃줄에 앉는다. 녀석은 그곳에서 우아하지 않게 공중 줄타기 연기를 하며 까딱거리고 출렁거린다. 꼬리 깃털이 위아래로 회전한 뒤에야 녀석은 균형을 찾는다. 비둘기는 평형에 이르러 만족스럽게 주위를 둘러본다―아니나 다를까, 즉시 다른 비둘기 한 마리가 다가온다. 그 비둘기가 모든 것을 흥분시킨다. 회전식 춤이 다시, 복잡성만 두 배가 되어 시작된다. 꼬리 깃털이 미친 듯이 번갈아 돈다. 누가 그런 식의 묘기를 할까? 하지만 새들은 신경 쓰지 않는 것 같다. 그들의 자세는 희극의 일부인 동시에 레스의 눈앞에 펼쳐진 놀라운 장면의 일부다. 그 장면은 매일 저녁 이런 식으로 펼쳐질 게 분명하다. 사랑이란 그런 것이다.

레스는 그들을 지켜보며 자신은 겨우 B-를 받았을 뿐인 고급 물리학을 저토록 단순한 존재들이 어떻게 숙달할 수 있었는지 고민한다. 그러다가 비둘기들(실제로는 그냥 평범한 비

130

둘기일 뿐이다)이 그 빌어먹을 짓을 모두 포기하고 함께 날아올라, 협곡의 어두운 그림자 속으로 들어간다. 자신이 혼자라는 걸 깨달은 아서 레스가 마침내 자신과 라부 사이에 서 있는 팻말을 읽는 것이 그때다.

이 지점 이후로 웃은 선택 사항임

"아치."

동생의 얼굴이 눈앞 스크린에 떠 있다. 이런 위업에 필요한 선진 기술은 늑대가 그려진 레스의 배경과 어울리지 않지만, 금속과 흰색으로 이루어진 동생의 배경에는 완전히 적절하다. 레스는 18세기에 있는 것처럼 보이지만, 동생은 목성의 궤도를 돌고 있다고 해도 좋을 정도다.

"동부는 어때, 리베카?"

그녀는 눈을 감고 한숨을 쉰다. "야생의 서부는 어때?"

"난 나체 온천과 하나가 됐어. 외로워."

리베카는 걱정을 담아 그를 살펴본다. 그녀는 아서 레스와 많이 닮지 않았지만, 둘이 같이 있는 모습을 보면 두 사람이 남매라는 걸 알아채지 못할 리 없다—거장의 후기와 초기 작품에 공통적인 '손길'이 남는 것과 비슷하다. 코의 단단한 선, 얇은 윗입술을 보상하는 듯 통통한 아랫입술, 소름 끼치게 작은 두 귀, 유령 같은 창백함, 너무 숱이 적어 낮게 깔린 구름처럼 보이는 머리카락. 작년까지 리베카는 금발이었다. 지금 그녀는 완전히 백발이다. 레스는 리베카에게 전에는 염색을 하고 다녔던 건지, 아니면 머리카락이 가을의 단풍나무처럼 모두 한 번에 가버린 건지 한 번도 묻지 않았다. 엉킨 백발 곱슬머리에 검은색 레오타드 상의, 걱정하는 표정 때문에 그녀는 프랑스인 발레 교사처럼 보인다.

"안됐네, 아치." 리베카가 말한다. "여행이 이런 거라는 거, 잊었어?"

"그랬나 봐."

리베카: "낙타랑 코끼리만 있는 게 아니잖아."

"그것도 빼고 싶지는 않……."

"아치, 심각하게 얘기할 문제가 있어." 리베카의 표정이 알아서 엄숙한 모습으로 다시 자리 잡는다. 레스는 집중한다. 발레 교사가 수업을 시작하고 있다. "아빠 문제야. 아빠가 전화했어."

레스는 놀란다. "아빠가 전화했다고?"

"전화했어."

"어디서?" 레스는 새롭고도 신선한 두려움을 느끼며 묻는다. "뉴멕시코에서?"

"아니, 조지아주 어디래. 어떤 섬에 있다고 했어."

레스: "원하는 게 뭐래?"

"오빠에 대해서 알고 싶어 했어." 리베카가 말한다. "아빠가 오빠한테도 전화했어? 편지를 쓰거나?"

이게 무슨 감각일까? 정복했다고 생각한 무언가로부터 해방되었는데, 그 결과가 겨우 다시 그를 끌어들이려는 존재의 촉수뿐이라니? "아니. 아니, 난 아무 얘기도 못 들었어. 아빤 무슨 생각인 거지?"

리베카: "아빠가 예술을 위한 비영리단체를 운영하고 있대."

레스가 웃는다. "대체 무슨 소린지!"

"아치, 내가 듣기엔……." 리베카의 침묵은 서랍 안에 있는 알맞은 칼을 찾는 사람, 어려운 일을 빠르게 처리할 알맞은 단어를 찾는 사람의 침묵이다. "아빠 목소리가 늙은 것 같았어."

레스는 넘어가지 않는다. "아빠가 너한테 마법이라도 쓴 거야?"

"아니, 아빠는…… 뉘우치고 있었어." 리베카가 말한다. "무슨 일로 지쳐버린 것같이."

"화이트샌즈의 보안관 때문이겠지."

이제 리베카의 얼굴은 완전히 슬퍼져 있다. "아치. 아빠가 오빠한테도 전화하면……."

"리베카."

"끊지 마." 리베카가 말한다. "아빠가 죽어가는 것 같아."

레스는 동생의 얼굴에서 진지함을 볼 수 있다. 리베카는 아버지를 제대로 안 적이 한 번도 없다고, 그녀는 너무 어렸다고,

아버지는 리베카가 세 살이었을 때의 상상 속 친구, 스페클스라는 이름의 보라색 염소만큼이나 유령 같은 존재라고 그녀에게 말하고 싶다. 스페클스가 전화를 걸었다. 스페클스가 섬에서 살고 있다. 스페클스가 죽어간다. 스페클스가 위성 접시와 품위 없는 교제를 했다. 그러나 레스도 알다시피 리베카는 스페클스를 전혀 기억하지 못한다. 그녀의 초등학교 공연이 있던 날, 아빠가 통밀 샌드위치 반쪽이라도 되듯 사라졌다가 며칠 뒤 집에 무단 침입해 남겨두고 간 물건들을 챙겨 갔다는 것도 모호하게만 기억한다. 리베카에게는 그 어떤 일도 레스에게만큼 현실적인 기억이 될 수 없다.

레스가 말한다. "아빠가 나한테 전화하고 싶었으면 했겠지. 근데 너한테 전화했잖아."

"오빠를 무서워하는 것 같아."

레스가 웃는다. "날 무서워하는 사람은 아무도 없어."

"난 오빠가 무서웠었어." 리베카가 말한다.

레스는 놀라 움찔하며 눈을 깜빡인다. 전에는 몰랐을지라도 이 말은 진실처럼 느껴진다. 아마 전에 몰랐던 건 레스가 그 생각을 한 번도 해본 적이 없기 때문일 것이다. 만일 그렇다면 얼마나 끔찍한 일인지! 레스는 리베카보다 네 살이 더 많으니 당연히 오랜 세월에 걸쳐 자신의 두려움을 어느 정도 리베카에게 옮겼을 것이다. 청소년기의 자만심과 거드름에 감춰져 있던 두려움일 수도 있고, 레스가 아는 것보다 더 최근의 두려움일 수도 있다.

리베카는 레스의 얼굴에서 그 모든 감정을 본 게 틀림없다. 리베카는 그를 잘 안다. "걱정하지 마." 리베카가 말한다. "오빠는 좋은 오빠였어. 최고의 오빠. 로버트 일이 있고 얼마 지나지도 않아서 오빠한테 이런 짐을 지워서 미안해."

"로버트의 죽음이 왜 이렇게 큰 타격인지 모르겠어."

리베카가 말한다. "죽음이잖아, 아치. 엄마가 돌아가셨을 때 우린……."

"하지만 달라." 레스가 말한다. "이건 실존적인 게 아니야. 슬픔도 아니고. 이기적인, 너무 이기적인 어떤 거야." 레스가 잠시 말을 멈춘다. "말을 못 하겠어."

한숨. "아치."

"그게…… 난 바보야, 비. 나는 망가뜨리고 잃어버리고 너무 늦을 때까지 미루지만, 언제나 누군가가 있어서…… 고쳐줬다는 걸 알아. 어른 역할을 해줄 사람이. 표를 사거나 차를 구하거나 내가 망쳐놓은 걸 뭐든 고쳐줄 사람이."

"그게 로버트구나."

"내가 무너져 내리면 로버트는 언제나 조언을 해줬어. 헤어진 다음에도. 로버트는 이래라 저래라 하는 성격에 참아주기 힘든 사람이었지만 나를 버티게 해줬어."

"아치."

"로버트 없이 해나갈 수 있을지 모르겠어, 비. 어딘가에 로버트가 없는데 해나갈 수 있을지 모르겠어."

유리잔이 리베카의 놀란 표정을 확대한다. "로버트의 도움 없이 로버트의 죽음을 견뎌낼 수 있는지 모르겠다는 거야?"

레스가 인상을 찡그린다. "그게, 네가 말하니까 미친 소리 같다."

리베카의 얼굴이 엄격해진다. "오빠 아주 운이 좋아, 아치. 오빠한텐 프레디가 있잖아."

"프레디는……." 여린 마음과 불가능성을 조합해 누군가의 이름을 말한다고 상상해보라. 레스의 어머니가 프랑스라는 단어를 한숨 섞어 말하던 그 말투다.

리베카가 묻는다. "프레디가 오빠를 버티게 해줄 수 없다고 생각해?"

"모르겠어. 모르겠어. 근데 프레디가 그렇게 해줄 수 없으면 어쩌지?"

"그럼 오빠가 직접 버텨야지."

"안 돼." 레스가 말한다. "그럼 난 무너져. 난 살아남지 못할 거야."

리베카가 말한다. "살아남을 거야. 가서 그 온천에나 들어가."

오직 팔에 수건 한 장만을 걸치고 팻말이 예고했던 '온천'에 다다를 때까지 저녁놀을 가로질러 걸어가는 아서 레스를 보고, 이 이야기를 전하는 나보다 놀란 사람은 아무도 없을 것이다. 그 온천은 기껏해야 진흙투성이 작은 연못이다. 안에는 여자 두 명과 남자 한 명이 누워 있다. 모두 백인이고 모두 젊다. 어떤 보이지 않는 사분면에서, 한 남자가 비틀스의 '헤이 주드'를 부르고 있다. 기타 소리와 아주 많은 나-나-나 소리가 딸려 온다. 목욕하던 사람들이 고개를 돌려 나신에 중년인 아서 레스를 본다.

그중 누구도 벌거벗고 있지 않다.

꽤 차가운 바람이 불기 시작한다. 우주가 잠시 숨을 참는다. 그때 레스는 여자 한 명이 옆의 남자에게 하는 말을 듣는다.

"베어 이스트 디저 알테 만?"*

아서 레스는 구원받았다. 이들은 독일인이다! 그는 태연히 수건을 근처 메스키트에 걸쳐놓고 미소 짓는다.

[다음은 독일어에서 번역한 것이다.]

"안녕하세요." 레스가 말한다. "난 이름 아서입니다."

"아, 독일어를 좀 하시네요!" 남자가 말한다. 그는 몸이 길고 호리호리하며 금발에, 새로 난 것처럼 보이는 갈색 턱수염을 기르고 있다. 둥글고 잘생긴 얼굴은 한 번도 걱정으로 다져진 적 없는 것같이 보인다. "벌거벗은 사람을 봐서 기쁘네요. 여자들 때문에 쑥스러웠거든요."

"쑥스럽습니다 나도!" 레스가 환하게 대답한다.

---

*   Wer ist dieser alte Mann. '이 노인은 누구지?'라는 뜻.

"들어오세요, 어서. 이쪽은 헬가와 그레타이고, 저는 펠릭스 예요. 우린 방금 이별에 대해서 이야기하고 있었어요." 헬가는 날씬하고 미소 짓는 인상이다. 머리카락을 금발 브레첼처럼 땋았다. 그레타는 튼튼한 몸에 초록색 머리카락을 가진 인어 다. 충격받아 말을 잃은 표정이다.

"슬픈 대화가 있군요." 레스가 말한다.

"헬가가 방금 남자 친구가 바람피우고 있다는 걸 알아냈거 든요!" 펠릭스가 말하자 헬가가 고개를 끄덕인다. "뭐. 큰 문제 죠. 블루베리 드실래요?"

레스는 그에게서 봉투를 받아 들고 금발 여자를 본다. "유감 입니다, 헬가." 그가 말한다. "이것은 건포도입니다."

"아뇨, 블루베리예요." 헬가가 대답한다.

레스는 인상을 쓴다. "건포도가 아닙니다." 그가 자기 말을 생각해보며 말한다. "놀랍네요. 놀라움입니다, 당신의 남자 친 구 발견은."

헬가가 두 팔을 어두워져가는 하늘을 향해 활짝 벌린다. "다 이유가 있겠죠. 아시죠? 아, 그 블루베리는 두 개 이상 먹지 마 세요! 아, 이런, 너무 늦었네요. 그리고 우주가 저를 다른 어딘 가로 이끌어가는 것 같아요. 아시죠?"

"압니다." 레스가 대답한다. 레스는 실제로 안다. 알고 보 니 블루베리는 초콜릿으로 덮여 있는데, 레스에게는 적당하 다. 자신을 위한 특별한 계획을 간직하고 있는 우주를 믿다니 얼마나 멋진 일인가! 레스는 아주 젊은 사람만이 그렇게 생각할 수 있다고 본다. 아직 인생이라는 소설의 도입부를 읽는 사람만이 작가라면 자기가 무슨 일을 하는지 알고 있으리라 믿을 것이다. 반면 자신도 작가인 레스는 그 어떤 작가도 자기가 뭘 하는지 모른다는 걸 안다. 술과 마약과 광기가 다 그래서 나타나는 것이다(그 증거로, 밴에 타고 있는 두 작가를 들 수 있다). 그리고 이곳에 있는 그 누구와 견주어도 인생을 두 배쯤 더 살았기에, 그는 작가가 오래전에 플롯을 놓쳤다는 걸 안다.

언덕 뒤에서 누군가가 여전히 '헤이 주드'에 코러스를 넣고 있다. 나 나 나 나-나-나 나, 나-나-나 나…….

"아주 적은 블루베리 감사합니다." 레스가 말한다. "물 따뜻이네요."

펠릭스가 설명한다. "몇 킬로미터 뒤쪽에서 파이프가 끊겼대요. 당국에서 그 사실을 알기라도 하는지 모르겠네요. 거의 단지 전체가 물에 잠겼다는데. 우리가 물길의 방향을 바꿔서 우리만의 온천을 만들었어요! 절대 밸브를 만지지 마세요. 다시 홍수가 날 테니까요."

레스, 즐겁게: "행운의 팬플루트네요!"

모두가 이상하다는 듯 그를 본다.

"팬플루트! 팬플루트!" 레스가 답답해서 되풀이한다. "노아와 팬플루트!"

그들의 얼굴에 알아들었다는 빛이 떠오른다. 펠릭스가 말한다. "아아! 플러드(flood)요! 노아와 플러드, 홍수 말이죠."

"아, 네. 홍수. 팬플루트. 멍청한 실수를 합니다."

헬가가 그를 돌아본다. "아서, 처음 여자한테 키스해본 게 언제예요? 죄송해요, 정말 취해서. 그래도 말해주세요."

"나에 의해서는 이런 일이 행해진 적이 없습니다."

"뭐라고요? 여자한테 키스해본 적이 없어요?"

펠릭스: "이분은 게이야, 헬가."

그걸 어떻게 알지?

헬가는 믿을 수 없다는 듯 브레첼을 젓는다. 하지만 그녀의 말은 다른 뜻이다. "하지만 다들 여자한테 키스해본 적은 있잖아!" 그녀가 말한다. "한 번도 없어요, 아서? 어렸을 때도요?"

"아마 한 번은요. 어렸을 때요." 레스가 말한다. "연극에서 한 소녀에게 나는 키스했습니다. 아주 무서웠어요. 어떤 연극인지 기억하지 못합니다." (나의 사랑하는 배우자여, 그 연극은 〈오클라호마!〉였다. 그대도 알다시피.)

헬가는 다시 브레첼을 흔든다. "아, 그건 진짜 키스가 아니에요! 그럼 남자한테는요?"

"나는 19년이 있습니다."

"19년요!" 펠릭스가 음란한 미소를 지으며 끼어든다. "왜 이러세요! 게이인 남자들은 우리보다 섹스를 더 많이 한다고 들었는데요. 그런데 열아홉 살이 될 때까지 남자한테 키스해본 적이 없다고요? 못 믿겠어요. 저는 당신들이 모두 유소년 캠프

같은 데서 난장판으로 논다고 생각했어요."

"아닙니다 나는." 레스가 의미심장한 미소를 지으며 말한다.
"나 얼마나 늙었는지 기억하세요. 고등학교는 초기 1980년대
였습니다. 내가 마침내 남자아이에게 키스했습니다……." 애
리조나주의 노을 속에서, 발가벗고 온천에 들어간 채로 아서
레스는 이야기를 전한다. 충격적인 부분이 삭제되고 더듬거리
는 독일어로 된 압축적 이야기다. 하지만 이 페이지에서는 그
가 그때의 치욕을 당하지 않게 해주겠다.

"아주 우스운 이야기는 아닌데요." 펠릭스가 말한다.

헬가는 위로하듯 미소 지으며 손등을 그의 뺨에 댄다. "전체
이름이 뭔가요, 아서?"

"아서 레스요."

"지금은 남자 친구가 있나요, 아서 레스?"

"네."

"그 사람은 이름이 뭐예요?"

"이름 프레디입니다. 세상을 건너서 나를 선택하러 그는 여
행했습니다."

그레타가 인상을 쓰며 레스에게 그 말을 다시 해달라고 한다.

"세상을 건너서 그는 여행했습니다. 나를 선택하러."

"당신을 선택하려고요?"

"나를 선택하려고요."

레스는 아래를 본다. 그의 벌거벗은 피부에 떨어지는 노을

빛은 거의 아침 햇살처럼 보이고, 낙엽은 나팔꽃 덩굴의 그림자라고 해도 무리가 아니다. 계곡 어딘가에서 희미한 금속성의 소리가 들린다.

"나한테 키스해줄래요, 아서 레스?"

이건 웬 새로운 무스인가? 누가 이런 질문을 예상할 수 있었을까? 아서 레스는 물론 전에도 이런 식의 제안을 받아본 적이 있지만, 여자한테서는 아니었다. 정숙한 입맞춤이 끝나자 그는 진흙탕에서 뒤로 몸을 기울인다. 헬가가 웃으며 친구들을 돌아본다. "게이 남자들은 키스를 너무 잘해!" 하지만 레스는 딱히 키스 생각을 하지 않고 있다. 그에게 이건 키스가 아니었다. 잠시 헬가의 태평한 존재를, 블루베리와 온천으로 이루어진 그녀의 단순한 세상을 수혈받는 행위였다. 그것이 레스의 핏속으로 직접 수혈되었다. 창백한 지평선이 끓는점에 이른 것처럼 떨린다. 레스는 고개를 든다. 별. "우주는 커다란 기차입니다." 레스가 선언한다.

펠릭스가 고개를 끄덕인다. "정말 그렇네요, 친구."

"큰 기차가 아닙니다." 레스는 자기 말을 바로잡는다. "관대한. 우주는 매우 관대합니다."* 그는 매우 고요하게 앉아 다시 별을 올려다본다. "하지만 큰 기차이기도 하겠네요."

---

* 독일어에서 '큰 기차'를 뜻하는 groß Zug와 '관대하다'를 뜻하는 großzügig의 발음이 비슷해 생긴 착오.

펠릭스가 미소 짓는다. "험한 여행을 하고 있군요, 친구."

"크고 관대한 기차."

바람 속 한숨은 이어지고 또 이어진다. 누군가가 비틀스의 '헤이 주드'를 부르는 내내. 그 말은, 영원히 이어진다는 뜻이다.

이제는 연대기상에 거의 열 시간의 틈새가 있다. 레스 연대기의 이 틈을 연구하는 미래의 레스학자 일부는 바로 이때가 우리의 작가님께서 다음 소설을 위한 메모를 하기 시작한 때임을, 앞선 시간의 잡초 속 어딘가에 예술의 씨앗이 있었음을 추측할 것이다. 아마 이 가엾은 악마들은 기억의 잎새 하나하나―모든 제퍼슨식 마티니와 모든 채식주의자 유령, 모든 팬플루트와 블루베리―를 샅샅이 쓸어보며, 거대한 티라노사우루스가 화석이 되어 묻혀 있다고 확신하면서도 장비라고는 그저 칫솔만을 가져온 고고학자들처럼 광활한 시간의 사막에서 작업하느라 인생을 낭비할 것이다. 아마 위대한 작품들이 그들의 노고에서 솟아날 것이다.

하지만 내 생각은 좀 더 단순하다.

그것들은 블루베리가 아니었다.

그리고 우리에게는 시간이 좀 있으니, 어쨌든 레스를 지켜
줄 필요는 없을 것 같다…….

아서 레스는 대학 졸업 직전 해에야 마침내 한 소년에게 키
스했다. 약 6개월 동안 아서 레스는 동정으로서의 존재를, 그
것도 슬프게 이어갔다. 그러다가 어느 맑은 봄날, 목련이 피어
있는 '중정'을 가로지르던 도중에, 적응을 제대로 한 젊은 남자
들이 플라스틱 원반을 던지고 받으면서 적응을 제대로 한 젊
은 여자들을 힐끔거리고 그 여자들은 마주 키득거리는 그곳에
서, 그래, 다마스쿠스가(街)(아, 이런 우연이라니!)*에 있는 자
신의 기숙사로 향하던 와중에, 젊은 아서 레스는 갑자기 멈춰
섰다. 나뭇잎 그림자로 얼룩덜룩한 빛이 잔디밭을 밝게 비췄
고, 하트 모양의 비둘기 떼가 예배당에서 날아올랐으며, 청동
으로 된 독립 전쟁 동상은 레스를 똑바로 가리키는 것처럼 보
였다. 우리의 주인공은 충격받은 채 앞으로 세 걸음 나섰다. 그
는 빛과 새들, 동상을 바라보았다. 원반 던지는 사람들을 보았
다. 여자들을 보았다. 그는 자신이 이런 공연의 일부가 아니며
영영 그 일부가 될 수 없다는 걸 알았다. 그는 그제야 그야말로
다른 모두가 이미 아는 것을 깨달았다.

텅 빈 여러 달이 흘러갔고—프로젝터에 실수로 나오는 텅

---

*　　　성경에서 다마스쿠스는 바울 사도가 심오한 깨달음을 얻어 개종하는 곳이다.

빈 슬라이드 같았다—그동안 레스는 자신과 비슷한, 소심하고 '퀘스처닝'** 중인 신입들과 수다를 떨었지만(그들은 모두 밀가루 반죽 같고 여드름투성이였다. 그중 누구도 레스의 '타입'은 아니었다) 그의 순결은 힘겹게 겨울을 났다. 그러다가 3월에 퀴어 댄스파티가 열렸다.

그 장면을 아주 자세하게 맛보도록 하자. 젊은 레스와 두 명의 '퀘스처닝' 신입이 모여서 술을 마시며 용기를 북돋울, 패널 벽의 지하 방. '퀘스처닝' 신입 중 하나는 나오지 못했다. 다른 한 명은 뒤늦게, 연파랑 스웨터를 입고 도착했다. 그는 환타와 드람뷔***병만을 들고 있었다. 그들은 조지 마이클 노래를 틀었고, '퀘스처닝' 신입은 춤을 춰야 한다고 말했다. 그를 라일리 오쇼네시라고 부르자. 그게 그의 이름이기 때문이다. 레스보다 한 살 어린 그(사춘기가 여전히 그의 금발스럽고 분홍분홍한 외모를 흐리고 있었다)는 텍사스주 애머릴로에서 유부남 치과 의사에게 낚였다가 버려진 적이 있기에 레스보다 경험이 많았다. 사교계에 처음 데뷔한 사람처럼 춤을 추는 백인 소년 두 명을 상상해보라. 레스는 라일리의 어깨를 두 팔로 끌어안고 있다. 둘은 꽤 취한 상태다. 나는 둘이 키스했을 때, 그 일이 둘 모두에게 놀라운 일이었으리라고 상상한다—녹슨 맛이 나

**   성 정체성과 성 지향성을 탐색 중임을 가리킨다.
***   스카치위스키, 꿀, 허브, 향신료를 넣어 만든 술.

는 드람뷔 칵테일과 조지 마이클, 그리고 누군가의 손길을 받고 싶다는 숨 막히는 욕망. 키스가 조금이라도 좋았을까? 모든 첫 키스가 그렇듯 충분히 좋았다. 이 키스는 라일리로 하여금 바지를 벗고 소파에 앉게 했으며 레스로 하여금 기도라도 하듯 그의 앞에 무릎을 꿇게 했다. 쾌락에 도취된 라일리는 결국 몸을 앞으로 꽤 자연스럽게 숙였고, 아기들이 가슴 가득 들어 있던 젖을 다 마시고 난 뒤에 내는 것 같은 작은 한숨에 이어 녹슨 맛이 나는 칵테일을 레스의 숙인 머리에 토했다.

나중에, 비틀거리는 라일리를 데리고 기숙사로 돌아간 뒤, 자신과 라일리의 스웨터에서 저녁의 흔적 전부를 지우느라 세탁실에서 외로운 한 시간을 보낸 뒤, 우리의 주인공 레스는 자기 기숙사 방으로 기어들어 가 자려 했다. 하지만 감정이 북받쳤다. 그래서 그는 아침에 라일리의 방문 앞에 놔둘 쪽지를 몇 가지 다른 형태로 썼다. 그는 지금도 그 쪽지 하나를 가지고 있다. 내가 레스의 서류 사이에서 발견했다. 축약 없이 그 내용을 그대로 전달하겠다.

라일리에게

좋은 아침이야! 좀 어때? 가능하면 우리한테 있었던 일에 대해서 이야기하고 싶어. 우린 심하게 취해 있었지만 난 아무것도 후회하지 않아. 사실 난 그 일이 웃겼다고 생각해. 하하! 그리고 난 네가 무척 좋아. 오늘 언제 얘기 좀 하자. 네 스웨터도 내가 가지고 있어. 빨아뒀고. 하하! 돌려줄게.

A

레스가 잘못 생각한 것이다. 그는 스웨터를 돌려주지 못했다. 라일리는 다시는 레스에게 말을 걸지 않았다. 그는 캠퍼스에서도 카페테리아에서도 레스를 피했으며, 퀘스처닝 남자들의 모임도 피했다. 아서에게는 흐느낌 발작 여러 번, 끔찍한 시 쓰기 시간 여러 번, 레너드 코언을 듣는 오후 여러 번, 라일리의 연파랑 스웨터를 자기 얼굴에 대고 잃어버린 분자를, 남은 향기를, 당연하지만 그 자신이 씻어내버린 냄새를 조금이라도 다시 포착해보려던 사적인 순간 여러 번이 있었다. 이런 일이 몇 달이나 이어졌다. 어떤 면에서 레스는 영영 그 사건에서 회복하지 못한 것일 수도 있다. 심지어 자기 타입도 아니던 소년 때문에.

그게 내가 레스의 첫 키스 이야기를 한 목적이다. 어떤 면에서 그 첫 키스는 로버트로 이어지는 길을 열었다. 그 이후로는 내게로 이어지는 길을.

레스는 재앙과도 같은 데이트를 하고 나면 매번 여동생에게 전화를 걸곤 했다. "난 그냥 함께 젊은 채로 사랑에 빠지고 싶어." 그는 리베카에게 말하곤 했다. 리베카는 들으며 한숨을 쉬곤 했다. 레스가 원하는 것은 함께 젊은 채로 사랑에 빠지는 것뿐이었다. 지나친 요구일까? "아무도 그런 건 얻지 못해." 리베카는 그렇게 말하곤 했다. "아무도. 오빠의 문제는, 오빠한테 어떤 타입이 있다고 믿는 거야." 물론 레스는 자신에게 어떤 타입이 있다고 말했고, 그러면 리베카는 이렇게 말하곤 했다. "그건 포기해. 오빠에게 상냥하게 대해주는 사람을 찾아."

몇 가지 로맨스 장면이 오십 줄에 들어선 지금도 그의 머릿속을 내달린다. 네다섯 편의 오래된 영화를 틀어주는 영화관 같다. 그중에는 레스가 다른 남자와 처음으로 함께한 시간도 있다. 그 남자는 침울한 얼굴의 독일인으로, 나중에 레스가 동정이라는 걸 알자 "뭐, 이걸로 많은 게 설명되네!"라고 논평했다. 레스가 화장실에 있을 때 그를 떠나버리더니, 몇 주가 지나서 레스가 그 이유를 묻자 "네가 별로 매력적이지 않다고 생각했어"라고 대답한 키 작은 이탈리아인도 있다. 그 행위 이후의 은혜로운 순간에 레스 너머를 보며 "있잖아, 네 눈은 딱 맞는 종류의 파란색이 아니야"라고 말한 포르투갈인 대학원생도 있다. 그런 식으로 이어진다. 수십 년의 세월을 사이에 두고 보니 진단은 간단하다. 이 남자들에게는 자기 나름의 실연이 있었다. 그들만의 차가운 외면, 퇴짜, 그들이 사랑한 남자가 되돌려준 무의미한 침묵이. 그들이 어떻게 다른 사람의 마음을 다루는 방법을 알 수 있겠는가? 어쨌든 그들은 흑마술의 신입들이었다. 게이의 섹스도 그 자체로 이미 고급 과정이지만, 게이의 사랑이라는 전문 기술에 비하면 아무것도 아니었다. 1970년대의 삶은―고등학교도, 텔레비전도, 영화도, 도서관의 책도, 심지어 여자나 남자나 자기 자신을 더듬는 일도―이 가엾은 젊은 남자들에게 그런 기술을 전혀 마련해주지 않았으니까. 이제는 나도 가혹한 진실을 인정해야겠다. 로버트 브라운번은 레스에게 상냥하게 대해준 첫 남자였다.

뉴욕에서 샌프란시스코로 이사한 이후, 그때의 첫 키스 이후로 몇 년이 지난 뒤, 레스는 로버트와 메리언 브라운번을 만났고, 그로부터 얼마 지나지 않아 자기도 모르게 노스비치의 이탈리아 레스토랑에 가 있었다. 그곳에서 시인은 젊은 아서 레스의 손을 잡고 사랑에 흐느꼈다. 나는 레스가 이런 광경 앞에서 충격을 받은 채 가만히 앉아 있었으리라고 생각한다. 그게 바로 레스가 언제나 원해왔던 것이니까. 거기에 아서 레스를 사랑하고 아서 레스 때문에 결혼과 친구들과 아무 고민 없는 삶을 기꺼이 포기하려는 남자가 있었다. 아서 레스를 위해서! 거기에 상냥한 남자가 있었다. 더욱이 거기에 걱정을 그만둘 방법이 있었다. 레스가 설득당해 무릅써야만 했던 위험들, 6개월마다 하는 혈액 검사, 결과를 기다리는 괴로운 2주, 꿈속에서 춤을 추는 에이즈의 환영. 거기에 죽음의 면전에서 문을 닫아버릴 남자가 있었다.

레스는 로버트를 사랑했을까? 당연히 사랑했다. 하지만 로버트는 젊지 않았다. 그리고 15년이 지나 둘의 관계가 끝났을 때쯤에는 아서 레스도 젊지 않았다. 레스가 원한 것을 한 번도 갖지 못했다는 건―그가 원한 것을 절대 갖지 못하리라는 건 인정하자. 그는 절대 누군가와 함께 젊은 채로 사랑에 빠지지 못할 것이다.

그의 타입에 관해서는 (레스의 여동생이 한 말에 따르면) 문제가 대단히 단순했다. 그를 끝없이 놀리고 사랑할, 키 작고 안경 쓴 곱슬머리 남자.

이런 말을 쓰자니 얼굴이 붉어진다.

아서 레스는 어둠 속에 눈을 뜬다. 딱히 어둠은 아닐지도 모르겠다. 그의 머리 위에는 놀랍도록 선명하게, 플레이아데스 성단의 반짝이는 별들이 보인다. 그가 라부로 돌아온 걸까? 아니다. 라부에도 모서리가 없을지는 모르지만, 이런 식으로 모서리가 없는 건 아니다. 우주의 큰 기차가 사방으로 내달린다. 레스의 감각이 하나씩 하나씩 돌아온다. 그를 덮고 있는 소가죽의 무게, 흐르는 물소리, 밤에 피는 꽃의 향기. 레스는 소가죽을 덮은 채 몸을 떤다. 그는 임시방편으로 만든 침대 위에 벌거벗고 있다. 레스는 저녁 식사를 놓쳤고, 주의를 기울일 기회도 놓쳤고, 배우자에게 전화를 걸겠다던 약속도 놓쳤다. 그 배우자가 나, 프레디 펠루다. 레스는 눈을 감았다가 뜬다. 춥다, 춥다, 춥다. 세상이 너무 춥고 조용하다. 은하수는 그의 위에서, 수십억 년 전에 타버린 어떤 대화재의 연기처럼 뻗어나간다. 우리의 왈론은 경탄하며 하늘을 보고 미소 짓는다. 저기, 물음표 같은 모습으로 솟아오르는 별자리가 뭔지 누가 알까? 아마 물음표의 자리일 것이다. 시간이 첫 건반을 누른 이후로 시작된, 언제까지나 커져만 가는 우주적 의심의 끝에 붙어 있는 물음표. 다른 별자리, 답의 자리만 있어도. 아마 우리에겐 실제로 잠정적 답이 있는 걸지도 모른다. 우리 사이에는 '예스' 작가님이 있지 않은가?

레스는 일어나 앉는다. 자신의 기쁨이 어딘가 잘못됐다는 경계심을 느낀다. 혹시 별이 너무 선명하지 않은가? 지평선이 너무 멀리 아래쪽에 있지 않은가? 그의 모든 달콤한 감각을 의심해야 할까? 하지만 새로운 감각이 찾아온다. 별이 총총한 바다에 떠 있는 감각이 아니라 허공에 떠 있는 감각이다. 그는 살짝 몸무게를 바꿔 실으며 실험해본다. 걱정스럽게도, 세상이 그와 함께 움직인다. 두려움에 떨면서 그는 왼쪽을 본다. 거기, 한참 아래쪽에 늑대가 그려진 라부가 있다. 비주류 미국인 소설가가 잠들어 있어야 할 곳이다. 사막에서 웬 동물이 존재하지 않는 달을 보며 울부짖는다. 레스도 울부짖고 싶다. 그는 우주 감상대 위에서 눈을 떴다.

그는 공황이라는 알전구 아래에서 자신의 기억을 취조하지만, 기억이 내놓는 건 물이 쏟아져 나오던 일과 튜브를 따라간 일, 더 많은 물뿐이다. 아마 일종의 밸브가 보였을지도 모르겠다. 그다음에는 별들이. 레스는 어쩌다가 여기 올라오게 되었을까? 어떻게 이렇게까지 위태롭게 하늘 아래에 걸터앉게 되었을까? 어떻게 결국 안전해진 걸까? 글쎄, 내 사랑. 세상은 그대 같은 남자들이 언제나 결국은 안전해지도록 잘 구성돼 있다. 거의 항상.

소가죽으로 몸을 감싼 벌거벗은 아서 레스는 떨면서 상당히 무너지기 쉬워 보이는 우주 감상대 위에 선다. 기적적으로 살아서, 우주를 감상한다고는 딱히 말할 수 없는 채로, 그는 아래쪽의 정착지를 내려다본다. 거기에서 호수가 별빛을 받아 어둡게 아른거린다. 레스는 야간 시력이 형편없는데도 호수를 더 자세히 보려고 노력한다. 전에는 저 호수가 없지 않았나? 호수라니? 물이 확실히 어딘가로 흘러가고 있다. 레스는 한참 아래를 본다. 호스가 언덕 옆면을 따라 암브로조까지 마음대로 물을 뿜는다. 얼어붙은 레스의 머리는 어느 정도 시간이 걸려서야 이해한다. 경고를 떠올린다. 밸브를 떠올린다. 그런 다음 그는 소가죽을 떨어뜨리고 독일어로 소리친다.

"팬플루트! 팬플루트! 팬플루트!"

"나, 위원장 아라투사는 개회를 선언합니다. 당신, 아트 예스는 오늘 아침 암브로조의 급수 시스템에 손을 대 단지를 침수시키고 제한 구역인 감상대에 들어갔다는 혐의로 소환되었습니다. 독일인들이 한밤중에 밸브 근처에 있던 당신을 목격했습니다. 위원회에서는 당신을 암브로조에서 영원히 추방하기로 표결했습니다. 변론할 말이 있습니까?"

잠시 침묵이 흐른 뒤, 우리의 사랑스러운 주인공의 목소리가 들린다.

"아니는 아니란 걸 아나요?"

몇 시간 뒤, 로지나가 잿빛으로 응결된 하늘 아래 도로를 흔들흔들 나아간다. 시간이 이른지라 모두 닫혀 있는 도로변 가판대는 거리를 표시하고 있다. 캘리포니아의 가판대는 아보카도, 아몬드, 아티초크를 광고하지만 여기서 광고하는 건 광석과 보석이다. 특히 어떤 가판대는 그야말로 경탄하는 듯한 폰트로 **화석!**이라고 소리친다. 누가 그곳에 들르지 않겠는가? 하지만 레스는 계속 나아간다. 어쨌든 공룡이 있으리라는 약속은 당연하게도 암모나이트라는 현실에 굴복한다. 아침 햇살 속의 꿈이란 그런 식이다.

어떻게 그랬는지 샤워를 하고 매무새를 가다듬고 백단 향수를 뿌리고 또 다른 코듀로이 바지를 입은 맨던이 선글라스를 낀 채 조용히 있다. 결국 그는 깊이 숨을 들이쉬고 말한다. "뭐, 재미있었던 건 확실해!"

"그냥 샌타페이에나 가요"가 레스가 불평하듯 내놓은 답이다.

"내가 미친 사람의 손에 맡겨진 줄은 몰랐어."

"전 이제 괜찮아요."

맨던이 웃는다. "팬플루트! 팬플루트!"

"독일 사람들이 제 말을 잘못 들은 거예요. 전 플러드, 홍수라고 했어요."

"뭐, 솔직히 말하면 청소가 필요하긴 했지." 맨던은 즐거워하는 듯하다. 이상하게도 자신의 일행에게 감명받은 것처럼 보이기도 한다. 하지만 그의 일행은 이 이야기를 더는 하고 싶어 하지 않는다. 그는 맨던이 이곳에 온 이유를 발견했길 바란다고 말한다. 샌타페이까지 쏜살같이 달려야 할 테니까.

"행사까지 약 여덟 시간 남았……."

"우린 샌타페이에 가지 않아." 맨던이 말한다. "우린 미국을 떠날 거야."

공황. "저는 멕시코로 차를 몰지 않을……."

"나바호* 국가로 가는 거야." 맨던이 대답한다. "거미 할머니의 고향으로 말이지. 내가 알려주는 길로 가. 저 앞에서 우리는……."

"전 작가님을 샌타페이로 데려가야 해요."

맨던: "자네, 프로필 기사를 쓰고 싶지 않나?"

"질문요." 레스가 말한다.

맨던이 목을 가다듬는다. "자네 아버지가 뜬금없이 나타나 용서를 구한다면 자넨 어떻게 하겠나? 바로 저기서 다음번 우회전을 해서 플래그스태프**로 들어가."

"아버지를 용서할 거냐는 말씀이세요?"

---

* 미국의 애리조나주 등지 아메리카 원주민 보호 지역에서 살고 있는 최대의 종족.

** 미국 남서부 애리조나주의 도시.

154

"그런 것 같은데."

"정말 모르겠어요." 레스가 말한다. "제 차례예요."

"그건 답이 아니었어."

레스가 묻는다. "무슨 짓을 하셨길래 딸이 당신을 용서해야 하는 거예요?"

맨던이 목을 가다듬는다. 돌리는 헛기침하듯 그의 무릎에서 자세를 가다듬는다.

"자네도 알 줄 알았는데." 노인이 말한다. "난 작가가 됐어."

플래그스태프에서는 두 갈래 길이 북쪽으로 이어진다.

하나는 그랜드캐니언으로 이어진다. 레스가 사십대 초반에 우연히 남서부로 여행하다가 한 번 들른 적이 있는 곳이다. 그는 새벽이 되기 전에 도착해 절벽으로 하이킹을 하러 가—완전히 혼자였다—미국의 기적 중 하나를 보았다. 협곡의 모든 층이 천천히 채색되기 시작했다. 꼭 색깔 보고 칠하기의 거장이 색칠을 하는 것 같았다. 절벽은 빠르게 세피아색, 암갈색, 담황색, 담갈색, 구리색, 청동색으로 흠뻑 젖었다. 그 모든 것이 묘하게 평면적으로 보였다. 레스는 자신이 고등학교 체육관의 벽화를 보고 있다고 느꼈다. 그는 물병의 물을 홀짝거리고 협곡을 내려가기 시작했다. 새들이 깨어나 떠들어댔고 안개는 지리적인 스트립쇼를 벌이며 물러났다. 그때까지도 그는 혼자서, 자연의 상쾌한 향기를 즐기고 있었다. 그러다가 하이킹을 시작한 지 약 30분쯤 됐을 때 그는 소나무 아래에 서 있는 산림 경비관을 만났다. "안녕하세요!" 그녀가 레스에게 손을 흔들며 말했다. "잘돼가나요?" 그녀는 젊고 활발했으며, 야구모자 아래에 히잡을 두르고 있었다. 빳빳하게 주름 잡히고 편지 봉투처럼 깨끗한 제복 차림이었다. 그녀는 시리얼 바를 으적거렸다. 레스는 괜찮다고, 고맙다고 말했다. "물은 충분히 있으시고요?" 여자가 묻자 레스는 물병을 들어 보이며 씩 웃고 앞으로 움직였다. "그게 말이죠." 여자가 그림자에서 나와 그를 가로막으며 말했다. "다음 한 시간 동안은 산등성이예요. 풍경이 그냥 똑같죠. 그냥 여기서 보시고 다시 올라가시는 게 좋을 거예요!" 여자의 미소는 밝으면서도 으스스했다. 레스는 그녀의 일이, 명품 신발을 신고 그랜드캐니언을 하이킹하려는 중년의 게이 작가들을 돌려보내는 것인지 궁금했다. 그렇게 물어보았다. 여자는 본질적으로 그렇다고 대답했다. 레스는 바위 둥지 속에서 다람쥐가 헛숨 들이켜는 소리를 들은 것만 같았다. 그런 다음 레스는 돌아서서 가장자리로 다시 올라갔다. 그는 다시는 그랜드캐니언에 오지 않겠다고 맹세했다.

이번 여행에서도 마찬가지였다. 플래그스태프 북쪽의 다른 도로는 다른 곳으로 이어졌다. 그랜드캐니언과는 전혀 다른 곳으로 말이다. 관광객들은 절대 그 길로 가지 않았다. 물론 그 길이 우리의 두 소설가가 선택한 길이다.

그들은 나바호 국가에 들어가, 그랜드캐니언의 비교적 초라

한 사촌을 따라 구불구불 나아간다―리틀콜로라도강 협곡이다. 이 시각에 이 각도에서는 협곡의 비교적 좁은 균열에서 기적의 낌새가 어둡게 드러날 뿐이다. 비주류 미국인 소설가의 메모에서도 비슷한 일이 벌어질지 모르겠다(주의를 기울여, 아서 레스). 잿빛의 말 없는 하늘에서 과자 제조자의 설탕 같은 눈이 내리며, 거대한 카이바브고원의 노두를 드러낸다. 보이지 않는 어떤 심연 위, 서리가 내린 탑 같다. 처음에는 그냥 신들의 주방에 있는 장난꾸러기 신 몇이 던진 한 줌의 밀가루이던 눈은 강도를 더해가다가 크림 파이 음식 전쟁이 되어버린다. 높은 고도 사막 평원에 공통적으로 일어나는, 특유의 화이트아웃* 폭풍이다. 협곡이 사라진다. 탑들이 사라진다. 로지나는 곤두박질치며 이 백색으로, 이 눈먼 위험으로 곤란을 겪는 세상을 가로지른다. 레스(아마 여전히 블루베리에 취한 상태일 것이다)는 어떤 요정 왕국으로의 입장처럼 느껴지는 무언가에 홀려 있다. 반면 맨던이 마법사처럼 건네는 조언은 멈추라는 것이다.

그들은 나이 든 나바호 여자가 리틀콜로라도강 협곡 근처에서 운영하는 길가의 선물 가게에서 폭풍의 절정이 지나가기를 기다린다. 한 시간 정도 가게에 머무는 동안 레스는 협곡의 깊

---

* 폭설로 시야가 흐려지는 현상.

은 곳이 남색으로 채워지고 그 높은 산봉우리 위에 아주 많은 선디 아이스크림처럼 휘핑크림 같은 눈이 얹히는 모습을 지켜본다. 서쪽의 짐승 같은 쿼터백 사촌에 비하면 이곳은 얼마나 더 마법적인가. 가게 주인은 레스가 델라웨어주 출신이라는 말을 듣자 자기도 한때 그곳에 사는 자매를 만나러 간 적이 있다고 말한다. "기적이었어!" 여자는 두 손을 활짝 펴며 설명한다. "물이 바위에서 나오다니!" 레스는 델라웨어주가 누구에게든 기적이 될 수 있다는 걸 상상하지 못한다.

나중에 맨던이 이 지역 고유의 집을 묘사한 도자기 작품을 살펴보는 동안 레스는 그를 돌아보며 묻는다. "H. H. H.는 무슨 뜻이에요?"

맨던이 헛기침한다. "그렇게 노골적으로 나오지 마. 이 훌륭한 판초들을 보라고. 내가 자네한테 하나 사주……."

"프로필 기사에는 넣지 않을게요." 레스가 말한다. "그냥 알고 싶어요."

맨던은 옷걸이에 걸린 판초를 들고 돌아본다. "글쎄, 아서 레스. 지어낸 거야."

"정말요?"

"맨던도 지어냈지. 뭔가…… 공격적인 걸 원했거든. 그 시절은 위대하고 남자다운 작가들의 시대였다고, 기억해." 그는 모직 판초를 보며 미소 짓는다. "팔리 캔트의 글을 누가 읽겠나?"

"팔리 캔트요?"

"모르몬교식 이름이야." 맨던은 물건을 계산대에 올려놓으며 말한다. "나는 교회도, 그 이름도 떠나왔어. 레스는 어디서 온 건가?"

우리의 주인공은 위대한 왈론, 프뤼당 드레스 이야기를 전한다.

레스로서는 놀랍게도 노인은 흥미를 느끼는 것 같다. "재미있네, 나도 비슷한 이야기가 있는데. 왈론 부분은 아니지만. 그건 터무니없어. 하지만 나는 앨리스터 캔트가 불한당처럼 굴어서 뉴스웨덴에서 쫓겨났다는 얘기를 들었지. 1654년에 말이야. 굉장한 일 아닌가?"

"정말 재미있는 우연 같긴 하네요."

"어쩌면 우리 둘 다 똑같은 개소리를 들은 건지 모르지, 프뤼당 드레스."

"그럴 수도 있겠네요, 팔리."

얼마 지나지 않아, 핸드폰 서비스가 제공되는 선물 가게 한 구석에서 누군가 딸랑거리는 전화를 받는다.

"안녕하세요-피터-헌트-님이-전화를-걸었습니다-기다려-주세요……."

셀린 디옹, 블랙 사바스의 '무덤의 아이들(Children of the Grave)'. 침묵. 그런 뒤에 목소리가 들린다. "아서, 본론부터 말하겠습니다……."

"피터!"

"프로필 기사는 어떻게 되어가요?"

아서는 또 다른 드림캐처를 살펴보고 있는 맨던을 돌아본다. "예상한 대로는 아닌데······."

"좋은 소식이네요! 작가님 이야기를 공연한다는 남부의 극단 말인데요······."

몇 년 전에 들은 얘기 같다. "〈영양(營養) 연극〉 말이죠. 기억해요."

"거기 가셔야 돼요."

"뭐라고요?"

"그쪽에서 간절히 연락하고 싶어 합니다." 피터가 말한다. "근데 작가님이 프로필 기사를 열심히 쓰신다는 걸 알아서 제가 개입했죠. 그냥 화요일에, 루이지애나주 브로브리지에 가기만 하세요."

"내가 동의한 것도 아니잖아요!" 레스가 당황해 말한다. "난 이걸 써야만······."

"돈이 필요하다면서요, 아서. 익명의 기부자가 극단에 연락을 해서······."

"해야 돼, 레스." 내가 레스에게 말한다.

"프레디, 여행을 너무 많이 해야 해."

나는 웃는다. "돌아갈 집이 있는 것도 아닌걸."

"메인주로 갈 수는 있지." 레스가 내게 말한다.

"우리, 메인주로 이사하는 거야? 내가 통나무집에서 롱펠로랑 호손을 가르치게 되는 거야?"

"그러면 우리 빚을 절반쯤 갚을 수는 있을 거야. 내 빚을."

"형은 약속한 대로 하고 있어." 내가 말한다. "뭔가 고치고 있어. 고마워."

"보고 싶다."

"그 말뜻은 미안하다고 하는 것 같네. 나도 보고 싶어."

눈보라가 잦아들기 시작하고 맨던이 현명하다고 할 수 없을 만큼 많은 드림캐처를 사며 늙은 여자의 이야기를 들었을 때에야 레스는 구석의 재봉틀에 앉아 있는 그녀의 종손을 본다. 스무 살 근처로 보이는 그 젊은이는 건장하지만 섬세한 생김새로, 긴 흑발을 공단 숄처럼 한쪽 어깨에 늘어뜨린 채 빨간색 시퀸 드레스를 작업하고 있다. 대체 어쩌다 이제야 알아본 걸까? 그 드레스는 이 방에서 유일한 빛, 천장에 반짝거리는 빛으로 보인다. "그건 누구 거예요?" 레스가 묻자 젊은이가 그를 본다. "플래그스태프에 고객들이 있어요." 그가 조용히 말한다. 그가 말하자 입술 왼쪽의 사마귀가 통통 튄다. 잠깐의 침묵 속에서 바람에 날려 쌓인 눈 더미가 건물 바깥, 그들의 흰 사막에서 움직인다. 그런 뒤 젊은이가 미소 짓는다. 뭔가 결심한 듯하다. "드래그퀸들이죠." 그가 약간 웃으며 말한다. "다들 저를 찾아와요." 레스는 놀라서 더 자세히 말해달라고 한다. "드레스도 만들긴 하지만 특기는 신발이에요. 구슬 공예죠. 할머니한테 배웠어요. 플래그스태프의 모든 신발을 내가 만들어요. 이건 레이철 N. 저스티스 거예요. 이번 주 토요일에 그분 공연을 볼 수 있을 거예요." 레스는 그에게 직접 공연도 하느냐고 묻는다. 젊은이는 현금출납기의 '왕고모'를 힐끗 본다. "왕고모가 허락하면요." 그는 그렇게 속삭인 뒤 다시 작업을 시작한다. 눈보라가 잦아들고, 교묘한 무대 전환 이후에 무대 조명이 들어오듯 태양이 나타나 이 새로운 황량한 풍경을 비춘다. 그렇게 우리의 작가들은 나아간다.

사람들은 수많은 말과 동물이 "자신만의 정신을 가지고 있다"라는 얘기를 하곤 한다. 하지만 레스가 지금 탄 당나귀에 대해서는 그 반대가 사실이다. 당나귀의 정신은 부지런히도 우리 주인공에게 맞춰지는데, 녀석은 레스가 원치 않는 바로 그 방식으로 움직인다. 그런데도 레스와 대플(그게 당나귀의 이름이다)은 협곡 가장자리에서 계곡 안쪽으로, 구불구불하고 긴 뱀 같은 경사면을 타고 내려온다. 맨딘(그는 늙고 허리가 휜 암말을 다루고 있다. 돌리는 밴에 남겨두었다)과 당당히 빛나는 수말을 탄 부족의 안내자 델버트에게서 그리 많이 뒤처지지는 않았다. 첼리 협곡('바위 뒤'라는 의미의 체이 협곡에서 따온 말이다)은 나바호 국가의 일부로, 오직 주민들만이 접근할 수 있는 곳이다. 주민들은, 나바호족이 아닌 게 분명한 우리의 작가들 같은 관광객에게 자신을 안내자로 고용하도록 한다. 델버트는 초록색 위장용 모자와 재킷, 직사각형의 금테 안경을 쓰고 있으며 고객들과 직접적으로 눈을 마주치지 않는다. 그들의 머리 위로 솟아오르는 담홍색 협곡만을 본다. 그는 딱히 정보통이라고는 할 수 없다. 레스가 올해 복숭아 작황이 좋냐고 묻자 델버트는 이렇게 대답한다. "아뇨." 사암 벽 위 높은 곳의 벽돌 폐허를 지은 게 나바호족이냐는 질문을 받자 델버트는 이렇게 대답한다. "아뇨." 그을린 벽에 그려진 그림에 대해서도 마찬가지다. 그는 예가 아니라는 걸 아는 것 같다.

눈발이 휘날리는 황량한 사막에서 그 아래 계곡으로의 하강은, 레스가 사랑하는 아날로그 영화에서라면 흑백에서 컬러로의 전환, 아니면 보다 공감각적으로 침묵에서 소리로의 전환으로 표현될 것이다. 겨울의 귀먹음으로부터 웅얼대는 버드나무 소리나 흐르는 강 위에 늘어진 복숭아 가지 스치는 소리에 대한 인지로 점차 넘어가는 감각. 물론 대플은 레스의 모든 바람을 거슬러 강을 선택함으로써 잿빛 정장을 입은 남자를 허리 아래로 온통 진흙투성이로 만드는 데 성공한다. 그때 델버트가 육각형 돌집 옆에 있는 작은 트레일러를 가리킨다. 그들은 트레일러에 다가간다. 앞의 두 말은 조용히, 대플은 강을 따라 위태롭게 첨벙거리며. 트레일러에서 한 여자가 나온다. 그녀는 데님 치마 차림이고, 은발은 땋아서 머리 위에 틀어 올렸다. 맨던이 말에서 내리는데, 여자는 미소 짓지 않는다.

"꽐리 캔트."

맨던은 긴장해 미소 짓는다. "안녕, 레이시. 아름답구나."

"발루한테서 오신다는 얘기 들었어요."

둘은 잠시 서서 서로를 본다. 그러더니 맨던이 아서를 돌아보며 말한다. "레이시는 아바나에서 정전 사태가 벌어졌을 때 20층을 기어 내려온 적이 있어. 완전한 혼란과 어둠이었지. 맨 아래에 이르렀을 때는 군대가 와 있었어. 꺼뻬딴*이 레이시에게 다가가서 말했지. '세뇨라, 당신이 혁명의 영웅입니다.'"

여자는 생각에 잠겨 미소 짓는다. "그건 어머니 얘기고요."

"너도 거기 있었잖아."

"난 다섯 살이었어요."

레이시는 그제야 레스를 돌아보며 그를 위아래로 훑어본다. 진흙을 뒤집어쓴 우리의 주인공은 초콜릿에 담갔던 것처럼 보인다. 레이시는 이어 안내자를 본다. "안녕, 델버트. 울타리는 마무리했어?"

"아뇨."

"이쪽은 아서 레스야." 맨던이 레이시에게 말하더니 레스에게 말한다. "잠깐 내 딸하고 둘이 있어야겠어. 곧 돌아오지."

"맨던 작가님, 샌타페이는……."

---

*   지휘관.

"델버트가 자네랑 같이 있어줄 거야."

레스가 말한다. "가지 마세……."

하지만 아버지와 딸은 트레일러 안으로 사라진다. 레스와 델버트는 발을 굴러대는 말들과 당나귀 한 마리와 함께 남겨진다. 높은 절벽에서 눈이 불어 내리며 휘파람 소리를 낸다. 시냇물이 따라서 달칵달칵 소리를 낸다. 저 위 어딘가에서, 늘씬한 석회암 기둥 위의 거미 할머니가 킬킬거리고 있는 게 분명하다.

레스가 델버트를 돌아본다. "레이시랑 친척인가요?"

"아뇨."

이 순간을 묘사할 수만 있다면 무엇이든 내놓지 못하랴! 내 머릿속에 영원히 틀을 지어두고, 옛 도깨비들이 찾아오는 밤에 꺼내 위로로 삼을 수만 있다면! 아서 레스는 비행기에서 막 내린 어떤 가엾은 녀석처럼 반은 진흙을 뒤집어쓰고 반은 이탈리아 회색 정장과 모직 판초를 걸친 채 당나귀를 타고 있고, 그의 안내자인 델버트는 아마 이런 모습을 자기 망막에서 떨쳐내려는 듯 몸을 돌려 안경을 벗고 섀미 가죽으로 닦는다. 어떻게 그랬는지 칠면조 한 마리가 배경에 들어왔다. 이리저리 헤매다가 매음굴에 들어온 늙은 여자 같다. 그들 주위에서는, 삶의 수많은 비극에 대해 그랬듯 희극에도 무관심한 협곡의 벽—모래언덕으로 시작했다가 수백만 년에 걸쳐 체로 걸러지고 압축되고 구워진 끝에 단단한 바위가 되었다가, 이 강에 깎여 깔쭉깔쭉한 케이크 조각이 되었다—이 푸른 하늘을 향해 거의 무한히 솟아난다. 하늘에 흔적이라고는 대머리수리 한 마리의 실루엣과 작은 구름 몇 점뿐이다. 눈이 절벽에서 흩뿌려져 기적적이게도 꽃봉오리가 생긴 복숭아나무에 내려앉는다. 이곳에서 미국은 좋아 보인다.

트레일러에서는 아무 소리도 들리지 않는다. 아서 레스는 대화를 해보기로 한다. "델버트. 재킷의 그 조각보는 뭐예요?"

"로데오요."

레스가 묻는다. "로데오단이에요?"

말이 제대로 나오지 않았기에(레스는 "서커스단이에요?"라고 할 법한 말투로 말했다) 레스는 또 한 번 아뇨를 듣게 될 거라 예상하지만, 남자의 무언가가 바뀌었다. 그가 고개를 끄덕인다. "급료가 좋습니다. 한번은 저 멀리 앨버커키까지 가서 대회에 참가할 자격을 얻었어요. 아들을 데려갔습니다."

"아들이 있어요?"

또 한 번의 끄덕임. 침묵. 그런 뒤 델버트는 레스의 눈을 들여다본다. "난 가족이 둘입니다. 여기 협곡에 있는 부족, 그리고 로데오 가족요. 좋은 사람들입니다. 그 사람들과 있으면 언제나 머물 곳이 있죠."

"여기서 사시는 줄 알았는데요."

"가끔은 그러죠. 고모님한테 쓰지 않는 땅이 좀 있어서, 내

166

가 가질 수 있는지 물어봤거든요. 여름에는 커다란 느릅나무 아래에서 잡니다. 내가 울타리를 마무리하지 않았다는 얘기 들으셨죠? 자유 시간이 별로 없어요."

"1년 내내 이렇게 일하시나 보네요."

"가끔은요. 사실 우린 탐색과 구조를 아주 많이 합니다. 사람들이 가이드를 고용하고 싶어 하지 않거나 나바호족을 고용하고 싶어 하지 않아서, 저 위 협곡 가장자리에 차를 대고 걸어 내려오거든요. 생각보다 어려운 일이죠. 그쪽은 절벽이 가팔라요. 우린 공원 경비대에서 그 사람들을 꺼내줄 때까지 그 사람들한테 음식과 물, 담요를 가져다줍니다. 작년에는 웬 게이 남자가 명품 신발을 신고 걸어 내려오려는 걸 도와줬어요."

이 연설에는 침묵이 뒤따른다. 유일하게 움직이는 건 뜰의 모습에 당황한 듯한 칠면조뿐이다(녀석이 평생을 보낸 게 분명한 곳인데). 그때 트레일러에서 웃음소리가 들린다. 아서 레스가 메시지를 받는 건 이 순간이다(이 외진 협곡에서는 불가능한 일이다. 거미 할머니가 하늘의 송신기라도 되나?). 레스는 심사위원회에서 보낸 메시지이리라 짐작한다. 어쨌든 그는 또 한 번 회의를 놓치는 데 성공했으니까. 하지만 아니다. 레스는 다른 독자에게는 모호할 게 없었을 내용을 해독하느라 메시지를 뚫어지게 본다.

"뭔가요?" 델버트가 묻는다. 레스의 놀란 마음이 귀에 들린 모양이다.

"아무것도 아니에요. 그냥 메시지요."

"나쁜 소식인가요?"

"음, 그럴지도요."

마침내 델버트는 한동안 생각했을 게 분명한 질문을 한다. "레이시의 아버지는 여기 왜 온 건가요?"

레스가 고개를 든다. 태양이 구름 뒤에서 풀려나, 칠면조 앞에 금빛 줄무늬를 드리운다. 칠면조는 당황해 꺅 소리를 지르며 트레일러 뒤로 물러난다.

"용서받으려고요." 레스가 말한다.

델버트는 마지막으로 한 번 고개를 끄덕인다. 그는 탐색과 구조에 관한 모든 것을 안다. 그는 연기로 검어진 근처의 노두를 쳐다보더니 짐 꾸러미에서 깨진 거울 조각을 꺼낸다. 그는 거울 조각을 이용해 직사각형 햇빛을 바위로 반사한다. 레스는 바위의 재에서 말을 탄 남자를 그린 아주 오래된 그림을 알아본다. 델버트는 아무 설명 없이 거울을 짐 꾸러미에 다시 넣는다. 나는 아서 레스가 한때 이곳에 살았던 사람들이나 지금 이곳에 사는 사람들에 관해 자기는 아무것도, 그야말로 아무것도 모른다는 걸 깨닫기를 바란다. 레스는 판초를 입은 채 몸을 떤다. 결국 내가 묘사를 해낸 것 같다. 내가 해냈다.

남서부에서 보낸 핸드폰 메시지.

아치, 남부에서 보자. 이제야 너의 문학적 노력을 응원해줄 수 있어서 기쁘다. 비어 제엔 운스 임 쥐덴.*

아빠

공황. 이게 대체 무슨 뜻일까? 그의 아버지, 로런스 레스에게 남부 어딘가에서 그를 기습할 계획이 있다는 걸까? 너의 문학적 노력을 응원해준다고? 독자들에게는 다른 질문도 떠오를지 모르겠다. 왜 이 갑작스러운 독일어가 나온 거지? 우리는 시간을 거슬러 여행해야 한다. 그래야 사태의 뿌리로 갈 수 있으니까. 베네치아식 블라인드로 인해 얼룩말 무늬가 생겼고, 작은 거위 목 램프로 밝혀진 어느 피난처를 상상해보라. 그 램프가 작은 장치를 세밀하게 조정하는 익숙한 얼굴을 비춘다—레스의 아버지, 로런스 레스의 얼굴이다. "너희 뭐 하냐?" 그가 묻는다. 어린 아치 레스는 제프 쿠퍼와 함께 문 앞에 서 있다. 둘 다 약 일곱 살로 파자마를 입고 있다. 다만 그의 아버지가 한 말은 그게 아니다. 로런스 레스가 한 말은 "바스 합트 이어 융스 포어?"**이다. "독일어야." 레스가 친구에게 설명한다. "다른 언어." 제프 쿠퍼는 홀린 듯 고개를 끄덕인다. 로런스

---

*　　　Wir sehen uns im Süden. '남쪽에서 보자'라는 뜻의 독일어.

**　　Was habt ihr Jungs vor. '너희 뭐 하냐?'라는 뜻의 독일어.

레스는 카라바조의 그림에서처럼 한쪽 면만 밝혀져 있다. 그의 결혼반지가 잠시 빛나다가 사라진다.

이 순간 그의 아버지—이미 담배 파이프와 장치, 약속, 공상으로 마법적인 존재가 되었다—는 변신술사 같은 특성까지 얻는다. 꼬마 아치가 보기에 사람이란 두 개의 자아를 가질 수 있고 두 세상에 똑같이 존재할 수 있으므로 자신의 존재를 두 배로 늘릴 수 있는 것만 같다. 마법책의 페이지를 바라보는, 마법사의 도제가 된 기분이다. 아버지는 이게 이토록 간단한 일이라는 걸 왜 말해주지 않았을까?

"구테 나흐트, 융스."* 아버지는 그렇게 말하고 마법의 문을 닫는다.

거미 할머니의 그림자 속에 서 있는 오늘의 레스는 지역 도서관에 가서 카세트 세트를 엄격한 사서에게 가져가 대출하려는 어린 아치를 본다. 플라스틱 통에 들어 있는 그 카세트가 너무도 선명히 보인다. 제목은? 〈느린 독일어 수업〉이다.

맨던이 우울한 표정으로 트레일러에서 걸어 나오자 레스의 생각은 마법의 문을 스스로 닫는다. 맨던이 델버트에게 떠날 준비를 하라고 손짓한다. 나머지는 느린 당나귀 수업이다.

질문을 이어가려는 레스의 노력에도 맨던은 샌타페이까지

---

*   Gute Nacht, Jungs. '잘 자라, 애들아'라는 뜻의 독일어.

달려가는 다섯 시간 대부분 선글라스를 벗지 않고 침묵을 지킨다. 또 다른 눈 폭풍에 그들은 어쩔 수 없이 '파이 셰이크'라는 무언가로 유명한 간이식당에 들어간다. 나이 든 여자가 수제 파이―사과, 체리, 복숭아―를 만들어 남편에게 건네면, 남편이 유머라고는 없이 믹서기에 그 파이를 넣고 아이스크림과 함께 갈아 혼합물을 손님들에게 판다. 사랑이란 그런 것이다. 맨던과 레스가 다시 길을 나섰을 때는 내리는 눈이 노을에 연보라색 물안개로 바뀌고 있다. 맨던은 선글라스 뒤에서 자는 것 같다. 코를 고는 돌리는 확실히 자고 있다. 그들의 샌타페이 도착을 늦추는 건 교통 흐름을 멈추는 조용한 행진뿐이다. 보라색 망토를 입은 여자들의 행렬이 드리워지는 땅거미 속으로 향한다. 그들이 행진해 멀어지는 동안 레스는 그들이 높이 들고 있는 팻말을 읽지도 못하고, 그들이 무엇을 위해서 혹은 반대해서 행진하는 건지 알 수도 없다.

마침내 한 승객이 말한다. "그래서, 남부로 자네 아버지를 보러 갈 건가?"

레스는 고개를 돌려 상대를 보지만, 그가 선글라스를 끼고 있기에 얼마나 깬 상태인지 알 수 없다. 드림캐처가 룸미러에서 흔들거린다.

"그럴 것 같아요, 네."

"그 오랜 세월이 지났는데 말이지." 남자가 조용히 말한다. 레스는 쳴리 협곡에서 무슨 일이 일어났는지, 맨던과 그의 딸이 화해한 건지 잘 알 수 없다. 아닌 것 같다.

"거의 행사장에 도착했어요." 레스가 대답한다.

"그럴 가치가 있나, 아서?"

"네?"

"마지막 질문이야. 작가가 된다는 것 말이지. 그럴 가치가 있나?"

레스는 충격받아 침묵에 빠진다. 그로서는 대답하기가 불가능하다. 작가가 된다는 게 레스가 아는 전부이기 때문이다. 이 질문은 마치 쇠똥구리에게 쇠똥구리로 사는 게 그럴 가치가 있느냐고 묻는 것과 같다. 당연히 더 나은 존재의 방식이 있을 테고, 당연히 더 쉬운 삶도 있을 것이다—표범이나 악어가 될 수도 있을 테니까! 하지만 쇠똥구리는 한 가지 잘하는 일을 한다.

"네." 아서 레스가 말한다.

"좋군."

"제 차례예요, 맨던 씨."

"그래."

"당신에게는 그럴 가치가 있나요?"

연보라색 안개에서 간판이 하나 나온다. 곧 포터네가 될 예정. 간판도, 그 아래의 가게도 풍파에 시달리고 오래전에 버려진 모습이다. 수많은 오래된 장래 희망처럼. 맨던은 잠든 퍼그를 쓰다듬느라 손만 움직이며 말한다.

"알겠지만 우리는 철의 시대에 살고 있어." 레스는 그가 무

172

슨 말을 하는 건지 알 수 없지만 맨던은 말을 잇는다. "헤시오도스는 인간에게 다섯 가지 시대가 있다고 말하지. 오비디우스는 네 가지 시대밖에 없다고 하고. 베다의 문헌에서도 그렇게 말해. 그 모두가, 그 모두가 우리는 모든 시대 가운데 가장 비천한 시대를 살고 있다고 해."

어두워져가는 풍경이 지나간다. 길가에 버려진 자동차들, 산쑥, 먼 곳의 불빛.

"철의 시대야." 맨던이 킬킬거리며 말한다. "인간이 신을 버린 시대! 옛 마법은 파편만이 남아 있고, 협잡꾼들은 사방에 있지!" 노인은 창문 유리에서 흔들리는, 문대진 비를 내다본다. 그의 미소가 흐려진다. "하지만 아서, 희망이 있어." 위대한 작가가 조용히 말한다. "우리가 바로 그 남아 있는 옛 마법의 파편이야."

나는 그의 표정을 안다. 굉음을 울리며 빠르게 지나가는 바퀴 열여덟 개짜리 트럭 때문에 다시 도로에 집중해야만 하지 않았더라면 레스도 알았을 것이다. 그 표정은 허영심과 마음의 고통, 황홀감의 표정이다. 창시, 기쁨, 파괴의 표정. 나는 그 표정을 정확히 안다. 사람들에게 말을 하되 그들이 하는 말은 전혀 듣지 않고, 그들이 관자놀이에 난 작은 흉터를 만지작거리는 모습만을 보는 표정. 그는 그들이 감추려 하는 미시간주 억양만을 듣는다. 아침에는 흐느낌에 몸을 떨고, 저녁을 먹을 때는 미소 지으며 와인을 따른다. 약탈이다. 이야기를 캐내기 위한 친구들, 감정을 캐내기 위한 연인들, 구조를 위한 역사, 비밀을 위한 가족, 슬픔을 위한 한담, 희극을 위한 슬픔, 황금을 위한 희극. 그다음에는 승리다. 어떤 일을 이루어내서, 그것도 잘 이루어내서가 아니라 전에는 아무도 한 적 없는 일을 하고 있기에 만족스럽게 말려 올라가는 입술.

나는 그 표정을 안다. 아무도 배우자에게 프레디, 그럴 가치가 있어?라고 물은 적은 없지만.

샌타페이 컨벤션센터는 그 자체로 일종의 드림캐처다. 오래됐지만 아직도 생기 있는 타오스 푸에블로* 문화의 꿈, 스페인의 극도로 위험했던 식민 통치의 꿈, 오키프와 스티글리츠의 보헤미아 미술 정착촌의 꿈, 과거에서 포착해 마지막 꿈에 쓰고자 했던 모든 건축적 특징들(흙을 구워 만든 탑, 나무 들보, 타오르는 불, 뼈대만 남은 추상적 형상)—이것은 자본주의 기업의 모임이다. 희귀한 도서전이기도 하다. 여기에는 모두가 볼 수 있는 간판이 있으니까. **오늘 밤! H. H. H. 맨던과의 저녁**. 다른 작가와의 저녁에 관한 언급은 없다. 하지만 우리의 주인공은 진흙이 튄 판초를 입고 중앙 홀로 들어가 프런트의 여자에게 다가간다.

"안녕하세요, 저는 아서 레스입니다. 오늘 밤 맨던 씨와 함

---

* 아메리카 원주민 부족 마을.

께 출연하는데요."

"누구요?"

"H. H. H. 맨던 작가님요."

여자는 레스가 농담이라도 한 듯 미소 짓는다. "아뇨, 당신이 누구냐는 뜻이었어요."

레스는 자기 이름을 되풀이해 말하고 덧붙인다. "개를 맡겨둘 곳이 있을까요?"

"난 가기로 했어." 레스가 내게 말한다. 그는 샌타페이 컨벤션센터의 그린룸 외부에서 전화 중이다.

"메인주로?"

"아니, 남부로." 그가 말한다. "그 연극 문제 때문에. 집세를 갚을 시간이 3주밖에 남지 않았는데, 돈을 반밖에 못 구했어. 아빠에 대한 말도 안 되는 생각도 들고……."

"내 생각에도 형은 가야 할 것 같아."

"기부금이 아빠가 준 돈인 것 같아. 아빠가 다시 나를 만나려는 것 같아."

"왜 그렇게 생각해?"

"메시지 때문에. 아빠가 예술 재단을 운영한대. 리베카는 아빠가 아프다고 하고. 가야 해."

"내가 걱정하는 건 앨라배마주뿐이야. 거기선 퀴어들을 죽인다던데."

"프레디. 프레디, 난 완벽하게 안전할 거야."

"백인인 것만으로는 충분하지 않을 수 있어."

"미안, 연결 상태가 별로야. 네가 여기 있으면 좋겠다, 프레디. 난 어떤 공동체를 침수시키고 티피에서 자고 말을 타고서……." 연결이 잠시 끊겼다가 이어진다. "겨울이 없어."

"형이 모험을 하고 있다니 좋네."

"미안, 가봐야 해. 맨던을 그린룸에 혼자 남겨뒀어……."

"이해해."

"프레디, 너 괜찮아? 혹시 내가……."

연결이 끊어지고 통화는 끝난다.

우리 가문의 지혜를 하나 말해보겠다. 나는 레스를 플로리다에서 열린 대고모 부부의 결혼기념일 행사에 데려갔다. 거기서 레스는 오냐오냐 예쁨받고 귀여움받고 그라파*도 많이 대접받은 뒤, 노인인 나의 대고모부 엔리코에게 불려 갔다. 엔리코 대고모부는 아서에게 했던 말을 나중에 내게도 해주게 되는데, 내가 그의 조언을 한 마디 한 마디 되풀이할 수 있는 이유는 그래서다.

[다음은 이탈리아어에서 번역한 것이다.]

"자네와 얘기하고 싶은데, 아서. 이탈리아어 잘 알아듣지?"

---

* 이탈리아산 브랜디.

"조금요."

"잘됐군. 자네와 페데리코에 대해서 얘기하고 싶었어. 사랑에 대해서 얘기하고 싶었지. 나는 아내와, 페데리코의 대고모와 오랫동안 함께했다네. 내가 말하고 싶은 건, 사랑이란 10년마다 기념하는 게 아니라는 거야. 5년마다 기념하는 것도 아니고. 매일 기념하는 거지. 내 말 알겠나? 나는 초월적 존재를 믿어. 신이 누군지는 모르고, 신에 대해서 아무것도 모르지만 여기에 마리아가 있는 건 신 때문이라는 걸 알아. 세상의 문제는 우리가 서로에게 친절하지 않다는 거야. 우리를 움직이는 건 친절함과 인간적인 영혼이거든. 우리에겐 서로가 있어. 우리에게 있는 건 그게 전부야. 그걸 기념해야 해. 기억하게. 자네가 누굴 사랑하든 상관하지 않지만, 누군가를 사랑한다면……누군가를 사랑한다면 매일 사랑해야 해. 매일 그들을 선택해야 해."

둘은 손을 꽉 잡았다. 대고모부의 얼굴에서 눈물이 줄줄 흘러내리고 있었다. 나중에 나는 레스가 약간 충격받은 표정으로 복도에 서 있는 것을 보았다.

"대고모부가 형한테 무슨 짓을 한 거야?" 내가 물었다.

아마 아직 숙취를 느끼고 있고, 아마도 언어적으로 멍해져 있는 채로, 레스는 솔직하고 레스다운 태도로 대답했다. "프레디, 전혀 모르겠어."

어른들의 조언에 대해서는 이쯤 해두자.

여기 샌타페이에서 아서 레스는 다른 과일 접시 옆, 다른 그린룸에서 끄덕끄덕 졸고 있다. 지친 채로, 사막에서 보낸 지난 며칠 중 하루라도 실제로 있었던 일인지, 그의 모험이 그린룸에서 졸고 있는 남자의 꿈에 불과한지 고민한다. 하지만 그는 머릿속으로 프로필 기사를 조립하기 시작한다. 혼란과 무질서의 독소를 정제해 우스꽝스러운 이야기라는 강장제로 만드는 행위다……

옆의 남자에게서 나지막하게 툴툴대는 소리가 들린다. 레스가 묻는다. "괜찮으세요, 맨던 씨?"

위대한 작가는 돌리를 무릎에 앉힌 채 접이식 의자에 앉아 있다. 파이프가 입술 사이에 있고, 여전히 선글라스를 쓴 채다. 그가 말한다. "어떻게 남쪽으로 갈 생각인가?"

레스는 비행기를 타고 뉴올리언스로 갈 계획이라고 말한다.

"산문적인 것에 이렇게 빨리 굴복하지 마." 위대한 작가가 말한다. "로지나를 가져가게. 더 멀리까지 여행해야 할 테니까. 나한테 다시 로지나가 필요할 거라는 생각은 도저히 들지 않아. 이번 일이 끝나면 나는 팜스프링스의 집으로 가서 마무리지을 거야."

"책을요?"

"책도." 맨던은 특유의 문어 눈으로 레스를 다시 본다. "그 대신 부탁 하나 들어주게. 돌리를 데려가. 난 돌리가 죽어가는 남자가 아닌 걸 조금 더 봤으면 좋겠어."

"돌리를 데려가라고요? 잘 모르겠는데……."

"돌리한테는 모험이 필요해."

"뭐, 사람을 잘못 고르셨어요."

"자네는 모를지 모르지만, 아서 레스, 자네는 모험으로 가득해. 자네는 무모한 남자거든."

누가 아서 레스에 대해 이런 식으로 말한 적이 있던가? 누가 이렇게까지 그를 오해한 적이 있던가? 아니, 혹시 틀렸던 건 나머지 우리 모두일까? 이 슬랩스틱 코미디에나 나올 것 같은 우스꽝스럽고 예상하기 어려운 퀴어가 사실 무모한 남자라는, 무슨 일이든 저지를 수 있는 남자라는 징조와 조짐을 전부 무시한 우리 모두가 잘못인 건가? 하긴 레스는 자기 나름의 방식으로 분명히 무모하다. 구석에 몰린 동물이라면 뭐든 무모한 것이나 다름없다. 아서 레스는 세상 어디에 있어도 구석에 몰린 것과 같다. 라부처럼.

하지만 한 가지 말할 수 있는 건, 레스가 다음 심사위원회 회의를 놓치리라는 것이다. 그는 텍사스 뮬슈의 야외에서 맨던의 프로필 기사를 쓰느라 바쁠 것이다. 윅서해치에 차를 세워둔 채로 기사를 편집하고, 내커도치스* 근처에서 제출할 것이다. 그런 다음에는 '안녕하세요-피터-헌트-님이-전화를-걸었습니다-기다려-주세요'에 전화를 걸어 돈을 받으려 할 것

---

*   뮬슈, 윅서해치, 내커도치스는 텍사스주의 도시들.

이다. 우리 집을 절반쯤 구하게 될 것이다.

그 기사의 제목은? 「이곳에서 미국은 좋아 보인다」이다.

레스의 옆에서 들려오는 유령 같은 속삭임.

"아서."

H. H. H. 맨던이 입을 쩍 벌린 채 그의 의자에 주저앉았다. 두 손이 팔걸이를 꽉 쥔다. 돌리는 그의 무릎에서 코를 골며 앉아 있지만, 선글라스와 중절모는 바닥으로 떨어졌다. 위대한 남자의 염색된 머리카락이 모자 선까지밖에 닿지 않는다는 사실이 드러난다. 그 위는 구름처럼 희다. 맨던은 부활절 달걀처럼 색칠돼 있다. 빙빙 도는 데르비시.

레스는 공황에 빠져 맨던 앞에 무릎을 꿇는다. "괜찮으세요?"

"끝났나?" 노인이 속삭인다. 몇 년 전 뉴욕에서와 똑같다. 그의 눈에서 황금빛이 사라졌다. 아마 이제야 이루어진 듯하다. 레스는 암에 걸린 어느 아버지를, 오염된 샘에서 물을 마시는 어떤 시인을 생각한다. 그냥, 아직은 날 떠나지 마.

"사람을 불러올게요. 저기요!" 레스가 복도를 향해 외치며 클립보드를 든 누군가를 찾는다. 자리에서 일어나 문으로 향한다. "저기요!"

"난 계속할 수 없어." 작가의 무기력한 목소리가 들린다.

"저기요!" 레스는 이제 맨던을 혼자 내버려두고 복도를 따라 달리며 외친다. "의사가 필요해요!" 이젠 거의 헤드라인을 읽을 수 있을 지경이다. 미국의 디킨스가 전혀 알려지지 않은 작가에게 살해당하다. 레스는 이번 장을 이런 식으로 끝내지 않을 작정이다. 살인자는 전에 남서부 건축학의 보고를 침수시키기도 했다. 공연 시작까지 아주 잠깐밖에 남지 않았다. 복도에는 거의 의무 불이행 수준으로 클립보드 든 사람이 없다(강당은 팬들로 붐비는데 말이다). 살인자의 피에서 블루베리가 검출됐다. 무대 뒤는 통로와 창고로 이루어진 미로지만, 그 안의 거주자들은 이 지역의 미노타우로스에게 잡혀간 모양이다. 퍼그가 증언할 예정이다. 레스는 이제 땀을 흘리며 그린룸으로 돌아간다. 돌리가 경멸스럽다는 듯 그를 쳐다본다. 레스는 방 안에 유명 작가가 전혀 없다는 사실에 당황한다. 맨던이 그냥 우주와 동화된 걸까? 또 다른 노인이 아서 레스를 버린 걸까?

그때 레스는 어마어마한 소음을 듣는다. 댐이 터지는 것 같은 소리다. 그는 무대 입구를 본다. 거기에 스포트라이트를 받으면서, 군중의 함성만 있으면 살아날 수 있다는 듯 똑바로 서 있는 사람은 유명 작가다. 손을 쳐든 채 눈이 멀 절도로 희게 빛나는 H. H. H. 맨던은 대리석 조각상이라고 해도 과언이 아니다. 감히 어떤 비둘기가 그 조각상에 앉겠는가? 어딘가에서 그가 데르비시를 하고 있다는 징조, 어딘가에는 그를 용서하지 않으려는 딸이 있다는 징조, 어딘가에서는 그의 소설이 쓰이지 않고 있다는 징조는 전혀 없다. 아니, 그의 의지가, 아마 그의 자만심이 그 자체로 그를 지탱할 것이다. 그는 얼마나 쉽게 로버트 브라운번으로 대체되던가? 강단으로 걸어 나와 시인들이 그러듯 종이를 정돈하고 군중을 올려다보며 입을 여는 로버트 브라운번으로, 그렇게 해서 존재하는 것이라고는 아서 레스와 로버트 브라운번과 시밖에 없게 만들던 로버트 브라운번으로—잘생긴 중년의 로버트 브라운번, 레스가 해변에서 만난 남자, 그를 이곳 빛의 도시로 초대했고 15년 동안 그와 함께 산 남자로.

우리의 주인공은 멍해진 채 맨던이 관중을 끓어오르게 하는 모습을 계속 바라본다. 아마 그 모습이 미래의 레스일 것이다. 이 나이까지 들어온, 무대에 올라선 그 위엄 있는 모습. 스토리텔링만으로 관중을 기뻐 날뛰게 만드는 모습. 사랑을, 심지어 죽음을 속여 넘길 수도 있는 재능으로…….

하긴 우리야말로 남아 있는 그 옛 마법의 파편이 아니던가?

남동부

아서 레스는 이제 미국을 반쯤 건너가, 그의 걱정 전체의 반쯤은 고쳤다(그의 생각에는 그렇다).

퍼그 한 마리와 판초 한 벌이라는 짐을 진 채 그는 비틀거리며 산에서 내려간다. 이번 여행에서 다시 눈[雪]을 보지는 않을 것이다. 그를 응원해줄 프레디도 없고, 그를 이끌어줄 유명한 작가도 없는 여행의 이번 줄기에서 느껴지는 감정은 무엇일까? 이상하게도 그는 자유롭다고 느낀다. 혼자이고 자유롭고. 뭐든 그는 노인이 말했던 것의 파편이다. 어떤 유령도 이처럼 구불구불 이어지는 길 위의 개조형 밴과 보조를 맞출 수 없고, 보다 즉각적인 위기가 있을 때는 그 어떤 불확실한 감정도 솟아오를 수 없다. 아서 레스는 코요테나 갈증, 외부 환경에의 노출로 죽을지 모른다. 심지어 권총의 뭉툭한 총열을 마주했다가 자신이 죽음에게서 하루를 더 훔쳤다는 기쁨을 품고 달아나 단잠을 잘 수도 있다. 일생일대의 시간을 보내고 있다고 말할 수도 있다. 최소한 길을 잃었다고 말할 수 있다. 이제야.

레스 작가님께,

저희 '최후의 일성 극단' 남부 투어 순회공연에 참여해주셔서 기쁩니다! 아마 아시겠지만, 저희는 문학 작품 전체를 대화, 춤, 노래로 공연합니다(저희 극단 마저리의 목소리는 유명합니다). 저희가 여섯 시간짜리 〈등대로〉 공연(제가 직접 등대 역할을 했습니다)과 여덟 시간짜리 〈중력의 무지개〉 공연(제가 직접 무지개 역할을 했습니다)을 했다는 이야기는 분명 들으셨겠지요. 후자는 보건부에 의해 중지당하는 독특한 영광을 누리기도 했습니다. 바라건대 작가님의 단편소설 공연을 즐겁게 보시길 바랍니다!

아시다시피 저희는 미시시피주 나체스에서 첫 공연을 한 후, 이어서 앨라배마주 머슬숄스, 조지아주의 오거스타와 서배너에서 공연하게 됩니다. 그러니 저희 가족의 집인 루이지애나주 브로브리지 외곽의 브램블브라이어에서 내일 만나 뵙기를 고대하겠습니다. 그곳에 도착하는 데 문제가 있으시다면 전화 주세요. 제가 직접 남부의 집주인 역할을 하겠습니다!*

작가님에게 푹 빠진 독자,
도러시 하우-고바티

뉴멕시코에서 루이지애나까지는 나흘 거리다. 유일하게 거

쳐 갈 길은 텍사스다. 미국의 길고도 건조한 이 지역은 미국 횡단 여행자들에게 《모비 딕》 중 〈고래의 흰색〉 대목과 비슷한 길고도 건조한 구역, 대부분의 독자를 광기로 몰아넣는 그 단조로운 구역과 마찬가지다. 레스와 돌리는 애머릴로를 가로질러(안녕하세요, 라일리 오쇼네시와 그의 사랑하는 치과 의사 선생님!) 산쑥과 죽은 아르마딜로의 땅, 주유소보다 도넛 가게가 많고 도넛 가게보다 교회가 많은 땅으로 들어간다. 나머지는 태양과 단단한 땅이다. 내가 이 사실을 아는 이유는 레스가 매일 내게 전화를 걸어서("사다리 내려!") RV 차량에 관해 중얼거렸기 때문이다.

온갖 종류의 훌륭한 것들—고급 물리학, 소총 총열의 분해와 청소, 여자의 깨끗하고 순수한 사랑—이 아서 레스의 전문 분야 바깥에 놓여 있다. 하지만 지난 며칠간 그는 딱할 만큼 준비되지 않았던 분야를 독학해야만 했다. 즉 여가를 위한 야영 혹은 전문용어로 캠핑 말이다.

첫 번째 장애물은 야영지 자체다. 최초의 캠핑 기회 때, 아버지(공공의 말미잘 제1호)가 아버지와 아들의 연대를 위한 적절한 장소로 일련의 미국 남북전쟁 대학살 현장을 선택했을 당시에 그저 어린아이였던 레스는 개조형 밴과 퍼그 한 마리가 있는 중년 남자가 머물 만한 곳이 어딘지 모른다. 맨 처음에 그는 연달아 가짜 기습 공격을 한다. 텐트 전용 공원, 인간 전용 카운티 공원, 주정뱅이 전용 도시 공원. 그런 끝에 그는 자신이 RV 차량 운전자라는 그 희귀한 부류에 속한다는 것을 알게 된다. 그는 해결책을 제공하는 간판을 알아보기 시작한다 (**RV 차량 환영!**). 사유지 공원 말이다. 여기에서 그는 전에 몰랐던 세계에 들어간다. 텍사스주 퓰슈 남쪽에서 처음 만난 이런 야영지는 훌륭한 교재로 밝혀진다. 연못 옆에 콘크리트 판이 연달아 깔려 있다. 크리스마스 조명이 반영구적으로 달려 있는 것처럼 보이는 거대한 차량 두 대를 제외하면 버려진 곳이다. 콘크리트 판 하나하나가 각기 콘크리트 천막집을 제공한다. 들어가서 자기에는 너무 작고, 들어가서 요리를 하기에는 너무 밀폐된 그 천막집은 여태 해결되지 않은 수수께끼로 남아 있다. 아서는 크리스마스 차량 중 하나에서 '집주인'을 발견하고(볼로 타이*를 매고 있다는 점만 빼면 그의 삼촌 척을 닮았다) 몇 가지 서류에 서명하고는 주황색 원뿔을 받는다. 이 물건도 똑같이 설명 불가능하다. 그는 원뿔을 천막집 안에 두고 삶의 대칭성에 즐거워한다. 그런 뒤에는 로지나를 아늑한 숙소로 바꿔놓는 작업을 한다. 차 뚜껑을 탁 열고, 탁자를 집어넣고, 소파를 펴고, 침대를 준비하고, 커튼을 치고, 상당히 난도 높은 퍼즐을 푸는 심정으로 다양한 불투명 직사각형을 알맞은 창문에 붙인다. 돌리가 들어와 자리를 잡는다. 남색 모직천 위의 초승달 같다. 머리 위 천에 난 그물 구멍이 산들바람을

---

*   끈으로 만들어진 타이.

186

들어오게 해준다. 어둠 속에서는 예상하지 못했던, 별들로 이루어진 반달도 보인다. 곧 레스는 잠의 강을 둥실둥실 떠간다. 다음 날 아침에는 나름의 재치 있는 비유가 찾아온다. 구매한 코인에 따라 작동하는 샤워기다. 샤워기는 코인 한 개에 1분씩 활기 있게 작동하는데, 사람들은 존재가 째깍째깍 사라져가기 전에 자기가 원하는 행위를 해야 한다. 죽음이 사방에 있다.

대체로 이런 식이지만, 변형도 있다. 대체로 척 삼촌을 닮은 백인들이 그에게 서류를 내밀고 RV에서(RV의 모델—에어스트림, 사우스윈드, 바운더, 허리케인, 호라이즌, 페이튼, 제피르—은 레스가 듣기에는 1980년대 록밴드 이름 같다), 콘크리트 판에서, 유정 탑만큼 튼튼한 바비큐 그릴에서, 코인 세탁기와 샤워기 등등에서 그에게 손을 흔든다. 사람들의 억양도 달라지지 않는다. 더 중요한 건, 레스에게 어려운 문제를 제기하는 사람이 없다는 점이다. 그가 루이지애나주 경계선을 건널 때까지는 그렇다.

"안녕하세요. 오늘 밤 밴을 댈 자리가 있을까요?"

"그럼요!" 미소 짓는 주인이 말한다. "그런데 이 동네 사람은 아니죠, 자기?"

"네. 개를 받아주시나요?"

"그럼요!" 여자는 곱슬곱슬한 은발에 색이 들어간 안경, 레스의 삼촌 척이 입는 것과 비슷한 **후트 '엔' 홀러** 티셔츠를 입은 나이 든 사람이다. "악어만 조심하세요. 네덜란드 출신인가요?"

"아뇨. 아뇨, 저는 델라웨어주 출신이에요. 악어요?"

"이런, 당신 말투를 듣고 네덜란드 출신인 줄 알았어요."

레스는 그게 무슨 뜻인지 안다. 이 질문은 여러 가지 형태로 이루어지고―"배우인가요?""당신을 보니까 내 사촌이 생각나네요. 걔 알아요?""혹시 누구 닮았다는 얘기 들어본 적 없어요?"―레스는 한 번도 뭐라 말해야 할지 알 수 없었다. 여자가 정말로 묻는 것은, 그녀야 자기가 뭘 묻는지 전혀 모르고, 언어적 화려함 외의 무언가를 알아챘다는 걸 알릴 의도도 전혀 없겠지만, 당신 동성애자인가요?이기 때문이다.

레스는 당연히 동성애자다!

레스는 콘크리트 판에 로지나를 주차하고('악어'가 나타난다는 인공 호수 옆이다) 로지나를 잠자는 소파로 바꿔놓자마자 즉시 공동 화장실로 가, 텍사스를 가로지르며 기른 턱수염을 본다. 남부에서는 퀴어를 죽인다는 말을 했던 게 누구더라?(나였다.) 레스는 오토바이 손잡이처럼 생긴 콧수염만 남기고 수염을 전부 다듬는다. 다음 날, 그는 항공기 격납고 크기의 가게에 들러 빨간색 반다나와 얼굴을 감싸는 밴드형 선글라스, 후트 '엔' 홀러 티셔츠, 샌들, 야구 모자, 카우보이모자, 볼로 타이, 그리고 여섯 개의 초소형 미국 국기를 산다. 아서 레스는 진흙투성이 정장과 판초를 벗고 새로 산 옷을 걸친다. 드림캐처는 버리고, 밴의 각 귀퉁이에 미국 국기를 붙이고, 나머지 두 개는 혹시 모르니 뒷자리 창문에서 튀어나오게 한다. 그는 나가는 길에 주차장 직원에게 손을 흔든다. 아서 레스는 와이퍼를 켜 직원이 '러브버그'라고 불렀던 것의 퇴적물을 닦아내며 안도감이 마음속에 비처럼 내리는 것을 느낀다. 그는 마침맞게 위험을 포착했다. 이제는 (레스의 생각이지만) 아무도 그를 네덜란드 사람이라고 의심하지 않을 것이다.

돌리는? 톰보이를 잃은 레스는 돌리에게서 위로를 구했다. 그는 돌리가 유일한 진짜 사랑과 이별했음을 깨달았기에(우리 중 너무 많은 이들이 그렇듯이) 녀석이 괴로워하고 있을 게 틀림없다고 상상하며 녀석을 매일 밤 침대에서 편안하게 지내게 해준다. 하지만 하나 말해주겠다(아무에게도 말하지 마라). 돌리는 괴로워하지 않는다. 전혀. 돌리의 끙끙대는 소리와 한숨, 오만한 태도는 맨턴이 사라진 뒤에도 바뀌지 않은 것처럼 보인다. 돌리는 관중만 있으면 노래하는 지빠귀이던가? 정말로 그리 무정하던가? 아니면 녀석의 열정이 레스가 상상하는 것보다 더 레스와 비슷하던가?

매일 밤, 밴의 지붕이 열리고 커튼이 모두 닫히고 단 하나의 독서 등이 침대보 위를 비추면 돌리의 공연이 시작된다. 돌리는 작은 침대에 서서, 더러운 목욕 수건 귀퉁이를 가져가 아파치 춤을 춘다. 돌리가 먼저 수건을 구슬려 사랑하는 이의 형상으로 만들었다가 무대 저편으로 던져버리고, 곧 되찾아 때로는 사랑스럽게, 때로는 악랄하게 마구 다룬 끝에 결국 자기가 원하는 형상을 만들어 만족스러워하며 자신이 정복한 멋쟁이 애인 위에 눕는 모습을 보면 오펜바흐의 곡이 생각난다. 레스는 흥미로워하며 이 공연을 지켜본다. 그는 그 동작을 알아본다. 무생물과의 의미 없어 보이는 몸싸움, 분노와 좌절감의 외침, 사랑의 흐느낌, 만든 자의 머릿속에서만 붙잡을 수 있는 무언가를 만드는 일. 창조자는 한숨을 쉬며 그것을 바라보고 자신이 만든 것에 기뻐하다가 사물이 자신이 만드는 그대로가 되는 세상에서 잠든다. 우리의 주인공은 부러운 마음을 담아 돌리를 내려다본다. 자신과 너무도 비슷한 이 생물을. 그는 돌리 안에서 (비록 돌리가 자신이 선택한 분야에서 레스보다 더 성공적이기는 해도) 동료 예술가를 본다.

작품에 관해서라면, 레스는 아무것도 쓰지 않았다. 레스는 지금이 책 한 권을 마무리한 다음의 휴경기라고 자신을 타이른다. 책을 읽고 문학상 수상자를 선택하는 해라고. 그러나 돌리가 자리 잡기 전 아파치 춤을 출 때마다 그는 책을 한 권, 또 한 권 집어 들고도 그 페이지 속으로 사라지는 데 실패한다. 우리의 피터 팬은 네버랜드에 들어가기엔 너무 늙어버린 걸까? 토끼 굴에 들어가기엔 너무 뚱뚱한 걸까? 그럴 수도 있겠지만 (심사위원회에는 뭐라고 말한담?), 내 생각은 그와 반대다. 레스는 살아나 자신의 감각, 호기심, 두려움, 기억력을 인식하게 되었고 외부의 세상이 전혀 사라지지 않는 대신 고통스러운 세부 정보로 그를 따갑게 하는 별개의 영역에 들어왔다. 독자나 비평가의 영역이 아니라, 거울 너머에 갇혀 고통받는 생명체, 즉 작가의 세상에 말이다.

이제야 레스는 주의를 기울이고 있으니까.

레스는 마침내 브램블브라이어에 도착한다. 하우-고바티네 '가족의 집'이다. 팔라디오*식 벽돌 대저택 아래에 개조형 밴을 주차한 그는 작가라기보다는 에어컨 수리 기사가 된 기분이다. 산들바람이 다가와 그의 미국 국기를 펄럭인다.

초록색 스웨터를 입은 우아한 여자가 그에게 걸어오기 시작한다. 손을 내민 채다. 조심스럽게 두건으로 감싼 머리카락은 레스 부모님 안방을 장식하던 것과 똑같은 자단색이다. 그녀가 극단의 수장인 도러시 하우-고바티다. 그녀의 커다랗고 튀어나온 두 눈(아마 어린 시절에 앓은 병 때문일 것이다. 우리는 모두 어마어마한 짐을 지고 다닌다) 때문에 놀라울 정도로 광범위한 표정을 지을 수 있으므로, 사람들은 그녀가 대사 없는 배역에 캐스팅될 때조차 아무 말 없는 그녀의 반응이 관중을 휘어잡을 수 있으리라고 상상하게 된다. 극장이 아닌 곳에서는 확실히 그렇다. 오늘처럼 팬터마임을 하며 다가올 때라든지. 그녀의 얼어붙은 동작과 꾸준한 시선이 독약이 든 병을 전달하려는 등장인물을 떠올리게 한다.

---

*   16세기 베네치아 공화국 건축가.

"아서! 당신이 여기까지 날아오셨다니 얼마나 짜릿한지 몰라요!"

"음, 실은 차를 타고 왔어요."

"저 멀리 캘리포니아에서부터 밴을 타고 온 거예요?"

레스는 도러시를 낸시 레이건의 아류로 평가했다. 백인에 날씬하고 도시적이며 매력적인 사람, 견과를 찾는 다람쥐 특유의 광기 어린 설치류 표정을 가진 사람. 레스가 설명한다. "아뇨, 그게…… 실은, 맞아요."

"텍사스를 가로질러서요?" 그녀가 낮게, 극적으로 묻는다.

"사연이 기네요."

"뭐, 정말 감사하네요! 덕분에 우린 아주 큰 문제를 해결하게 됐어요!"

밴이 어떤 문제를 해결할 수 있는지는 의문이다. 그러다가 레스는 생각해낸다. "아, 호텔 말이군요!"

"사실 전 호텔을 생각한 게 아니에요. 작가님이 세트 문제를 해결해주셨어요!"

"세트요."

"작가님이 연극계에 소속돼 있지 않다는 건 알아요. 하지만 저희가 아주 훌륭한 세트를 만들었거든요! 작가님의 훌륭한 이야기를 위해서요! 바위와 나무 등등 말이죠. 하지만 그냥, 생각을 못 하고 있었어요! 우리의 조그만 자동차로 세트를 어떻게 옮겨 다니지? 하지만 작가님한테 훌륭한 밴이 있네요! 저,

정말 앙팡 가테*죠?"

"네?"

"이쪽은 제 남편, 블라디미르 고바티예요. 우린 모두 블라드라고 부르지만요."

블라드의 첫인상은 전형적인, 세상에 지친 러시아인 사업가다. 백발에, 눈동자는 폴리냐 해빙 같은 파란색이다. 그러나 레스는 그 엄숙한 껍데기 안에서 외국인이라는 자신의 처지를 민감하게 의식하고 즐거워하는 남자를 감지할 수 있다. 그리고 (이 가엾은 남자의 마트료시카를 더 까보자면) 그 안에 있는 또 다른 남자가 어렴풋이 느껴진다. 도러시와 사랑에 빠져 있으며, 그녀의 철저히 미국적인 매력을 통해 미국 자체와도 사랑에 빠진 남자를. 물론 이처럼 조심스레 자리 잡은 블라드들 안에 완전히 숨겨져 있는 것은 블라드 자신이다. 단 하나의 나무로 깎은, 소년 블라드. 도러시가 찾는 견과가 바로 그다.

블라드가 곰의 앞발 같은 손을 내밀어 악수를 청한다. "안녕하세요, 레스 작가님."

"안녕하세요, 블라드. 아서라고 불러주세요."

도러시가 웃는다. "이제 모두를 만나러 가죠!"

모두란, 알고 보니 플레이아데스성단처럼 정원에 자리 잡고

---

*   enfant gâtée. '응석받이 어린이'라는 뜻의 프랑스어.

있는 여자 여섯 명과 남자 한 명의 별자리다. 그들은 다양한 파스텔 색조로 반짝이고 있다. 레스는 정말로 그들이 아주 가까운 성단에서 온 외계의 손님이라도 되듯 그들에게 다가간다. 저토록 많은 미소를 어떻게 이해해야 할까? 저토록 많은 가짜 속눈썹을? 동지애의 표현으로 그와 팔짱을 끼겠다며 뻗어오는 저토록 많은 매니큐어 칠한 손들을? 그들 모두가 백인인 건 아니다. 유명한 가수로 가나식으로 땋은 머리를 틀어 올린 마저리와 그녀의 형제로 토머스라는 이름의 안경 쓴 잘생긴 남자는 흑인이다. 하지만 그들 모두가 특정한 유형의 사람, 즉 극단 사람이다.

레스가 묻는다. "제 단편 〈영양 연극〉을 공연하신다던데, 맞나요?"

도러시가 그의 팔에 손을 얹는다. "분명히 말씀드리지만, 작가님을 찾는 건 어려운 일이었어요! 재단에서는 그냥 저희더러 아서 레스의 이야기를 공연해달라고만 했거든요. 기독교 록 음악을 하는 아서 레스가 있다는 거 아셨나요? 부동산 업계에도? 이 세상에는 당신이 100만 명쯤 있답니다! 하지만 여기 레일라가 컴퓨터로 작가님을 추적해냈어요. 작가님 사진을 보고 바로 저는 우리가 맞는 사람을 찾았다는 걸 알았죠. 그래서 작가님 작품집 중에서 이야기를 고른 거예요!"

"감사합니다." 레스는 어머니에게 배운 말 그대로 대답한다.

토머스는 잇새가 뜬 입으로 수줍게 미소 지으며 다가온다.

레스보다 키가 작고 파스텔 색조의 파란색 터틀넥과 청바지, 잿빛의 수염 흔적 같은 것을 기른 토머스는 사십대 언저리가 틀림없다. 어깨는 뒤로 젖히고 턱은 높이 들어 댄서 같은 태도를 취한다. "안녕하십니까, 선생님. 밴이 마음에 드네요." 그가 아서 레스에게 말한다. 레스는 그가 놀리는 건지 알 수 없다. 토머스는 턱을 내리며 말한다. "연극에 나오는 작가님을 묘사한 거예요."

"아, 세상에!" 레스가 말한다. 대체로는 그를 '선생님'이라고 부르는 소리에 대한 반응이다. "저라고요? 당연히 그 캐릭터가 저는 아니에요. 이것저것 합성해서 만든 거죠. 제가 도와드릴 게 있을까요?"

토머스는 자두 색깔 안경을 고쳐 쓰며 코 옆의 주근깨를 드러낸다. "몇 가지 질문이 있는 것 같네요."

"뭐든 물어보세요." 레스가 말한다.

레스는 그가 자신의 어린 시절, 아버지, 어머니, 그 모든 이야기를 물을 거라고 예상한다. 하지만 대신 토머스는 어깨 쪽으로 고개를 숙이며 저 먼 곳을 보다가 레스에게 말한다. "저는 배경 이야기를 고민하고 있었어요. 그게 어떤 느낌이었는지 느끼고 싶어요."

"게이로 산다는 거요?"

토머스가 미소 짓는다. "델라웨어주에 산다는 거요."

"델라웨어주라고요!" 레스는 완전히 당황해 말한다. 델라웨어주에 대해 할 말은 아무것도 생각나지 않는다. 마치 반세기 전에 먹은 기내식을 설명하려는 것 같다.

토머스가 고개를 끄덕인다. "아니면 델라웨어주에서 게이로 사는 것이든지요." 그가 이제는 꽤 진지하게, 레스에게 다가와 그를 올려다보며 말한다. 밤색 눈. "그냥 이야기를 만들어보려는 거예요."

"이야기요?"

토머스가 말한다. "자신에게 사랑받을 자격이 있는지 모르는 소년에 관한 이야기요."

레스는 이 남자와 잠시 그 자리에 서서, 그냥 아무 말도 하지 않는다. 아름다움 앞에서는 무슨 말을 해야 할까? 진실 앞에서는 무슨 말을 해야 할까? 토머스는 인내심 있게 기다린다.

우리의 주인공은 깊이 숨을 들이마시고 말한다. "그게, 도버에 시크릿S라 불리는 바가 있었는데요……."

세트는 작지 않다. 세 개의 유리섬유 돌, 콘크리트에 올려놓은 두 그루의 진짜 나무, 일련의 목재(아마 학교를 의미하는 거겠지?), 실물 크기의 걸쭉한 종이 반죽으로 만든 남자 성인(聖人)의 조각상. 이 모든 것이 레스의 이야기 속 작은 마을을, 그 자신의 작은 마을인 델라웨어주의 캠던을 나타내기 위한 것이라고? 레스는 자신의 생각을 현실로 바꾸기 위해 필요한 노력에 대해서는 한순간도 생각해본 적 없는 창작자로서 부담을 느낀다. 부담은 현실적이다. 부담을 지고 가야 할 사람이 바로 레스 자신이니까.

"어떻게 생각하세요, 아서?" 도러시가 묻는다.

"아주 예술적인데요."

"밴에 대해서 말이에요."

"넣을 수 있을 것 같아요." 레스가 말한다. "밤에는 내놔야겠지만요."

도러시는 나지막하게 속삭인다. "유혹적인 정경이 되겠네요."

레스는 토머스에게 세트 싣는 걸 도와달라고 부탁하고("힘센 남자 두 명이로군요!" 토머스가 농담한다) 그들은 돌리의 격렬한 반대에도 불구하고 세트를 밴에 싣는다. 돌리는 사기꾼을 알아본 영화 속 개처럼 조각상을 보며 계속 짖는다.

"나체스에서 만나요!" 도러시가 노래하듯 말한다. 다른 배우들도 그녀와 함께 손을 흔든다. 레스는 토머스가 누이에게 매부리처럼 팔을 내미는 것을 본다. "우리의 첫 공연을 위하여!"

솔직히 말해 레스는 공연을 보고 싶은 마음에 흥분된다. 그는 책 페이지가 아닌 어디에서도 자신의 작품을 본 적이 없다. 출판계에서 하는 말을 빌리자면 한 번도 저작권에 '옵션'이 붙어본 적이 없다(출판계는 작가만이 배타적인 존재로 남아 있는 일종의 다자 연애 세계다). 연극으로든, 영화로든, TV로든. 심지어 그의 작품은 다른 언어로 번역된 적도 없다. 색깔(color)이라는 단어가 《웹스터》 사전의 색을 벗고 colour로 적힌 《암흑 물질》 영국판을 번역이라고 치면 모를까. 그는 자신의 말이 다른 누군가의 머릿속 오픈 릴 프로젝터에 투입되어 정신의 은막에 드리워진다는 것을 알지 못했고, 그의 단순한 멜로디 아래에 새로운 영혼 하나하나가 연주하는 교향악을 들어본 적도 없었으며, 독자의 머리통을 열어 그 안에서 번쩍이는 유채색 메커니즘을 본 적도 없었다. 간단히 말하면, 그는 이 작품이 뮤지컬이 되기를 바라고 있다.

유감이지만 아서 레스는 남부 특유의 '잘 만났네, 친구!'식 친근함을 편안하게 느끼지 않는다. 아마 애정을 허리케인용 등불과 함께 찬장에 보관하는 동부 연안에서 어린 시절을 보냈기 때문이거나, 그냥 사랑 많은 어머니를 포함한 부모님 때문일 것이다. 레스의 어머니는 발음할 수 없는 대본상의 대사를 빼먹는 유명 배우처럼 "사랑해"라는 말을 그냥 할 수 없었다. 레스는 이 문제에 관해 어머니를 놀리곤 했다. 그는 어머니가 자신을 사랑한다는 걸 알았다. 어떤 의심도 하지 않을 만큼 확실하게. 하지만 그는 매번 통화를 "사랑해요, 엄마"라는 말로 끝내곤 했다. 그건 마치 버킹엄 궁전 경비병에게서 미소를 끌어내려는 행동과 같았다. 어머니는 기질적으로 "잘 자라, 아들"이라는 말 외에 어떤 대답도 할 수 없었으니까. 아마 친구들 주변에서 느끼는 십대 동성애자의 불안 때문이었을지도 모른다. 쿨하게 굴어, 티 내지 마. 무엇보다도, 사랑한다는 말을 하면 안 돼! 시인 로버트 브라운번과 보낸 삶 때문이었을지도 모른다. 이력 전체가 감정과 거리를 두는 것에 기반을 두고 있던 남자 옆에서 15년을 보냈으니까. 때때로 나무에 사랑의 쪽지를 박아두는 바이런이나 셸리나 키츠와 결혼하는 건 좋을지 몰라도, 20세기의 시인과 결혼한다는 건 "오늘 / 나의 흉터는 / 어제보다 / 분홍색이다"(밸런타인데이에 받은 쪽지를 그대로 인용한 것이다)라는 말로 그럭저럭 버틴다는 뜻이다. 아마 레스는 그냥, 린든 존슨의 러브인*에 참가하기에는 너무 늦게, 클린턴적 열광에 합류하기에는 너무 일찍 태어난 것뿐일지도 모른다. 셔츠 단추를 목까지 채운, 착한 아이 콤플렉스에 걸린, 80년대 교외 지역의 게이 백인 소년. 어떤 식물이 레이건 시대의 차가운 태양 아래 꽃을 피울 수 있을까?

"……저 위 미시시피에서 아칸소로 들어가 나체스를 건넌 뒤 머슬숄스로 가는 거야. 거긴 앨라배마주고. 그리고 계속해서 조지아주로……."

내가 묻는다. "형네 아빠가 그런 곳 중 어딘가에 있을 거라고?"

"더 중요한 건, 우리가 빚 3분의 2를 갚았다는 거야. 근데 맞아. 아빠가 그렇게 말했어."

---

* 1960년대에 히피들이 주로 열었던, 사랑을 구가하는 집회.

"동생은 이 모든 일에 대해서 뭐라고 해?"

레스가 한숨을 쉰다. "아빠가 죽어간대. 하지만 아빠가 예전 속임수를 다시 쓰는 걸 수도 있어."

"아빠가 전에도 죽은 적이 있어?"

"사실상. 메인주 얘기 좀 해봐."

"수업이 끝나기 전에 떠날지도 모르겠어." 내가 말한다. "끝마치고 싶은 글이 있거든."

"글?"

"그냥 내가 작업하는 거야. 어떤 섬을 찾았거든. 밸로니카라는 곳이야. 미국에서 사람이 사는 가장 동쪽의 섬이래."

레스: "뭔가 쓴다는 얘긴 안 했잖아. 떠나려고?"

"형한테 영감을 얻었다고 하자."

"내가 메인주에 도착했을 때도 거기 있을 거야?"

"응." 내가 레스에게 말한다. "형이 오지 못하면, 내가 그 기차를 타고 이 나라를 다시 가로질러서……."

"난 갈 거야, 프레디! 보고 싶어."

"내가 어디 있는지는 알잖아."

레스는 경치 좋은 길을 따라 나체스로 간다. 그는 맹그로브 나무가 자라는 늪과 악어 농장, 그리고 늘 종군자들을 끌고 다니던 남부 연합군처럼 언제나 남성 클럽을 거느리고 다니는 다양한 배 수선용 부두를 지나 차를 몬다. 스페인 이끼는 레스가 여러 달 전에 그 아래로 지나갔던, 작은 마을의 시들어버린 현수막처럼 길을 장식한다. 당시의 현수막은 행사를 광고하는 것이었다—**쌀 축제! 개구리 축제! 주머니쥐 축제!** 밴 안에서는 세트가 보다 온건한 평형에 이를 때까지 혼자 시끄럽게 밀치락달치락하고 있다. 백미러에서 요셉 성인만 앞뒤로 흔들거릴 뿐이다.

극단은 도로시 하우-고바티의 친구들과 함께 머물지만(진짜 극단처럼 에어 매트리스에서 잔다) 레스에게는 로지나가 있다. 그는 나체스 주요 지역 강 건너편에 있는 일종의 자갈 구덩이를 찾아낸다. 거기에는 어마어마한 크기의 RV 차량들이 여물통의 수소처럼 서로 사이에 코를 박고 있다. 강가에는 상자거북 텐트들이 점점이 박혀 있다. "남부에 온 건 지금이 처음인가요?" 얼굴이 말린 사과 같은 야영장 주인이 미소 지으며 묻더니 덧붙인다. "제일 좋아하는 성경 구절이 뭔가요?"

레스는 그녀의 따뜻한 표정에서 이 질문이 시험이 아니라는 걸 이해한다. 그녀에게는 이 질문이, 가장 좋아하는 베이글이 뭐냐는 뉴요커의 질문만큼 단조로운 것이다.

"일어나 빛나라, 그대 빛이 왔나니.'" 레스는 뜸도 들이지 않고 말한다. "이사야서 60장 1절요."

"와, 그거 멋지네요?"

"당신은요?"

여자는 미소 지으며 교정기를 드러낸다. "'개가 제 토사물로 돌아가듯 미련한 자는 그 미련한 짓을 되풀이한다.'" 여자가 레스에게 말한다. "잠언 26장 11절요."

공연은 옛 나룻배 선착장에서 열린다. 마을에서 그곳에 가려면, 레스로서는 사람들이 **로버트 E. 리호**(號)를 타고 기다리던 100년 전보다 덜 위험하다고 생각할 수 없는 좁다란 경사로를 지나야만 한다. 로지나가 안전하게 도착한 것이 작은 기적처럼 느껴진다. 주차한 순간, 돌리가 요셉 성인을 보며 처음부터 다시 짖어대기 시작한다. 녀석은 레스가 요셉 성인을 밴에서 내려 작고 이상한 건물 문 앞까지 가져가는 내내 계속 짖는다. 내가 이상하다고 말하는 이유는 극장이 나체스 중심지가 아니라 '언덕 아래'에 있기 때문이다. 말썽꾼들, 무뢰한들, 사생아들, 악당들의 피신처였던 과거를 속이는 매력적이고 오래된 건물들이 있는, 강가 절벽 아래에 자리 잡은 조그마한 읍내다. 그 말은, 연극을 위한 구역이라는 말이다.

토머스가 손을 흔들며 다가온다. 두 명의 힘센 남자들은 함께 세트를 마저 내리기 시작한다.

"아서, 해냈군요!" 레스와 토머스가 요셉 성인을 양옆에서 들고 극장에 들어가자 도러시가 말한다. 그들은 요셉 성인을 내려놓고, 토머스는 이마에서 땀을 닦는다. 도러시: "작가님이 공연을 보게 되어서 너무 신나요. 저는 말을 한마디도 하지 않겠어요. 깜짝 선물이 되었으면 하거든요! 자, 바에서 마실 걸 한

잔 가져다드리죠! 남부인의 환대로 작가님 버릇을 망쳐놔야겠
어요!"

"블라드는 어디 있어요?"

"아, 집에 있는데 서배너에서 우리랑 만날 거예요! 자, 어디
앉으세요."

"저는 의상을 입어야 해요." 토머스는 레스에게 그렇게 말하
고 떠난다. 레스는 대체 어떤 의상이 토머스를 예전의 레스라
는 비굴한 소년으로 바꿔놓을 수 있는지 궁금하다.

레스는 아버지가 있는지 강당 전체를 주의 깊게 살펴본다.
두 번째 줄에 **예약석** 표시가 있는 자리 다섯 개가 있다. 레스는
버번위스키를 들고 그중 한 자리에 앉는다. 다른 자리들은 절
대 채워지지 않는다. 관객들은 나이가 많고 당황한 듯한 모습
이다. 다른 걸 기대한 듯하다. 혹시 노인들은 늘 저런 표정을 짓
는 걸까? 객석이 반은 차 있다. 레스에게는 그 정도면 충분하다
(그는 그제야 자신이 백인만 있는 공간에 있다는 걸 알아차린
다). 조명이 어두워지자 레스는 아버지가 이곳 나체스에 오지
않으리라는 걸 알고 고개를 끄덕인다. 아마 앨라배마주에 오겠
지. 레스는 버번위스키를 홀짝거리며 앞으로 닥쳐올 일을 모른
다는 것에 어느 정도 기쁨을 느낀다. 음악이 시작되고, 이어 노
래가 시작된다. 그런 뒤에는 레스의 마음도 노래하기 시작한
다. 오늘 밤 최소 한 명의 꿈은 이루어졌다. 어쨌든 뮤지컬이다.

레스가 미리 알았더라면 동생을 초대했을 것이다! 마저리는 리본을 단 아프로 머리에 자홍색 점프슈트를 입고, 자신감 넘치며 건망증 심한 어린 리베카로 변신했다. '통밀 샌드위치의 절반'이라는 노래 속에서 학교의 영양 연극에 출연할 준비를 하는 리베카였다. 그리고 꼬마 아치 레스가 있다―토머스가 당시의 서술자 역할, 그리고 레스가 입겠다고 고집을 부렸던 주름 셔츠를 입고서 아직 아버지의 매력에 속박돼 있던 소년의 역할을 둘 다 한다. 사실 그에게는 '우리 아버지의 매력'이라는 제목의 노래가 있다. 토머스는 낮고 떨리는 목소리로, 눈을 깜빡거리는 어색함으로 레스를 놀랍도록 비슷하게 흉내낸다. 조지아라는 이름의 여자 배우는 조용하게 맹목적 사랑을 퍼붓는, 레스의 엄마 역할을 한다. 그리고―놀랍다, 놀라워!―도러시 하우-고바티가 직접 레스의 아버지, 로런스 레스 역할을 온전히 해낸다. 카리스마 넘치고 즐거우며 말도 안되는 약속으로 가득한 아버지. 전에 레스의 눈에 띄었던 그녀의 모든 허세는 사라졌다. 무대 위, 이곳에 있는 건 로런스 레스다! 술이 들어간 데님 재킷부터 모든 게! 작품의 정점에서, 통밀 샌드위치의 나머지 절반이 나타나는 데 실패하고('통밀 샌드위치의 절반, 반복') 로런스 레스도 나타나는 데 실패하며 토머스-아치는 아버지가 영영 사라졌다는 사실을 깨닫고 헛숨을 들이켠다. 아서 레스는 무너져 내려, 고문이라도 당하는 듯 흐느낀다. 다시 경험하게 된 슬픔과 뮤지컬-연극의 기쁨이 똑같은 비율로 섞여 있다. 둘을 구분할 수 있는 동성애자가 있다면 한번 보여줘봐라.

　

"훌륭했어요!" 연극이 끝나자 레스는 토머스에게 말한다.

"정말요?" 배우는 여전히 메이크업을 하고 있으며, 반복적으로 눈을 깜빡이게 하는 콘택트렌즈도 끼고 있다─아니면 아직 레스를 흉내 내는 걸까? "작가님이 상상한 그대로였나요?"

"아뇨." 레스는 그렇게 말하고, 가엾은 배우의 어깨가 축 처지는 것을 지켜본다. "제 상상보다 나았어요! 훨씬 더 나았어요!"

도러시 하우-고바티 씨가 옆에 있다가 기쁨에 한숨짓는다. "그래요? 아, 좋네요! 저희는 겁에 질렸거든요. 그야말로 겁에 질렸어요. 작가님이 좋아하지 않으실까 봐서."

"아서, 울어요?" 토머스가 묻는다. "무슨 일이에요?"

"아뇨, 아무것도 아니에요. 그리고 관객 반응도 좋았어요." 그가 말한다. 관객들이 물어본 질문은 대체로 그가 어떤 종류의 펜을 사용하는지(어머니의 오래된 펜을 사용한다), 위스키를 마시며 글을 쓰는지(와인을 마신다), 대체 극단이 왜 문학 작품 전체를 공연하는지(그렇게 많은 단어를 사용한 건 아니지만)에 관한 질문이긴 했지만.

도러시가 손뼉을 친다. "작가님이 여기서 그런 걸 경험하셨다니 정말 기쁘네요! 우리 후원자에게는 그게 아주 큰 차이이거든요."

"그 후원자 말씀인데요……."

"아, 같이 가서 술 한잔하세요!"

레스가 토머스를 돌아본다. "같이 가시나요?"

토머스는 수줍게 미소 지으며 돌아선다. "아아, 아뇨." 그가 말한다. "저는 쉬어야 할 것 같아요. 다들 재미있는 시간 보내세요." 그는 레스를 쳐다본 뒤에야 나체스의 밤으로 걸어 들어간다. 그는 밴 뒤로 사라진다. 레스는 어느새 길을 따라 목조건물로 이끌려 간다. 그곳 현관은 흔들의자에 앉아 담배를 피우며 맥주를 즐기는 남자들이 차지하고 있다. 오토바이 여러 대가 무질서하게 한 더미로 쌓여 있다. 길 건너편에는 오래된 증기선 선착장이 있고—지금은 그냥 주차장이다—그 너머에는 아니나 다를까 미시시피강이 흘러가고 있다. 머리 위의 저녁 하늘만큼이나 탁하고 조용하다.

"하우-고바티 씨, 제 후원자에 대해서 뭔가 알려주실 수 있는지 궁금해요."

도러시가 웃는다. "뭐, 재미있지 않나요? 저도 작가님한테 물어보려 했는데!"

"모른단 말씀이세요?"

"하나도 몰라요!" 아버지가 남부에서 보자는 쪽지를 썼을 뿐만 아니라 기꺼이 너의 문학적 노력을 응원한다고 쓴 것이 완전한 우연일 수도 있을까? 아버지가 예술 재단을 운영한다는 것도? 하지만 독자여, 이 여행에 우연이란 없다. 그저 우리가 알아보기를 거부하는 징조만이 있을 뿐이니……

도러시 양이 레스의 팔에 손을 얹는다. "그건 그렇고, 아서, 여기서는 모두가 날 도러시 양이라고 불러요." 이번에도 그녀는 레스와 처음 만났을 때 썼던 저음의 목소리를 사용한다. 레스는 초기 영화에 밤을 암시하기 위해 파란색 색조를 쓰는 부분이 있는 것과 마찬가지로 이 배우에게는 인위적으로 변화시킨 음역이 있다는 걸 차차 깨닫는다. 이건 친근함을 나타내는 그녀의 목소리다. "알게 되겠지만, 결혼한 여자 중에도 그렇게 불리는 사람이 많아요. 당신은 이미 너무 매력적이니, 여기 남부에서는 '부인' '선생님' 같은 말을 늘 듣게 된다는 것도 알아두면 좋아요. 당신도 그런 말을 쓰면 사람들이 좋아할 거예요. 그냥 죽을 때까지 '선생님'이라고 불러주세요!"

내 메모를 보면 아서 레스는—대학 등기 담당관의 실수로 잠깐 ROTC 훈련을 받았을 때를 제외하면(레스는 그게 즉흥 연기 수업인 줄 알았다)—그 누구도 '선생님(sir)'이라고 불러본 적이 없다.

그들은 라운지 바의 문을 지나 커다란 방에 들어간다. 잔무늬가 들어간 양철 천장이 달러 지폐로 뒤덮여 있다(봄베이 해변의 기억). 대부분 백인인 사람들이 탁자를 구석으로 옮기고 있고, 밴드가 공연 준비를 하는 것처럼 보인다. 리드 싱어는 지치고 깡마른 남자이지만, 고슴도치 아가씨 축제에 참가한 사람 같은 긴 금발의 소유자다. 레스는 도러시 양을 따라 바의 한 자리로 가서 묻는다. "저는 레스 씨인가요?"

"나한테는 아니에요, 아서. 그냥 아서죠. 뭐 마실래요?"

이제 도러시 양은 아서 레스가 한 번도 해야겠다고 생각해본 적 없는 일을 한다. 귀가 콜리플라워처럼 생긴 바텐더에게 주문을 한 다음(레스에게는 위스키 사워를, 자신에게는 화이트와인을), 그녀는 주방의 소년들에게 맥주를 한 잔 돌리고 싶다고 한다. 바텐더는 고개를 끄덕이고 그녀의 신용카드를 받아 간다.

"아서." 도러시는 음악 소리를 누르며 묻는다. "가족이 남부 출신이라고 했죠?"

"어머니는 오거스타 출신이세요. 아버지 가족은 델라웨어 출신이고요."

"남부에 자주 오나요?"

레스는 칵테일이 뱃속에서 부드러워지게 놔둔다. "크리스마스에는 조지아에 가죠. 조부모님을 만나러요. 동생이랑 같이 재봉틀 방의 바닥에서 자곤 했어요. 할머니가 재봉사셨거든요. 아줌마들이 〈보그〉의 한 페이지를 찢어 오면 할머니가 딱 그렇게 생긴 옷을 만들어주셨죠."

"할아버지는요?"

"정육점을 하셨어요." 레스가 말한다. "피글리위글리*에서."

도러시는 마스카라를 짙게 바른 눈을 깜빡거린다. "아서, 당신 가족이 노동자 계급일 거라고는 한 번도 생각 못 해봤어요. 실은 당신이 외국인일 거라고 생각했어요. 당신이 너무…… 산뜻하게 말해서. 꼭 소설에 나오는 사람처럼요."

레스에게는 "감사합니다"라는 말 말고 할 말이 없다.

주방에서 환성이 들리자 도러시 양은 미소 지으며 작은 창문 너머로 손을 흔든다. 요리사들이 마주 손을 흔든다. 그중 누구도 백인이 아니다.

"우리 가족은 노동자 계급이었어요." 그녀가 말한다. "우리 집을 보든 뭘 보든 안 그래 보인다는 건 알아요. 그건 다 남편 거예요. 가짜고. 남편은 그 집을 무너지기 직전에 샀어요. 이 동네에서는 그 무엇에도 속지 말아요, 아서. 당신한테는 익숙하지 않은 겉치레 방법이 있거든요. 우리 어머니는 언덕**의 오두막에서 자랐죠. 뭐랄까, 현관은 삐걱거리고 담배를 뱉을 수 있는 '촉풀오넛***' 깡통을 말뚝에 못으로 박아놓는. 전에는 사람들이 어머니 가족에 대해서……." 도러시 양은 미소 짓는다. "'밥상도 못 차릴' 거라고 말했어요. 어머니 가족에게 어울리는 그릇이나 포크나 뭣도 없다는 뜻이었죠. 웃기지 않아요? 그런 식으로 사람을 평가하다니."

** 미국 남부에서 '언덕(hill)'은 저소득 백인 노동 계층이 많이 살고 있는 지역을 의미한다.

*** 땅콩 브랜드.

"당신은 언덕 출신이 아닌 것 같은데요."

"말투는 그렇죠. 근데 오늘 밤처럼 술을 몇 잔 마시면 티가 나요. 아마 당신도 그럴걸요." 레스는 자신의 목소리에서 드러날 것은 가난이 아니라고 속으로 생각한다.

문득 어떤 생각이 난다. "도러시 양, 조상이 어디 출신인가요?"

"라클런 도일이라는 사람이에요. 1717년에 찰스턴에 왔죠! 불한당이었어요!" 도러시 양이 웃는다. "게일어로는 '오 더브 가일'인데, '검은 외국인'이라는 뜻이죠. 당신 보기엔 내가 검은 외국인 같지 않나요?"

"딱히 그렇지는 않은데요."

"소문으로는 아내를 너무 많이 둬서 얼스터에서 쫓겨났대요. 당신은요, 아서?"

"그게, 1638년에······." 레스는 그렇게 운을 뗐다가 잠시 멈춘다. 어떻게 이 모든 이야기가 같은 걸까? 다행히 그에게는 왈론 짓거리에 관한 이야기를 더 퍼뜨릴 시간이 없다.

"아, 더 템스*네요!" 도러시 양이 소리친다. 밴드가 연주하기 시작한 노래 얘기다. 아름다운 머리카락의 남자가 기타 줄을 뜯으면서 고개를 끄덕이며 마이크에 다가간다. "춤출까요?"

도러시 양이 의자에서 폴짝 뛰어내려, 춤을 추도록 비워놓

---

*　1960년대 조지아주 애틀랜타 출신의 미국 보컬 그룹.

은 작은 공간으로 간다. 다른 여자들도 탁자에서 새셰이 스텝을 밟으며 나와 손가락을 튕기고 엉덩이를 흔든다. 남자 몇 명도 끼어들지만, 그 수가 많지는 않다.

아름다운 머리카락의 남자가 노래하기 시작한다.

사랑이 빠져나가게, 빠져나가게 두지 마

레스는 놀라서 지켜본다―도러시 양이나 특정한 여자가 아니라 그 집합적인 모습을 말이다. 그들 모두가 똑같은 댄스 스타일을 아는 것처럼 보인다. 그들은 약간 허리를 숙인 채 몸을 흔들고 있다. 팔꿈치는 반쯤 날개를 쳐든 바닷새를 흉내 내듯 갈비뼈에 가까이 붙이고 있다. 그들은 눈을 감고 미소 지으며 때때로 손뼉을 치고, 엉덩이가 아니라 무릎에서부터 몸을 흔든다. 캐롤라이나 스텝이다. 이게 웬 불운일까? 레스로서는 놀라운 일이지만, 미시시피의 탁한 공기로부터 그의 어머니가 소환되었다. 어머니가 델라웨어주의 주방에서 프라이팬에 크래브 케이크를 넣어둔 채 춤을 추고 있다. 엄마가 바로 저렇게 춤을 추지. 레스는 어머니의 용감한 미소가, 오일 오브 올레이**를 발라 부드러워진 어머니의 피부가, 소녀다운 연한 립스틱이, 레스가 몹시 탐내는, 클립이 달린 두 개의 자수정 펜던

***

** P&G사의 화장품.

트 귀고리가 보인다. 어머니는 레스가 상상할 수 없을 만큼 가난한 어린 시절을 보냈다. 어머니가 레스의 손을, 어린 아치 레스의 손을 잡아 그를 휙 돌리더니 보이지 않는 상대가 톡톡 두드리기라도 한 것처럼 멀어져간다. 밥(bop)*을 추고 발을 끌고 어떤 비밀스러운 미소를 짓는다. 그러더니 다시 레스를 돌아보며 씩 웃는다. 어머니가 레스를 빙글 돌리고 돌리고 또 돌린다. 둘 다 웃는다. 레스는 이유를 알 수 없지만. 하지만 보라. 어머니가 소녀 시절에 췄던 건 캐롤라이나 스텝이 틀림없다. 늘씬한 몸매로, 휙 넘긴 갈색 머리로, 초록색 발레리나 드레스에 은색 신발을 신고 수줍어하며. 누군가가 자신을 선택해주기를 기다리며.

그러니 젊게, 바보같이, 하지만 행복하게 살아

도러시 양이 레스를 보며 웃음의 눈물을 닦는다. 로버트 브라운번이 그에게 온다─눈물이 검은색이다.

"비, 장식 전문가를 새로 고용했나 보네!"
미시시피주 나체스 외곽의 RV 주차장에서 리베카와 이야기하고 있다. 리베카가 다시 화면에 나오지만, 이번에 그녀의

---

* 1940년대 모던재즈의 한 형식.

뒤에는 커다란 낚시용 그물과 부표가 있다. 레스가 그 점에 대해 이야기하자 리베카가 말한다. "아, 맞아. 로빈슨 크루소야."

"작업이 마음에 드는데."

"난파당한 사람의 멋이지. 남부는 어때?"

"아빠가 아직 나타나지 않았어." 레스가 그녀에게 말한다. "근데 난 오거스타를 거쳐 갈 예정이야."

"아, 오거스타라니! 크리스마스마다 갔었잖아!" 리베카가 미소 지으며 말한다. "있지, 난 할머니한테서 뭔가를 물려받았어. 어쩌면 오빠도 물려받았을지 몰라."

"할머니가 가지고 있던 은제품?" 레스가 말한다. 밴의 열린 문 밖에서는 10여 명의 십대 청소년으로 보이는 이들이 마리화나 아지랑이 속에서 군대식 텐트를 조립하려 애쓰고 있다. 구식 팅커토이** 퍼즐이다.

"비슷해. 크리스마스에 할머니 집에 가면 할머니가 집 안을 뛰어다니면서 청소하고 요리하다가, 모든 걸 식탁에 차려놓은 다음에는 뭐랄까…… 떨던 것 기억나? 난 그걸 물려받았어. 할머니의 신경계를."

레스는 잠시 멈춰서 리베카의 모습을 자세히 살핀다. 리베카는 충분히 침착해 보인다. "그래서 네가 뭐랄까, 몸을 떤다는 거야?"

** 집짓기 완구.

"아니, 그보다 더 좋아!" 리베카는 레스에게 보이도록 두 손을 들어 올리며 미친 듯 미소 짓는다. "할머니 기억나? 할머니는 뭐랄까, 두 손이 다 떨리곤 했어. 맞지? 나는 그냥 오른손만 떨려. 잠시 후에 오빠한테도 보여줄 수 있는지 해볼게. 난 이걸 참는 데 익숙해. 하지만 오른손이 이런 식으로 말려서 떨리기 시작해." 리베카는 왼손을 보이지 않는 곳으로 치우더니 오른손을 들어 손가락 끝을 한데 모아 누르고는 그 손을 앞뒤로 흔든다. "난 이걸 '가정부를 부르는 종'이라고 불러." 정말이지, 그녀는 아주 작은 종을 든 구식 부인처럼 보인다.

"아, 세상에, 리베카."

"지넷!" 리베카가 보이지 않는 종을 흔들며 보이지 않는 가정부에게 소리친다. "이리 와요, 지넷!" 그러더니 그녀는 웃으며 무너져 내린다.

"리베카! 왜 그렇게 된 거야?"

"두려워서." 리베카가 어깨를 으쓱하며 말한다. "일종의 두려움 때문이야. 새로운 건 아니지? 내가 실수를 할 때마다 이런 두려움이 들어. 누군가에게 전화하는 걸 잊었다든지. 아니면 내가 오래전에 했던 실수를 생각하는 것만으로도 그래. 그러면 갑자기 가정부를 부르는 종을 들게 돼."

레스는 경악한다. 레스의 동생에게 이런 일이 생기다니! "아파?"

리베카가 손을 내린다. "아니. 아픈 셈이야. 응, 아픈 것 같아.

피곤해. 치료사는 틱 장애라고 하던데, 꼭 유행병 같은 이름이야. 근데 비(非)자발적이긴 하지만 불(不)수의적인 건 아니래. 내가 내 뜻대로 이러는 건 아닌데 막을 수는 있다는 얘기야."

"언제부터 그랬어?"

"이혼하고 나서부터. 내가 집을 떠난 날이었어. 호텔에 갔지, 소호에 있는 정말 좋은 호텔에. 난 오랫동안 목욕하고 룸서비스를 주문하고 초콜릿 선디 아이스크림을 먹고 커다란 침대에 누워서 최악의 영화를 봤어. 훌륭했어! 근데 갑자기 이러는 거야." 리베카가 보이지 않는 종을 흔든다. "가정부를 부르는 종. 난 두려움을 느꼈어. 아, 상황이 어떻게 될지 걱정돼, 라는 식이 아니었어. 뭐랄까…… 공포영화 수준의 두려움이었어. 뭐랄까, 호랑이한테 공격당하는 수준. 밤새 그랬어. 그리고 잘 모르겠다, 하루에 대여섯 번은 이래. 아, 또 이러네!" 이번에는 리베카의 팔이 알아서 올라와 심하게 떨리기 시작한다. "알아. 오버하는 것 같지."

"그러다 종이 깨지겠다."

"오빠한텐 이런 일 없어?"

"응, 근데……." 이런 건 아니다. 정확히 이런 건 아니다. 이런 이상하고 종교적인 떨림은 아니다. 하지만 리베카가 "호랑이한테 공격당하는 수준"이라고 말했을 때 레스는 그게 무슨 뜻인지 정확히 알았다. 왜 둘은 전에 이 얘기를 한 번도 해보지 않았을까? 레스는 조리된 샌드위치를 주문하는 것과 악어와 씨름하는 것에 동등한 수준의 두려움을 느끼는 사람이 자신뿐이라고 생각했다. 그게 내가 레스를 내가 아는 가장 용감한 사람이라고 늘 생각해온 이유다―우리 집 문 앞에 오는 것만으로도 그가 얼마나 용맹한 업적들을 해내야 했을지 누가 알겠는가? 예를 들어, 여기에 오기 위해 그는 첫사랑을 잃었고, 비행기의 조기 착륙을 유발했고, 건축학의 보고를 침수시켰으며, 퍼그 한 마리를 데리고 미시시피주를 가로질렀다.

돌리가 창가에 앉아, 겨자색 고양이 한 마리가 자갈밭을 가로지르며 차오…… 차오…… 차오 소리를 내는 모습을 골똘히 바라본다. 어떤 기억이 그를 잡아당긴다.

리베카는 끊어야 한다고 말한다. "조지아주 오거스타에 안부를 전해줘, 아치."

"그럴게."

"아빠한테도 나 대신 안부 전해주고."

레스는 자기도, 리베카도 로런스 레스를 믿어서는 안 된다고 말한다.

레스는 잠자리에 들기 전 마지막으로 돌리를 밖에 데리고 나간다. 추위가, 얇은 정장 너머로 그에게 다가오려 애쓰는 그 끈질긴 연인이 느껴진다. 레스는 한기에 맞서 몸을 감싼다. 하지만 이곳의 세상은 조용하고 어둡다. 몇몇 목소리가 RV 주차장 반대편에서 나온다. 레스에게 이제 유리병에서 나부끼는 촛불과, 와인 한 병을 둘러싸고 모여 있는 너덧 명의 젊은 사람들이 보인다. 향기는 마리화나에서 정향 담배로 바뀌고, 타닥거리는 소리는 자갈 소리에서 유칼립투스 깍지 터지는 소리로 바뀐다. 레스는 어둠 속에서 어떤 젊은 남자와 이야기하던, 10년 전 샌프란시스코 근처의 현관에 있다. 유리병에 든 같은 촛불이 똑같은 마법의 등불처럼 빛을 드리운다. 전차가 우르릉거리는 소리를 누르며, 화분에 심긴 라벤더 옆에서 그 젊은 남자는 미국 문학에 대해 이야기하고 있다. 레스는 돌아서서 그를 본다. 젊은 남자는 빨간 안경을 벗어 셔츠 자락으로 닦으며 레스를 쳐다보고 말을 멈춘다. 밤의 새가 키-키-쿼!라고 말한다. 그 젊은 남자는 나다. 나는 한 발짝 가까이 다가간다. 레스는 움직이지 않는다. 그때가 10년 전, 내가 그에게 입 맞춘 때다.

한순간 과거가 그의 눈앞에 있다. 기억이 아니라 과거가…….

젊은 사람들이 웃음을 터뜨린다. 레스는 그 소리가 잦아들어 자갈 소리, 양초, 남부로 바뀌게 놔둔다. 너무 선명한가, 나의 왈론이여? 시간으로 어두워진 예술 작품이 원래의 색조로 복원된 걸까? 이제 와서 그 현란한 감정들은 너무 낯설까?

레스는 로지나 안으로 돌아가 밴을 잠자리 형태로 바꿔놓는다. 돌리가 그의 옆에 웅크린다.

미시시피강을 따라 펌프질을 해대는 유정 탑만큼 기름이 잘

칠해진 것은 아무것도 없으리라. 그런데도 그것들은 밤새 끽끽거린다.

　레스, 돌리, 로지나는 나체스 트레이스라는, 미시시피주의 한구석에서 다른 구석으로 길게 이어지는 구불구불한 도로를 따라 북동쪽으로 이동한다. 도로의 양옆은 초록색 잔디밭, 그리고 잔디밭 너머의 세심히 보존된 숲으로 장식되어 있다. 숲은 아마 유럽인들의 수레가 평저선을 싣고 내슈빌로 굴러가던 예전의 거친 시절, 혹은 크리크족과 촉토족*이 산등성이를 따라 오솔길을 불태우던 시절, 아니면 인류가 등장하기 한참 전 아메리카들소가 소금 결정을 찾아 최초의 오솔길을 뚫던 시절을 흉내 낸 듯하다(남부에는 무스가 없다). 굽이치는 잔디밭과 평화로운 색조에도 어딘가 미국적인 면이 있다. 그런데도 뭔가 끔찍한 일이 여기에서 일어났다는 떨쳐낼 수 없는 느낌이 든다. 레스는 어느새 두려움에 주위를 둘러본다. 초록색 풀잎 외에는 볼 것이 없다. 어떤 유령도 걸어 다니는 것으로 알려져 있지는 않다. 한때 이 길이 악명 높아진 이유였던 치명적인 노상강도들, 그리고 손목과 발목의 족쇄를 함께 차고 한 줄로 묶여 나체스까지 먼 길을 억지로 걸어야 했던 아프리카인들을 생각하면 놀라운 일이다. 그들이 걸었던 길이 바로 강물처럼

---

*　　미국 남동부 아메리카 원주민 부족들.

보이는 바로 이 긴 초록색 길이었다. 곤란해질 때 멈출 만한 갓
길은 없다. 하긴 무슨 문제가 있을 수 있겠는가?

레스는 두 번 길을 돌아간다. 첫 번째는 옥스퍼드로 가는 길
이다. 옥스퍼드에서 그는 수줍게 서점을 들여다보고 작가적인
범죄를 저지른다. 자기 책이 있냐고 물은 것이다. 점원은 주황
색 두건을 두르고 같은 색깔의 안경을 쓴, 복장만큼이나 밝은
문학적 기쁨을 느끼는 젊은 흑인 여성이다. 그녀가 재빨리 레
스의 책을 내민다. 다른 아서 레스의 작품이다. "걸작이에요."
점원이 감탄하며 말한다. "그야말로 걸작이죠!" 물론 레스는 그
책을 산다. 그는 그 책을 밴 안의 돌리 옆에 둔다. 제목은?《일
요일》. 그런 다음 그는 로언오크에 들른다. 윌리엄 포크너의 시
신이 무덤 속에서 흙으로 변해가고, 나이 든 관광객들이 그의
집에 들러 그의 가구에 대해 예의 바르게 묻는 곳이다. 요즘에
는 그의 소설에 관해 거의 아무도 묻지 않는 곳이기도 하다.

그런 뒤에 레스는 그라인더스 스탠드로 향한다. 간판이 그
를 통나무집으로 이끈다. 알고 보니 복원한 집이지만, 입구 바
로 안쪽에 바람을 막기 위해 설치된 거대한 굴뚝까지 충실하
게 만들어져 있다. 이곳은 메리웨더 루이스가 마지막 밤을 보
낸 통나무집이다. 레스는 굴뚝 앞에 서서, 35세의 탐험가가 그
라인더 부인의 환영을 받아 숙소로 안내되며 신발에 묻은 진
흙을 닦는 모습을 상상할 수 있다. 해가 뜰 때쯤 그는 죽을 것
이다. 사람들 말로는 스스로 목숨을 끊어서. 클라크는 이 비극

에 관해 듣고 이렇게 썼다. "유감이지만 그의 정신의 무게가 그를 이긴 것 같다." 토머스 제퍼슨은 루이스의 "정신의 합리적 우울함"에 관해 이야기했다. 알코올중독, 실패, 외로움. 그가 게이였다는 인기 있는 가설도 있다. 실패한 결혼, 모피 어깨숄, "레이스가 부족하다"라던, 군대 외투에 관한 그의 불평 외에는 아무 근거도 없는 가설이다. 그는 클라크에게 열렬한 편지를 보냈다. "당신과 함께 있으면 지극히 행복할 텐데요." 가 없은 게이, 메리웨더 루이스! 레스는 통나무집을 보며 이곳, 테네시주에 외롭게 떨어져 있는 루이스를 생각한다. 저 멀리 텍사스에 있는 외로운 루이스도. 아서 레스, 나의 프뤼당. 당신도 외로운지?

레스는 이제 앨라배마주의 북서쪽 사분면에 도착한다. 나체스 트레이스의 초록색 환상에서 불쑥 시골길의 황야라는 헐벗은 현실로 들어간다. 이곳에는 풍파에 시달린 목조 오두막들로 이루어진 조그만 마을들이 검은색의 무쇠 아케이드 건물들로 이루어진 더 큰 마을들과 교대로 나타난다. 레스는 후자의 어느 한 마을에 들러, 길을 가며 마실 커피 한 잔과 샌드위치 한 개를 산다. 마을 전체에 걸려 있을 게 분명한 오래된 간판―안경점, 구둣방, 재봉사―이 달려 있는 널찍한 그 공간에는 크롬 도금을 한 바가 한가운데에 섬처럼 설치되어 있고, 그곳에서 두 명의 젊은 여자가 식식대는 에스프레소 기계를 돌보고 있다. 백인 여자는 머리카락이 보라색이고 다른 여자는 그런 게 없다. 그러니까 머리카락이 없다는 말이다. 머리카락을 밀었다. 레스가 자리에 앉자 그 여자가 즉시 커피를 가져다주며 어디 출신이냐고 묻는다. 레스는 예의 바르게 그 질문을 돌려주고, 여자는 이곳 출신이라고 말한다. "내슈빌에 갔었지만, 엄마가 아파서 돌아왔죠." 여자는 파니니 압축기에 샌드위치를 집어넣고 자기 짝에게 손짓하며 말한다. "빠져나와야만했어요—무슨 말인지 알죠?" 그러더니 여자는 윙크한다. 레스는 깜짝 놀라 여자가 자신을 알아보았다는 걸 이해한다. 그녀도 네덜란드 출신이기 때문이다. (그럼 여기, 앨라배마주에서도 그들을 죽이지 않는 건가?)

여행을 다니면서 레스는 돌리에게 말을 걸기 시작했다—평범하게 "착하지" "이리 와" "내 검보 수프 먹지 마!" 같은 말이 아니라, 이제는 좀 더 정교한 독백과 장광설, 고백을 하기 시작했다. 돌리는 주의 깊게, 섣불리 판단하지 않고 귀 기울인다. 그들은 특정한 소파 베개의 사용처를 놓고 말다툼했고 다정하게 화해했다. 레스는 옛 습관으로 돌아가기 시작한다. 예를 들어 어느 날 아침, 그는 작은 화장실 문을 쾅 열고 소리친다. "샴페인!"

그는 사탕수수를 지나 면화의 땅으로 들어간다. 그곳의 길에서는 면화의 뭔가가 사방으로 날리며 그의 앞 유리에 달라붙는다. 눈으로 보이는 한 멀리 설경이 있는 곳까지, 짐을 묵직하게 실은 트럭 너머까지 날아다닌다. 레스는 그 트럭이 다음번 포트홀에서 전복돼 자기 위로 쓰러질까 봐 걱정한다. 그는 새로운 곤충들을 만난다. 운전대에 눌러 앉은 노린재를 떼어내느라 불운한 한 시간을 보낸 뒤, 나중에는 자기 소매에 매미 번데기가 붙어 있는 것을 보고 비명을 지른다. 근처에서 난불로 연기에 그을린 소나무 숲을 굽이굽이 지나가는 긴 뒷길을 따라가다가, 그는 어느새 사냥개 묘지를 가리키는 무쇠 간판을 지나치고 있다. 레스는 그곳에 멈춰서 점심을 먹는다(레즈비언의 파니니다). 그와 돌리는 스물네 마리쯤 되는 개들의 묘비를 읽는다. 일부에는 그 개들을 닮아 나무 위를 보며 짖어대는 조각이 새겨져 있고, 일부는 개의 이름과 개가 받은 상이 새겨진 빛나는 화강암으로 되어 있지만, 대부분은 사랑으로 조각한 단순한 나무 표지다. 특히 하나가 눈에 띈다. 1996년에 죽은 '메이슨 자'라는 이름의 사냥개다.

최고는 아니었지만
내게는 최고였다

레스는 오랫동안 그 묘비를 바라본 뒤에야 다시 길을 나선다. 그러는 내내 라디오에서는 어떤 여인이나 오래전에 잃어버린 집이나 네 가지 뻔한 코드 외의 다른 코드에 대한 그리움으로 가득한 노래들이 연달아 나온다. 그중 어떤 것도 발견되지 않는다. 그런데도 그 구절은 계속해서 레스의 머릿속을 맴돈다. "당신과 함께 있으면 지극히 행복할 텐데요."

레스는 머슬숄스에 도착한다. 그곳에서 공연이 열릴 예정이다(레스가 한 가지 질문에 몸을 떠는 곳이기도 하다. 과연 그의 아버지는 이곳에 올 것인가?). RV 주차장은 두 강 사이의 한 지점에 자리 잡고 있다(악어들이 강 양안에서 뷔페 접시를 채울 수 있게 하려는 모양이다). 그곳의 버드나무는 퇴짜 맞은 구혼자들처럼 축 처져 있고 라쿤들은 쓰레기 조사관처럼 굴며 과거를 끌어 올린다. 레스에게는 두 강이 만나는 그 마법적인 지점에서 맑은 물과 진흙탕이 공존하되 섞이지는 않으려 드는, 백개먼 게임판과도 그리 다르지 않은 바둑판 모양의 표면이 보인다. 사랑이란 그런 것이다. 그 지점에 벤치가 놓여 있고 그 옆에는 도자기로 만든 두 마리의 거대한 수탉이 있다.

레스는 **주인**이라는 팻말이 달린 트레일러에 들어갔다가 슬픔에 잠긴 듯한 바셋하운드의 마중을 받는다. 레스는 돌리와 함께 잠시 정처 없이 걷다가 다시 트레일러에 들어간다. 바셋하운드가 동화에서처럼 땅딸막하고 턱수염을 기른 늙은 백인 남자로 변신했다. 레스는 수탉 두 마리 옆의 자리를 배정받는다. 주인이 특별히 아끼는 자리다. "우리 할머니가 저 수탉들을 프랑스에서 가져오셨죠." 레스는 악어에 관한 경고를 받고 주황색 원뿔을 건네받는다.

"아들, 유럽 어디서 왔나?" 그런 식이다.

레스의 아버지는 이곳에 없다. 머슬숄스의 나머지 사람들은
바비큐를 하러 간 게 틀림없다. 좌석은 간신히 절반만 찼고, 그
중에 로런스 레스는 없다. 우리의 주인공은 무대로 얼굴을 돌
린다. 지난주의 **콜라드 축제**에서 남은 것이라고는 **라드**라는 현
수막 자락과 함께 반짝거리는 금속 조각 하나밖에 없다. 조명
이 어두워진다. 아치? 어둠 속에서 목소리가 들린다―아, 지금
으로부터 40년 전인 게 틀림없다. 아치, 뭘 하고 있니? 어머니
집의 현관문이 열리며 그가 살던 동네의 밤 시간을, 가로등의
환한 빛을 드러낸다. 그 빛을 배경으로 보이는 실루엣은 아버
지의 거대한 몸집이다. 그냥 몇 가지 필요한 게 있어서 왔다. 너
희 엄마나 너희들을 방해하고 싶지는 않았어. 잘 지내냐, 아들? 더
는 무엇이 옳은지 모르는, 얼어붙은 어린 시절의 느낌. 아치, 바
룸 비스트 두 니히트 임 베트?* 음악이 시작되고 아서 레스는 더
는 델라웨어주에도, 앨라배마주에도 있지 않다. 그는 아무 방
해도 받지 않는, 극장이라는 최고천으로 날아오르는 데 성공
했다.

곡조가 파생적이고, 음악은 미리 녹음한 것이라는 게 중요
한 문제일까? 학교 연극 당시에 벌어진 배신이라는 그의 이야

---

*   warum bist du nicht im Bett. '왜 아직 안 자고 있어?'라는 뜻의 독일어.

기 줄거리가 무대에 올려놓고 보니 삐걱거리고 수상쩍어 보인다는 건? 우리는 절대 아니라고 말할 수 있다. 전에는 기침이나 속삭임, 떠들어대는 전자장치로 지나친 존재감을 드러냈던 관객들이 사라지고, 남아 있는 것은 아서 레스와 무대뿐이다. 그는 어린 시절로, 이웃을 따라 쇼를 보러 가면 경이로워하며 생각에 잠겨 구경하던 그 시절로 이동한다(당시에 그는 로키 산맥을 처음으로 보며 했던 생각을 했다)—왜 아무도 삶이 이럴 수 있다는 말을 해주지 않은 거지? 사람들이 레스에게 청교도적 성실함과 부유해지려다 실패한 작전들, 깨진 약속과 의미 없는 전투 대신 삶이 스팽글과 노래일 수 있다는 걸 감춰왔다는 듯이. 레스는 필그림** 시절부터 지금까지 속아온 기분이었다. 비밀은 지하실에 갇혀 있는 미친 고모처럼 그에게서 감춰져 있었는데, 이제야 어떤 이웃이 아무것도 모른 채 그 고모를 풀어준 것이다—알고 보니 그녀는 훌륭했고! 레스는 모두가 인생에 대해 틀렸다는 것을, 그리고 그들이 인생에 대해 틀렸다면 자신에 대해서도 틀릴 수 있다는 것을 이해했다. 내면 어딘가에서는 그 자신도 스팽글과 노래일 수 있다는 것이—그 두 시간 동안만큼은—가능해 보였다.

　"브라보!" 공연이 끝나자, 레스는 나머지 관객들이 머뭇거리며 갈채를 보내는 가운데 일어서서 소리친다. 이처럼 드물

** 　　미국에 최초로 정착한 청교도들을 말한다.

고도 지당한 기쁨의 순간에 아서 레스를 너무도 자주 용서해 왔듯, 우리는 그가 쓴 성별 명사와 가산 명사에서의 오류를 용서할 수 있다.

"따라와요, 마음에 들 거예요." 토머스가 극장 바깥에서 말한다. 그는 동료 극단에서 여는 파티에 가자고 레스를 설득하려는 중이다. 그는 자두색 안경을 끼고 있으며 묵직한 스웨터는 달처럼 노란색이다. "앨라배마 극단인데, 그 사람들도 작품 전체를 공연해요. 노래는 안 하지만요." 토머스가 윙크하며 덧붙인다.

"음." 레스는 소품 나무를 집어 들며 말한다.

"즉흥 연극도 있을 거예요!" 이 유혹적인 제안과 함께 토머스의 눈썹이 솟아오른다.

"음." 레스는 토머스의 눈썹과 주근깨, 어째서인지 공기 중에 떠도는 오렌지 향기를 받아들이며 말한다. 뭔가가 무시무시하게 느껴진다. "그냥 넘겨야 할 것 같아요. 저기, 도러시 양 말로는 조지아에서 제가 길레스피를 방문해야 한다던데요?"

"아, 맞아요." 토머스가 요셉 성인이라는 짐을 밴 안에 툭 내려놓으며 말한다. "그것도 괜찮죠. 와, 진짜 이 밴에서 살아요?"

"이번 여행에서만요. 편하거든요. 한 번도 밴에서 지낸 적이 없나요?"

"아." 토머스가 말한다. "저는 없죠. 대학 시절 이후로는 연극 무대 말고 본 게 별로 없거든요. 버스는 봤고 호텔 방도 봤어요. 그 모든 것의 그림을 그려드릴 수도 있죠. 다 똑같으니까. 지금은 남부 전체를 여행 중이고요. 사우스캐롤라이나 피컨스에서 어린 시절을 보내고 거길 빨리 벗어났죠. 선생님이 저한테 뭔가 있다고 했어요. 뉴욕시로 갔죠—알고 보니 그 뭔가로는 충분하지 않았고요. 그래서 돌아왔고, 누이와 함께 도러시 양에게 전념했죠. 저를 떠돌이라고 할 수도 있겠지만, 이런 밴에서 살아본 적은 한 번도 없어요. 당신도 떠돌이인가 보죠?"

이번만큼은 레스가 말을 잃는다. "작은 다락방도 있어요." 그가 말한다.

다시, 눈썹. "무슨, 여기에요?"

"그게…… 윗부분이 열리거든요." 레스가 말한다. "공간이 더 있다는 거죠."

"왜요?"

"그게…… 자라고?"

웃음. "저기서 자면 어떤 기분이에요?"

"평화로워요! 언제 해보세요." 레스는 그렇게 말한 뒤 인상을 찡그린다. "제 말은……."

토머스는 쑥스럽게 시선을 돌린다. 그의 고개가 어깨 쪽으로 숙여진다. "밴이 우리 세트로 꽉 차 있지 않을 때 구경시켜주셔야 해요."

"좋죠."

토머스가 슬프게 미소 짓는다. "그래서 극단 파티에는 안 가세요?"

"오늘 밤에는요. 감사합니다." 레스는 잠시 말을 멈췄다가 묻는다. "토머스, 밖이 이렇게 따뜻한데 왜 스웨터를 입고 있어요?"

토머스는 살짝 어깨를 으쓱하더니 말한다. "우리 할머니 쿠키 말로는 모두가 다른 경험을 한대요."

그건 확실히 그렇다.

레스는 토머스가 떠나는 모습을 지켜본다. 외로움이 그를 사로잡았다. 아마 방금 거절한 것 때문일 것이다. 레스는 차를 몬 끝에, 뒤에 불이 들어오는 **스태거 리, 모두 환영**이라는 간판이 붙어 있는 길가의 바를 발견한다. 레스는 그 말을 있는 그대로 받아들이고—레스야 모든 낯선 사람과 연인과 정치인의 말을 그대로 받아들이니까—돌리를 데리고서 부슬비를 뚫고 입구로 다가간다. 그곳은 지붕이 납작한, 나지막한 벽돌 건물로, 자갈 사막에 혼자 자리 잡고 있다. 전생에 그 건물은 얼마든지 프라이드치킨 가게나 드라이클리닝 업소, 아니면 자동차 정비소였을지 모른다. 창문은 모두 까맣게 불이 꺼져 있고 레스는 과거의 다른 바로 이끌려 간다. 그 바도 까맣게 불이 꺼져 있었다. 청년이던 레스를 두렵게 했던 바, 시크릿S라는 이름의 바다. 델라웨어주 도버에서였는데(내가 아는 한 그 바는 지금도 거기에 있을지 모른다), 겨우 열여덟 살이던 젊은 레스는 한 시간 동안 그 블록을 빙빙 돈 뒤에야 용기를 얻어 시크릿 S에 들어갔다. 현실에서 그곳은 당구대 하나와 주크박스 하나, 지나치게 화려한 조명이 들어와 있으며 의심 많고 외로운 고객들이 있는 바에 불과했다. **스태거 리**와 매우 비슷했다.

"뭘 드릴까요?" 바텐더가 퉁명스럽게 말한다. 인상적인 포니테일이 허리띠까지 늘어져 있고 끈으로 묶는 노란색 상의를 입은 키 작은 여자다. 처음 봤을 때 그녀는 활기와 대담한 에로티시즘, 장난스러운 태도 때문에 젊어 보였지만, 가까이서 분석해보니 전혀 젊지 않다. 이런 면에서 그녀는 레스와 비슷하다. 그녀는 한 가지를 분명히 밝히기 위해 손가락으로 우리의 주인공을 가리킨다. "자, 나는 비어텐더*지 바텐더가 아니에요. 하지만 술을 고르면, 확실히 차갑게는 해드릴게."

테이블 몇 개와 의자, 주크박스, 구석에 놓인 J자 모양의 바 말고는 아무것도 없는 커다란 검은색 공간. 몇 명의 나이 든 남자들, 레스와 비슷한 또래의 금발 남자 한 명과 밝은 분홍색 머리카락에 두꺼운 안경을 낀 왜소한 젊은 여자 한 명을 빼면 거의 사람이 없다. 그들은 모두 바에 있으며 모두가 백인이다. 레스는 금발 남자 옆, 빨간 비닐로 된 바 의자에 자리 잡는다. 트럭 기사 모자를 쓴 그 남자는 표정이 바뀌지 않는다. 손을 하

---

* 맥주(beer)와 바텐더의 합성어.

나만 써서 담배를 피운다. 다른 손은 그의 팔과 함께 사라졌다. 그런데도 남자의 허리춤에 채워져 있는 권총은 그가 완전무장하고 있음을 보여준다. 그는 레스를 보지 않는다. 주크박스에서는 음악이 연주되지 않는다. 문신을 헤아리는 것은 의미 없는 짓일 것이다.

"엉덩이 죽이네, 테리사." 나이 든 남자 한 명이 말한다.

비어텐더가 돌아서서 소리친다. "엉덩이가 죽인다고? 눈이 멀었나 보네, 할아범. 난 엉덩이가 없어! 가슴이 있지."

"엉덩이가 죽여." 그가 조용히 되풀이한다.

여자가 바 안 사람들에게 말한다. "저 할아범은 몇 년 동안 진짜 궁둥이를 본 적이 없어. 뭘 드릴까, 미남 씨?"

레스는 동료 손님들의 술을 살펴본다. 버드라이트, 버드라이트, 버드라이트, 버드라이트.

우리의 비주류 미국인 소설가는 이상하게도 이곳에서 안전하다고 느낀다. 그가 이곳과 어울리지 않는데도 안전한 것이 아니라, 이곳과 어울리지 않기에 안전한 느낌이다—30년도 더 전, 시크릿S의 바에서 어울리지 않는다고 느꼈던 것처럼. 의심과 평가가 들어 있는 똑같은 시선, 똑같은 어두운 방과 주크박스, 똑같이 제한적인 종류의 맥주. 심지어 트럭 기사 모자를 쓰고 그의 옆에서 담배를 피우는 비슷한 금발 남자까지. "뭘 드릴까, 미남 씨?" 이건 너무도 익숙하고 너무도 무시무시하다. 그러나 레스가 그 게이 바에 앉아서, 다른 누군가의 신분

증으로 맥주를 주문했을 때와 비교하면 전혀 무시무시하지 않다(사실 그 신분증은 레스의 친구 벤의 것으로서, 레스는 벤이 자기보다 훨씬 더 잘생겼다고 생각했기에 이중으로 사기를 치는 기분이었다). 당시에 레스는 바에 앉아 내가 속할 곳이 여기인가? 고민했다. 여기서는 그런 고민을 하지 않는다. 그는 여기에 전혀 속하지 않은 존재이고, 사람들도 그 사실을 알며, 레스에게 자기들이 안다는 사실을 알린다. 그토록 많은 세계 여행과 지역 여행을 한 이후, 몇 년이나 태권도 수업과 토론 팀, 대학 노래 동아리와 웨스트 4번가와 베이커 해변과 러시안리버파, 그리고 로버트 브라운번과 나, 프레디 펠루와 함께 살던 벌컨스텝스의 오두막, 거기다 말할 것도 없이 델라웨어주에 있는 그의 옛집을 경험하고 난 뒤였으니 아서 레스에게는 어딘가에 소속되지 않는 것이 평범하게 느껴진다. 어디에 가든 어울리지 않는 것보다 정상적인 일이 있을 수 있을까? 그보다 더 미국적인 것이 대체 뭘까?

"버드라이트요." 레스는 그렇게 말하고 서둘러 덧붙인다. "부인."

"T라고 부르면 돼." 레스는 여자에게 자기 이름을 알려주고, 여자는 몸을 앞으로 숙이며 바에 기댄다. 레스는 자신을 내려다보는 그녀에게서 꽃향기 향수 냄새를 맡는다. "방금 감옥에서 나온 거야, 아서?"

이제야 콧수염이 통한 걸까? "저는…… 전…… 우린 그냥 지나가는 중……."

"그 여자가 그냥 놀리는 겁니다, 선생님." 누구의 목소리인지 모를 목소리가 들린다. 레스는 그 목소리가 옆의 남자에게서 나온 것이 틀림없으리라는 걸 깨닫지만, 그 남자는 지금 맥주를 마시고 있다(오래된 복화술사의 비법이다).

T는 계속 떠들어대며 바 아래쪽의 냉장고 속으로 사라진다. 그래서 목소리만 남는다. "우리한테는 로더데일에서 이제 막 나와 다시 말썽을 부리려는 작정인 애들이 많이 오거든. 예를 들면 우리 전남편이라든지." 그녀는 버드라이트를 들고 다시 나와 레스를 위해 병을 따라준다. "저번에는 웬 남자애가 들어왔어. 당신 같은 낯모를 애였지. 가장 먼저 물은 게 '대마초 어디서 구하나요?'였어. 자, 당신은 그러지 마! 웬 낯선 바에 나타나서 대마초를 달라고 하다니! 2달러야, 자기. 리프, 당신도 여기 있었잖아. 그 녀석은 그냥…… 그게 뭐야?"

레스는 얼어붙는다. T는 레스가 우라늄 원석으로 맥줏값을 치르려 하기라도 한 듯 그를 본다.

이제는 바 전체의 사람들이 그를 보고 있다.

"빌어먹을, 세상에서 제일 귀여운 개 아냐?"

레스가 내려다본다. 돌리가 레스의 무릎에서 자다가 깨서, 한쪽 발을 들며 바 위로 고개를 내밀고 있다. 겉으로는 사람들을 보기 위해서이지만 실제로는 그들의 사랑을 받기 위해 리무진 창문을 내린 연예인의 자세다.

"염병, 이름이 뭐니, 아가?"

"앤 돌리예요."

"뭐, 안녕, 염병할 돌리!" 레스는 그녀가 1964년 작 제리 허먼 뮤지컬을 말하는 것인지, 1969년 작 진 켈리의 영화 버전을 말하는 것인지, 아니면 그냥 영어를 말하는 것인지 알 수 없다.[*]

돌리는 바 위로 기어 올라오도록 허락받고, 황홀해하는 T에게 더듬어진다. 아마도 **스태거 리**에서 일어난 첫 번째 보건 규정 위반도, 첫 번째 더듬는 행동도 아닐 것이다. 레스는 체념 어린 미소를 짓다가 그 공간이 자신을 향해 상당히 따뜻해졌음을 깨닫는다. 가장 큰 징표는 옆에 있던 외팔 남자가 그와 눈을 마주치고 말한다는 사실이다.

"저거 아주 정신 나간 개로구먼."

T가 레스에게 쿼터 동전 두 개를 내민다. "자, 아서. 가서 주크박스에서 뭘 좀 틀어봐. 경고하는데, 전부 다 라디오에서 녹음한 노래야. 주인이 개 같은 노랑이거든. 전부 중간쯤에서 시작하고 좋은 부분은 다 삐 소리로 지워져 있어."

음악 취향이 오리지널 캐스트 앨범에서 그리 벗어나지 않는 아서 레스는 그야말로 낯선 선곡 목록을 마주하고 그냥 아무거나 고른다. '더 레드넥이야'[**]라는 노래다.

---

[*]   〈안녕, 돌리!〉라는 뮤지컬과 영화가 있어서 하는 말이다.
[**]   미국 남부의 언덕 지역에 사는 저소득 백인 노동자 계층을 '레드넥'이라는 멸칭으로 부르곤 한다.

T가 폭소한다. "아, 이 노랜 정말 말도 안 돼. 들어봤어?" 리프가 안 들어봤다고 고개를 젓는다. T는 바의 다른 사람들을 돌아보고, 그들도 모두 웃기 시작한다. "소리 높여!" 레스가 미국에서 사람들이 농담을 하는 장소를 찾아낸 걸까? 이 사람들은 법원에 걸린, **미국 시민은 세상에서 가장 위대한 인간이다**라는 현수막 아래를 지나갈 때 웃을까?

넌 네가 레드넥이라 생각할지 몰라도
내가 너보다 더 레드넥이야

"오늘 그 장례식에 갔어, 슬롯머신?" T가 묻는다. "난 리프를 '슬롯머신'이라고 불러. 나의 외팔 도둑놈이거든."

리프가 고개를 젓는다. "난 올해 장례식에 여덟 번 갔어. 한 번 더 갈 수는 없었다고. 이 빌어먹을 동네."

T가 자기 버드라이트를 한 모금 홀짝인다. "리프는 여기 몇 년이나 처박혀 있었어. 자기 엄마를 돌보느라고. 내 생각엔 당신 어머니도 끝물인 것 같은데, 안 그래?"

리프가 엄숙하게 고개를 끄덕인다.

"그러고 나면 뭘 하실 건데요?"

아서 레스가 한 말이다. T는 흥미롭다는 듯 그를 본다.

"나도 밴이 있어. 당신 것 같은. 냉장고에 난방기에 침대에, 모든 걸 다 넣어서 개조해뒀지. 할 수 있게 되는 순간, 나는 그

걸 타고 길을 나설 거야. 난 트럭을 타고 그냥 지나쳐야 했던 모든 곳을 보고 싶어."

"가장 먼저 갈 곳은 어딘가요?" 레스가 묻는다.

T가 웃으며 끼어든다. "미시시피는 아니겠지, 그건 내가 알아! 자, 어서. 미시시피에는 가지 마. 그놈들은 못됐고 촌스러워. 여기 우리처럼 당신한테 솜같이 굴진 않을걸."

아마 그녀는 리프를 구하려는 것일지 모른다. 이 동네에서 많은 사람들이 좋아하는 쪽으로 화제를 돌리려는 것이다. 하지만 리프는 담배를 한 모금 빨아들인다.

"미국에 해가 가장 먼저 비치는 장소가 메인주에 있대. 난 가서 그걸 보고 싶어. 내가 보고 싶은 건 그거야. 미국에 해가 가장 먼저 비치는 장소."

레스는 재빨리 맥주를 삼킨다. 여기, 앨라배마주의 바에 프레디 펠루가 나타났다. 검은색 곱슬머리에 빨간 안경을 썼지만, 절대 버드라이트는 마시지 않는. 레스는 조용하다. 그는 자신의 연인이 메인주에 있다는 말을 할 수 없다는 걸 안다. 어쨌든 레스는 그가 어디에 있는지도 모른다. 그때 리프가 담배를 털어 끄며 레스를 놀라게 한다. "물어볼 게 있는데, 친구."

"말해보세요." 레스가 버드라이트를 마시며 말한다.

"난 게이를 만나본 적이 없어." 그가 생각에 잠겨 말한다. "게이로 사는 건 어때?"

레스는 맥주를 왼쪽으로 뿜는다. 그쪽이라면 누구에게도 피해가 가지 않으니까. 그런 다음에는 대답할 기회를 놓친다—입구에서 후트 '엔' 홀러, 야유와 울부짖음 소리가 들린다. 이름이 릴-빗 같은, 또 한 명의 분홍 머리 여자와 안대를 한, 루스터라는 이름의 키 작은 남자다. 시간이 지나며 어떤 최면이 깨져버린 듯 그 공간이 더 날카롭고 위협적으로 느껴진다. 루스터가 소리치기 시작한다. "준비해!" 릴-빗이 그를 진정시켜야 한다. 레스가 리프를 돌아보니 그는 바 저쪽의 젊은 용접공과 대화를 시작했다. 용접공은 여름은 너무 덥고 겨울은 너무 춥다고 말하는, 아마추어 콧수염을 기른 깡마른 남자다(콧수염에 있어 레스는 프로다). 리프가 그에게 전기공이 되라고 조언한다. 언제나 실내에서 일하니까. 젊은이는 이 조언을 진지하게 받아들이고, 리프가 그에게 말한다. "너한텐 삶에서 원하는 걸 바꿀 시간이 있어."

루스터가 다시 소리치기 시작하더니—"준비해! 준비해!"—손에 검고 묵직한 무언가를 들고 일어선다. 릴-빗이 되돌아 달려가 그를 막으려 들지만 너무 늦었다. 루스터가 그것을 턱 높이로 들어 올린다. 레스는 웬 냉각제가 피를 채우는 것을 느낀다. 그는 리프 뒤쪽으로 약간 몸을 숙인다. 주크박스 음악이 멈춘다. 공간이 갑작스러운 한파처럼 얼어붙는다. 그때 레스는 본다. 루스터가 마이크를 들고 있는 것을. 가라오케에 맞춰 노래를 부르려 한다. 노래가 예약된다. '헤이 주드'다. 갈 시간이다.

레스로서는 놀랍게도, 그가 나가자 T가 바 뒤에서 달려 나와 그를 한껏 끌어안는다. "자, 여길 지나가게 되면 또 와! 이 바는 모두를 위한 곳이라고, 알아들어?" 레스는 그녀를 바라본다. 그의 얼굴은 물음표다.

게이로 사는 게 어떤 일이냐는 질문에 관해서는—형편없는 게이에게는 묻지 마라.

오늘 밤 앨라배마에서, 개조형 밴 안에서 레스는 간신히 심사위원회의 다음 회의에 참석한다. 이번에는 심사위원들이 새로운 방에서 모인다. 핀리 드와이어가 서로 붙어 있는 칸에 얼굴이 나타나는 화상 회의실을 마련했다. 그걸 보니 모드레드*, 카인, 그리고 다른 저주받은 자들이 머리만 얼음 위로 내놓고 얼어붙어 있는 아홉 번째 지옥이 떠오른다. 동료 심사위원들이 이런 식으로 전시된 것을 보니 만족스러운 한편 이상하다. 예상치 못하게 셜리 치점** 같은 곱슬머리를 한 프리비, 엄격하고도 턱이 뾰족해 보이며 고딕식 대저택에 앉아 있는 것처럼 보이는 비비언, 벨벳 같은 검은색 턱수염을 기르고 갈색 벨벳 정장을 입은 채 초록색 벨벳 소파에 앉아 담배를 피우는 핀리 드와이어. 그는 가르릉거리기라도 할 것처럼 보인다. 에드거의 얼굴만이 빠져 있다. 그의 얼굴은 잿빛 정사각형으로 대체되고

---

* 아서왕을 죽이려다 미수에 그친 조카.
** 미국의 정치가(1924~2005).

(레스는 그 이유가 기술적인 것이라기보다는 고집 때문일 거라고 의심한다) 그 정사각형에서는 웅얼거리는 소리와 뭔가 박살나는 소리가 나온다. 물론 레스 자신도 보인다. 거울 속에서 봤던 그 얼룩덜룩하고 분홍색–흰색으로 이루어진, 토끼 같은 늙은 유령이 오토바이 핸들 모양의 콧수염까지 갖추고 있다.

핀리: "아서, 머리에 뭔가 한 거예요?"

레스는 자신이 남부식 변장을 하고 있다는 걸 깨닫는다. "아뇨, 제가 기른 건……."

"우린 지난 몇 번의 회의 동안 당신이 정말 보고 싶었어요. 아마 당신은 수상자로 지명되는 게 더 편한 모양이죠. 심사위원에서 제명해드릴까요?"

"아뇨, 전 그냥……."

"다른 분들에게 의견을 내도록 해드리죠, 아서." 핀리가 말한다. "에드거?"

정사각형에서 기침 발작 소리가 들리고, 이어서: "난 오버먼이 좋습니다."

레스가 약간 한숨을 쉰다. 오버먼의 소설을 읽는 것은 부주의한 삼촌의 손에 맡겨지는 것과 같다. 그 어떤 등장인물이든 죽을 수 있고, 그 어떤 폭력적인 기억도 떠오를 수 있으며, 그 어떤 약물이든 그 어떤 혈관에든 주사될 수 있다. 또, 오버먼은 게이이다.

"오버먼요?" 핀리가 묻는다. "혹시 다른 분도 그렇게 생각하세요?"

레스가 입을 연다. "아직은 아닌데, 전……."

"잠깐만요, 아서. 프리비?"

프리비가 인상을 찡그리며 말한다. "오버먼인지 언더버그인지는 모르겠지만*, 난 마음에 안 들었어요."

"저도요." 핀리가 말한다. "에드거, 어떤 점이 감탄스럽던가요?"

"언어와 실험적 구조요. 게이의 사랑 이야기잖아요. 결말에서 울었습니다."

"나도 울었어요." 비비언이 말한다.

핀리가 손을 내젓는다. "네, 네, 당연히 우리 모두 결말에서는 울었죠. 네, 맞아요, 실험적 구조이기도 해요. 하지만 게이의 사랑 이야기에는 내가 강력하게 반대해요."

레스가 말한다. "정말요?"

"아서, 오늘 꽤 수다스럽네요. 네, 정말이에요. 당신이라면 분명 나랑 같은 의견일 텐데요. 우리는 둘 다 그 어떤 퀴어 이야기도 이런 상을 받지 못하던 시절을 살아왔어요. 에이전트들이 우리에게 퀴어 이야기를 쓰지 말라고, 우리가 퀴어라는 말을 하지 말라고, 어떤 식으로든 퀴어 문학계에 참여하지 말

---

*   overman은 '~를 넘어서는 인간'이라는 뜻이고, underbug는 '~에 못 미치는 벌레'라는 뜻이다.

라고 빌던 시대요. 난 당신이 그 조언을 받아들였다는 걸 알아요. 세상이 바뀌는 걸 보니 너무 기쁘네요. 사람들이 나한테 이 심사위원회의 수장 역할을 해달라고 부탁했을 때, 난 퀴어 문학과 퀴어에 대한 글쓰기를 장려하기로 노력하겠다고 맹세하며 그 제안을 받아들였어요. 편견 없는 마음으로 오버먼의 소설을 읽었죠. 문제는 그 소설이 좋냐는 게 아니에요. 내 의견은 흔들리지 않아요."

모두의 머리가 기대감에 차서 기다린다.

"그건……." 핀리가 입을 연다. "퀴어에 대해서…… 글을 쓰는 방법이 아니에요."

더 할 말은 없다. 이 판단에 심사위원들은 침묵당한다. 작은 머리들이 엄숙하게 고개를 끄덕인다. 하지만 아서 레스는 화면의 작은 정사각형 안에서 눈에 띄게 꿈틀거린다. 답을 알지만—답을 알지만!—대답할 허락은 받지 못한 초등학생 같다.

"당신, 당신……." 레스가 입을 연다.

"네, 아서?"

"당신은……."

"네?"

"오버먼이 형편없는 게이라는 말을 하는 건가요?" 레스가 불쑥 내뱉었을 때 일종의 디지털 자갈이 그 절차에 끼어든다. 깜빡거리는 불빛이다.

"미안해요." 핀리가 말한다. "여기서 마쳐야겠네요. 제가 무료 계정을 쓰는데, 45분이 한계라서요. 더는 회의에 빠지지 말아요, 어서. 나중에 보죠!" 한 명씩 한 명씩 얼굴들이 레스의 시야에서 사라진다. 레스는 이제 막 활기를 띠려는데. 다음 기회를 노려야겠다.

다음 날 아침, 레스는 창밖에서 뭔가 충돌하는 소리에 눈을 뜬다. 야영지는 완전히 어두우므로 레스는 뭔가를 밟고(그의 신발이다) 비틀거리다가 간신히 문을 연다. 이른 시각이다. 분홍빛 도는 물안개가 거친 물 위에 머물러 있다. 레스는 수탉 한 마리가 좌대에서 떨어져, 땅에 산산이 부서져 있는 모습을 본다. 겁에 질린 십대 두 명이 수건을 들고 그 옆에 서 있다. 그 즉시, 턱수염이 난 나이 든 주인이 야구방망이를 들고 트레일러에서 나온다. 그는 야구방망이를 들고 성큼성큼 십대들에게 다가가 야구방망이를 휘두른다—그렇게 다른 수탉을 부숴버린다. 그는 다시 트레일러로 가다가 레스를 보고 멈춘다. "혼자 있는 걸 보기엔 너무 슬펐을 거요." 그가 말한다. 그러더니 트레일러로 들어가 문을 닫는다.

레스는 산산조각 난 수탉 두 마리를 다시 본다. 돌리가 아침밥을 달라고 의미심장하게 울부짖는다. 레스의 전화가 울리기 시작한다.

"피터-헌트-님이-전화를-걸었습니다-기다려-주세요."

아서 레스는 로지나의 접이식 침대에 앉아 아침 해를 보며 눈을 깜빡인다. 그러는 동안 셀린 디옹이 메탈리카의 '엔터 샌드맨(Enter Sandman)' 전곡을 공연하고, 그 뒤로는 침묵의 간주가 이어지며, 그 뒤로는 피터 헌트의 목소리가 이어진다. "아서, 본론부터 얘기……."

"피터!"

"쇼 비즈니스는 어떻습니까?"

"전혀 비즈니스 같지 않……."

"좋은 소식이네요! 동부 연안에 강연 투어가 잡혔어요. 이미 그쪽과 연락 중이신 것 같은데요?"

"아니, 뭐라고요? 아뇨, 나는……."

"밸런킨 에이전시인데, 제가 처리하죠. 델라웨어주 도버에서 출발하셔서……."

"난 거기서 어린 시절을 보냈어요!"

"그래요? 도버에서 볼티모어로, 그런 식으로 쭉 가면 전체 비용은……."

"……임대료 전체를 감당할 수 있을 만큼이야, 프레디! 거의 다 했어."

"잠깐, 얼마나 걸리는데?"

"일주일쯤 더 걸릴 거야, 자세한 얘기는 들어봐야 해. 3주쯤 걸릴 수도 있고. 그래도 아슬아슬하게 괜찮을 거야."

"있지, 이럴 필요 없어. 지금이라도 메인주에 와도 돼. 내가 카를로스 삼촌한테 돈을 빌리면 되니까…….'

"카를로스한테는 절대 돈 안 빌려! 아무튼 동생도 보게 됐고 재미있을지도 몰라!"

"극단에서 뭔가 옳은 것 같네."

"기념의 대상이 되니 좋다는 건 인정해야겠다."

"레스, 나 어젯밤에 파티에 갔었어."

"그래? 재밌었겠네."

"한동안 통화 가능 구역에서 벗어나 있을지도 몰라."

"파티 때문에?"

내가 말한다. "섬에서 조식이 나오는 숙박 시설을 찾았어."

"섬이라니? 파티장이 섬에 있어? 무슨 일이야?"

"내가 형한테 말했던 섬 말이야. 미국에서 가장 동쪽에 있는, 사람이 사는 섬. 나, 새로운 프로젝트를 하거든."

레스가 묻는다. "통화는 할 수 있어?"

"여관 주인 여자 말로는 작동하는 전화는 자기가 쓰는 오래된 벨 전화밖에 없대. 꽤 특이한 사람이야. 나더러 자기가 최고령 포경업자의 미망인이래, 그게 무슨 뜻인지는 몰라도."

"언제 떠나?"

"내일." 내가 말한다. "'최고령 포경업자의 미망인의 여관'이라는 곳이야. 그 동네는 문자 그대로 말하더라고."

레스: "내일 이후로는 대화할 기회가 없다는 얘기구나."

"형한테는 형의 모험이 있잖아. 섬에서 돌아오면 얘기하자. 내가 언제나 타고 싶어 했던 그 기차를 함께 탈 수 있을지도 몰라."

레스가 묻는다. "날 떠나는 거야?"

내가 웃는다. "아냐, 레스. 당연히 아니지."

"그럼 무슨 일이 벌어지는 거야?"

"레스." 내가 말한다. "우리 사이엔 변화가 필요해."

잠깐의 침묵. 레스의 자신감이 도자기 수탉처럼 박살 난다. "프레디. 네 곁에 있어주지 못해서 너무 미안해. 미안해. 돈이랑 우리 아빠랑 그리고……."

"겁먹은 목소리네."

"겁이 나, 프레디! 나 혼자서는 이 일을 할 수 없어." 레스는 그렇게 말하더니 덧붙인다. "너 없이는 할 수 없어. 날 떠나지 마!"

"사랑해, 레스." 내가 말한다. 그리고 그 말이 그를 덜 사랑한다는 뜻으로 들리리라는 걸 깨닫는다. '레스'는 '덜'이라는 뜻이니까.

"날 떠나지 마, 프레디."

이 말의 충격에 나는 잠시 말을 잃는다.

"무슨 말을 하는 거야?" 내가 연인에게 말한다. "난 형을 떠나지 않아!"

장거리 연애에 관해서는…… 글쎄, 위대한 철학자가 언젠가 부메랑에 대해 했던 말을 할 수 있겠다.

반은 쓸 수 있나 보네요!

조지아주로 가로질러 들어가니 면화가 잔뜩 있는 똑같은 풍경이 더 나온다. 하지만 레스가 생각할 수 있는 것은 우리가 전화로 나눈 대화뿐이다. "난 그냥 내가 해야 하는 일을 하고 있을 뿐이야!" 레스는 자기도 모르게 돌리에게 말한다. "난 아버지를 만나야 해. 동생도 만나야 해. 우리한테는 돈이 필요해. 승낙할 수밖에 없어!" 돌리는 레스의 억양이 어느 지방 것인지 알아들을 수 없다는 듯 고개를 갸웃한다. 애틀랜타에 가까워지자 레스는 즉석에서 튀겨낸 것 같은 오두막과 할인 용품점만 있지는 않은 마을을 마주치기 시작한다. 와인 바와 사탕 가게와 정원에 장식해두라고 만든 아줌마 엉덩이 같은 것을 파는 '아트 갤러리'가 있는 마을들이다. 환희에 찬 어느 순간, 레스는 '라벤더 프라이드' 행사를 광고하는 읍내를 가로질러 간다. 그곳에는 키스하는 부스와 음악 공연, '커밍아웃'하고 싶어 하는 사람이면 누구나 쓸 수 있는 진짜 옷장 문이 있다.* 지역의 옷장 문 제조사에서 후원한 물건이다. 아아―그 일은 그다

---

* 　동성애자가 자신의 성적 지향을 밝히는 '커밍아웃'은 원래 'coming out of the closet'이라는 표현에서 나온 것으로, 직역하면 '옷장에서 나오다'라는 뜻이다.

음 주 주말에 일어난다. 레스가 마법에 걸린 호수 위쪽 주립 공원을 보며 극단을 위해 떠날 준비를 하고 있던 바로 그때―처음으로―그는 안전에 위협을 느낀다. 한 남자의 목소리가 등 뒤에서 들려온다.

"밴이 멋있는데." 그곳에서 미소 짓고 있던 키가 작고 하얀 염소수염을 기른 백인 남자는 아마 레스보다 여섯 살이나 여덟 살쯤 많은 듯하다(쉰몇에 이른 나이의 고도(高度)에서는 어느 쪽인지 알기 어렵다). 그는 꽃무늬 셔츠에 멜빵바지를 입고 있으며, 이상하게도 색안경에 중복으로, 블랙잭 딜러나 쓸 법한 초록색 아이셰이드*를 착용하고 있다. 우리 주인공은 어쩔 수 없이 자기 자동차의 신기한 작동 방식을 설명하고(작은 다락방이 어떻게 펼쳐지고 닫히는지) 남자는 고개를 끄덕이며 대답한다. "저쪽에 나도 좋은 걸 마련해뒀는데. 와이프랑 나는 위성 TV랑 전자레인지, 모든 걸 다 가지고 있어. 와서 한번 봐." 레스는 물이 찬 분리대를 꿀쩍꿀쩍 가로지른다. 거기에는 그 어떤 안과 의사도 소유해본 적 없는 RV가 세워져 있다. 먼지투성이에 헤드라이트는 눈물로 얼룩진 듯하고, 차양에는 참나무 잎사귀의 그림자가 드리워져 있다. "들어와." 남자가 말한다. 안은 더 나쁘다. 소파가 오래된 잡지의 저장소로 쓰이고 있으며 간이식당용 탁자는 놀랍도록 많은 종류의 햄버거 양념

---

*   셀룰로이드로 만든 모자챙.

전시장으로 쓰이는 세피아 톤의 성소다. 열린 찬장에서는 인상적인 DVD 수집품이 드러난다. 그 너머 어딘가, 먼지투성이 햇살 속에는 이불을 개지 않은 침대가 놓여 있다. 왜소한 남자 (불가능할 것 같은 일이지만, 그의 이름은 스터브스**다)가 이 천국으로 손짓한다. 햇빛을, 그리고 출구를 살짝 막으며 스터브스는 레스의 부드러운 손을 잡는다. "알겠지만, 와이프는 앞으로 두세 시간 안에 돌아오지 않을 거야." 그가 말한다. "우린 여기서 좋은 시간을 보낼 수 있어, 당신이랑 나랑……."

레스가 이 파격에서 어떻게 탈출했는지 우리는 모른다. 하지만 다시 보면, 우리의 주인공은 철저하게 문단속을 하고 로지나에 틀어박혀 있다. 그곳에서는 돌리가 헐떡이며 차가운 창문에 구름을 뿜어낸다. 안전하고 건전하게. ……구체적으로 어떤 두려움을 피한 건가, 아서 레스여? 월마트에서 짜 맞춘 변장이 폭로될까 봐? 중년의 절망 때문에? DVD의 멸종이 두려워서? 너무도 흔한, 휴게소 화장실마다 휘갈겨 쓰인 무언가를 찾는 가엾은 남자를 피한 것인가? 아니면 그대의 프레디가 없는 삶을, 스터브스라는 민무늬 갈색 포장지에 싸여 배달된 그 삶을 언뜻 본 게 두려웠을까?

레스는 행사장까지 차를 타고 가서 세트를 내리는 걸 돕는다. 그는 관객을 본다. 이곳에도 로런스 레스는 없다. 우리의

**   '토막, 꽁초'라는 뜻이다.

주인공은 이해하기 시작한다. 개가 제 토사물로 돌아가듯 미련한 자는 그 미련한 짓을 되풀이한다―아버지는 오지 않는다. 절대 오지 않을 예정이었다. 50년 전까지 거슬러 올라가는 똑같은 거짓말이다. 그의 밴 문을 두드리는 스터브스의 환영. 조지아주에서 조명이 꺼진다. 토머스가 노래하기 시작한다.

레스는 내일 갈 곳이 있다. 스터브스와의 또 다른 만남을 피하기 위해서일지도 모른다. 그는 바에 들르는 방법을 써서 야영지로 돌아가는 시간을 늦춘다―네온 분홍색 필기체로 **깁슨**이라고 적혀 있다. 어머니의 결혼 전 성씨라 레스는 운이 좋다고 느낀다. 바깥은 **스태거 리**와 매우 비슷하고 안쪽도 마찬가지다. 다만 레스는 자신이 그곳의 유일한 백인이라는 것을 알아차린다. 레스는 어딘가의 유일한 퀴어가 되는 경험에 익숙하다. 그건 마치 파티에서 유일하게 코스튬을 입은 사람이 되는 것과 같다. 하지만 그 어색함이 익숙하지 않은 환경의 아서 레스를 보라. 그가 긴장해 미소 지으며 주크박스 조명을 헤치고 바의 자기 자리로 아둥바둥 나아가는 모습을 지켜보라.

작은 몸집에 고양이 귀를 달고 있는, 상대방에게 딱 맞는 책이 뭔지 아는 사서의 눈치 빠른 태도를 갖춘 여자 바텐더가 레스에게 다가와 말한다. "어서 오세요, 선생님. 한잔 필요하시군요." 질문이 아니다. 레스는 자기 옆에 있던 이중 초점 안경을 낀 나이 든 남자를 힐끗 보고, 그는 고개를 끄덕인다. 마실 것에 관해서라면, 우린 아니가 아닌 걸 알아야 할까? 레스가 고개를 끄덕인다. 바텐더가 그에게 "잭콕요"라고 말한다. 레스는 다시 고개를 끄덕인다. 여자가 술을 가져온다(병에 담긴 로열 크라운 콜라, 병에 담긴 위스키, 그릇에 담긴 얼음). 그녀는 허리를 숙이며 말한다. "선생님, 여기서는 안전하다고 느끼시길 바라요." 레스는 너무 놀라 얼음 조각을 떨어뜨린다. 이중 초점 안경을 쓴 남자가 동의한다는 뜻으로 고개를 끄덕이며 고개를 돌린다. "네, 부인." 레스가 말한다. "네, 감사합니다, 부인." 바텐더는 미소 지으며 고양이 귀를 바로잡는다. 레스는 이성애자 남자인 친구를 게이 바에 데려왔을 때 직접 이 말을 했던 걸 떠올린다. 무기를 숨기지 않고 들고 다니는 누군가에게 할 말이다─그들이 안전하다고 느끼기를 바란다고, 물론 그들 자신이 위험이니까…….

　노래가 사운드시스템을 넘어 들려온다. 연기 낀 것 같은 목소리의 블루스다. 레스는 위스키를 어느 정도 마신 뒤에야 그 노래를 부르는 사람이 이중 초점 안경을 쓴 남자라는 걸 깨닫는다. 그의 머리가 마이크 위로 수그러져 있다. 이후에 마이크는 바의 다음 사람에게로 전해진다. 레스의 순서가 된다. 그가 거의 술을 다 마셔 알딸딸한 만족감을 느끼고 있을 때 바텐더가 그에게 원하는 노래를 말해보라고 한다. "무슨 일이 있어도'요." 레스가 말한다. 바텐더는 편견 없이 노트북에서 그 노래를 고르고, 바는 아서 레스가 '무슨 일이 있어도'를 부르는 소리에 조용히 귀 기울인다. 청교도들이 충격을 받았을 때, 그는 맑고 약간 밋밋한 목소리로 노래한다. 그들이 플리머스록에 상륙했을 때……. 레스가 노래를 다 부르고 예의 바른 갈채를 받자 바텐더는 마이크를 가져가 자기 버전의 '헤이 주드'를 부르기 시작한다.

RV 야영장의 화장실. 세면대 위에 붙박여 있는, 강철로 된 안전 거울 속에서 레스는 위협적인 모습을 언뜻 보고 경악해 펄쩍 뛴다―스터브스가 아니다. 아서 레스다. 긁힌 그 표면에서 레스는 그저 여위고 햇볕에 그을린 시골 사람의 얼굴을, 오토바이 손잡이 같은 콧수염을, 조지아주 할아버지의 튀어나온 목울대와 뒤로 물러난 턱선을 본다. 어머니가 경멸하듯 친척들을 부를 때 썼던 이름, '촌뜨기'다. 무시무시한 위장, 독이 있는 사촌들을 흉내 내 포식자를 피하는 나방과 비슷한 방법. "선생님, 여기서는 안전하다고 느끼시길 바라요." 정말이지 독이 있는 사촌이다.

그래서 레스는 오토바이 손잡이 콧수염의 끝부분을 깎고, 얼굴 나머지 부분은 깨끗하게 면도한다. 티셔츠를 야구 모자와 함께 쓰레기통에 던져버린다. 지금부터 그의 유일한 옷은 깨끗하고 흰 셔츠와 회색 정장뿐이다. 그는 두 옷을 늘 밖에 걸어 주름지지 않게 한다. 그의 변장은 레스 자신을 제외한 누구도 속이지 못했다.

그래서 그는 다시 한번, 다음 날 아침의 목적지까지 눈에 띄지 않는 콧수염을 달고 간다.

"안녕하세요, 저는 린이에요. 길레스피 플랜테이션에 오신 것을 환영합니다. 1830년에 단순한 통나무집으로 지어진 이곳은 21세기에 800만 제곱미터로 확장됐어요. 1879년 로버트 실베스터 멍거와 그의 아내인 메리 콜릿 멍거에 의해 증기 조면기*가 발명된 것은 당신, 아서 레스에게 아무 관심 없는 일이겠죠. '네모난' 부분이 점점 밝아지며 분홍색으로 변했다가 시드는 크림색 꽃이 되는 면화의 식물학적 생애도 마찬가지로 관심 없을 테고요. 네, 아서 레스, 당신은 나, 린을 보고 있어요. 이 투어 직전에 먹은 도넛의 흰 가루로 입이 뒤덮여 있는 육십대 여자인 나를 말이죠. 또 당신은 오늘 당신과 함께 이곳에 온 손님들을 보고 있어요. 그 사람들도 백색으로 뒤덮여 있죠. 선글라스를 쓰고 유니섹스 남색 점프슈트를 입은 프랑스인 커플, 가슴에 라인석이 주근깨처럼 박힌 스웨트셔츠를 입은 세 명의 나이 든 여성들, 애슈빌이나 내슈빌 같은 어떤 멋들어진 마을의 1950년대 복고풍 의상을 입은 젊은 이성애자 커플. 당신은 그 모두를 섣불리 판단하고 있어요. 나에 대해서 그러듯이. 나는 아무 관심 없는 이 세상 속으로 소리 없이 사라지

---

*   면화에서 씨앗을 분리하는 기계.

지 않으려고 애쓰는, 아테네 출신의 남편 잃은 고등학교 교사
죠. 하지만 아서 레스 당신에 대해서도 그런 판단을 내려본 적
있나요? 당신은, 캘리포니아인인 당신은 이런 일의 일부가 아
니라고 생각하나요? 당신은 우리에게 델라웨어주 출신이라고
했죠. 남북전쟁이 끝난 뒤에도 노예를 두었던 주 말이에요. 그
리고 난 우연히도 당신네 사람들이 그곳에 아주 오랫동안 살
았다는 걸 알고 있답니다. 충분히 오랫동안요. 당신도 이 일
의 일부예요, 친구. 자, 와서 조면기를 써봐요. 당신도 알겠지
만, 조면기는 '기계'예요. 우리 주님이신 예수 그리스도께서 사
망하시고 500년이 지났을 즈음, 인도에서 개발된 조면기를 대
체한 물건이죠. 면화 덩어리를 만져본 적 있나요? 쌀 꽃차례
를 만져본 적은요? 사탕수수 줄기는? 실제 세상을 조금이라도
만져봤나요? 자, 와서 만져봐요. 하지만 손가락을 조심하세요,
아서 레스. 면화는 날카롭거든요."

  공상에 빠진 아서 레스의 생각은 일행이 방직 공장에서 나
가 오한을 일으키는 조지아의 빗속으로 움직이자 휙 끌려 나
와 집중한다. 도러시 양이 레스에게 길레스피 플랜테이션에 가
보라고 제안했고 토머스도 동의했기에, 레스는 일찍 일어나 들
판을 살핀 끝에 간판을 발견했다. **길레스피 플랜테이션, 연속 투
어**. 경찰의 출입 통제 테이프가 부지의 서쪽 가장자리를 막아
두었지만 레스는 차를 세우고 들어갔다가, 연속이라는 말이 이
미 진행 중인 투어 팀을 따라잡아야 한다는 뜻이라는 걸 알았

다. 연인들이 만나지도 않았는데 결혼한 모습이 나와, 그들의 로맨스를 예상할 수 있는 로맨스 영화관에서 그러듯이 말이다.

이제는 린이 그들을 데리고 잔디밭을 가로질러 나지막한 통나무집으로 향한다. 지붕은 자작나무로 되어 있다. 그 안에서 그들은 자리를 잡고 앉는다. "여기가 원래의 통나무집이에요. 짧은 영화를 한 편 보시고, 그다음에는 외곽 건물들을 둘러보실 거예요. 일단 저는 물러나겠습니다."

영화는 새로운 주인 중 한 명이 극본을 쓰고 내레이션을 한 것으로("안녕하세요, 저는 에설 도스입니다. ……길레스피 플랜테이션에 오신 것을 환영합니다"), 그녀는 안에 지지대용 페티코트가 들어 있다는 것을 짐작할 수 있는 풍성한 초록색 공단 드레스를 입은, 아름다운 금발의 백인 여자다. 영화의 질은 떨어진다. 특히 음악이 그렇다―잉글랜드가 언급될 때마다 '그린슬리브스(Greensleeves)'*가, 이집트가 언급될 때는 '후치 쿠치(Hoochie Coochie)'**곡이 재생된다. 하지만 이런 무능함에도 불구하고 여자가 전하는 역사는 정확하고 검열되지 않은 것이다. "노예 수입 금지는 이곳과 같은 강제 노동 플랜테이션의 잔혹성을 강화하는 것 말고는 아무 효과가 없었습니다." 영화는 다소 이르게, 남북전쟁 직전에 끝난다. 에설 양이 다시 나

---

* 영국의 전통 민요이자 곡조.
** 19세기 중후반 성적으로 도발적인 배꼽 춤과 같은 춤.

타난다. 산타 할머니 복장이다. "12월에 다시 돌아와 길레스피에서 크리스마스를 맞이하세요!"

그들은 다시 한번 '그린슬리브스'를 대접받는다. 그다음에 조명이 켜진다.

"영화 어떠셨어요?" 뒤에서 어떤 목소리가 들린다.

"세테 비자르."* 프랑스 여자가 웅얼거린다.

나이 든 여자 한 명이 돌아보며 말한다. "당신은 린이 아니네요!"

"네, 부인. 아니에요." 지금 장의자 뒤에 서 있는 사람은 유독 키가 큰 흑인 여성으로, 수수한 날것의 아름다움을 지니고 있다. 그녀는 머리카락을 틀어 올린 채다. 그녀가 낮은 서까래를 지나가려고 고개를 옆으로 기울인 채 중앙 통로를 따라 걸어온다. 헐렁한 남색 드레스를 입고 은색 구슬 장식을 끼고 있다. 그 장식은 한 손으로 쥐고 있다. "저는 궨이에요. 이 부지의 가장자리에 있는 오래된 소작인의 오두막에서 자랐답니다. 제가 여러분을 사람들이 살았던 곳으로 안내할 거예요."

그녀는 오두막의 옆문을 연다. 그들은 다시 빗속으로 걸어나간다. 부지가 진창으로 변하기 시작했다. 그들이 오두막을 돌아 탁 트인 왼쪽의 뜰로 나가자 경찰 테이프가 경고해온다. "이건 다 뭐죠?" 레스가 묻는다.

---

*   C'était bizarre. '괴이했다'는 뜻의 프랑스어.

"아, 농장주와 그 가족의 옛집이에요." 퀜이 미소 지으며 말한다. "작년에 불태워졌어요. 어쩌다 그랬는지는 밝혀지지 않았고요."

여자 한 명이 당황한 목소리로 묻는다. "길레스피에서의 크리스마스는요?"

"자, 여기 이곳이 훈제소입니다." 퀜이 관심을 끌려고 두 손을 높이 들며 일행에게 말한다. 레스는 젊은 1950년대 커플이 떨어져 나가 선물 가게로 향했다는 걸 알아차린다. 아마 훈제소가 그들이 들어온 장소였을 것이다. 퀜은 허리춤을 두 손으로 짚으며 몸을 쭉 펴고 일행 여섯 명에게 말한다. "당신들은 우리에게 가족당 일주일에 돼지고기 1.8킬로그램을 줬어요. 우린 그걸 먹고 살았습니다. 당신들은 우리에게 옥수수가루를 주었고, 그럼 우리는 옥수수빵을 만들었어요. 우리에게는 각자 채소를 심을 작은 땅이 있었고, 우리는 밤에 그 땅에서 일했어요. 낮에는 내내 당신들의 면화밭에서 일해야 했으니까요."

들리는 소리라고는 남편에게 통역해주는 프랑스 여자의 속삭이는 소리뿐이다. 그녀가 '당신들'이라는 2인칭 대명사도 번역해주었을까? 퀜이 주어를 그렇게 바꿔 쓴 것을 알아챌 만큼 영어를 잘할까? 물론 우리의 소설가는 눈치챘다. 가벼운 비가 그의 우산살 끝에 모여, 그곳에 매달린 채 떨어지지 않는 방울을 이루었다. 퀜에게는 우산이 없다. 그녀의 머리카락은 빗방울로 이루어진 레이스 보닛으로 덮여 있다.

라인석 여자 한 명이 묻는다. "옥수수빵이 옥수수 케이크랑 같은 건가요?"

"맞습니다, 부인. 누가 하는 말로는 그 빵을 불에 뜨겁게 달 군 곡괭이 날에 구웠다고 하죠."

레스가 묻는다. "여기서 자랐다고 했나요?"

"바로 저 길을 따라가면 나오는 곳에서요. 6월에 석사 학위 를 딴 뒤로 일하기 시작했죠. 역사 전공이에요." 렌은 자랑스럽 게 어깨를 젖히며 말한다. 이제는 어떤 기억이 그녀를 미소 짓 게 한다. "우리 언니가 했던 말을 들려드리고 싶네요! 질투로 길길이 뛰었거든요! 언니는 자기가 하지 못한 일을 제가 해낼 때마다 좋아한 적이 없어요. 제가 구운 파이가 더 맛있었던 크 리스마스 때와 똑같았죠." 렌은 구슬 장식을 쥐고 웃는다.

"무슨 파이요?" 레스가 묻는다.

렌이 그를 본다. 자제력을 발휘한 것만 같은 표정이다. "고구 마 파이랑 피칸 파이요." 렌은 구슬 장식을 놓으며 말한다. "자, 이제 저를 따라서 이쪽 오두막에 들어오세요."

'이쪽 오두막'은 세월에 희게 변한 나무로 만들어져 있고 난 로를 기준으로 두 부분으로 나뉜 비좁은 집이다. 양철 지붕을 떠받치는 목재는 그 지붕이 현대에 가설된 것임을 나타낸다. 쇠로 만든 침대 틀이 희게 칠해진 채 한쪽 구석에 놓여 있다. 매트리스를 떠받치기 위해 밧줄로 묶어두었다. 그 수수함이 영화에 나왔던 에설 양과 똑같은 단조로운 느낌을 전한다.

"이런 침대 틀은 드물었을 거예요. 하지만 이 가족이 총애를 받는 가족이었다고 해두죠." 퀜은 침대의 쇠를 건드린다. 질투 많은 언니가 그곳에 잠들어 있다는 듯, 서로에 대한 둘의 모든 복잡한 사랑을 담아 그 침대를 바라본다. 잠시 방 안은 윙윙대는 파리 소리만 남고 고요해진다. 퀜이 다시 입을 열었을 때 그녀의 목소리는 더 조용하고 깊어져 있다. "자, 저는 이 침대에 라임 즙을 발라뒀던 게 기억나요─벌레를 쫓기 위해서였죠. 우리는, 아이들은 짚 매트에서 잤어요." 퀜이 이제는 그들에게서 세상 하나는 떨어져 있는 콘크리트를 가리키며 말한다. "여기, 이 바닥에서요."

레스는 프랑스 여자가 통역을 멈췄다는 걸 알아차린다. 프랑스 여자의 남편이 그녀에게 속삭이자 그녀가 고개를 젓는다.

라인석 여자는 침착하다. "플랜테이션을 소유했던 사람들에 대해 얘기해줄 수 있나요?"

퀜은 몽상에서 빠져나와 미소 짓는다. "할 얘기가 별로 없어요. 기껏해야 다섯 명 정도였거든요. 우리는 200명이었고요. 단열 목적으로 벽에 붙여놓은 신문 보이세요? 물론 고증이 된 건 아니에요. 저건 소작농 시절의 신문이거든요. 우린 읽을거리를 허락받지 못했어요. 저기에 붙여둔, 쓸모없는 옛 남부 연합 돈도 보이실 거예요. 언더그라운드 레일로드*에 대해서는

---

* 미국의 흑인 노예들이 활용했던, 비밀 안전가옥과 탈출 경로의 네트워크.

아마 다들 아시겠죠." 일행이 서둘러 고개를 끄덕인다. "사람들은 플랜테이션의 우리가 밤이면 자유를 찾아 나서는 사람들에게 경고하려고 노래를 불렀다고 해요. 해리엇 터브먼* 자신이 그렇게 말했죠. 당신들이 사냥개를 데리고 길에 쫙 깔려 있다면, 우리는 사람들에게 시냇물로 들어가 냄새를 없애라고 경고하곤 했어요."

그때 놀랍게도 퀜이 노래를 부르기 시작한다.

물을 헤치고 나아가라
물을 헤치고 나아가라, 아이들아**

아서 레스는 위에서 자기 자신을 본다. 이곳을 지은 사람들이 가능하다고 생각했던 것보다 훨씬 더 오랜 세월 살아남은, 이 오래된 오두막에 있는 자신을. 느리고도 강력한 목소리로 느리고도 강력한 노래를 부르는 투어 가이드의 목소리에 귀기울이는 자신의 대머리가 된 부분과 햇볕에 탄 코가 보인다. 그의 두 손은 바닥 널에 물방울을 뚝뚝 흘리는 우산을 감싸고 있다. 등은 벽에 기댄 채다. 레스는 자신의 표정을 볼 수 있다. 동정심으론 뭘 해야 할까? 그건 그냥 쓸모없는 남부 연합의 돈

---

*   미국의 노예제 폐지운동가. 메릴랜드주에서 노예로 태어나 1849년에 탈출한 뒤, 언더그라운드 레일로드를 통해 약 70명의 노예를 해방했다.

**   미국의 전설적인 재즈 피아니스트이자 작곡가 램지 루이스(1935~2022)의 곡.

일 뿐일까?

물을 헤치고 나아가라
주님께서 물을 험하게 하시리니

렌이 노래를 마쳤을 때 들리는 소리는 웬 기계 장치가 저 멀리 들판에서 웡웡대는 소리뿐이다. 프랑스인 커플은 여기에 있기 싫은 표정이다. 하긴 누가 여기 있고 싶겠는가?

렌에게 이렇게 묻는 걸 보면, 아마 라인석 여자는 여기 있고 싶은지도 모르겠다. "면화 한 통은 무게가 얼마나 됐죠?"

렌이 그녀를 돌아본다. 키가 나이 든 여자의 두 배는 되어 보인다. 그녀는 은구슬 장식 위로 가슴에 손을 얹는다. "부인, 주님께서 제게 큰 은혜를 베풀어주신 덕에, 저는 모른답니다." 그녀가 대답한다.

서배너 외곽에서 통화가 이루어진다.

"피터 헌트와 통화하고 싶은데요. 저는 아서 레스입니다."

"기다려주세요."

셀린 디옹이 아이언 메이든의 '할로우드 비 다이 네임(Hollowed Be Thy Name)' 전곡을 부른다. 이어지는 침묵. 이어지는 목소리.

"죄송해요, 작가님. 피터 씨는 통화할 수 없는 상태예요. 저는 피터 씨의 조수 로라예요. 어떻게 도와드릴까요?"

"강연 단체에 연락하고 싶은데요." 레스가 말한다. "일요일에 투어를 시작하기로 되어 있어서……."

"그건 전부 처리돼 있어요, 작가님. 일요일 아침에 작가님은 도버 교회에 계실 거예요."

"교회요?"

"작가님의 연락 담당자는 퍼킨스 집사님이에요." 그녀가 레스에게 말한다. "그 뒤에는, 기사가 작가님을 태우고 볼티모어로 갈 겁니다. 다음 날 저녁 행사에 참여하실 수 있을 거예요. 일정 전체를 보내드리죠."

"네. 좋네요. 전 그냥 걱정이 돼서요, 아무것도 듣지 못했으니까……."

"강연 단체에서 작가님 이름을 혼동했어요."

레스가 웃는다. "아, 그런 일이 벌어지곤 하죠. 아주 많이요."

"작가님은 도버의 스테이트 스트리트 인에 묵으실 거예요. 훌륭해 보이는데요!"

"그것도 제가 전화한 이유예요." 레스가 말한다. "호텔은 취소해달라고 말해주세요. 저는 동생하고 같이 지내려고……."

"감사합니다, 서배너의 여러분. 오늘 밤 우리의 토크백 행사에 참여해주셔서요! 여러분 중 아주 많은 분에게 할 일이 있다는 걸 알고 있는 만큼 이런 시간을 내주셔서 무척 감사드립니다. 저는 도러시 양이고, 오늘 밤 우리는 다름 아닌 아서 레스 작가님을 직접 모실 예정입니다. 저희의 마지막 공연인 이번 공연이 끝나면 작가님이 무대에 함께하실 거예요."

약간의 갈채. 레스는 관객 중 누구도 그에게 밝은 빛을 비추지 않는다는 걸 알 수 있다. 그런 사람은 한 명도 없다. 하지만 그는 살짝 허리를 숙이고 도러시 양 옆에 앉는다. 이런 밤들이, 그의 글에 대한 이런 헌사가 얼마나 그리울까! 최후의 일성 극단과 도러시가 얼마나 그리울까. 토머스도. 오늘 밤 토머스는 눈물이 고인 채 '우리 아버지의 매력'을 불렀다. 그런 다음, 마지막 소절을 아서 레스에게 넘겼다.

도러시는 첫 번째 질문을 던진다. 레스의 글쓰기 습관에 관한 질문이다. 레스는 매일 아침 6시에 일어나 정오가 되기 전까지 어머니의 오래된 펜으로 여섯 페이지를 쓴다고, 자동으로 대답한다―평소 하는 거짓말이다. 그런 다음 도러시 양이 질문을 하나 더 요청한다. 그러자 어떤 남자의 나직한 목소리가 관객이 있을 게 틀림없는 맹점에서 들려온다.

"레스 작가님, 작가님의 인생철학은 뭔가요?"

레스는 의자에 앉은 채로 움찔한다. 도러시가 기대감에 차서 무대 위의 우리 작가를 돌아본다. 누가 레스 작가님의 인생철학을 듣고 싶어 하지 않겠는가? 하지만 레스 작가님은 딱히 자기 인생철학을 생각하고 있지 않다. 그는 다른 무대, 다른 스포트라이트를 생각하고 있다. 말미잘. 위성 접시.

도러시가 부드럽게 그의 팔을 어루만진다. "레스 작가님." 그녀가 말한다. "저 신사분이 작가님의 인생철학을 알고 싶어 하세요!"

군중 속의 특정한 형체를 알아볼 수 있을 만큼 레스의 눈이 무대 조명에 적응한 걸까? 사파리 정장을 입고 셋째 줄에서 미소 짓는 나이 든 남자를 알아볼 만큼? 저 그림자가 생일 케이크를 들고 아들을 내려다보며 미소 짓는 그 사람일 수 있을까?

도러시: "인생철학요, 아서."

레스는 다시 한번 그 공간과 무대를, 자기 팔에 닿아 있는 손을 의식한다. 그가 전혀 생각하고 싶지 않은 것 한 가지가 바로 인생철학이기에 그는 가장 먼저 손에 잡히는 철학을 말한다.

"아니는 아니인 걸 아니."

우리 삼촌은 바닷가에서 찍은 자기 어머니의 빛바랜 사진을 지갑에 넣어 다니곤 했다. 누가 부탁하면 삼촌은 그 사진을 꺼내 그야말로 섬세한 손길로 펼쳐서(사진이 8분의 1 크기로 접혀 있기 때문이다) 탁자에 납작하게 펴놓았다. 그러면 접고 또 펴면서 닳아버린, 하얘진 주름 너머에 갇혀 있는 할머니를 볼 수 있었다. 주름은 철창이었다. 지금 내게는 당신의 눈앞에 놓아둘 그와 비슷한 사진이 있다. 아서 레스와 그의 아버지가 찍은 마지막 사진이다.

1970년대 후반의 어느 부활절. 꽃이 핀 벚나무가 있고, 로런

스 레스와 그의 아이들은 반짝거리는 옹이 진 둥치를 끌어안는
다. 아마 사라진 어머니(사진사)의 대체물로서 끌어안는 것이
리라. 모두가 어울리는 점프슈트를 입고 있다—어린 리베카는
돼지의 분홍색, 아치는 사관후보생의 파란색, 로런스는 탄 황
갈색이다—다양한 길이의 불완전한 크레용 세트다. 당연하지
만 로런스가 가장 크다. 그의 왼손은 리베카의 머리에 얹혀 있
다. 미소는 약간 동기화가 덜 됐다. 로런스의 미소는 잦아드는
중에 포착됐다. 꼭 사진사의 능력을 의심하거나, 나무에 한쪽
팔을 두른 자세를 취한 채로 너무 오래 기다렸거나, 저 멀리에
서 자신을 쫓아오는 존재 혹은 그를 끌어당기는 존재를 본 듯
하다. 긴 청동빛 머리카락이 그의 이마를 휩쓴다. 뾰족한 코와
두툼한 아랫입술, 눈가의 걱정 어린 주름. 아서 레스는 몇 년 동
안 이 사진을 본 적이 없지만, 만일 본 적이 있었다면 쉰 살쯤
된 지금 자신이 아버지를 쏙 빼닮았다는 걸 알았을 것이다.

"안녕, 아빠."
몇 킬로그램 더 무거워졌고, 몇 단계쯤 더 분홍색으로 변했
다. 흰 머리카락이 귀 위쪽으로 약간 거칠게 자랐다. 양쪽 해변
에서 거품을 일으키는 파도 같다. 하지만 다른 면으로는 분명
한 대머리다. 허리띠를 두른 사파리 정장을 입고 루사이트* 지

---

*   1937년 미국의 듀폰트사에서 개발한 특수 아크릴.

팡이에 기댄 채다. 그의 미소는 자외선으로 빛날지 모른다. 그럭저럭 부유한 걸까? 로런스 레스가 늙었다는 건 말할 필요도 없다. 레스가 늙어가는 방식대로 늙은 게 아니다. 레스에게서는 젊은 시절 모습을 매우 쉽게 볼 수 있으니까. 맨던이 늙어간 방식대로 늙은 것도 아니다. 작가 사진과 닮은 모습을 보이려고 모자와 선글라스를 낀다든가 한 흔적이 없다. 아니, 로런스 레스는 그에게 젊은 시절이 있었으리라고는 생각할 수 없는 방식으로 늙었다. 레스를 포함해 누구든 그의 젊은 시절 모습을 알아도 그를 알아보지 못할 것이다. 얼마나 수수한가. 지팡이와 가냘픈 백금발의 여성에게 동시에 기댄 채 발을 절며 통로를 따라 다가오는 사람은 그의 아버지, 로런스 레스가 아니다. 그는 오래전에 존재하기를 멈췄다.

"아치!" 로런스 레스는 그렇게 말하며 앞으로 휘청하더니 해우처럼 레스를 끌어안는다. 백단의 향기. 즉각적으로 익숙하다—입을 꼭 다문 미소, 못 믿겠다는 듯 고개를 저으며 감고 있는 눈. 그는 레스의 야구 경기에서 너무도 자주 그런 모습을 보였다. 의심의 여지 없는 그의 아버지다. 자긍심과 실망감의 파도가 과거로부터 울려 퍼진다. 그는 옆의 여자를 손짓한다. 여자는 옷 가방을 들고 있다. "완다를 소개해주고 싶구나. 완다 영인데, 우리는 완다 Y라고 부르지."

"왜인지 모르겠네요?"* 레스가 장난스럽게 말한다.

모두가 웃는다. 여자는 위성 접시와도 그리 다르지 않은 태

264

도로 그를 돌아보며 말한다. "당신 얘기 아주 많이 들었어요."

로런스 레스가 허리를 숙이며 끼어든다. "자, 네 연극 말인데. 저 끔찍한 아버지한테서 누군가의 모습이 보이더구나!" 아버지의 얼굴이 왜 이렇게 분홍색인 걸까? 레스도 나이가 들면 홍조를 띨 운명을 타고난 걸까?

"너무 아름다워요." 완다가 말한다. 이제야 그녀에게 초점이 맞춰진다. 사탕 과자 같은 머리카락, 르네상스 정원처럼 털을 뽑고 깔끔하게 다듬은 이목구비, 자신감 넘치는 어리석음. 그녀가 말한다. "당신은 정말 재능 있는 작가예요, 아치. 아버지가 참 자랑스러워하세요."

레스는 마지막 남은 한 조각의 반감을, 가슴속 저장고의 얼룩 하나를 찾으려고 내면을 뒤지지만 그렇게 열심히 찾지도 않는다. 어찌나 이상한지. 그 순간에는 실망도, 기쁨도 없다. 우리가 더 이상 사랑에 빠져 있지 않다는 걸 깨닫는 것은 사랑에 빠져 있을 때 상상하는 것만큼 가슴 아픈 감각이 아니다—아무 감각도 아니니까. 그건 구경꾼의 깨달음이다. 아서 레스에게는 오늘도 마찬가지다. 그는 오래전 잃어버린 아버지의 모습을 보고도 마음이 아프지 않다.

레스는 여자와 악수한다. "만나서 반가워요, 완다."

＊　　실제로는 뻔한 이유가 있지만 반어적으로 '왜인지 모르겠다'라고 말할 때 'Wonder why?'라는 표현을 쓰는데, 이 표현의 발음이 '완다 Y'와 비슷하다.

로런스 레스가 아들의 어깨를 건드린다. "안녕, 아들. 네가
이렇게 잘해내고 있는 걸 보니 좋구나."

"그럼 지금은 여기 사시는 거예요?"

로런스가 자랑스러운 듯 완다를 본다. "우린 힐턴헤드에 산
다. 서배너 해안에서 조금 떨어진 섬이지. 참 아름다운 곳이
야!" 그는 빈손을 내민다. 상상 속 천국을 담은, 부분 액자처럼.
"아름다운 집에 스페인 이끼, 항구, 레스토랑, 쇼핑까지! 안 그
래, 자기?"

완다가 얼굴에 미소를 심으며 뺨을 통통하게 만든다. "음,
나야 거기 30년 살았으니 잘 모르지!" 그녀는 돌아서서 레스
에게 미소 짓는다. 진정성 있는 미소다. "당신을 응원할 수 있
어서 무척 기뻐요. 당신 아버지 물건을 가져왔답니다."

"완다의 아이디어였어."

완다는 레스에게 옷 가방을 내밀며 자랑스럽게 눈을 깜빡인
다. "아주 오래전부터 있던 건데, 당신 아버지는 절대 다시 입
을 수 없을 거예요!"

로런스, 가짜로 화를 내며: "완다 Y!"

레스는 가방을 받아 간다. 완다는 레스에게 그 옷이 완벽히
맞을 것 같다고 말한다. 레스는 그냥, 쉰 살이던 아버지와 똑같
으니까.

로런스의 치켜뜬 눈썹. "아치, 여긴 얼마나 있을 거냐?"

"내일 강연 투어를 하러 떠나요." 레스가 거리감을 느끼며

말한다. "사실 도버에서 낭독회가 있거든요."

웃음. "델라웨어라니! 거긴 몇 년 동안 가본 적이 없네."

"전 엄마가 돌아가신 뒤로 안 가봤어요."

아버지 피부의 불그레한 기운이 더 짙어지고 거칠어진다. "그렇겠지." 오빠를 무서워하는 것 같아. 그때 로런스가 빠르게 손을 들어 올린다. 압핀으로 고정한 달러 지폐를 튕겨 올리는 것 같다. "아이디어가 있어! 오늘 밤 우리와 함께 있지 그러냐? 저녁도 먹고, 술도 한잔하고……. 어때, 완다?"

"아, 훌륭한 아이디어네요!" 완다는 두 손을 짝 맞잡는다. 진정성 있는 손뼉이다. "손님용 오두막도 있고, 다 있어요."

로런스가 레스의 어깨에 손을 얹는다. "네가 거길 작가의 휴식처로 쓸 수도 있을 거야! 며칠 머무는 거지!"

레스는 단호하게, 침착하게 말한다. "도버 행사가 일요일 아침에 열려요."

"자고 가라." 로런스가 말한다.

완다는 그 아이디어에, 로런스에게, 어쩌면 심지어 레스에게까지 매료된다. "그렇게 해요, 아치! 당신을 무척 알고 싶어요."

레스는 단호하게, 침착하게 말한다. "생각해볼게요."

"자크 야, 마인 존."* 아버지가 눈을 빛내며 말한다.

---

* Sag ja, mein Sohn. '알겠다고 해라, 아들아'라는 뜻의 독일어.

[다음은 독일어에서 번역한 것이다.]

"알겠다고 해라, 아들아."

"알도록 해드리겠습니다."

"아치, 난 죽어가고 있어."

"말했어요 나한테 리베카가."

"전립선암 4기야." 그가 지팡이를 들어 올린다. "사방으로 퍼졌어. 의사한테 온몸에 다 퍼졌는데도 왜 아직 전립선암이라고 부르냐니까, 암의 혈통이 전립선이라는구나. 그런 단어를 썼어, 혈통이라고. 터무니없지 않냐?"

"터무니없는 것은 모르겠습니다, 아버지."

"네 동생한테는 왈론 암이 틀림없다고 말했어. 왈론이 진짜 혈통이니까."

노인은 간신히 아들에게서 웃음을 끌어낸다. "발로니셔 크렙스."* 아버지가 쓴 문구는 이것이다. 아서는 토머스와 마저리가 요셉 성인을 주차장에서 꺼내 오는 모습을 지켜본다. 토머스는 생각에 잠겨 레스의 아버지를, 그다음에는 레스를 본다.

"자고 가라, 아치. 여기 오느라 애 많이 썼어." 후원을 얘기하는 게 틀림없다.

"아마도요."

[독일어 번역 끝.]

---

*   Wallonischer Krebs. '왈론의 암'이라는 뜻의 독일어.

로런스 레스는 완다를 돌아보며, 다시 영어로 돌아와 악어처럼 활짝 미소 짓는다. "온대."

완다가 장난스럽게 그를 탁 친다. "아, 래리!"

레스는 이 오랜 감정에 겁을 먹고 빠르게 숨을 쉰다. 하지만 목소리를 관리해낸다. "채텀 클럽에서 저한테 파티를 열어준대요. 그러니까 나중에 알려드릴게요."

"아, 거기 좋지." 로런스가 말한다. "게이들이랑 유대인들도 받아줘. 다른 클럽은 개자식들이나 가는 데야."

"아, 래리!" 완다가 가짜로 충격받은 척하며 말한다. "다른 클럽이 우리 아버지 클럽이라는 걸 알려줘야겠네요!"

"말했지만……."

또 한 번, 장난스럽게 툭 치기. "아, 래리!"

아, 래리. 햇볕에 그을린 어느 여름, 꼬마 아치의 머리를 쓰다듬어주었던 남자는 어디에 있을까? 왼쪽 눈 위로 흘러내리는 숱 많은 청동색 머리카락과 짙은 갈색 턱수염, 그 미소, 황금색의 양피지 같은 피부에 그려진 주름을 갖춘 그 남자는? 그 남자는 영영 사라졌다. 이 남자는 그가 아니다. 사파리 정장을 입은 남자가 새로운 아내(아내일까?)의 도움을 받아 극장을 벗어나며 작별의 뜻으로 손을 흔든다. 거의 두 방법 다 가능하다. 지팡이와 완다와 항구와 레스토랑과 쇼핑, 암과 게이와 유대인과 개자식들과 씨름하고 있는 이 래리를 용서할 수도 있다, 그를 용서하고 그가 용서받은 채 죽도록 놔둘 수 있다. 그러면서도 떠난 사람은 영영 용서하지 않을 수 있다.

레스는 채텀 클럽에서 이미 한창 진행 중이던 '뒤풀이'에 도
착한다. 채텀 클럽은 호텔 맨 위층에 틀어박혀, 오렌지 조각 같
은 창문에서 보이는 비에 젖은 도시 풍경과 샹들리에, 예스러
운 벨벳 가구, 바를 제공한다. 레스는 물론 독화살 개구리처럼
밝은 파란색의 넥타이를 매고 회색 정장을 입고 있다. 넥타이
는 접수대 직원이 친절히 내민 것이다. 채텀 클럽은 드레스코
드가 엄격하다. 레스는 바에 사람이 가득 차 있는 것(그의 예
상만큼 전적으로 백인만 있는 건 아니다)과 손님들이 따뜻하
게 그를 맞아주는 것을 느낀다. 누군가 미소를 띠며 그에게 말
한다. "아, 여긴 유대인과 게이를 위한 클럽이에요. 다른 클럽
은 개자식들이 가는 곳이고요." 자주 누군가의 손이 그의 팔에
닿아, 그가 알맞은 곳에 있다고 안심시킨다. 여기서는 네덜란
드 사람도 손님 취급을 해준다.

"안녕하세요, 아서 레스." 옆에서 어떤 목소리가 들린다. 도
러시의 하우라는 성에 고바티라는 단어를 붙여준 인물, 블라
드다. 그가 시무룩하게 자기 마티니가 다시 채워지기를 기다
리고 있다. "공연이 성공이었기를 바랍니다."

"와주셔서 감사해요. 재미있게 보신 거였으면 좋겠네요."

블라드가 끙 소리를 낸다. "결혼했어요?"

"아뇨." 레스가 약간 놀라 말한다. "아뇨, 안 했는데요."

"그 여자를 사랑하지 않는 겁니까?"

레스는 이 질문에 놀라 조용해진다. 대체로는, 블라드가 레스의 '억양'을 듣지 못한 첫 번째 사람이기 때문이다.

"아, 심각한 결정이죠. 아주 심각한." 블라드가 말한다. "예를 들어서, 아내의 공연에 참석해야 하죠. 짝-짝-짝 손뼉도 쳐야 하고. 응원하지 않는 건 사랑의 범죄요. 처벌은 죽음!" 그가 한 손을 들자 바텐더가 다가와 마티니를 한 잔 더 내민다. "하지만 결혼은 해야죠."

사랑의 범죄. 레스는 재킷 왼쪽 가슴을 건드린다. 그 문구가 주홍색 실로 수놓이기라도 한 것처럼. 사랑의 범죄. 하지만 프레디는 메인주의 해안에서 약간 떨어진 섬에, 연인이 연락할 수 없는 곳에 있지 않던가? 자기 말을 지킨 사람, 그들의 문제를 고치기 일보 직전인 사람은 레스 아니던가? 사랑의 법정에서는 누가 범죄자일까?

블라드가 레스에게 말한다. "또 심각한 결정은 언제 올리브를 먹느냐는 거죠." 그가 윙크한다. 레스는 이미 자기 올리브를 먹은 뒤다.

바로 그때, 최후의 일성 극단 단원들이 그를 둘러싼다. 마저리와 다른 여자들은 이 마법의 비를 통해, 넝마를 걸친 음유시인에서 스팽글로 장식한 셀키로 변신한 것처럼 보인다. 녹색 정장을 입은 토머스는 포세이돈이 된 것 같다. 그의 미소에 있던 빈틈은 매력을 전혀 잃지 않았다.

"토머스!" 레스가 그의 손을 잡으며 말한다. "매일 밤 연달아서 나를 사칭해줘서 고마워요."

토머스가 시선을 내린다. "아아, 아치는 훌륭한 캐릭터예요. 아주…… 취약하죠."

웃음. "네, 그건 맞아요."

다시 미소. "브로브리지에서 해준 조언 고마워요. 정말 도움이 됐어요."

"아?"

"뭐, 아치는 언제나 남겨지는 아이예요." 토머스가 널찍한 두 손을 펼쳐 보이며 말한다. "그래서 남자로서도 다른 종류의 사랑은 전혀 모르죠. 그래서 뭐랄까, 새로운 방법을 찾아야 해요."

레스는 말을 잃는다. 이번에도 그는 리베카가 이곳에서 이 모습을 볼 수 있으면 좋겠다고 생각한다.

"당신을 만난 이후로 난 당신처럼 아치를 연기하려고 노력했어요. 알잖아요, 정말 잘생겼는데 자기는 그 사실을 모르는 남자." 토머스가 웃으며 말한다. "제 말은, 제가 그렇게 잘생겼다는 뜻은 아니지만요!"

"아아, 아뇨. 잘생겼어요!" 레스는 뺨이 붉어지는 걸 느낄 수 있다.

"그리고 이제 말할 수 있어요." 토머스가 수줍은 듯 말하며 가까이 다가와 조용히 말한다. "난…… 난 뭐랄까, 아치와 사

랑에 빠졌어요." 그의 시선이 레스의 시선과 마주쳐 놓아주지
않는다.

레스가 긴장해서 웃는다. **아-아-아!**

그는 토머스가 자기 팔을 가만히 잡는 걸 느낀다. 그의 귓가
로 허리를 숙여 속삭이는 토머스의 따뜻한 숨결을 느낀다. "저
기, 나한테 밴을 한 번도 안 보여줬는데요."

레스는 놀라서 돌아본다. "그게……."

"아서, 이게 누구야!"

레스가 빙글 돈다. 토머스가 그의 팔을 놓는다. 도러시 양이
그를 보며, 거의 눈물이 고인 채로 미소 짓고 있다. 그녀의 눈
이라는 거울 속에서, 레스는 구름 같은 잿빛 정장을 입은 젊은
이가 사설 클럽으로 들어와 그녀에게 캐롤라이나 스텝을 추
자고 청하는 모습을 본다. 아마 당시에 그녀는 도티라고 불렸
을 것이다. 물려받은 드레스를 입고, 최근에 〈사랑의 비약(Bell,
Book and Candle)〉*의 지역 공연으로 성공을 거둬 가능성이라는
아찔한 감각을 느끼게 된 소녀. 그녀의 눈 속에서 레스는 지미
스튜어트였을 게 틀림없다.

"다음엔 어디로 가요?" 도러시가 묻는다.

마저리의 보석이 윙크한다. 토머스도 윙크한다.

"내일 일찍 떠나요!" 그가 토머스를 힐끗 보며 말한다. "저

---

*   지미 스튜어트, 킴 노백 주연의 1958년 미국 영화.

위, 북쪽에서 강연 투어를 하거든요. 도버, 볼티모어, 필라델피아, 그런 곳에서요." 그가 덧붙인다. "그래서 머물 수가 없어요."

"네, 북쪽으로 가요. 우리 쪽으로 허리케인이 오고 있다는 건 아시죠. 허리케인을 따돌리는 게 최선이에요."

"허리케인요?"

"이름은 허먼인데, 사람들 말로는 지옥을 지키는 개래요. 윈 브레 크라퓔.* 버지니아를 지나기 전에 약해질 거라고 확신해요. 세트를 마을 바깥 쓰레기장으로 가져다준 것도 고마워요! 메르시**, 메르시! 줄 게 있어요. 당신 후원자한테서 받은 거예요."

도러시가 그에게 바다처럼 초록색인 봉투를 내민다. 수표는 (예술가로서 받은 그의 급료는) '피터-헌트-님이-전화를-걸었습니다-기다려-주세요'가 말한 것보다도 많다. 레스의 가슴이 안도감의 헬륨으로 가득 찬다. 그의 관계는 구원받았다. 그는 구원받았다. 프레디에게 전화해야 한다. 하지만 어떻게?

토머스가 다시 그의 팔을 어루만지며 말한다. "좋아요, 아치?"

레스는 그를 돌아보고, 다시 수표를 보고, 그다음에는 도러

---

* une vraie crapule. '진짜 불한당'이라는 뜻의 프랑스어.
** merci. '고맙다'는 뜻의 프랑스어.

시 양을 본다. 도러시 양이 묻는다. "만나보실래요? 몇 분이 여기, 파티에 와 있는데."

"몇 분이라고요?" 레스가 묻는다.

"재단 사람들 말이에요, 갠트 센터 사람들. 뷰퍼트에서 이 멀리까지 오셨어요."

레스가 토머스를 본다. "좋아요." 그가 말한다. 혼란스럽다. 로런스 레스가 그의 후원자라면, 이 재단의 누구를 끌어들인 걸까? 하지만 레스가 재단 회원들의 스팽글과 보타이를 언뜻 본 그 순간 누군가 그의 어깨를 톡톡 친다. 접수대 직원이다. 그가 긴급한 메시지를 속삭인다. 천장 디스코 볼을 보느라 반사된 빛이 박혀 있던 레스의 눈이 놀라서 휘둥그레진다.

그가 도러시 양에게 말한다. "죄송해요. 당장 가야 해요. 곧 돌아올게요." 그는 토머스를 돌아본다. 토머스는 안경을 고쳐 쓰며 뭐라 말하려는 것 같다. "미안해요." 레스가 말한다. "미안해요."

레스는 채텀 클럽의 바에서 빠르게 달려 나간다. 다른 사람들은 놀라 침묵 속에 남겨진다. 물론 잠시 후 그가 돌아와 접수대 직원에게 빠르게 넥타이를 돌려준다. 그런 다음 우리의 작가는 다시 축축한 서배너의 밤으로 떠난다. 토머스가 정장을 입은 채 그곳에 서서 눈을 깜빡인다. 손으로는 여전히 레스의 팔이 있던 곳의 공기를 쥐고 있다.

갠트 센터의 대표들은 걱정스럽고 황당하다는 표정으로 이

혼란을 지켜본다. 한 여자는 브로치를 만지며(다이아몬드 부
메랑이다) 도러시 양을 돌아보고 묻는다. "저 사람이 작가 맞
아요?"

로비에서 그를 기다리는 사람, 안감이 가짜 모피로 되어 있
는 검은색 에나멜 코트를 입고 퀼트 핸드백과 잿빛 우산을 들
고 서 있는 사람은 머리카락에 극적으로 두 갈래 잿빛 줄무늬
가 나 있는 중년 여자다. 그녀는 오페라글라스로 레스를 살펴
보는 스페인의 공녀 같은 모습이다. "레스 작가님." 그녀가 말
한다. 악수하는 손길만큼 미소도 단단하다. "제 이름은 시오마
라예요. 맨던 작가님이 보내신 긴급한 메시지를 가져왔습니
다." 그녀가 핸드백을 열어 그림엽서를 꺼낸다.

누구보다 사랑하는 프뤼당,
아아, 나의 돌리와 다시 만날 시간이 왔네. 시오마라가 돌리를
팜스프링스로 데려갈 거야. 내 딸이 거기서 나를 만나기로 했어.
나의 마지막 모험은? 로지나에 관해서라면, 자네를 데려갈 수
있는 만큼 먼 곳까지 데려가도록 하게. 로지나가 죽어서 자네가
로지나를 버려야 한대도 후회는 하지 마! 어쨌거나 우리가 바로
그 남아 있는 옛 마법의 파편이야.
                                                           팔리

로지나는 가스 불이 켜지는 가로등 옆에 주차되어 있다. 레스는 인도에 굴 껍데기가 박혀 있다는 걸 알아차린다. 그가 로지나의 문을 미끄러뜨려 열자—세상에서 두 번째로 터무니없는 동물이 드러난다. 돌리가 자다가, 고대의 마법에 걸린 것처럼 부분부분 살아나 아무것도 모르는 눈을 뜨고 말려 있던 꼬리를 풀며 앞발을 쭉 내민 뒤 레스가 돌아왔다는 사실에 기뻐서 온몸을 떤다. 레스가 두 팔에 안아 들자 녀석이 레스의 얼굴을 완전히 닦아낸다. 하지만 레스는 돌리의 진짜 열정이 다른 곳을 향해 있다는 걸 잘 안다. 그는 돌리에게 입 맞추고, 돌리를 시오마라에게 넘긴다. 시오마라는 모피 안감으로 돌리를 감싼다. 움찔하면서 레스는 너무 늦게, 돌리가 이 나라를 가로질러 오는 내내 자신의 동반자였음을 깨닫는다. 내가 코 고는 소리만큼 돌리가 코 고는 소리에도 익숙해졌다는 걸, 내가 잠잘 때 쓰는 보닛만큼 돌리가 밤에 추는 아파치 춤과 이상한 버릇, 의식에도 익숙해졌다는 걸. 그리고 둘은 어느 모로 보나 다시는 서로를 보지 못하리라는 걸. 레스가 손을 내밀지만 시오마라는 이미 떠나고 있다. 그녀의 우산이 뒤를 돌아보려는 돌리의 모든 노력을 숨긴다. 어쨌든 개들은 절대로 작별 인사를 하지 않는다.

레스가 막 파티장으로 돌아가려 했을 때 지붕 두드리는 소리가 갑작스러운 소나기를 알린다. 레스는 운전석으로 뛰어들어 문을 쾅 닫지만 너무 늦었다. 뼛속까지 젖어버렸다. 빗줄기가 그어진 앞 유리 너머로, 살아 있는 참나무들의 의회가 올리언스 광장의 풍경을 감독하고 있다. 참나무들은 스페인 이끼를 턱수염처럼 두른 채, 긴 팔로 뒤집힌 문어의 기이한 동작을 하며 굳어 있다. 나무들 한가운데에는 독일인 이민자들에게 헌정된 두꺼비 같은 분수가 있다. 풍경은 새까맣고 빗물로 미끄럽다.

레스는 채텀 클럽의 오렌지 조각 창문을 쳐다보며 미소 짓는다. 그런 다음 열쇠를 꽂고 로지나를 다시 한번 살려낸다. 어쩌면 개들이 현명한 걸지도 모른다. 작별 인사는 하지 않는다. 그는 도러시 양에게 매력적인 편지를 쓸 것이다. 감사합니다, 부인. 댄스 교습과 버번위스키요. 토머스는 그대로 둘 것이다. 확실히 각광이 그의 가슴을 현란하게 비추긴 했다. 아무도 들어본 적 없는 중년의 게이 백인 소설가와 과연 누가 사랑에 빠지겠는가? 등 뒤에서 요셉 성인이 오랜 흔들거림을 다시 시작한다. 아서 레스는 아버지를 만나러 떠난다. 그다음에는 쓰레기장으로.

밤에는 서배너 맞은편 섬에 별로 볼 것이 없다. 레스가 지나온 뒷길과 달리 고속도로는 너무 특징이 없어, 외계인의 시뮬레이션 안에 들어온 기분이다. 그러다가 레스는 자신이 다리 위로 올라가고 있다는 걸 느끼고 시 파인스(Sea pines)의 표지판을 본다. 저도 모르게 레스는 면화의 땅에서 쌀의 땅으로 넘어

갔다. 비가 그치자 그는 차를 세우고 젖은 정장 재킷과 셔츠를 벗은 뒤 찾을 수 있는 유일한 옷으로 갈아입는다. 진흙이 튄 판초다. 그거면 될 것이다. 그는 출구로 나가 입구 게이트로 다가간다. 이 시간에 그 게이트는 흰 셔츠를 입고 **스탈릿**이라는 이름표를 단 여자가 지키고 있다. 마르셀 웨이브*가 진 백금 금발 머리에, 왼쪽 눈 위에는 미인 점이 있는 흑인 여자는 정말이지 스탈릿, 작은 별처럼 보인다.

"죄송하지만 선생님, 이 섬에 RV나 캠핑 차량은 들어올 수 없습니다."

"저건 뭔가요?" 레스가 묻는다.

스탈릿이 초소에서 몸을 내민다. "RV나 캠핑 차량은 안 됩니다."

"하지만 아빠를 만나러 가는 건데요. 여기 사세요. 이건 그냥 제 차고요."

"알겠지만 선생님, 선생님 차량은 이 게이트를 지날 수 없습니다."

"아빠 집까지 차를 몰고 갈 수 없다고요?"

"네, 선생님."

"여기에 주차하고, 아빠한테 집까지 태워다 달라고 해도 되

---

*   높은 열에 달군 헤어 아이론을 이용해 머리카락을 일시적으로 구불구불하게 만든 모양.

나요?"

"절대 안 됩니다, 선생님."

"왜요?"

"그게 섬의 정책입니다."

"아니, 왜요? 당신은 여기 사시나요, 부인?"

스탈릿이 웃는다. "아뇨, 선생님. 안 삽니다."

나무 이끼가 그들 주위에서 강당에 걸린 금속 조각처럼 아른거린다. 레스가 경비원을 쳐다보며 묻는다. "부인, 당신이 저였다면 뭘 하셨을까요?"

여자의 왼쪽 눈 위 미인 점이 그녀의 눈썹과 함께 올라간다. 스탈릿은 골똘히 그를 보더니 천천히 눈을 감았다가 뜬다.

"아빠에게 전화하겠어요." 그녀가 조용히 말한다.

레스는 기운 넘친다. "네, 전화하시죠."

스탈릿이 웃는다. "당신 아빠 말이에요."

"이상하게 들린다는 건 아는데요, 부인, 아빠 번호가 없어요."

"제가 찾아보죠. 섬에 있는 RV 주차장 두 곳에도 전화하실 수 있어요." 스탈릿이 레스가 고속도로에서 빠져나온 곳을 가리키며 덧붙인다. "혹시 거기 자리가 있을지도 모르죠. 아빠가 당신을 데려갈 수 있을지도요?"

"감사합니다, 훌륭한 아이디어네요!"

하지만 첫 번째 주차장에서 레스는 자리가 있는 건 사실이지만 '검은 물'이 있는 RV만을 받아준다는 얘기를 듣는다—
그 말은 화장실이 딸린 RV라는 뜻이다. "왜요? 화장실이 없나
요?" 레스가 어리둥절해 묻는다. 꼭 노아의 방주가 티라노사우
루스는 받아주면서 닭은 받아주지 않는 것만 같다. 레스는 그
게 섬 정책이라는 말을 듣는다. 두 번째 주차장은 기쁘게도 자
리가 있을 뿐 아니라 닭도 받아준다. 하지만 '나이 조건'이 있
다. 레스는 그게 무슨 뜻이냐고 묻는다. "자, 선생님. 55세 이
상이신가요?" 레스는 아니라고 말한다. "아, 죄송합니다, 선생
님. 다른 묵을 곳을 찾으셔야겠네요. 저희 쉼터는 성숙한 성인
들만을 위한 곳입니다." 그것도 섬의 정책이다. 어느 곳에서
는 레스의 배관을 문제 삼고, 어느 곳에서는 생일을 문제 삼는
다. 레스는 이런 배제의 미로에서 어쩌다 길을 잃었는지, 어떻
게 비밀 통로를 찾을 수 있을지 고민한다. 그러다가 백미러에
비친 자기 모습을 언뜻 본다. 진흙투성이 판초, 깔끔한 금발 콧
수염. 그는 자기 뒤에 있는 스탈릿의 모습을 본다. 비밀 통로는
없다. 레스와 스탈릿이야말로 의도적으로 배제된 사람들이다.

"선생님?" 스탈릿이 그에게 소리친다. "로런스 레스라는 소
유주는 없는데요."

"여기 안 사세요?"

"자, 혹시 그분이 다른 분의 손님일 수도 있을까요?"

"완다." 레스가 말한다. "완다 뭐라고 했어요."

스탈릿이 다시 웃는다—차갑고 맑은 물. "아, 우리 선생님.

이 빌어먹을 곳에서는 모두의 이름이 완다예요!"

레스는 웬 짐승이 어둠 속에서 자신을 기다리고 있다고 느낀다. 어떤 비밀의 허먼이 이미 숨결로 스페인 이끼 가닥을 휘젓고 있다.

설탕 과자 같은 모습이 떠오르고 그는 소리친다. "Y요! 완다 Y!"

1분도 걸리지 않아 스탈릿은 아빠가 그를 데리러 올 거라고 말한다.

이끼가 흔들리는 어둠 속에서 어떤 자동차의 헤드라이트가 다가온다. 로런스 레스가 내려 천천히 차에서 떨어지더니 지팡이를 짚고 레스에게 다가온다. 헤드라이트에 비친 초소와 야자수, 사파리 정장, 지팡이 모두가 스파이 소설처럼 느껴진다. 다이아몬드가 담긴 서류 가방, 마이크로칩, 위조한 걸작이 있어야 할 것 같다. 예스 씨가 악당이 된 걸까?

그의 아버지는 사방에서 빛을 받는다. 그의 코가 피카소 그림 같은 그림자 세 개를 얼굴에 드리운다. "정말 미안하다, 아치. 여기가 많이 특이해서 말이야."

"뭐, 제가 드레스코드를 맞추지 못한 것도 있겠죠."

피카소의 미소. "실은, 그 말이 맞아."

"어디서 월마트 주차장을 찾아야겠어요. 실은, 떠나는 게 좋겠어요. 늦으면 투광 조명등 아래에 주차해야 하거든요. 다시 만나서 반가워요, 아빠."

레스는 마지막 포옹을 위해 두 팔을 내밀며 다가간다.

아버지는 가로등 불빛 속 자기 자리에서 움직이지 않는다. "한 달 전에 나이 든 여자가 여기 왔었는데, 물에서 악어가 나와서 그 여자의 치와와한테 덤벼들었어. 여자가 악어를 쫓으러 갔는데 악어가 그 여자 팔을 물어뜯었지. 끔찍한 비극이야." 그가 고개를 젓는다. "다만 신문에서는 그 여자의 다이아몬드 반지를 가족에게 되돌려주었다고 덧붙였더구나." 아버지는 어두컴컴한 호수의 밤을 들여다본다. "암이 악화되면 나 자신을 악어들에게 희생하는 게 좋을지도 몰라."

레스는 두 팔을 툭 떨어뜨린다. 결국 이 대화에서 빠져나가지 못할 것이다. "암이든 악어든 다 끔찍하게 들리는데요."

"내가 너와 너희 엄마, 동생을 떠난 건 너희를 보호하기 위해서였다는 걸 알려주고 싶구나. 문제가 복잡해졌어. 난 감옥에 갔다."

"위성 접시 얘기는 들었어요." 레스가 말한다.

"아, 그거!" 노인의 미소가 되돌아온다. "아치, 난 정부 일을 하고 있었어. 내 말의 요점은 너희를 떠나고 싶지 않았다는 거야. 내가 그렇게 한 건 너희를 보호하기 위해서였어. 알겠냐?"

레스는 바로 이 상황을 위해 외워두었던 구절을 되풀이한다. "아빠가 한 말은 이해했어요."

로런스가 빛이 들어오는 쪽으로 고개를 갸웃한다. "아치, 우린 서로를 다시 보지 못할 거야."

둘을 떼어놓을 것이 암인지 악어인지 레스는 모른다. 이곳의 어떤 진실도 알 수 없는 것처럼—유일한 증인인 어머니는 돌아가셨고, 이것들도 레스가 몇 년이나 들어온 것과 똑같은 또 다른 거짓말일 가능성이 있다. 하지만 아서 레스는 이 한 가지 진술만은 사실이라는 걸 안다. 그들은 서로를 다시 보지 못할 것이다.

레스가 말한다. "이렇게 번거로운 일을 해주셔서 고마워요."

로런스가 고개를 젓는다. "번거롭긴."

"투어 말이에요." 레스가 설명한다. "갠트 센터요. 전부 다. 저를 여기에 불러 작별 인사를 하겠다는 이유만으로 하기엔 엄청난 고생이었을 텐데요. 감사해요."

그의 눈이 초소에서 엿듣고 있던 스탈릿과 마주친다. 스탈릿이 그에게 빠르게 윙크한다.

하지만 로런스는 돌리처럼 고개를 갸웃한다. "아치, 무슨 얘긴지 모르겠구나."

"공연요." 레스가 말한다. "최후의 일성."

"아, 그거!" 큼지막한 미소. "그건 완다한테 고마워하면 된다. 신문에서 광고를 본 건 완다였어. 네가 그렇게 유명해진 이후로 완다가 네 이름을 아주 많이 찾아보거든. 너, 도플갱어가 생긴 모양이더구나! 완다가 내게 널 보러 가자고 했다. 그래서 간 거야."

레스는 축축한 어둠 속에 두 팔을 양옆으로 늘어뜨리고 서
있다. 그럼 그렇지, 로런스 레스는 이 투어를, 이 연극을, 이 후
원금을 마련하지 않았다. 레스가 방금 채텀 클럽의 진짜 후원
자들을 그냥 떠나온 건 아닐까? 로런스 레스가 대체 왜 갠트
센터와 관계가 있겠는가? 이번에도 틀렸다, 아서 레스여.

"이젠 아무것도 모르겠네요." 레스가 말한다.

바람이 다가오자 주변에서 스페인 이끼가 풍경(風磬)처럼 흔
들린다. 피카소(우리의 위조된 걸작)가 살짝 몸을 앞으로 숙이
자 그림자가 사라진다. 그는 이제 완전히 흰 빛 속에 들어와 있
다. "네 연극에 나오는 끔찍한 아버지 말인데." 로런스 레스가
말한다. "아들, 이젠 용서할 시간인 것 같지 않냐?"

레스는 한숨을 쉰다. 아마 결과가 이렇게 되지 않기를 바랐
던 것 같다. 밴과 게이트에 얽힌 이 모든 난장판이 과거와의
불필요한 얽힘을 피하도록 해주기를 바랐을지도 모른다. 우
리 모두 각자가 피하고자 부단히 노력하는 고통과 수치심, 치
욕을 당하지 않기를 바라듯이 말이다. 하지만 인생은 뜻대로
되지 않는다. 아마 그의 앞에 서 있는 사람은 더는 해를 끼칠
수 없는 남자일 것이다. 마련해온 속임수가 더는 없는 마술사.
"아빠, 전 오십대예요. 평생 아빠 없이 살아왔어요. 제가 여기
온 이유조차 모르겠어요."

"용서는 준비됐니?"

"그럼요, 아빠." 레스는 항복의 신호로 말한다. "용서 준비됐

어요."

"그래, 아치." 아버지가 굵은 팔로 아들을 끌어안으며 말한다. 파이프 담배 향과 목재 착색제의 냄새. 레스는 아버지를 끌어안으며 오른쪽 눈에 차오르는 눈물을 막지 못한다. 그런 뒤에 로런스 레스는 지팡이에 묵직하게 기대며, 성직자처럼 고개를 끄덕이더니 말한다.

[다음은 독일어에서 번역한 것이다.]

"난 널 용서한다, 아들아."

[독일어 번역 끝.]

아무튼 우리가 과거에서 원하는 건 뭘까? 과거가 더는 우리를 가지고 놀지 못하게 하는 것? 과거가 그 놀라움과 동요, 찌르기를 멈추고 영원히 고쳐지는 것—죽는 것? 하지만 과거는 해를 입으면 몸을 똘똘 말고 미성숙한 덩어리 상태로 되돌아갔다가 새로운 삶을 시작해, 간단히 말하면 불멸의 존재가 되는 해파리와 같다. 그토록 고통스러운 기적에서 눈을 돌리는 것 말고 우리가 뭘 할 수 있을까?

"안녕, 아빠." 예스 씨가 말한다. 레스는 아버지가 다시 차에 타게 도와주고 마지막으로 한 번 그를 끌어안는다. 넌 고통을 보고 있어. 레스가 자신에게 말한다. 넌 고통에 빠진 누군가를 보고 있는 거야. 레스는 헤드라이트가 숲의 어두운 터널 속으로 사라지는 모습을 지켜본 다음, 로지나에게 가 로지나를 다시 살려낸다. 백미러에서는 스탈릿이 이 광경이 마음속에 깨워낸 어떤 기억을 바라보고 있다. 악어들이 영영 그녀를 잡아먹지 못하기를.

레스가 이 먼 곳까지 와서 하려던 말에 대해서라면, 사실 그 말을 소리 내서 할 이유는 전혀 없다.

바람이 스페인 이끼에서 비를 털어내고, 비는 다이아몬드가 담긴 서류 가방처럼 도로에 떨어진다.

불가사의하게, 이처럼 늦은 시간에도 레스는 서배너 북쪽 헌팅 아일랜드의 빈자리를 찾아 이제는 의례가 된 행동을 한다. 세트와 요셉 성인을 치우고 이 크리스마스의 정경을 로지나 옆에 놓아두는 것이다(쓰레기장은 나중에 가야 할 것이다). 그는 잿빛 정장을 잠시 사이드미러에 걸어둔다. 로지나의 뚜껑을 열고 커튼과 걸개로 창문을 어둡게 해 로지나를 침실로 바꿔놓은 뒤, 그곳에 앉아 동쪽을 본다. 웬 행운인지! 이 자리에서는 심지어 바다 풍경이 보이지만—검은 야자나무가 어슴푸레하게 밝혀진 하늘과 그보다도 더 검은 바다 앞에서 덥수룩한 머리카락을 흔들어댄다—민담에서 그렇듯 자정이 되자 마법은 끝난다.

창문을 두드리는 시끄러운 노크 소리. 레스다운 손이 레스다운 비명을 틀어막는다(침묵). 그는 유리에서 걸개를 치운다. 그저 주차장 관리인이 그에게 경고할 뿐이다(관리인은 레스의 삼촌 척의 흑인 버전으로, 턱수염이 나 있다). "허리케인 허

먼이 오고 있어. 알 줄 알았는데. 그래서 다른 사람은 다 떠난
거야. 남동쪽을 보도록 차를 다시 세우지 그러나? 그렇게 하
면 바람을 정통으로 맞을 수 있는데. 행운을 빌지." 그러더니
바람이 시작된다. 처음에는 늑대의 신음처럼 들리더니 울부짖
는 소리가 된다. 레스는 로지나가 북서쪽으로 조금 비틀거리
는 것을 느끼고, 자신이 어떤 비우호적 오즈의 세계로 쓸려 가
기 일보 직전이라고 느낀다. 그래서 그는 제안받은 대로 한다.
로지나에 시동을 걸고, 야자나무가 어떤 방향으로 움직이는
지 본 다음, 폭풍 쪽을 겨냥하고 자기 관 속에 웅크린다. 레스
는 어둠 속을 내다보지만 보이는 건 거의 아무것도 없다. 심지
어 근처를 떠가는 닭장도 없다. 그저 똑같은 허리케인을 버티
고 있는, 관리인의 캠핑 차량에서 나오는 어둑한 헤드라이트
가 보일 뿐이다. 아서 레스는 무(無)를 바라보며 빗소리를 듣는
다. 빗소리가 언제까지나 앙코르를 받는, 점점 더 시끄러워지
는 헤비메탈 밴드의 드럼 소리 같다. 그는 자신이 늘 상상했던
것과는 달리 실연이나 나쁜 아버지나 나쁜 서평 때문이 아니
라, (보험 계약서에 쓰여 있는 대로) 에이즈나 심장마비나 암
이나 자동차 사고 때문이 아니라, 수치심이나 치욕이나 오만
함 때문이 아니라, 코카인이나 필로폰이나 환각 버섯 때문이
아니라, 트윙키*나 스팸이나 담배나 미국 동성애자 생활의 그

---

*   노란 케이크 안에 하얀 크림이 들어 있는 빵.

어떤 교만한 과잉 때문이 아니라—이 일로 죽으리라는 것을 깨닫는다. 허리케인 허먼으로. 이렇게 간단하게.

"프레디?" 레스는 핸드폰에 대고 소리치지만, 바깥세상과는 연결되지 않는다. 그래도 레스는 계속해서 허공을 향해 전화를 건다. "사다리 내려! 프레디? 프레디?"

레스의 눈앞에서 크림 같은 거대한 파도가 물속에서 접힌다. 지루해진 어느 거인 독자가 살인자가 누구인지 알아보려고 맨 뒤 페이지까지 휘리릭 넘겨버리는 소설의 어마어마한 페이지 같다—하지만 아서 레스는 누가 살인자인지 너무 잘 안다. 살인자는 허먼이다. 아서 레스가 정확히 무슨 짓을 했기에 이 고대의 저주가 깨어난 것일까? 연인의 장례식장에서 웃어서? 공동체를 침수시켜서? 거미 할머니의 집을 쳐다봐서? 신성한 사냥개 묘지에 들어가서? 죽어가는 아버지를 악어들에게 남겨둬서? 아니면 이게 사랑을 당연하게 받아들인 대가일까? 정말이지 셰익스피어적인 대가다. 바람이 몰아치며 사방에서 심장처럼 두근거린다. 겁에 질리는 것 말고 할 일은 별로 없다.

사랑의 범죄. 처벌은 죽음!

레스는 창문을 내다보고 자신이 무엇을 잊었는지 깨닫는다…….

첫째는 정장을 백미러에서 집어 들어, 진흙과 치욕을 제거할 수 있는 천국의 세탁소에 가져가는 일이다.

다음은 어린 시절이다. 그의 동쪽 창문 바깥에서는 번개가 번쩍이며 극적 정경을 비춘다. 세트와 요셉 성인이다. 이 무례하고 갑작스러운 빛이 이처럼 말 없는 사물들에 연극적 노력이 부여할 수 없는 모든 것, 즉 현실이라는 마법의 빛을 전한다. 그것들이 살아나는 건 오직 이 순간뿐이기에(레스가 바랐던 것과는 달리 사랑스러운 공연 때가 아니라). 나무, 덤불, 레스의 어린 시절 집 근처에 서 있던 바로 그 성인인 요셉 성인. 당시에는 레스의 이웃인 리드 가족이 자기네 집 앞마당에 요셉 성인을 세워놓고, 화창한 부활절에 파스텔 색조로 칠한 달걀로 장식해두었었다. 물론 레스가 포착하는 이런 재탄생의 순간은 재탄생의 쌍둥이인 파괴가 레스에게 대접되는 순간이기도 하다. 레스는 허먼이 하나씩 하나씩 그의 어린 시절 조각들을 땅에서 뽑아내 그 자신의 주둥이에 던져 넣고 게걸스럽게 삼켜버리는 모습을 바라본 목격자다. 곧이어 도로 연석을 장식한 층층나무가, 그다음에는 진입로 양옆에 심겨 있는 덤불이 하늘 쪽으로 뽑혀 나간다. 마지막으로는 허먼이 어쨌든 앙트레 요리를 먹을까 고민하는 동안 요셉 성인이 진창에서 옆으로 빙글 돌며 우리의 주인공을 마지막으로 힐끔 보고 마침내 하늘을 향해 파열된다. 그 광경에도 아서 레스는 목격자에 불과하다.

공기가 가라앉는다. 허리케인의 눈이 도착해, 우리는 그저 막간 휴식 시간을 갖고 있을 뿐이며 더 나쁜 상황이 닥쳐오리라는 것을 예고한다. 지상에서 하는 마지막 행동일지도 모르는 행동으로, 레스는 몸을 앞으로 숙여 앞 유리 너머를 본다. 그곳에서, 폭풍의 눈 안에서, 현창을 통해 보이듯 별자리가 보인다…….

그리고 이곳에서 잠시 우리는 레스를 떠나야 한다.

해돋이

사랑받던 작고한 시인은 언젠가 《오디세이아》 4권에서 문학사상 가장 절제된 카메오가 나온다고 지적했다. "향수를 뿌린 방에서" 트로이의 헬레네가 나왔을 때 말이다. 역사상 가장 아름다운 여자라는 그녀에 대한 묘사는 없다. 아마 헬레네의 아름다움은 중요한 게 아니었을지 모른다. 처음부터 말이다. 우리야 영영 알 수 없다.

하지만 나는 당신들에게 그런 짓을 하지 않겠다. 독자들이여, 소개한다.

나, 프레디 펠루를.

아서 레스가 **스태거 리**에 앉아 게이로 산다는 건 어떤 것이냐는 질문을 받았을 때쯤 나는 다운이스트 대학의 교수진 파티에 참석하고 있었다. 주최자는 독일어과의 여자 거인이었다—문자 그대로 여자 거인. 그녀는 잔뜩 부풀린 가발에 두꺼운 안경을 쓰고 파티장의 다른 사람들 위로 솟아올라 있던 백인 여자였다. 내가 도착하자 그녀는 내게 독일어로 질문을 던졌다. 아서 레스가 머릿속에 생생하게 떠올라, 나는 말을 잃었다. 그녀는 실망하고 코트를 놓아둘 침실을 가리켜 보이더니 다른 손님들에게로 표류해 갔다. 나는 그 방으로 들어갔다가 젊은 두 사람이 키스하는 모습을 보고 다시 걸어 나왔다. 나는 와인을 찾아 학자들 사이를 나아갔다.

와인을 발견해, 손에 잔을 들고 대학원생들이 등불 주변에서 추파를 던지며 술을 마시는 추운 현관으로 나왔다. 그들은 웃음을 터뜨렸고 나는 그 불기운으로 내 몸을 덥혔다. 잠시 라벤더와 전차 소리의 기억이, 내가 빨간 안경을 셔츠에 닦던 기억이 침범해왔다. 키-키-쿠. 그만 가려고 돌아섰을 때 내 옆에서 빛나는 또 다른 불을 보았다. 담배였다. 그 담배에는 한 사람이, 보타이를 맨 한 남자가 연결돼 있었다. 그의 길고 검은 머리카락이 그가 즐기는 여흥인 담배를 감싸고 있었다. 어떤 사람들에게는 특이한 생김새가 도공의 지문처럼 매력적인 아름다움으로 남는 행운이 따른다. 이 아시아인 남자의 경우 그런 특징은 귀였다. 소년처럼 강인한 얼굴에서 귀가 삐죽 튀어나와 있었다. "나 못 봤죠?" 그가 물었다. 나는 그의 햄버거-햄버거 말투에서 그가 나와 같은 캘리포니아인이라는 것을 깨달았다.

"네, 못 봤어요. 미안해요." 내가 말했다. "안녕하세요. 교수님이신가요?"

"사회학요. 제이슨 피델리노예요." 그는 나와 키가 같았다. 나와 나이도 같을지 모른다는 생각이 들었다.

"전 고등학교 영어를 가르쳐요. 샌프란시스코에서 온 프레디 펠루입니다." 나는 손을 내밀었지만 남자는 악수하지 않았다. 부정적인 뜻으로 고개를 저었다.

"미안하지만 악수 못 해요."

"아." 나는 내가 배우지 못한 학자들의 고급 에티켓이 무엇인지 궁금했다.

"당신 때문이 아니고요." 제이슨은 술잔을 내려놓고 담배를 작은 양철 상자에 대고 끈 다음 그 상자를 블레이저 주머니에 넣으며 설명했다. "제가 실험에 참여하고 있거든요. 그래서 밖에 나와야 했어요. 술을 너무 많이 마셔서, 다른 사람들 근처에 있는 게 위험하니까요."

안도감. "뭐, 이번 주 내내 들은 말 중에서 가장 흥미로운 말이네요."

"실은, 대학원생들과 경쟁하는 중이에요." 제이슨 피델리노 박사는 다른 양철 상자를 하나 꺼내 내게 내밀었다. 민트였다. 나는 이 사회학자가 그랬듯 민트를 하나 가져갔고, 그는 양철 상자를 다른 주머니에 넣었다. 나는 그가 어떻게 작은 양철 상자들을 헷갈리지 않는 건지 궁금했다. "우리 그룹에서는 인간의 접촉, 신체적 접촉에 관한 가설을 세웠어요. 그 가설을 검증하기 위해서, 모두 어떤 인간적 접촉도 하지 않고 지내기로 합의했죠. 포옹도, 입맞춤도 하지 않고 무릎에 아이를 앉히지도 않기로요. 악수도 안 돼요. 죄송합니다." 그는 예의를 차려 고개를 숙였다. 이번에도 그의 귀가 눈에 띄었다. 훌륭한 암포라 항아리*의 손잡이 같았다.

"얼마 동안요?" 내 혀가 긴장한 듯 민트에 걸렸다.

"가능한 한 오랫동안요. 학생들은 대부분 일주일 안에 무너졌어요. 어쨌든 젊으니까요. 여기에도 술 마시면서 추파를 던지는 애들이 몇 명 보이죠." 그가 어떤 버튼을 누르기라도 한 듯 모든 젊은 학생들이 함께 웃었다. 제이슨이 말을 이었다. "저들은 접촉 없이 살 수 없어요. 그래서 이제는 제 학생 하리와 저만 남았죠." 그가 나를 보았다. "6개월 됐습니다."

"6개월요." 나는 민트를 받았듯 자동적으로 되풀이했다. "아, 6개월 동안 다른 사람과 접촉한 적이 없다고요! 뭘 알게 되셨나요?"

제이슨은 살짝 미소 지으며 잠시 나를 살펴보았다. "한 가지 말해드리죠. 5년 전에 난 심장마비에 걸렸습니다."

"세상에!"

"그러게 말이에요. 겨우 스물다섯 살이었는데." 나는 충격적이게도 그가 나보다 훨씬 젊다는 걸 깨달았다. 그가 말을 이었

---

*   고대 그리스에서 포도주나 올리브유를 담는 데 썼던 길쭉한 항아리로, 양쪽에 손잡이가 있다.

다. "의사가 심장이 더는 부담을 감당할 수 없다고 해서, 선택을 해야만 했어요. 저는 사랑을 선택할 수 있었죠. 아니면 치즈를 선택하거나."

"그게 선택이었어요? 사랑이냐 치즈냐?"

"그게 선택이었어요. 그리고 프레디." 제이슨이 애석하다는 듯 미소 지으며 말했다. "저는 치즈를 선택했어요." 마로니에 열매가 지붕에 떨어지는 소리가 났다. "난 사랑 없이 살 수 있는 사람인가 봐요. 하리도 아마 그럴 테죠."

내가 말했다. "온갖 유혹이 있을 텐데요."

"전 냉수마찰을 해요." 제이슨이 말했다. "그러면 유혹을 물리치는 데 도움이 되죠. 뉴잉글랜드에서 아시아인 게이로 사는 것도—뭐, 그러다 보면 독신으로 남게 돼요."

"하리는요?"

"귀가 안 들리고 벵골 사람이에요. 우린 불가촉천민이죠." 그는 긴 머리카락을 쓰다듬으며 학생들을 바라보았다.

하지만 나는 어떤 안락의자 탐정이라도 된 듯 나도 모르게 앞선 장면으로 돌아가, 전에는 발견하지 못했던 필수적인 단서를 발견했다. "하리는 파티장에 있나요?"

"이미 떠난 게 아니라면 어딘가 있을 거예요. 말했다시피 파티장은 위험한 공간이거든요. 술도 그렇고!" 그는 술잔을 들고 올리브를 꺼내 입에 톡 넣었다.

"하리가 어떤 여자에게 키스하는 걸 본 것 같아요."

"하리가요?" 제이슨이 충격받아 말했다.

"키가 크고 곱슬머리에, 투명한 테의 안경을 쓴 사람이죠? 코트 보관실에서 어떤 젊은 여자에게 입 맞추고 있었어요. 별 생각은 안 했는데."

"맞아요!" 제이슨은 그렇게 말하더니 바닥을 보았다. "아, 세상에."

"왜 그래요?" 내가 물었다. "당신이 이겼잖아요."

제이슨은 다시 학생들을 돌아보았다. 등불이 그의 날카로운 이목구비에서 일어나는 모든 움직임에 빛을 드리웠다. 뺨의 곡선, 입술 아래 옴폭 팬 부분. 내 옆에는 잘생긴 젊은 남자들이 너무도 많은 것처럼 보였다. 나는 내가 누군가의 손길을 받아본 게 언제인지 생각했다.

"솔직히 말하면, 약간 혼란스러워요." 그가 말했다. "난 어떤…… 결의를 품게 됐거든요. 냉수마찰요."

나는 그에게 상품이 뭐냐고 물었다.

"둥근 치즈 한 개요." 제이슨이 살짝 미소 지었다. 학생들이 다시 웃었고 나는 와인을 한 모금 마셨다. 제이슨은 자기만의 생각과 즐거움으로 빛나는 듯 보였다. 아마 그의 트로피를 생각하는 듯했다.

내가 물었다. "해보고 싶어요?"

"뭘요?"

나는 그냥 미소 지으며 손을 내밀었다. 제이슨은 유심히 내

손을 살폈다. 그게 어마어마한 액수의 돈이라도 되는 듯이. 하지만 내 손을 잡지는 않았다. 대신 그는 손바닥을 내밀어 내 가슴에, 내 재킷 바로 안쪽에 댔다. 그는 자기 손만을 보며 깊이 숨을 들이쉬는 것처럼 보였다. 우리는 학생들이 수다 떠는 소리와 유리잔이 딸그랑거리는 소리를 들었다. 그런 다음, 나는 위로 손을 뻗어 내 셔츠의 첫 단추 몇 개를 풀었고, 제이슨은 여전히 자기 손만을 바라보며 셔츠를 옆으로 걷고 나의 드러난 피부에 손바닥을 댔다. 나는 그의 손가락이 내 몸 때문에 따뜻해지는 걸 느꼈고, 쑥스러운 듯 놀라워하는 그의 표정을 보았으며, 나 자신의 심장박동이 다른 남자에게로 옮겨 가는 것을 느꼈다. 아마 마로니에를 떨어뜨려, 지나가는 땜장이의 수레처럼 덜컥거리게 만든 바람 때문이었겠지만, 그 순간은 뒤집혔고 여러분의 서술자는 설명할 수 없는 눈물을 터뜨렸다.

제이슨이 손을 떼고 마침내 고개를 들었다. 그의 눈도 젖어 있었다. 나는 창피해서 셔츠 단추를 잠그고 눈에 띄지 않게 눈을 닦으려 했다. 제이슨도 어둠을 내다보며 깊이 숨을 들이쉬었다.

"고마워요, 프레디." 그가 조용하고도 예의 바른 목소리로 말했다. "이젠 파티장으로 돌아갈 수 있겠네요."

"치즈도 받고요."

"치즈도 받고요." 그가 말했다. 그 자리에 선 채 움직이지 않는 제이슨의 얼굴은 완전히 그림자와 등불 빛으로만 이루어져 있었다. 그때 내 이름이 그의 입술에서 나왔다. "프레디!" 그는 공황에 빠진 표정이었다. 그가 천천히 내게 다가와 뭔가 말하려는 듯 입을 열었다. 입을 다물고 침을 삼켰다. 나는 뭐냐고 물었지만, 그는 고개를 저으며 말했다. "아무것도 아니에요."

나는 그가 다른 말을 거의 할 뻔했다고 생각한다. 하지만 그 말 이후에 그는 여자 거인의 집으로 사라졌고 나는 확인되지 않은 두려움을 느끼며 그곳에 서 있었다. 그가 하려던 말은 무엇이었을까? 그가 그 말을 했다면, 난 뭘 했을까? 내 느낌을 뭐라고 불러야 할까?

불확실하다고 해야 했을까.

다음 날 아침, 아서 레스가 길레스피 플랜테이션에서 궨의 말을 듣고 있을 때 나는 더는 서사 구조에 관한 브레이크아웃 간담회*에 참석하고자 미국 교사 세미나 및 콘퍼런스에 참여하고 있지 않았다. 대신, 나는 나만의 서사 구조를 깨고 나왔다. 나는 이야기를 완전히 떠나왔다. 나는 어느새 다운이스트**로 향하는 버스를 타고 있었다(소나무주***에서는 그렇게 말한다). 나는 콘퍼런스 센터에서 거의 한 달을 보내면서도 보이지 않는 항구로 향하는, 미인 점이 있는 갈매기 말고는 아무것도 본 적이 없었다. 하지만 버스가 출발하자 마침내 나의 북동부 환경

---

*   콘퍼런스의 일부로 진행되는, 소규모 집중 워크숍.
**   메인주 동부 연안을 일컫는 말.
***   메인주를 일컫는 별명.

이 보이기 시작했다. 사탕 가게에 쌓아놓은 것 같은, 대포알로 이루어진 피라미드. 타서 버려진 공장과 교대로 나타나는 그리스 사원 같은 대저택. 섬게와 불가사리로 만든 예술 작품을 파는 (육지에 갇힌) 가짜 등대, 팔려고 내놓은 물건이 아니라 신에게 바치는 제물이라도 되는 듯 날씨에 망가질 게 뻔한 물건들—피아노, 긴 의자, 무쇠 프라이팬, 그림, 포스터, 동물 박제—을 내놓은 수천 명의 알뜰 시장. 그때 버스는 바람 불어오는 쪽으로 방향을 바꾸었고 나는 언뜻 보았다. 대서양이었다! 이제야. 내가 잘못 본 것일까, 아니면 물굽이의 차가운 물속에 있는 것이 벌거벗은 남자의 상반신이었을까? 냉수마찰을 하는 사람이나 어떤 신화 속 괴물, 파도에 반쯤 숨겨진 이크티오켄타우로스*일까? 하지만 버스가 움직이자 그는 사라져, 소원을 비는 우물로 바뀌었다. 그다음은 묘지였다. 그다음은 레스가 내게 말해주었던 애리조나주의 어떤 소년을 떠올리게 하는, 햇빛에 온통 스팽글처럼 빛나는 어시장이었다.

콘퍼런스를 떠나며, 나는 레스가 노인 한 명과 퍼그 한 마리와 함께 모하비사막으로 차를 몰고 나갔을 때 아마 느꼈을 야생성을 느꼈다. 돈키호테적인 야생성, 풍차와 결투하고 쓰레기통 헬멧을 쓰는 야생성 말이다. 나는 내 버스에서 또 다른 버스로—일부러 위치를 헷갈리게 만든 인질처럼—안내되었고

---

* 상체는 인간, 하반신의 앞부분은 말, 뒷부분은 물고기라고 전해지는 전설 속 동물.

마침내 해변에 있는 목적지에 내려섰다. 록랜드 연락선 터미널이었다. 이 나라는 너무도 경이롭고 다채로워, 늦가을에 연락선이 없을지도 모른다는 생각은 나 같은 캘리포니아인에게한 번도 떠오른 적이 없다. 나는 바닷가재를 파는 근처 오두막의 팻말을 보고 미소 지었고(널빤지가 쳐 있었다), 나 자신의 운명과 연관 짓지 않으려 거의 의지력을 가지고 노력했던 그단어들을 보고 즐거워했다.

시즌 폐쇄
이유?
얼어 죽겠음!

"오늘은 요정이 없어."**
목소리는 등 뒤에서 들려왔다.
내가 말했다. "뭐라고요?"
날씨가 나쁠 때 입는 밝은 노란색 옷을 걸친 중년 여자가 부두 끝에서 나를 노려보았다. 그녀의 민들레 씨앗처럼 흰 머리카락에 독서용 안경이 걸쳐 있었다. 그녀는 며칠이나 나를 기다려온 것처럼 굴었다. "오늘은 요정이 없어." 그녀가 말했다. "하지만 내가 데려다주지." 그녀는 흰긴수염고래 조각이 매달

**   연락선을 뜻하는 ferry와 요정을 뜻하는 fairy의 발음이 비슷한 것에서 따온 말장난.

린 구슬 목걸이를 걸고 있었다.

"연락선이 없다고요." 나는 머릿속에서 첫 번째 문장이 바로 잡히자 그 말을 따라 한 뒤 두 번째 문장에 대답했다. "하지만 제가 어디로 가는지도 모르시잖아요."

여자는 나를 위아래로 훑어보았다. "밸로니카로 가는 거 맞지?"

"네."

"내가 데려다주지." 값을 물어보니 여자는 대부분의 고등 학교 선생들에게는 익숙하지 않은 액수를 불렀다. 그녀는 자기 이름이 게이헤드(왐파노아그 부족*) 출신의 엘리엇 모리슨 (Eliot Morison) 선장이라고 했다. 스펠링을 다르게 쓴 엘리엇 모리슨(Elliott Morrison)도, 엘리엇 모리슨(Eliot Morisson)도, 그 어떤 변형도 아니라고 지적하면서. "l 한 개, t 한 개, r 한 개, s 한 개. 현금도 받고 수표도 받아."

"아."

바다와 하늘은 매우 짙은 회색이었다. 바람이 내 앞 헛간 꼭대기의 깃발을 잡아당겼다. 메인주의 은색 주기(州旗)로, 소나무와 웅크린 무스가 들어가 있었다. 추파를 던지는 동성애자 두 명이 받치고 있는 모습이었다. 그 위에 걸린 미국 국기는 훨씬 덜 멋져 보였다. 마흔여덟 개의 달걀과 베이컨이라니. 나는

---

*   미국 뉴잉글랜드의 매사추세츠주 남동부에 사는 아메리카 원주민 부족.

작업복을 걸친 여자를 돌아보았다.

"현금도, 수표도 받아." 그녀가 말했다. "l 하나, t 하나, r 하나, s 하나."

내가 돈을 내고 나자 모리슨 선장은 그날 마지막으로 미소 지었고, 우리는 운명처럼 맹목적으로 외로운 페노브스콧강에 뛰어들어 밸로니카섬으로 향했다. 그곳은 (연락선 팸플릿에 따르면) "미국에 해가 가장 먼저 비치는 장소"였다.

조그마한 밸로니카섬에서, 나는 **최고령 포경업자의 미망인의 여관**이라는 이름의 소금 통처럼 생긴 집을 찾아가 문을 두드렸다. 문이 열리자 분홍빛의 험한 계곡 같은 얼굴 깊은 곳에 두 눈이 박혀 있는, 나이 든 백인 여자가 나왔다.

"니컬슨 부인?" 내가 물었다.

"이봐, 너랑 말하는 사람은 최고령 포경업자의 미망인이야!" 그녀는 어깨에 걸친 격자무늬 숄을 한 손으로 잡은 채 분노로 바들바들 떨며 소리쳤다.

"죄송해요." 나는 약간 고개를 숙이며 말했다. 물론 나는 숙소를 바꿔야 할지도 모르겠다는 것 말고는 그 말이 무슨 뜻인지 전혀 몰랐다. 불행히도, 섬에는 물에 띄워놓은 바닷가재 판매소와 채플린을 닮은 바다오리들이 지키는 바위투성이 해변, **최고령 포경업자의 미망인의 여관** 말고는 별게 없었다. 바다오리나 미망인 중 하나를 골라야 하는 것 같았다. 펠루는 뭘 해야 했을까?

"작고한 내 남편 니컬슨 선장님은 존 R. 만타의 선원이셨다." 여자는 엄한 표정으로 내게 알려주었다. 그녀의 눈은 총알을 만들려고 녹인 백랍 컵처럼 잿빛이었다. "1927년에 뉴베드퍼드로 항해해 갔지. 그 배는 옛 뉴잉글랜드 최후의 포경선이었어." 그녀는 고개를 저었다. 은발을 깔끔하게 나누어 뒤로 넘겨서 틀어 올린 모습이었다. "최후의 포경선! 그 이후로는 포경선이 없었어."

갈매기들이 지붕에 앉아 그녀의 이야기에 귀 기울였다. 멀리 어딘가에서 항구의 종이 울렸다. 나는 미소 지으며 가방을 내려놓고 부드럽게 질문의 노선을 따라갔다. "방이 있는지 전화를 드렸……."

"원더러호 얘기는 하지도 마!" 니컬슨 부인이 끼어들며, 숄에서 한 손가락을 꺼내 하늘을 가리켰다. "원더러는 결코 돌아오지 못했어! 우린 돌아왔고." 손가락이 툭 떨어졌다. "내가 그녀와 함께였지."

갈매기들과 나는 그녀라는 말에 길을 잃었다. "누구랑요?"

"존 R. 만타 말이야." 여자가 고개를 끄덕이며 말했다. "사람들이 나를 아조레스제도에서 데려왔고, 몇 년 뒤 우리는 결혼했다." 니컬슨 부인이 수줍어하며 미소 지었다. "나는 어린 나이의 신부였어."

포경업자의 아내들과 미망인들에게 삶은 어떨까? 몇 년씩 바다로 떠나 있던 남편들이 — 돌아온다면 말이지만 — 그녀들로서는 상상조차 할 수 없는 것들을 보고 미지의 무언가와 싸우고 어떻게든 이겨서 돌아온다는 건? 간신히 빚 갚을 돈만 가지고 이 모든 일을 한다는 건? 나는 그게 소설가와 결혼하는 것과 비슷했으리라고 상상한다. 나는 즉시 그녀가 마음에 들었다.

그녀가 미소 지었다. "알겠지만 젊은이. 젊은이를 보니 나의 위대한 사랑이 생각나."

"니컬슨 선장님요?"

처음에 그녀는 내 말을 듣지 못하는 듯 현란한 가을 잎사귀들을 바라보았다(청교도들은 자연을 보고 얼마나 얼굴을 붉혔을까!). 그런 다음 그녀는 나를 돌아보았다. "아니, 아아, 아니지." 그녀가 서둘러 말했다. "얼른 들어와, 얼른 들어와. 자네 때문에 찬바람이 들어오니까……."

매일 아침, 나는 새벽빛과 항구 종소리에 깨어났다. 아침이 내 친구인 적이 있던가? 젊은 시절의 아침은 받아들이기에 너무 힘들었지만 — 개지 않은 침대, 개지 않은 하루 — 여기 밸로니카에서는 밤새 뭔가가 수리된 것처럼 느껴졌다. 꼭 요정이 고쳐놓은 것처럼. 뭔가 바뀌어가고 있었다 — 내가 바뀌어가고 있었다. 전에도 이런 적이 있었다. 어느 날 아침 눈을 떠보니 하늘이 레스답게 푸르렀던 날, 내가 그 파란색과 매일을 함께하려고 세상을 가로질러 날아갔던 날, 세상이 내게 세워준 계획을 던져버리고 계단에서 아서 레스를 기다렸던 날에. 그리고 그다음 날 아침에는 햇빛이 나팔꽃 덩굴 사이로 들어와 흰 침대와 그 안에서 잠든 몸을 비추었다. 엉켜 있는 숱 없는 금발, 상기된 그의 두 뺨. 그리고 잠든 레스의 모습을 바라보는 나. 사랑의 신선함으로 가득 차 있던. 그 아침은 어디로 갔을까? 함께 보내는 아름다운 중간 시간은 어디에 있을까, 레스와 로버트가 함께 나누었던 시간은? 나는 그 시간을 놓쳤을까? 아니면 아직 그 시간이 오지 않은 걸까?

벨로니카에는 파란색이 없다. 풍경은 뒤집혔다. 바다는 이제 하늘에서 물결과 파도를 일으키고, 아래쪽의 표면은 그냥 날씨의 사나운 생각을 반영하는 것 같다. 이런 일이 얼마나 오래됐을까? 늘 그랬을까? 모든 것이 나와 함께 변하고 있는 걸까?

니컬슨 부인과 지내는 동안, 정신을 차려보면 나는 조그만 섬을 산책하고 있었다. 섬 한 바퀴를 도는 데 40분이면 됐다. 내가 가장 좋아하는 자리는 돌에 새겨진 작은 표지로, 그 표지에는 사망한 바닷가재잡이 어부의 이름과 그의 부표 번호, 그가 죽은 바다의 위도와 경도, **형제, 선원, 남편, 친구**라는 문구가 적혀 있었다. 니컬슨 선장의 표지였다. 나는 이 사실을 그의 미망인에게 전했는데, 그녀는 그녀의 이름을 알고 싶어 하는 내 욕망과 고래를 보고 싶어 하는 욕망에도 헛기침했듯 헛기침했다. "이 시기에는 볼 수 없어." 그녀는 대구 수프를 저으며, 불이 시계처럼 탁탁 소리를 내는 가운데 말했다. 고래보다도 볼 가능성이 없는 건 무스였다. 하지만 나는 때때로 그녀의 남편의 표지로 돌아가, 질주하는 잿빛 구름 아래의 잿빛 풍경 속 강과 웅덩이처럼 보이는 물속의 다양한 형태를 내다보았다. 한 가지 일화를 말하자면, 내가 어렸을 때 가장 좋아하던 영화는 〈오즈의 마법사〉였고 나는 그 영화가 바로 이런 잿빛 구름과 함께 시작한다는 걸 알았다. 잿빛 구름이 나오는 흑백 화면이 텔레비전에 나올 때마다 나는 신나서 손뼉을 치곤 했다. 아무리 여러 번 실망해도 나는 단념하지 않았다. 난 언제나 그 영화가 〈오즈의 마법사〉일 거라고 생각했다. 그리고 인생에는 사실 숨겨진 마법이 많이 섞여 들어가 있어, 한번은 실제로 그 영화가 나왔다.

마찬가지로, 밸로니카의 어느 오후에 내가 니컬슨 선장의 표지 옆에 서 있을 때 물과는 다른 잿빛이 크림 같은 거품을 일으키며 솟아올라 그 주름진 피부를 휘저어대다가 분수처럼 하늘로 뿜어졌다.

"저기 물을 뿜네요!" 나는 듣는 사람도 없는데 소리쳤다. "저기 물을 뿜어요!" 그런 다음 고래는 깊은 곳으로 돌아가며 소리를 냈다.

민담 얘기는 하지 마라. 희망 얘기도 하지 말고.

그렇게 나는 니컬슨 부인과 그녀의 이야기와 포리지*와 바닷가재 스튜와 함께 지내며, 마침내 그녀의 이름이 아델이라

---

*　　곡물을 물이나 우유에 넣고 끓여 만든 음식.

는 걸 알게 되었다. 밸로니카에서의 어느 날 밤, 섬을 떠돌아다니다가 자유의 영혼에 사로잡힌 (그리고 아마 아델의 식료품 저장고의 영혼에도 사로잡힌) 나는 핸드폰을 바다 멀리, 무덤에 있는 아델의 남편과 함께 있도록 내던졌다. 핸드폰은 파도 사이에서 아무 소리도 내지 않았다. 이제 나는 길을 잃었다. 나는 그곳에 남아 바다오리들과 교감하며, 오랫동안 생각해왔지만 자신감이 없어 쓰지 못했던 책을 썼다. 레스의 이야기와 내 상상력으로 만든 세계 일주에 관한 책이었다. 사랑 이야기.

아서 레스에게로 돌아가보자.

우리는 이제 그의 이야기에서 '돌리 디스파뤼'*라고 부를 만한 부분에 이르렀다. 허리케인에서 살아남은 로지나는 이제 레스와 그의 빈약한 소지품 말고는 모든 화물을 잃은 채(레스가 입은 티셔츠와 반바지도 포함이다) 서배너에서 북쪽으로 나아간다. 나른한 슬픔이 여행을 압도한다. 수 킬로미터가 흘러간다. 지역 라디오 방송국도 릴레이로 빠르게 바뀐다. 돌리가 없으니 공허가 있다. 레스는 그 공허를 음식으로 채운다— 눈썹을 뽑은 백인 남자 바텐더가 새콤하게 양념한 새우와 그리츠**를 내오며 레스에게 의미심장한 눈길을 던졌던, 크리스

---

*   '사라진 돌리'라는 뜻의 프랑스어.
**   옥수수빵을 갈아 크림처럼 걸쭉하게 만든 것.

털 샹들리에가 있는 '차일드리스 하우스'의 바에서부터, 오두막 위에 지어진 집으로서 레스가 나이 든 흑인 여성 로다(검은색 터번과 구슬 목걸이)와 함께 앉아 그녀가 고구마 파이 속을 채우며 그에게 이곳이 작은 술집이었다는 이야기를 해주고 그녀의 손녀(빨간색 땋은 머리, 두 개의 금니)는 로다가 파리채로 관심을 끌려 하자 지친 듯 로 컨트리 보일***을 준비하며 "아니, 마마!"라고 경고하던, 황폐한 '로다의 페이머스' 식당에 이르기까지. "아니, 마마!" 레스가 밴으로 돌아가면 굼실거리며 그를 맞아주거나 RV 주차장을 향해 끊임없이 짖어대던 개는 없다. 이제 RV 주차장은 교통 원뿔을 가지고 다니는 주인들이 아니라 플렉시글라스 스크린 뒤의 효율성 높은 사무직 직원들이 지킨다. 이 직원들은 레스가 어디에서 왔을지에 관해 추측하는 위험을 무릅쓰지 않는다. 어떤 거친 바보도 매일 저녁 그를 끌어안고 재우지 않는다. 아무도 그의 얼굴을 밟아 잠을 깨우지 않는다. 지금 아서 레스는 정말로 혼자다.

오늘 밤은 슈퍼 비버 문이다. 노스캐롤라이나주 로키마운트의 서점 겸 도넛 가게에서 라디오가 시끄럽게도 그렇게 선언한다. 아서 레스는 H. H. H. 맨던의 얼굴로 장식된 그곳 식탁에 앉는다. 맨던은 이미 돌리와 딸과 재회했을까? 레스의 앞에

*** 다양한 양념류를 넣어 끓인 남부식 해산물 요리.

는 도넛 네 개가 놓여 있다. 베이컨, 베이컨, 베이컨, 캔디콘*. 그는 이 제한적인 선택지를 생각하다가 그 공간에 시끄럽게 선언되는 슈퍼 비버 문이라는 말을 듣는다. 레스는 계산대 뒤의 도넛 가게 직원을 돌아본다. "실례지만 방금 저 사람이 뭐라고 한 거죠?"

점원은 가짜 속눈썹이 얼굴에서 나무 그늘 속 잉꼬들처럼 파닥거리는 젊은 여자다. "슈퍼 비버 문요."

"전 그냥…… 제가 잘못 들은 줄 알았어요." 레스는 바보처럼 키득거리기 시작한다.

"슈퍼 문은 달이 지구와 가장 가까운 곳에서 보름달이 되는 걸 말해요." 젊은 여자가 꽤 진지하게 설명한다. "저는 천문학 수업을 듣거든요."

"비버 부분은요?"

"11월에 뜨는 보름달을 비버의 달이라고 해요. 1월에 뜨는 보름달은 늑대의 달이라고 하고요. 제가 가장 좋아하는 건 8월이에요." 그녀는 그렇게 말하더니 계산대에 기댄다. "철갑상어의 달이죠." 그녀는 나도 몰라요 하는 표정으로 어깨를 으쓱한다. "철갑상어의 달이라니! 아무튼 이번에 뜰 달은 아무도 본 적 없는 큰 달이 될 거예요. 오늘 밤 9시쯤에 현관에 나와 앉으세요. 11월치고는 따뜻한 편이니까요."

---

* 작은 피라미드 모양의 사탕.

"이 캔디콘 도넛을 바꿀 수 있을까요? 이런 건 줄 몰랐는데……."

"교환이나 환불은 안 됩니다, 손님."

"아."

"이제 슈퍼 비버 문을 즐기세요."

레스가 막 로지나를 향해 주차장을 가로질러 가고 있을 때, 나이 든 나바호 여자가 떠오른다. 거기, 돌투성이 언덕 옆면의 바위에서 물이 나왔지.

레스는 메시지를 확인해보고 자신(부주의한 심사위원이다)이 마지막 수상자 투표에 하루 늦었다는 걸 알게 된다. 연락이 닿지 않는 것처럼 보이는 핀리 드와이어가 아니라 프리비에게서 들은 소식이다.

"음, 하지만 늦게라도 투표할 수는 있을까요?" 레스는 통화와 내비게이션 체크, 수동 기어 조작을 해내느라 공황에 빠져 말한다. "그게, 제가 어제 움직일 수 없는 상황이었거든요. 메시지도 보냈는데요."

"우리도 그 얘길 하긴 했어요! 내가 당신 편을 들었죠! 하지만 핀리는 이제 와서 규칙에 예외를 두기 시작하면 어떻게 되겠느냐고 했어요."

"하지만 어제가 바로 끝이었잖아요. 끝에는 규칙에 예외를 두는 거라고요."

"미안하지만 우린 어제 당신을 심사위원회에서 쫓아내기로 투표했어요."

"뭐라고요?"

"도움이 될지 모르겠지만 난 반대했습니다."

"고마워요, 프리비." 레스는 한 손으로 눈을 닦는다. 이렇게 더 많은 돈이 사라진다. 뭐, 최근에 받은 수표가 자금 부족을 메우는 데 도움이 될 것이다.

위원회에서는 당신을 암브로조에서 영원히 추방하기로 표결했습니다.

"사실, 그렇게 하니까 우리 문제는 많이 해결됐어요." 프리비가 말한다. "핀리는 너태샤 애셔탠을 원했지만 당연히 안 되죠. 너태샤는 시인이니까. 비비언은 마이클 세인트 존을 원했는데, 그 사람이 작년 수상자라는 걸 잊었어요. 에드거는 오버 먼한테 투표했죠. 해결하는 데 노력이 좀 필요했어요."

"당신은 퀴어에 대해 그런 식으로 글을 쓰지 않는 줄 알았는데요?"

"해결하는 데 노력이 좀 필요했다니까요."

트럭이 경적을 울리자 레스는 자신이 차선을 밟고 있음을 깨닫는다. "프리비, 솔직히 말해서 전 끊어야 하는……."

"우린 모든 걸 내던지고 처음부터 다시 시작했어요. 핀리는 처음부터 원했던 사람을 데려왔죠. 아무튼 그게 우리가 이룰 수 있었던 유일한 타협이었어요. 하지만 누가 수상자인지는 말해줄 수 없어요, 아서."

"솔직히 프리비……."

"월요일에 발표하니까요!"

"잘됐네요. 전 끊어야……."

"뉴욕에서 만나요!" 프리비가 전화를 끊으며 말한다. 레스가 더는 심사위원이 아니라는 걸 잊은 모양이다.

레스는 깊이 숨을 들이쉬고 이 새로운 치욕을 떨쳐낸다. 어쨌든 내일은 동부에서 하는 강연 투어가 시작되는 날이다! 그는 작은 돈더미를 다른 여러 돈더미에 더할 것이고, 나머지는 어떤 새로운 기적이 메워줄 것이다. 아서 레스 같은 남자들은 언제나 결국 안전해지지 않던가?

두 캐롤라이나주에서 버지니아주로 움직이자—이런 감각을 이토록 예민하게 느끼다니 이상한 일이다—풍경이 변신한다. 꼭 왕국의 저주가 풀려, 오래되고 익숙한 형태로 변하는 것 같다. 삐죽빼죽한 숲의 윤곽선은 하나하나 갈라져 층층나무, 튤립, 붉은 단풍이 된다. 곤충들(팜스프링스 이후로 휴게소의 공포였다)은 소변기를 기어 다니던 외계 생명체에서 레스가 잘 아는 장님거미로 바뀐다. 고속도로의 풀은 평범한 초록색으로, 하늘은 평범한 잿빛으로 변한다. 심지어 공기조차 그 향을 잃는다. 기나긴 몇 주의 이국적인 분자가 희미해져 단순한 아스팔트와 타는 잎사귀를 드러낸다. 레스가 다리를 건너가는 지금은 진흙과 젖은 돌의 향이 다가온다. 포토맥강이다. 주문이 깨졌고 아서 레스 주위의 세상은 그 자극과 영광을 일부 잃고 안전하고 일상적인 곳이 된다—집에 돌아오는 감각.

그는 가스등이 켜진 식민지 시대의 마을 알렉산드리아를 지난다. 그곳에서는 고속도로 한쪽에서 밥을 먹는 백인들이 조지 워싱턴의 식사를 복제한 음식을 대접받고(양고기와 얌이다), 다른 한쪽에서는 흑인 가족들이 테라스하우스의 계단에 앉아 수다를 떨며 옅은 분홍빛 시트케이크를 나눠 먹는다. 북쪽으로 좀 떨어진 곳, 평범한 모습의 록빌에는 F. 스콧과 젤다 피츠제럴드 부부의 묘지가 있다. 그들은 쇼핑몰 옆에 누워 있기로 영원토록 위탁된 상태다. 레스는 포토맥강을 건넌다. 이곳이 바로 법의 완고한 잿빛 도시, 워싱턴 DC다! 레스는 이곳을 너무도 잘 안다. 몇 번 긁는 것만으로 음반의 바늘은 기억이라는 홈에 쉽게도 들어간다.

승객들이여, 오른쪽 창밖으로는 십대이던 아서 레스가 3년 동안 웨이터로 일하며 비참한 여름을 보냈던 바로 그곳이 있다. 디 웨이사이드 여관은 1784년에 지어졌으며 조지 워싱턴 대통령이 방문했던 곳이라고도 한다. 레스는 촛불이 밝혀진 방에서 브리치스 반바지를 입고 삼각 모자를 쓴 채 "안녕들 하시오?"라는 말로 손님들을 맞이하고 그들을 '선량한 선생'과 '선량한 부인'으로 불러야 했다. 버클이 달린 그의 신발은 식탁 사이를 분주하게 돌아다니느라 얇게 닳았고, 그의 어휘는

18세기 파투아 방언으로 후퇴했다. "안녕하시오, 선량한 레스 아가씨?" 레스는 동생 리베카에게 그렇게 말하곤 했고, 이 말에 리베카는 "짜져"라고 대답하곤 했다. 우리 주인공의 고통은 어느 날 직장에 왔다가 소방대원들을 만나면서 끝났다. 그들은 디 웨이사이드 여관이 있던 자리의 축축하고 검게 변한 목재를 살펴보고 있었다. 이 현대적인 남자들은 브리치스 반바지에 삼각 모자를 쓴 레스를 돌아보고, 아마도 십대인 립 밴 윙클*을 봤을 것이다.

하지만 당시에 레스의 치욕은 이미 그 정점에 이른 뒤였다. 델마바 고등학교의 쿼터백이 그곳에서 생일 파티를 열었던, 유독 움찔거리게 되는 어느 저녁을 상상해보자. 쿼터백은 매일 아침 교실에서 친구들과 함께 호리호리한 레스를 보고 히죽거리며 이렇게 읊어댔다. "나는 미합중국 호모** 앞에 충성을 맹세하며……." 그날 밤, 스타킹을 신고 브리치스를 입고 삼각 모자를 쓴 레스가 불붙은 푸딩을 서빙하는 걸 지켜보며 잔인하고도 쉬운 기쁨을 느끼면서 "만세! 만세! 만세!" 하고 외치기도 했다.

레스가 체서피크만의 거대한 베이 브리지를 건너가자 불붙은 푸딩과 타오르는 여관의 열기, 사춘기의 수치심은 식기 시

---

* 워싱턴 어빙의 소설 《립 밴 윙클》의 주인공으로 '시대에 뒤떨어진 사람'이라는 의미가 있다.

** 국기인 flag와 동성애자에 대한 멸칭인 fag의 발음 유사성에 착안한 말.

작한다. 체서피크만이 대서양을 향해 날숨을 쉬는 것처럼 보이는 가운데 그 검은 물에 햇빛이 반짝인다. 오늘은 범선들이 움직이고 있다. 저 아래 어딘가에는 레스의 어머니가 그들을 데려갔던 곳, 두꺼운 방습지가 식탁에 깔리고 바닷게가 든 양동이가 들어와, 사춘기이던 아서 레스가 망치를 건네받고 마음대로 해보라는 얘기를 들었던 해변의 간이식당이 있다. 그는 메릴랜드 동부의 습지와 수 킬로미터씩 이어지는 관목 무성한 겨울 농장으로 건너가는데, 어느 순간에는 긴 노란색 머리카락과 주황색 공사장 모자, **정지** 팻말을 든 임신한 여자가 등장하는 도로 공사 현장이 나온다. 여자는 10분을 꽉 채워 아서 레스를 그 자리에 잡아둔다. 그녀의 시선이 절대로 레스의 시선을 떠나지 않는다. 그런 뒤에야 그녀는 팻말을 **천천히**로 돌린다―그에 대해 레스는 감사의 뜻으로 손을 흔든다. 잠시 레스는 그녀의 삶을 상상한다. 그 생각은 그루터기만 남은 농장이 몇 킬로미터 더 이어진 뒤 메이슨-딕슨선(線)을 건너자 희석된다.

이제 그는 델라웨어주에 있다.

주의 아랫부분을 건너면, 당연하게도 대서양에 도착하게 된다. 이때 도착하게 될 마을의 이름은 러호버스이다. 대서양 중부에 있는 수많은 해변 마을과 비슷하게 생겼다. 소금물을 활용한 태피와 퍼지 사탕도 있고, 범퍼카와 솜사탕으로 이루어진 고리타분한 골목도 있다. 해변은 조류에 청소되었다가 더럽혀지고, 하루에 두 번 해초 화환을 걸친다. 이런 마을은 100여 곳이나 있다. 차이점은 이 마을이 퀴어 마을이라는 것이다. 처음부터 퀴어로 시작된 건 아니다. 이곳은 바닷가의 기독교 휴양지로 시작했다. 하지만 상황이 다르게 흘러갔다. 이유야 누가 알겠는가? 미국에서 무슨 일이 일어나든 누가 그 이유를 알겠는가?

집은 말뚝 위에 올라가 있는 해변 특유의 집이다. 레스는 계단을 올라가 문을 두드린다. 문이 열리자 낮게 깔린 구름 같은 백발에 가느다란 입술, 날카로운 코와 바이외 태피스트리에 나오는 바이킹 침략자들을 생각나게 하는 긴 턱을 가진 여자가 나온다.

"안녕하시오, 선량한 레스 선생?" 그의 동생이 묻는다. "콧수염을 길렀군!"

"아빠는 어땠어?"

그들은 리베카의 작은 집 주방에 있다. 물막이 판자에 게잡이 그물과 불가사리가 박혀 있다. 바다 쪽 벽을 빼면 소박하고 단순하다. 바다 쪽 벽은 은둔 성인의 유일한 방종이라도 되듯 화려하게 유리로 만들어져 있다. 레스는 빌려 온 대학 운동복을 입고 의자에 앉아 있다. 리베카는 양파를 써는 중이다. 둘의 어린 시절 대서양이 가을 공기 속에 아른거린다.

"해로울 것 없었어." 레스가 대답한다.

리베카는 듀이 맥주 너머로 미소 짓는다. "맞지?" 리베카는 점프슈트를 입고 있지만 부활절 기억 속 옷과는 사뭇 다르다. 옆구리를 따라 쭉 흰 줄무늬가 있는 검은색 옷이다. 리베카는 레스에게 거의 매일 그 옷을 입는다고 말했다. 삶이 더 쉬워졌다고.

"거의 해로울 것 없었지." 레스가 리베카에게 경고한다. "분홍색에, 대머리에, 늙은."

"남부에 갔던 게 기쁘지 않아?"

"아빠가 나더러 날 용서한대. 아빠가 나를 용서한대!" 레스는 최후의 뻔뻔스러움에 몸을 떤다. "독일어로!"

리베카가 프라이팬에 양파를 던져 넣는다. "그건 죽어가는 사람들이 하는 말이야, 아치. 상대를 사랑하고 용서한다고 말해. 병원에서 나눠주는 대본인가 봐."

"사랑한다는 부분은 못 들었어. 그리고 내가 쓴 뭔가에 화가 나 있더라고. 그게 제일 이상했어. 그런 다음에는, 아빠가 나를 자기 집으로 초대했는데…… 뭐, 아빠 집은 아니었지만……."

"〈영양 연극〉."

"뭐?"

"아빠가 화난 건 오빠가 아빠를 〈영양 연극〉에 등장시켰기 때문이야."

"그 아버지는 허구의 인물이야. 합성된 캐릭터라고. 아무도 그걸 이해 못 해……." 레스가 한숨을 쉰다.

리베카는 아무 말도 하지 않는다. 레스는 바다와 조류가 바닷가로 쓸어 온 엉킨 해초, 쓰레기를 내다본다.

"아빠가 와서 아빠만의 마법을 부리고…… 심지어 거긴 아빠 집도 아니었어. 완다라는 이름의 웬 부유한 여자한테 빨대를 꽂았더라고. 늘 그러듯이. 그리고 난……." 레스는 입을 열었다가 부끄러움에 눈을 감는다. "난 아빠가 내 투어를 후원했다는 멍청한 생각을 했어."

"아, 아치."

"아빠 잘못은 아니야." 레스가 듀이 라거를 내려놓으며 리베카에게 말한다(급류처럼 흘러가는 기억의 깜빡임). "난 아빠가 나를 그리로 끌어냈다는 생각을 머릿속에 넣게 됐어. 아빠가 부자가 돼서 나한테 돈을 퍼붓고 있다고……. 당연히 아니었지. 그냥 신문에서 봤대. 아니다, 완다가 신문에서 봤대. 아빠는 그냥 안정을 위해 어떤 여자한테 달라붙어서, 그럭저럭 지내려고 거짓말을 하고……." 레스는 물 위의 무언가를 내다보며 말을 흐린다.

"아치?"

레스가 말한다. "난 내가 그렇게 먼 곳까지 가서 아빠한테 말하려 했던 걸 말할 필요가 없었다는 걸 깨달았어."

리베카는 말이 없다.

"단순해. 내가 하고 싶었던 말은 '난 아빠처럼 되고 싶지 않아요'라는 말이야."

"아, 아치."

"그런데 아빠처럼 됐어."

"아니, 아니야."

"오만함. 로버트다움. 내가 아는 건 그것뿐인지도 몰라. 프레디 생각은 그래."

"그건 말도 안 돼, 아치. 헛소리야."

밤새가 키-키-쿠, 키-키-쿠라고 말한다.

레스는 눈을 닦고 씩 웃더니 묻는다. "넌 어때? 지금도 종을 울려서 가정부를 불러?"

미소. "아! 물어봐줘서 고마워. 그 여자는 해고했어."

"제대로 된 도움을 받기란 어렵지."

"근데 지금은 뭐랄까…… 몸을 떨어. 지금도 아주 노부인 같아. 내가 귀족 미망인인데 오빠가 나더러 대중 버스를 타라고 한 것 같다니까. 난 마치……." 여기에서 리베카는 눈을 감고 두 손을 들더니 역겹다는 듯 떤다. "난 아주 매기 스미스*처럼 굴고 있어."

"불안이 나아졌다는 뜻이야?"

리베카가 말한다. "의사는 모른대. 아무도 몰라. 난 신기한 존재야. 내 불안이 중년에 이른 것 같아. 나랑 똑같이 나이 들어갈 것 같아."

---

*   영화 〈해리 포터〉 시리즈에서 맥고나걸 교수 역할을 맡았던 배우.

"그냥 불안을 귀부인처럼 유지해."

조바심의 손짓. "아, 그래! 이젠 그냥 이게 내 모습인 것 같아. 오빠 친구 조라 말로는 이게 내가 청교도 국가에서 이혼하고도 행복하게 지내는 것에 대한 대가래. 내 생각에는, 1980년대 코미디 속 스티브 마틴이, 뭐랄까, 마녀한테 저주를 당해 시간 여행을 한 끝에 내 머릿속에 사는 아주, 아주 작은 존재가 되고 만 것 같아. 마녀는 릴리 톰린**이고 불멸의 존재이고 지금은 내가 일하는 어떤 정유 회사를 운영하든지 하는 거지."

레스가 눈썹을 치켜올린다. "너, 영화계의 큰손도 될 수 있겠다."

"그런 셈이지!" 리베카는 다시 두 손을 들어 떤다. 둘 다 그녀에게 일어난 무시무시한 일에 웃는다. "아! 오빠한테 전해줄 편지가 있어." 레스는 '오두막'에 온 편지가 리베카에게 전달되도록 했다는 걸 떠올리고, 청구서 사이에서 아서에게, 오늘 로버트를 만나러 갔는데 돌아다니는 유령은 없다고 말할 수 있겠어. 난 오늘 마지막 깔개를 끝마칠 거야. 여행 잘했으면 좋겠구나. 사랑을 담아, 메리언이라는 단순한 메시지가 적힌 카드를 찾아낸다.

"그건 뭐야?" 리베카가 묻는다.

레스는 빛과 직공과 시인에 대해 설명하려 하는데…….

"아니, 손에 있는 거, 아치." 리베카는 레스의 오른손을 가리

**   미국의 배우, 성우, 희극인.

킨다. 그 손에는 레스가 가슴 주머니에서 꺼낸 펜이 놓여 있다. 펜을 꺼낸 건 아마 청구서를 보고 보인 자동적인 움직임이었을 것이다. "엄마 거야?"

"응."

리베카가 인상을 찡그린다. "잠깐, 장례식 끝나고 나서 그걸 훔친 거야?"

"이 문제에 대해서 얘기했던 걸 잊은 모양인데." 레스가 침착하게 설명한다. "끼워져 있었어. 뚜껑이 끼워져 있었다고. 아마 잉크가 새서 말라버리거나 했을 거야, 모르겠어. 네가 나보고 그냥 가지라고 했고."

"내가 그렇게 말했을 것 같진 않은데."

"뭐, 난 펜을 가져갔어." 레스가 말한다. "뚜껑은 영원히 끼워져버렸고, 아무도 뺄 수가 없었어. 내 친구 중 누구도. 아무도. 우리 집에서는 그게 농담거리였어. 로버트는 뚜껑을 뺄 수 있는 사람이야말로 '온 영국의 합당한 왕'이라고 했다니까! 내가 제대로 기억하는 거라면." 레스가 웃는다.

리베카는 누가 펜 뚜껑을 뽑았는지 묻는다.

레스는 어느 날 아침 전화를 하다가 펜을 달라고 했는데, 기적적으로 뚜껑이 뽑힌 어머니의 펜을 건네받았다고 설명한다. 바로 그렇게, 어머니의 펜을 쓸 수 있게 된 것이다. 아무 일도 아닌 것처럼. "수많은 사람 중에서 하필 프레디였어." 레스가 말한다.

그렇다. 나였다.

"바위에 박힌 검이네." 리베카가 아주 단순하게 말한다.

침묵. "그래, 그런 것 같아." 레스가 말한다. "바위에 박힌 검. 저녁으로는 뭘 만들까?"

당연히 크래브 케이크다. 델라웨어식 크래브 케이크와, 커리 드레싱을 뿌린 망고 샐러드. 어머니가 게살이라는 사치품을 스스로에게 허락할 때―어머니의 생일이나 아이들이 찾아왔을 때―만들곤 하던 것인데 늘 그렇듯 거기에는 활기찬 경탄이 따라온다. 그들은 바닷가에서 자랐지만, 바다에서 난 음식을 먹어본 적은 거의 없기 때문이다. 둘의 어머니는 조지아 내륙에서 자랐으며 가난했다. 생선이나 조개, 홍합을 통째로 요리하는 것은 그녀의 부모님에게 초밥이 괴이해 보였듯 그녀에게 괴이해 보였다. 토머스의 할머니인 쿠키라면 우리 모두가 다른 경험을 한다고 말했을 것이다. 저녁을 먹고 나서, 둘은 어머니라면 절대 하지 않았을 다른 일을 한다. 가을밤에 바닷가를 산책한 것이다.

레스는 판초를 입는다. 담요를 둘러쓴 리베카는 미니바의 모든 병을 가져왔다. 내일 레스의 행사에 가지 못해 미안하다고 한다. "포스터를 하나 보긴 했는데……." 리베카가 웃는다.

"아아, 안 돼."

"오빠 사진이 아니더라, 아치!"

"계속 그러더라니까!"

둘은 웃으며 걷다가 바위에 이르러 돌아선다. 보이는 풍경은 이제 바닷가의 집들을 담고 있다. 대부분 비어 있고 겨울 폭풍을 막느라 덧문을 내리고 있지만, 몇 채는 계절과 어울리지 않게 불이 밝혀져 있다. 어느 집에서 파티를 하는 소리가 들린다. 리베카는 그들이 자신의 레즈비언 친구들이라고 말한다. 레스가 파티를 원한다면 둘은 거기 함께해도 되겠지만, 레스는 반대한다. 그는 강연 투어를 위해 아침에 머리를 맑게 해야 한다고 말한다─한 단계만 더 밟으면 빚을 갚는다고! 강연 투어. 그의 목소리만으로도 강연 투어에 강조점이 찍힌다. 하지만 리베카는 강연 투어에 대해 묻지 않는다.

"프레디랑은 어때?"

레스는 심호흡하고 눈을 감는다. "비, 프레디는 메인주 해변에서 좀 떨어진 섬으로 도망쳤어. 내가 모르는 무슨 프로젝트로. 우리 셋 사이에 뭔가 바뀌어야 한대."

"우리 셋 사이에?"

"우리 둘 사이에." 로미오와 줄리엣과 로버트. "근데 뭐가 바뀌어야 하는지 말을 안 했어!"

"그게 온 세상을 가로질러 날아왔던……."

"맞아. 거기다 전화도 안 받아."

"오빠 지금도 프레디를 사랑해?"

"당연하지, 비! 하지만 프레디는 변했어."

"오빠 변했어, 아치?" 리베카가 묻는다.

"난 변하고 싶지 않아, 비! 난 오십대인걸." 레스가 결정적으로 말한다. "난 충분히 변했어."

달은 아직 뜨지 않았지만 별은 있다. 델라웨어주 사람들이 아마 평범하게, 심지어 추하게 받아들일 이 세상―켈프 해초와 바다 쓰레기 더미, 단단한 돌 같은 모래, 새똥이 촛농처럼 튀어 있는 바위, 썩은 것과 산 것의 냄새, 부서지며 갈채를 보내는 파도, 그리고 사방에, 사방에 있는 숨겨지거나 기어 다니거나 헤엄치는, 멈출 수 없는 생명들―은 다른 모든 사람에게 (내게) 특별하고 아름답고 이국적이고 낯설다. 물속 어딘가에서 물고기가 귀 기울이며 엎드려 있다. 어둠 속의 마법 단검처럼 준비하고 있다.

"조라랑 나는 이혼한 이후로 가까워졌어." 리베카가 핸드폰을 꺼내며 말한다. "뭐랄까, 조라도 비슷한 일을 거쳤거든. 조라가 나한테 뭐라고 썼는지 읽어줄게. 바로 여기 있어. 내가 조라한테 오빠가 한 말과 비슷한 말을 했거든. 난 조라한테 모든 것이 변하는 걸 바라지 않는다고, 그냥 이것 하나만 바뀌기를 바란다고 했어. 내 결혼 말이야. 조라가 한 말은,"―리베카는 목을 가다듬은 뒤 조라의 영국식 억양으로 바꾸어 말한다―"좆 까." 레스는 여동생이 핸드폰에 입력된 글을 읽으며 직설적인 말투의 옛 친구로 변해가는 모습을 본다. "좆 까. 그렇게는 안 돼, 리베카. 이건 인테리어를 다시 하는 문제가 아니야.

집에 불이 난, 개 같은 상황이라고. 이건 구할 물건을 낚아채는 일이야. 엿 같은 것들을 떠나보내는 일. 이건 평생에 한 번 겪을 괴로움과 고통과 마음 아픔이지만, 네가 정말 원하는 게 뭔지 결정할 유일한 기회일지도 몰라. 난 바뀌고 싶지 않다느니 하는 개소리는 한마디도 하지 마. 절대 안 되지―넌 바뀌었어. 그건 이미 일어난 일이야. 이제 어쩌냐고? 모든 것이 변하는데 씨발 이번 한 번만은 네가 그 변화를 책임지고 있어, 세상에. 그러니까 선택해! 틀린 선택을 한다면 그것도 좋아! 괜찮다고! 어쨌든 선택해.'"

리베카가 미소 지으며 고개를 든다. 그녀가 웃자 파도가 열렬히 갈채를 보낸다.

레즈비언 소음이 들려오자 리베카가 돌아본다. 사람들이 바닷가를 따라 나 있는 뒤쪽 현관과 발코니에 모여 있다. 리베카가 환성을 지르더니 주머니에서 아주 작은 병들을 꺼낸다. 아서는 무슨 일이 벌어지고 있는 거냐고 묻는다. 어쩌면 경찰이 오고 있을지도 모른다. 이곳 바닷가의 레스 남매가 미성년이었던 수십 년 전에도 그랬을지 모르고. 하지만 그의 여동생은 그냥 잠시 멈춰 서서 레스를 보며 웃는다.

"아치!" 그녀가 기뻐하며 말한다. "슈퍼 비버 문이야!"

여기, 오늘 밤에, 해변 이쪽저쪽에서 레스는 미국인들을 본다. 현관에 나와 있거나 해변에 플라스틱 의자를 놓고 담요나

아프간*을 두르고 앉아 달을 쳐다보는 미국인들. 무릎에는 맥주와 간식을 올려두고 가로등에 비춰가며 먹거나, 뜰로 끌어낸 바닥 램프의 빛에 비추어서 먹기도 하는 미국인들. 몇몇 군데 이상의 현관에서, 한 군데 이상의 잔디밭에서 미국 국기가 산들바람에 나풀거린다. 달이 크고 밝게, 달러 지폐처럼 하늘을 뒤덮은 별들 사이로 뜬다. 우리는 이미 '물음표'라 불리는 별자리를 보았다. 그럼 물음은 무엇일까? 비트가 과거 샌프란시스코에서 레스에게 물었던 것일 수도 있을까? 미국이라는 이념 전체가 틀린 거라면? 아서 레스는 여기서, 집이라는 우주 감상대 위의 현관에서 위를 올려다보며 같은 나라의 동포들이 답을 기다리고 있다고 문득 생각한다.

아마 나도 그럴 것이다.

미국아, 결혼 생활은 어떠니? 아플 때나 건강할 때나 함께하겠다던 250년 된 약속은? 처음에는 13개 주와, 그다음에는 점점 더 많은 주와 맹세한 끝에 너희 50개 주가 맹세를 했지. 나도 알아, 수많은 결혼이 그렇듯 사랑을 위한 맹세는 아니었어. 세금 문제 때문이었다는 걸 알아. 하지만 너희 모두 어느새 재정적으로 엮이게 됐지. 공통의 빚과 토지 구매와 미래에 대한 웅대한 비전으로. 하지만 어째서인지 처음부터 너희는 본질적으로 어긋나 있었어. 아주 오래된 원한. 너희가 겪은 그 분

---

* 　　　기하학적 무늬가 있는 모직 담요.

열—그게 지금도 따끔하게 느껴지지 않아? 결국은 누가 누구를 배신한 걸까? 너희가 정신을 차리려고 애썼다는 얘기가 들려. 그게 오래가지는 않았지? 그래서 어때, 미국아? 너희 각자가 다시 홀로 설 꿈을 꾸긴 하니? 다른 누군가의 가족 말다툼에 참여할 필요가 없어지기를 원해? 한 푼이라도 나눌 필요가 없어지기를? 다른 누군가의 총기 관련 취미 생활이나 자동차에 대한 집착, 영양에 대한 광기를 견뎌낼 필요가 없어지는 걸? 솔직히 말해줘. 난 결혼에 대해 자세히 생각하고 고민하게 됐거든. 너한테 결혼이 통할 수 없다면, 우리 중 누구에게라도 결혼이 통할 수 있을까?

"만세!" 비가 아치 옆에서 소리치며 럼병을 들어 올린다. "만세!"

"일어나 빛나라, 그대 빛이 왔나니."(이사야서 60장 1절)

레스는 동생이 아직 잠들어 있을 때 일어나 샤워하고 아버지의 정장을 의류 가방에서 꺼낸다. 나프탈렌의 아지랑이 사이로 할머니의 집이, 어느 명절이 상상된다. 이 정장이 크리스마스트리 옆에서 아른거리고 있다. 아니면 아마도 아버지가 허리를 숙여 나중에 가겠다고 말했던 학교 연극 날 저녁에 아른거리는 건지도 모른다. 토머스가 꼬마 아치 레스 역할이고, 이제는 레스가 아버지 역할에 캐스팅됐다. 하지만 그에게는 선택의 여지가 없다. 그는 하나 있는 좋은 셔츠를 걸치고 정장을 입은 뒤, 정장이 거의 완벽하게 맞는다는 걸 알아챈다. 허리가 약간 끼고 소매가 약간 짧긴 하다(어쩌면 레이스가 부족해서일까?). 레스는 동생의 화장실 거울 앞에 서서 입체 영상 같은 모습을 본다. 오늘의 자신과 50년 전의 아버지.

정장은 세상에서 가장 선명한 파란색이다.

그는 몇 안 되는 물건을 챙기고 동생에게 쪽지를 남긴 뒤(좋은 아침, 선량한 레스 아가씨!) 밖으로 나가 로지나의 시동을 켠다. 이른 아침 해변의 빛은 이곳의 빌린 집에서 보낸 여러 여름과 흥청망청 먹던 투구게 더미, 일광 화상, 해초와 보물로 어수선하던 뒤쪽 해변, 흥청망청 신고 다닌 샌들 더미, 그 자신의 특별한 소라게, 그리고 야생 조랑말이 돌아다니는 근처 섬에 대한 이야기를 생각나게 한다. 그는 눈 속에서 볼 때 가장 좋아 보이는 델라웨어의 농장 도로에 돌아와 있다(눈은 내리지 않았다). 도버의 행사장으로 가는 중이다. 그때 결국 로지나가 고장 난다.

이런 식이다. 레스는 자기도 모르는 사이, 가장행렬의 여왕이라도 되듯 **학생 운전자**라고 선언하는 표지판이 지붕에 놓인 작고 빨간 자동차 뒤에 갇힌다. 깃털 달린 모자처럼 기둥 위에 자리 잡고 있는 강철 우체통으로 이루어진 이 좁고 평범한 길을 따라 너무, 너무, 너무 천천히 움직인다. 너무, 너무, 너무 천천히, 거의 느낄 수 없을 만큼 차선 안에서 구불구불 나아간다.

레스는 자신이 뒤에 갇힌 게 아니라는 걸 안다. **학생 운전자**가 앞에 갇혔다. 그는 어마어마한 덩치의 낡아빠진 밴이 비틀거리는 모습을 백미러로 힐끗 본다. 그는 아서 레스가 잘 기억하고 있는 델라웨어 십대의 몸 안에 갇혀 있다. 그게 그가 자기 대시보드에서 깜빡이는 빛을 무시하는 이유일까?

학생 운전자의 불안을 덜어주기 위해 레스는 길을 돌아간다. 어쨌든 그는 이 지역을 안다. 길을 돌아가다 보니, 그럭저럭 즐겁게도 옛 사냥터가 나온다. 1층 이상 솟아오른 건물도 없고, 교회나 우체국이나 미용실도 없다. 그러다가 모퉁이를 돌던 레스의 눈이 포착한 것은 도로 연석의 층층나무와 진입로에 한 줄로 늘어선 덤불들, 그리고 리드 가족이 40년 전 고정해준 자리에 그대로 선 채 델라웨어의 하늘을 향해 두 손을 들고 있는 요셉 성인이다.

그들은 내내 이곳에 있었다. 그들을 버린 건 아서 레스였다. 대학과 도시들을 위해 비워버린 어린 시절의 이 왕국. 레스는 어머니의 죽음이 영원히 선언된 이후로 모든 것을 주어버리거나 팔아버렸다. 그랬기에 레스는 시간이 지나, 고심한 언어로 이곳을 재구성할 수밖에 없었다. 오래전에 사라진 나라에서 태어나 여권이나 서류 없이 사는, 국적 없는 시민을 부르는 용어는 무엇일까?

왈론?

미국에서 가장 인기 있는 거리의 이름은 2번가다(1번가는 주로 메인가로 대체되었다). 로지나가 마지막 회전을 하는 건 2번가와 느릅나무 거리(느릅나무는 없다)의 교차로에서다. 운전석에 불이 켜지더니 엔진이 죽는 특징적인 덜컥덜컥 소리를 내고, 로지나의 코에서 꼬리 끝까지 떨림이 전달된다. 로지나는 배기구를 통해, 바티칸이 교황을 선발했을 때 내는 것 같은 흰 연기를 뿜어낸다. 이 순간부터 로지나는 다시는 입을 열지 않는다. 그럼에도 로지나는 움직인다. 그동안 레스가 당황해 페달을 밟고 열쇠를 돌리며 지원군을 찾으려 애쓴 끝에(돌리도 없다) 로지나가 굴러가다 마침내 멈춘다. 로지나의 마지막 숨결이 후미의 공기에 남아서, 대천사처럼 넓게 퍼진다. 그들 앞에는 간판이 있다.

델마바 고등학교
투구게 파이팅!

나는 미합중국 호모 앞에 충성을 맹세하며……. 이 세상 그 많은 장소 가운데 하필 이곳에 서다니.

하지만 대천사가 구원자를 불러왔다.

"야, 이거 아치 레스 아니야?"

작은 빨간색 자동차가 로지나 옆으로 다가왔다. 백인 남자의 흰 얼굴이 조수석 쪽에서 씩 웃으며 우리 주인공에게 손을 흔든다. 그의 옆에는 노골적으로 임신한 모습의 빨간 머리 십대 소녀가 앉아 있다. 남자의 덥수룩한 잿빛 머리카락과 콧수염은 아서 레스로서는 모르는 것이지만, 그의 미소에는 어쩐지 익숙한 면이 있다…….

구원자의 자동차 위 팻말은?

학생 운전자다.

레스의 행운을 즐기도록 하자, 곧 다해버릴 테니. **학생 운전자**의 선생은 알고 보니 다름 아닌 앤드루 폴락으로, 그 오랜 세월 전에 레스를 조롱했으며 그 사실을 전혀 기억하지 못하는 것처럼 보이는 쿼터백이다. "아예 집으로 돌아온 거야, 아치?" 그가 묻는다. 레스는 어느 정도 노력을 들여서야 호리호리한 미식축구 선수를 찾아, 기억이라는 웜홀 너머 이 순간으로, **학생 운전자** 자동차의 창밖으로 몸을 숙이고 있는 이 덥수룩한 머리의 남자에게로 끌어온다. 그는 델마바 고등학교에서 가르치고 있는 듯하다. 역사와 운전 교육 담당이다. 레스는 근처의 문학 행사까지 이어진 자신의 인생을 놀랍게도 잘 요약해 설명한다. 그 문학 행사에는 이제 참석할 방법이 전혀 없게 됐지만. 잠깐의 침묵. 가을바람이 새끼 고양이처럼 고등학교 교기를 두드려댄다. "뭐, 타!" 앤드루가 말하자 레스는 뒷자리에 타서, 겁에 질린 십대 학생 운전자가 모는 차를 타고 저 멀리 도버까지 가며, 앤드루의 요약되지 않은 (하지만 대체로 별사건은 없는) 지금까지의 인생 이야기를 듣는다. 레스는 어떤 사람에게 인생은 매끄럽게, 아마 시적인 면도 없겠지만 사건도 없는 채로 흘러간다는 걸 이해하게 된다. 레스가 인지했던 그 어떤 것보다도 희미한 종류의 행복. 우리 모두가 다른 경험을 한다. 작별 인사로 손을 흔들며, 앤드루는 레스를 합동침례교회 문 앞에 내려준다("가끔 전화해, 아치! 만나서 반가워!").

"안녕하세요." 입구 기둥 사이에서 팸플릿 한 장을 들고 있던 여자가 말한다. 주홍색 치마 정장을 입고 안경을 쓴, 어깨까지 내려오는 머리카락과 챙 넓은 모자로 퀘이커교도의 목가적인 느낌을 풍기는 주근깨투성이 여자다. 흑인 여성이 아서 레스에게 지어주는 미소는 어쩐지 애석해 보인다. "퍼킨스 집사예요. 도와줄까요?"

"너무 늦어서 죄송합니다!" 레스가 말한다. 상당히 숨이 차고, 단 한 벌 있는 깨끗한 셔츠 너머로는 적잖이 땀을 흘리기 시작했다. 그는 심호흡하며 설명한다. "밴이 망가져서, 탈것을 구해야 했어요!"

퍼킨스 집사의 얼굴이 진심 어린 염려로 가득 찬다. "아, 정말 딱하네요."

그녀는 완벽한 단어를 찾았다. 딱하다(단, 오늘의 구체적인 딱함은 다른 곳에 있다). 레스는 셔츠의 두 번째 단추를 채우고, 남부에서 배운 미소를 얼굴에 씌우며 퍼킨스 집사에게 말한다. "그게, 부인, 저 괜찮아 보이나요? 너무 늦은 게 아니었으면 좋겠는데요."

퍼킨스 집사는 반지 낀 한 손으로 모자를 매만지며 말한다. "유감이지만 늦었어요. 행사가 막 끝나가고 있거든요. 그래도 멋져 보이네요."

"무슨 말씀이세요?"

"원한다면 책에 사인은 받으실 수 있어요." 퍼킨스 부인이 그에게 팸플릿을 건넨다. 레스는 팸플릿을 받아 들지만 읽지는 않는다. "레스 작가님의 팬인가요?"

"누구요?"

"아서 레스요." 퍼킨스 집사는 연민 어린 미소를 지으며 설명한다. "그분이 방금 행사를 끝내셨거든요."

RV 주차장의 강 두 줄기가 서로 합류하기 전에 상대의 물을 휘저어놓을 수 있듯, 이제는 두 개의 현실이 공기 중에서 물결친다.

레스가 거북처럼 머리를 앞으로 내민다. 그의 눈썹 사이 피부가 주름진다.

"하지만 제가 아서 레스인데요."

각자 서로를 미친 사람 보듯 본다.

퍼킨스 집사는 잠시 충격받아 움직이지 않고 서 있다. 그래서 우리의 주인공은 답을 찾으려 다른 곳을 보다가, 열린 문을 보고서는 그냥 그 문을 지나 교회로 들어간다. 투명한 호박색 유리판을 이용해 가로로 나뉜, 교회의 높은 네이브* 창문이 케이크 팬에 버터를 두르듯 그 공간에 토파즈색 빛을 두른다. 그 가을 빛이 탁자 앞에서 인내심 있게 줄지어 기다리는 사람들을 드러낸다. 아서 레스는 그 탁자 뒤에서 책에 사인하는 익숙한 인상의 남자를 알아본다. 더 중요한 건, (마침내 팸플릿을 읽었기에) 레스가 이 바보짓에서 자기가 한 역할을 인지했다는 점이다. 팸플릿의 제목:

아서 레스와의 일요일

굳은 채 수랑**에 서서, 황금색 빛에 적셔진 우리의 아서 레스는 구슬픈 한숨을 연속적으로 흘린다.

아아아!

맨던이 헷갈려 하길래 내가 정리해줬죠.

내가 기대했던 거랑은 다른데.

아아아!

작가님 사진을 보고 저는 바로 우리가 맞는 사람을 찾았다는 걸 알았죠.

저 사람이 작가 맞아요?

---

*   교회 입구에서 안쪽까지 통하는 중앙의 주요한 부분.

**   십자형 교회 좌우의 기둥이 세워진 통로.

오빠 사진이 아니더라, 아치!

아아아!

놀라운 세계의 거대한 홍수 문이 휙 열린다. 이 여행의 다양한 이상한 사건들—레스에게는 참여할 권리가 없었던 다양한 모험들, 이처럼 가능성 낮은 일들, 우리의 가엾은 남자에게 신비감을 느끼게 한 끝에 그가 결국 인생의 기이함과 자신의 행운에 그냥 어깨를 으쓱하게 되도록 한 이 영광과 공포—이 단순한 설명으로 요약된다. 그 모든 것이 그와 같은 이름을 쓰는 남자를 위한 것이었다.

다른 작가, 다른 아서.

아아아!

울면서 침입자가 자신이라는 것을 깨닫기 전 거울 속에 비친 자기 모습을 보며 깍깍대는 까치가 떠오른다.

"이런 젠장, 아서 레스!"

우리의 주인공은 도버에서 델라웨어주 윌밍턴으로 가는 검은색 타운 카의 뒷좌석에 앉아 있다. 햇빛이 차 안에 흘러넘친다. 그의 옆, 잿빛 가죽 좌석에는 그의 일시적인 여행 친구가 앉아 있다. 레스 자신과 비슷한 나이에, 중력 질량도 비슷하며 (키는 더 작지만 옆으로 더 넓다), 탈모도 비슷하게 진행돼 있고, 레스 같은 여우 색깔이 아니라 눈표범 색깔의 콧수염 그리고 거의 마리아나제도의 깊은 푸른빛을 띤 벨벳 정장을 뽐내는 남자다. 햇빛에 무언가가 번쩍이지만—금테 안경, 결혼반지, 강철로 된 다이버 시계다—그는 번쩍거리지 않는다. 그는 입고 있는 벨벳 옷처럼 조용히 빛을 흡수한다. 그에게서 풍기는 인상은, 답을 알지만 굳이 손을 들지 않는 쑥스러운 학생의 인상이다. 그는 흑인이며 이름은 아서 레스다.

"태워주셔서 다시 한번 감사합니다." 우리의 주인공이 말한다.

하지만 지금 다른 아서는 거의 눈물을 흘리며, 두 손을 내저으며 웃고 있다. "아니, 죄송해요, 이게 너무 웃겨서 죄송해요! 웃기잖아요, 이런." 그는 이 상황을 재미있어하는 게 분명하다. 그는 우리의 주인공을 망가진 로지나까지 태워다 줘 물건을 챙길 수 있도록 한 다음, 다시 델라웨어주 윌밍턴에 있는 기차역까지 태워다 주겠다고 제안했다(아니, 그보다는 밸런킨 에이전시의 에스코트에게 태워다 주게 하겠다고 한 것이 맞다). 그는 미소 지으며 우리 주인공을 본다. "그래서, 아서 레스. 드디어 만나는군요."

"드디어 만나네요."

"잠깐만요!" 흑인 남자의 얼굴이 가짜로 화를 내며 구겨진다. "당신이 어젯밤 제 호텔을 취소했죠?"

"아니, 세상에. 맞아요." 하얗게 질린 남자는 두 손으로 얼굴을 가리며 말한다. "정말 죄송해요."

"부끄러운 줄 아세요!" 바보 같은 웃음, 하-하-**하**. "내 호텔을 취소하다니!"

"그냥 문득 떠오른 생각에, 밸런킨이⋯⋯."

"뭐, 내가 이메일을 보내는 내내 당신 에이전트도 그쪽에 이메일을 보냈던 것 같은데⋯⋯."

"그러니까 제가 당신 제안을 전부 가로챈 건가요? 정말 죄송해요." 우리의 레스는 두 손을 내린다. "여쭤볼 수밖에 없네요. 이거 너무 창피한데⋯⋯."

"물어보세요."

"남부의 극단에서 당신 작품을 공연하겠다고 연락했나요?"

"작품 전체를요?"

"아, 젠장."

"그 사람들은 다시 전화를 걸어서 취소했어요. 실수했다고 하더군요. 설마⋯⋯ 아, 이런, 젠장!" 하-하-**하**.

우리의 레스도 웃는다. **아**-아-아.

철컹하는 소리와 부산스러운 기색은 그들이 곧고 반짝이는 수로를 내려다보는 높은 다리에 접어들었음을 알린다. 다른 아서의 안경이 날아가 좌석 아래 오목한 자리로 들어간다. 그가 눈먼 사람처럼 발 주변을 더듬거리자 그의 평정심도 사라진다. 그럼 그렇지. 우리의 레스는 혼자 생각한다. 벨벳과 목소리도, 구름을 닮은 잿빛 정장도 변장이다. 저 아래 깊은 곳에서는 저 사람도 다른 여느 소설가와 마찬가지로 어색하다. 그도 네덜란드에서 왔을까?

다른 아서 레스가 자신감 있는 목소리로 말한다. "봐요, 좀 이른 시간이긴 해요. 하지만 지금은 중차대한 상황이잖아요? 내가 미니바에서 술병을 몇 개 가져왔는데……"

레스가 가슴 주머니에서 리베카의 럼주를 꺼낸다.

"아서 레스! 대단한데요! 자, 이리 주세요. 신비의 찍기를 해보죠." 그는 모든 술병을 정장 주머니에 넣고 우리의 레스에게 고르라고 한다. 벨벳 주머니를 뒤진 뒤 우리의 레스는 스파이 스럼을 꺼낸다. 다른 아서 레스는 서던컴포트를 꺼낸다. 이제 레스는 작가 사진에서 봤던, 귀고리를 한 왼쪽 귀를 본다.

"젠장." 그가 말한다. "서던컴포트 싫은데! 뭐, 나오는 대로 마시는 거죠. 아서 레스를 위하여."

"또 다른 아서 레스를 위하여."

그들은 건배하고 엄청난 행운을 나누기라도 한 듯 웃음을 나눈다—**아-아-아, 하-하-하**.

교탑의 그림자가 운전기사와 아서 레스와 아서 레스를 가로질러 굴러간다. 우리의 레스는 자리에 아주 가만히 앉아 있으려 노력하지만, 대화를 나누는 지금 이 순간에는 자동차가 지나가는 신축이음매 하나하나가 우리의 주인공을 트램펄린에라도 올라가 있는 듯 약간씩 튀어 오르게 한다.

"봐요, 전에 우린 한 번 만날 뻔했어요!" 다른 아서 레스가 말한다. "내가 샌프란시스코를 지나가고 있었는데, 실비아 차이가 디너파티를 열어서 당신을 초대했다고 하더군요. 실비아는 우리가 드디어 만나게 됐다고 생각했어요! 그런데 당신이 오지 않았죠."

"기억 안 나는데요."

"난 기억나요―당신은 세계 여행 중이었어요!"

이 말의 신랄함에 우리의 레스는 놀란다. 그는 눈을 깜빡여 눈물을 삼켜야만 한다. 그는 심지어 왜 이런 일이 일어나는지 말할 수조차 없다.

우리의 레스가 묻는다. "당신, H. H. H. 맨던을 인터뷰한 적 있나요?"

"요청을 받긴 했는데, 솔직히 별로 내 스타일이 아니어서요."

"뭐, 내가 했어요."

"그래요? 맨던은 분명 걸작이었겠죠."

남동부의 연극. 동부 여행. 남서부를 가로지르는 정신 나간 산초 판사 노릇. 행운의 순간들―그 모든 게 이 남자에게서 훔친 거란 말인가?

우리는 체서피크와 델라웨어 운하를 가로지르고 있다. 벤저민 프랭클린이 1788년에 제안한 운하다. 그 운하가 두 개 주―메릴랜드주와 델라웨어주―에 걸쳐 있기에 전형적인 형제간 투쟁이 이어졌다. 오늘날까지 이어지는 제대로 이상한

해법과 함께 말이다. 운하의 체서피크 쪽에서는 메릴랜드주의 항해사가 배에 타, 주 경계선까지 그 배를 가져간다. 거기서는 델라웨어주의 항해사가 아직 움직이고 있는 배에 타, 다른 항해사를 내쫓고 배를 델라웨어강으로 이끌어 간다. 동쪽에서 서쪽으로 갈 때는 그 반대의 해적질이 일어난다. 운하의 양쪽 절반은 쌍둥이처럼 똑같다.

덜컹하며 그들은 반대편에 이른다.

우리의 레스가 말한다. "당신 물건을 내가 가지고 있는 것 같아요." 그는 아버지 정장의 안쪽 가슴 주머니에서 닳아빠진 지갑을 꺼내고 그 안에서 닳아빠진 봉투를 꺼낸다. 우리의 주인공은 잠시 그것을 바라보다가, 예의 바르게 신비로운 동료 작가에게 건넨다. "사연이 길어요." 상대방이 봉투를 여는 동안 그가 말한다. "하지만 서배너에서 어떤 재단이 저한테 엉뚱한 수표를 줬어요." 우리의 아서 레스는 한숨을 거의 억누르지 않는다. 미안, 프레디. 내가 그냥 모든 걸 줘버렸어라고 생각한다.

다른 아서 레스가 바다 빛깔의 초록색 종이를 꺼내 큰 소리로 읽는다. "갠트 센터." 그러더니 그는 액수를 읽는다. "이런, 세상에!"

우리의 레스가 수줍게 고개를 숙인다. "분명 엉뚱한 아서 레스에게 준 거겠죠."

다른 레스가 우리의 주인공을 가리킨다. "하얀 아서 레스 말이죠!"

레스는 고개를 숙인 채 침묵한다.

"여긴 흑인 재단이거든요!" 이쪽 아서 레스가 웃으며 설명한다. "흑인 작가들을 위한!"

"그래요?"

"그래요, 아서." 그는 그렇게 말하더니 다시 웃으며, 어깨를 으쓱하면서 수표를 주머니에 넣는다. "당신은 뭘 할 건가요?"

"글쎄요." 우리의 레스가 말한다. "뭘 안 할지는 알겠어요, 아서. 우린 다른 사람 앞으로 나온 수표를 현금화하지 않아요."

"아서 레스." 상대방이 갑자기 생기 있게 말한다. "난 손에 들어오는 수표는 다 현금화해요!"

공항 표지판이 나타나고, 풍경은 왕 주변의 공무원 같은 단조로움—렌터카, 주차장, 허술한 모텔, 자동차 정비소—과 딱하나 있는 네온등으로 밝혀진 성인용품 상점, 즉 광대가 된다. 여긴 그야말로 미국의 어느 곳이든 될 수 있다.

다른 아서 레스의 표정이 아리송하게 변한다. "우리 이름은 어쩔까요? 언제까지나 우리를 헷갈릴 텐데." 이제는 경계하는 목소리다. "노벨위원회에서 아서 레스가 문학상을 받았다고 발표하면요?" 그는 웃지만, 우리의 아서 레스는 얼어붙는다.

"아서." 우리의 주인공이 매우 심각하게 말한다. "질문이 있어요."

"신비의 찍기를 한 번 더 할까요?"

"당신, 혹시 심사위원이 되어달라는 요청도 받았나요?" 레스는 상의 이름을 언급한다.

"그건 당신 일이에요." 다른 아서가 말한다. "난 그런 일을 할 자격이 전혀 없어요. 미국인도 아닌걸요. 난 캐나다 사람이에요!"

우리의 주인공은 어쨌든 술을 한 번 더 뽑아보자고 제안하고, 둘은 그렇게 한다. 레스는 어머니의 펜을 꺼낸다. "혹시 제 책에 사인해주실 수 있을까요?"

"알겠지만요." 우리의 주인공은 밝은 표정으로 말한다. "당신이 제 다음 소설의 아이디어를 줬을지도 모르……."

"우리 둘 다 같은 책을 써야겠어요." 다른 아서가 말한다. "사람들을 깜짝 놀라게 하는 거죠!"

하-하-**하, 아**-아-아,

(세상에 정말 이런 생물이 둘이나 필요한 걸까?)

윌밍턴 기차역에서 둘은 헤어지며 인사를 주고받는다. 어쨌든 둘은 앞으로 20여 년 동안 우연히 서로를 마주칠 가능성이 높고, 울타리 양옆으로 계속 사과를 떨어뜨리는 공동의 나무를 가진 이웃 사이의 애정 어린 거리를 유지해야 한다. 레스는 더플백을 챙기고 손을 흔든다. 유리창에 비친 그의 모습만이 응답한 끝에 리무진은 볼티모어 쪽으로 향한다.

책에 적힌 글귀는 아서 레스가 아서 레스에게, 모든 날이 일요일이길이다.

이 여행에 어떤 주문이 걸려 있다면, 그건 '또 틀렸어'일 것이다.

날씨도 틀렸다. 길도 틀렸다. 수동 기어도, 부메랑도, 블루베리도, 내륙의 바다와 사막의 길과 협곡도 틀렸고, 천막 오두막도, 선술집도, 연락선 스케줄도 틀렸다. 연인들에 대해서도 틀렸다. 아버지들에 대해서도 틀렸다. 유명한 작가들과 극단과 상에 대해서도 틀렸다. 왈론에 대해서도 틀렸다.

하지만 다른 무엇보다도 사람들에 대해서 틀렸다. 사실 놀랄 일은 아니다. 구조와 언어와 소설 속 대칭에 대한 사랑을 간직한 소설가들은 실제 세상에 거주하는 사람들에 대해 자주 오해한다. 건축가들이 교회에 대해서 오해하는 것과 비슷하다. 소설에서 진실한 것으로 수용 가능한 것—주인공에게 수프를 흘리기 위해서만 존재하는 웨이트리스에게는 헤어스타일과 손만 있으면 된다—이 실제 세상에서는 용서할 수 없는 도덕적 오류다. 우리의 중년 작가는 아마 자신을 로젠크란츠나 길덴스턴*이라고, 절대 주인공은 아니라고 생각할지 모른다. 하지만 그의 영혼을 꿰뚫지 못한 존재의 진실은 현실에 주인공이 없다는 것이다. 역으로, 현실에는 오직 주인공만 있다. 저 밑바닥까지 내려가면 다들 주인공이다.

---

* 둘 다 셰익스피어의 희곡《햄릿》에 나오는 조연이다.

그렇게 여기, 델라웨어주 윌밍턴에 아서 레스가 있다. 다른 아서 레스의 리무진이 그를 내려준 기차역이다. 그를 보라. 파란 정장 차림으로 기차 시간표를 읽으며, 실패한 뉴스웨덴의 현장에서, 프뤼당 드레스가 미국 땅을 밟았던 바로 그 자리에서 가을 하늘의 세찬 감정을 마주 보고 있다. 프뤼당 드레스의 후손이라는 사람은 여기서부터 어디로 갈까? 시간표에는 오래전 잃어버린 왈로니아로 가는 기차도 있을까? 아니, 어디든 그의 출신지로 가는 기차는? 확실히 레스는 우리 중 어떤 사람만큼이나 파스티초이니 말이다. 크리넥스로 콧물을 닦으며(가장 좋아하는 손수건은 이제 한 1년 전쯤 되어 보이는 순간에 주어버렸다), 그는 매우 침착하게 핸드폰을 꺼낸다.

"프레디." 그는 이제 니컬슨 선장만이 받을, 심해의 음성 메시지를 향해 말한다. "프레디. 네가 어디에 있는지조차 모르겠어."

하아아아아아**아아아아아아아아아!** 다가오는 기차가 비명을 지른다. 소리가, 먼 곳에서 칭얼거리는 소리에서 코앞의 천둥소리로 바뀐다(그의 여동생은 오직 손만을 사용해 바로 이런 방식으로 기차 흉내를 내곤 했다. 순진무구하게 상대성 이론을 설명한 것이다. 아마 우리는 모든 걸 다 아는 채로 태어났을 것이다).

레스는 아주 고요히, 침착하게 서서 눈을 감고 빠르게 지나가는 기차에 딸려 오는 그럭저럭 유쾌한 공기의 폭발에 대비한다. 심호흡하고 라벤더 덤불의 냄새를, 진흙투성이 델라웨어의 서늘함을 맡는다. 그의 오른손이 슬금슬금 올라가 그의 심장에, 재킷의 가슴 주머니에 놓인다. 어머니의 오래된 펜이 주는 고체성이 너무도 자주 마음을 가라앉히는 만족감을 주었던 자리다. 어머니의 밀가루 묻은 손이 오래전 부엌에서 그의 손에 닿았을 때의 감각처럼. 하지만 오늘 고체성은 없다. 그는 주머니 바깥쪽을 더듬어보다가, 팔을 뒤틀어 안쪽을 살핀다. 리무진이, 책에 사인하던 다른 작가가, 아마 장례식에서의 손수건처럼 펜을 주머니에 넣었을 그가 떠오른다. 레스는 뭔가를 만지고 엄청난 안도감을 담아 "아!"라고 말한다―하지만 가을 빛은 그것이 민트 한 알이라는 걸 드러낸다. 레스의 손가락은 찾고 또 찾는다. 다시 찾는다. 하지만 아무것도 없다.

하아아아아아아아아아아아!

레스는 민트를 기찻길로 던져버린 뒤 털썩 주저앉아 벽에 기댄다. 그는 기차가 우르르 지나가는 혼란을 들여다본다. 아버지의 재킷이 바람에 쓸려 열리고, 오늘 아침에 그토록 공들여 정리했던 머리는 뒤로 날리며 그의 두피에서 분홍빛 순진 무구함을 드러낸다. 그는 너무도 나이 들어 보인다. 대머리에, 겁먹고 있다. 게다가 그는 이제 어깨를 들썩이며 흐느낀다. 소리의 급류에 그의 몸이 통제할 수 없이 떨리기 시작한다. 벽에 등을 기댄 채, 그의 눈은 눈물로 가득 차 있다.

"프레디, 내가……." 그는 헐떡인다. "내가 날 바보로 만들었어!"

나는 레스를 되찾으려고 세상을 여행했고, 레스가 나를 찾은 날에는 그의 계단 꼭대기에서, 내 짐 가방 위에 앉아 기쁨의 눈물 너머로 미소 짓고 있었다. 그리고 '오두막'에서의 그 나날은 기쁨, 사랑의 신선함으로 채워진 기쁨이었다. 읽고 자고 일하고 나팔꽃 덩굴의 그림자 속에서 사랑을 나누던 나날. 그렇게 사는 건 너무도 쉬웠다. 레스에게는 어쩐지 너무 쉽게 느껴졌을까? 그게 끝난다면 살아남을 수 없을 만큼? 어느 날 아침, 나는 그가 욕실에서 울고 있는 걸 보았다. 괜찮아? 내가 물었다. 왜 그래? 그는 눈을 감은 채 고개를 저으며 사람들이 언제나 자기를 떠난다고 했다. 그는 눈물을 닦았지만 내 얼굴을 보지는 못했다. "그러니까 날 떠날 거라면, 프레디." 그가 떨면서 속삭였다. "빨리 떠나줘."

하아아아아아아아아아아아아아아!

나는 그의 얼굴에서 여러 해의 절망을 보았고 내 연인에게 말했다. "무슨 말을 하는 거야? 난 형을 떠나지 않아!"

기차가 저 먼 곳으로 희미해져가자 그의 주변 바람도 잦아들고, 아서 레스는 벽에서 몇 발짝 떨어져 나온다. 그는 기차가 사라진 곳을 본다. 얼굴이 눈물로 젖은 채로 크리넥스를 찾다가, 바지 주머니에서 그곳에 감춰져 있던 차가운 원통의 감촉을 느낀다. 바위에 박힌 검. 몸을 떨며, 레스는 어머니의 오래된 펜을 들어 올린다.

윌밍턴 기차 시간표 옆에는 오래된 공중전화 부스가 있고

(공중전화는 없다) 레스는 솟아오르는 바람을 피하기 위해 그 각기둥 안에 들어간다. 그는 몇 가지 검색을 해보고 여기저기 전화를 돌린 끝에 메인주의 한 호텔에 이른다.

"어이, 난 '최고령 포경업자의 미망인'이다!"

우리는 이미 움직이고 있는 우리의 서술자에게로 돌아간다…….

독자여, 내가 말하지 않았던가? 당신이 떠나 있는 사이에 이야기는 알아서 쓰였다고…….

아아, 나의 왈론이여, 당신은 '최고령 포경업자의 미망인의 여관'에서 나를 찾지 못할 것이다. 나는 아델에게, 니컬슨 선장에게, 밸로니카의 모든 바다오리에게 작별 인사를 하고 버스를 타고 보스턴으로 갔다. 거기에서 나는 그대에게 언제나 나와 함께 타달라고 애원했던 기차를 직접 예매했다. 사랑에 빠진 남자는 무얼 해야 할까? 그대가 윌밍턴에서 바람을 맞으며서 있을 때 나는 시카고까지, 기업이라는 사원의 꼭대기가 프랑크푸르트 소시지의 증기 위로 솟아오른 그곳*까지 가 있었으며, 나만의 미국 횡단 여행에서 탈 다음 기차로 나를 데려다줄 연결편을 기다리는 중이었다.

---

* 시카고는 프랑크푸르트 소시지를 넣은 핫도그로 유명하다.

첫 번째 기차는 레이크쇼어 특급열차였다. 나는 나 자신에게 '루메트(roomette)'라는 이름의 침대차를 대접했다. 나는 유럽식으로, 그 침대차를 낯선 이와 같이 쓰게 될 거라 생각했다. 그렇지 않았다. 미국인들은 합숙소를 같이 쓰는 사람과의 코미디에 아무 관심이 없다. 이상한 일이다. 마음이 놓였다. 나는 내면에서 미국성의 포자가 살아나는 것을 느꼈다. 라운지에서 위스키로 그 포자를 익사시키려 애쓴 뒤(펜토스와 콜론, 즉 슬픔과 분노에 대항하며), 꿈조차 없는 잠결에 빠져들었다. 그렇게 기차는 시끄럽게 덜컹거리며 뉴잉글랜드를 벗어났다. 어느 순간 차장의 목소리가 스피커에서 나와 이렇게 알렸다. "이리(Eerie)…… 이리입니다……."

이렇게 말해 유감이지만, 오하이오주와 인디애나주 전체를 지나는 내내 낮잠을 잤다. 그래서 둘은 내게 젊은 시절에 반한 누군가처럼 순수하게 남았다. 지도에서 그 이름을 처음 읽었을 때처럼 이국적이고도 매혹적이게. 엘크하트와 워털루, 선더스키와 일리리아. 잠에서 깼을 때, 창밖에는 슈퍼 비버 문이 떠 있었다.

나의 다음 기차가 오고—엠파이어 빌더**다!—나는 기차에 올라 나의 새로운 루메트를 발견한다(룸메이트가 아니다). 루메트의 접이식 침대가 낮 동안의 모습인 소파로 현현해 있

**   시카고에서 태평양 북서부까지 이어지는 유명한 장거리 여객 기차 노선.

다. 내가 가방을 치우고 들어가 앉을 때, 엠파이어 빌더가 제국 대신 증기를 만들며(말하자면 그렇다는 거다) 서쪽으로 나아갈 때 레스가 이미 아델과 이야기하고 있었을 가능성도 있다. 아델은 그에게 내가 이틀 전에 떠났다고 알려준다. 레스는 왜 내가 그곳에 갔느냐고 묻는다. 아델은 말할 수 없다. 레스는 내가 왜 떠났느냐고 묻는다. 아델은 말할 수 없다.

하지만 나는 말할 수 있다.

나는 한 번도 미국을 본 적이 없다. 하지만 봐야 한다. 아마 내 배우자를 이해하기 위해서일 것이다—식민지 시대의 케첩과 금주령 시대의 '루트 비어'* 애호, 물을 한 모금 마실 때마다 얼음덩어리를 넣는 것, 인종에 대해 이야기하는 것에 대한 두려움, 영국이라는 섬에 매료되는 것과 아프리카라는 대륙에 무관심한 것, 민주당에 대한 옹호, 화씨온도에 대한 옹호, 수백 년 동안 쌓여온 그 반대 증거에도 불구하고 우리가 얼마든지 우리의 진정한 모습이 될 수 있다는, 우리가 선택하는 사람을 자유롭게 사랑할 수 있다는, 행복은 우리가 손을 뻗기만 하면 손 닿는 곳에 있다는 그의 신념을 이해하려면.

아마도. 하지만 동시에—나 자신을 이해하기 위한 것이기도 하다. 매일 기적을 약속하는 누군가와 함께 깨어나야 했고 매일 그 말을 믿었는데 매일 그 일이 일어나지 않는다면? 우리

---

*   사사프라스 나무 등 식물의 뿌리로 만드는 비알코올 탄산음료.

모두 사랑하는 사람을 보며 가끔은 내가 왜 남아 있는 거지?라고 생각하지 않던가? 우리는 왜 남아 있는 걸까? 남아 있는 데에는 뭔가 필수적인 점이 있다.

(지금 기차 시간표를 보고 있을까, 내 사랑? 렌터카 회사를? 이리, 세인트클라우드, 위시럼, 레딩으로 가는 비행기를 확인하고 있을까?)

시카고에서 출발해, 나는 위대한 중서부를 가로지른다. 어둠이 미네소타의 얼음장 같은 호수에 내려앉는다. 한번은 잠에서 깨어 기차의 공용 화장실에 가는데, 안에 들어가 있던 사람을 기다리는 동안(내게 보이는 것은 용 기모노의 뒷모습뿐이다) 우연히 창밖을 본다. 거기에, 어둑한 빛 속에 눈에 보이지 않는 새들의 움직임으로 기타 줄처럼 진동하는, 좁다랗게 빛나는 물줄기가 있다. 그 물줄기는 갑자기 창문 하나에만 다이아몬드처럼 불이 켜진 집의 희미한 윤곽선으로 바뀐다. 그 창문 너머로 작업복을 입은 채 기진맥진해 손에는 망치를 쥐고 의자에 앉아 있는 남자가 똑똑히 보인다—어렸을 때 나의 종조부가 주었던, 미국 민담책의 표지 그림 그대로다. 내 꿈의 재료가 되었던 책들. 차장이 스피커로 웅얼거린다. "클라우드…… 클라우드입니다."

노스다코타에서 눈을 떠보니, 내 창문 너머로 나를 바라보는 어린애가 보인다. 깜빡 잊고 커튼을 닫지 않았다. 우리는 마이놋에 있다. 눈이 내린 듯하다. 아이가 의심스럽다는 듯 나를 살펴보더니 그대로 지나간다. 그러자 짐과 사람들로 북적거리는 기차역이 드러난다. 부다페스트에 왔다고 믿을 수 있을 정도다. 길게 똬리를 튼 증기는 우리가 시간 여행도 해왔음을 넌지시 알린다. 내 객차의 문을 두드리고 커피를 권하는 승무원은 심지어 억양도 특이하다. 이 순간, 나는 완전한 기쁨을 느낀다(증기의 원천이 드러난다. 핫도그 손수레다).

바닐라빛 성에가 내린 노스다코타를 가로지르면서 나는 아서 레스를 생각한다.

(그때는 '피터-헌트-님이-전화를-걸었습니다-기다려-주세요' 전화를 받았을까? 조간신문은 봤을까? 뉴스는 들었을까?)

내게는 반지가 필요하지 않다. 많은 사람들이 알듯, 나는 전에 결혼을 시도했다. 톰 데니스는 나를 친절하게 대해주었던 착하고 선량한 사람이었으며, 내 부탁에 따라 나를 놓아주었다. 그 점을 여기서 분명히 밝히도록 하자. 나는 그가 나를 사랑했다고 정말로 믿는다. 하지만 나의 약혼자는 쉬운 룸메이트가 아니었다. 그는 나무 탁자에 유리잔을 내려놓았고(친애하는 독자여, 나무 탁자에 말이다!) 당장의 쓸모가 사라지면 언제든 양말과 사탕 껍질을 아무 데나 놓아두었다. 그는 쓰레기가 썰물과 함께 사라질 거라고 생각하는 종류의 해변 방문자처럼 변했다. 나는 이 점으로부터 나의 연애가 어떤 곤경에 처해 있음을 알았어야 했다. 하지만 나는 모든 커플이 이런 싸움을 겪는다는 걸 알았고, 그런 것이 사랑으로부터의 우회가 아니라 사랑의 울퉁불퉁한 오솔길이라고 생각했다. 그러니 (톰 데니스가 백미러 저 멀리에 비치는 가운데) 내가 레스와 함께 '오두막'으로 이사해 들어갔을 때, 이 새로운 룸메이트가 비슷한 경향—바닥의 양말, 화장실 문 뒤의 속옷, 설거지하지 않은 접시들—을 드러내기 시작했을 때 나의 놀라움을 상상해보라. 그리고 독자여, 나는 전혀 신경 쓰지 않았다! 나는 침대를 정돈하다가 그의 베개 밑에 버섯처럼 티슈가 잔뜩 있는 것을 보고(그가 아침에 코를 풀었기 때문이다)…… 분노가 아니라 다정한 마음으로 가득 찼음을 기억한다! 톰 데니스와 있을 때는 그게 기꺼이 견딜 허드렛일이었다. 레스와 있을 때는—난 전혀 신경 쓰지 않았다. 나는 멍해진 채 그 티슈를 바라보았다. 난 전혀 신경 쓰지 않았다. 알겠지만 친애하는 독자여, 차이는 내가 그를 사랑한다는 것에 있다. 어떻게 표현할까? 레스가 최고가 아니라는 건 하느님도 아실 일인데.

레스는 최고가 아니다.

하지만 내게는 최고다.

왜냐하면 누군가를 터무니없이 사랑한다는 것은 이 세상에 관한 심오하고도 진실한 무언가를 이해하는 것이기 때문이다. 그렇기에 가까이에서 보면 그런 사랑은 전혀 말이 되지 않는다. 당신들 중 상식적인 사람을 선택하는 이들은 안정감을 느낄지 모르겠지만, 내 생각에 당신들은 와인에 물을 타는 셈이다. 삶의 경이로움은 그 조그만 기이함에, 너무도 쉽게 간과되는 그런 이상함에 있다. 그리고 누군가가 보는 비뚜름한 지평선을 함께 본 적이 없다면(그게 실제의 세상이다) 말해보라. 당신이 정말 본 것은 무엇인가?

노스다코타에서 출발해, 우리는 미끄러지듯 몬태나를 가로지른다. 대초원 지대(사려 깊게도 2차원으로 납작해진 미국)를 며칠씩 겪고 나니, 다가오는 산들이 은둔자의 오두막을 향해 묵직하게 이동하는 프랑켄슈타인의 괴물처럼 경계심을 느끼게 한다. 꼭대기가 눈으로 뒤덮여, 지는 놀의 대학살에 물든 산봉우리들이 영화배우같이 화려하게 평원에서 솟아오르고, 우리가 낮은 언덕으로 이루어진 벨벳 밧줄을 지나 움직여왔으며 지금은 그들의 존재 속으로 안내되고 있다는 것을 깨닫자 믿을 수 없다는 느낌이 든다. 나는 별에 취한다. 장미색-청록색으로 물든 험준한 바위와 가파른 산비탈은 얼음으로 평평하게 깎인 채 내 옆을 지나간다. 일반적인 청색이 다가오지만, 노을 속에서도 빙하는 축적해온 영광으로 빛난다.

차장이 말한다. "위시럼. 위시럼입니다."

우리는 아침에 포틀랜드에 도착하고, 내 여행의 마지막 부분—코스트 스타라이트*—으로의 연결은 매끄럽게 진행돼, 나를 마지막 루메트로 데려다준다. 루메트는 고리와 빗장이 약간씩 다를 뿐 여타의 루메트와 비슷하다. 북쪽 어딘가에는

---

* 로스앤젤레스에서 시애틀까지 미국 서부 해안을 따라 이어지는 여객 기차 노선.

케이프 알라바가 있다. 햇빛이 미국에서 가장 마지막으로 드는 곳이다. 내 목적지는 샌프란시스코다. 흔들흔들 남쪽으로 가면서, 나는 태양이 오리건주 시멀트 위로 지는 모습을 지켜본다. 내가 보게 되리라고는 한 번도 생각하지 못했던 수많은 장소 중 하나다. 아니, 아예 생각조차 해보지 않은 곳이라고 해야겠다. 나는 그곳이 눈으로 듬성듬성 장식돼 있는 모습을 본다. 마침맞게 카페 칸에 들어가 클래머스폴스 폭포의 대소동을 엿듣는다.

"누가 기차에 뛰어들려 했어요!" 기모노를 입은 삼십대의 빨간 머리 여자가 말한다. 그녀의 머리카락은 윗부분은 길지만 양옆은 면도한 형태로, 그 부분은 초록색으로 염색돼 있다. 마찬가지로 녹색인 기모노는 한 무리를 이룬 문신을 드러낸다 (문신 전체가 보이지는 않는다). 그녀는 치즈 덩어리를 뜯어 먹고 있다. 나는 그녀에게 샌프란시스코로 가느냐고 묻고, 그녀는 연인에게 돌아가는 중이라고 알려준다. "난 잘못된 선택을 했어요." 여자가 치즈를 보며 말한다. "그 사람이 날 용서할 수 있으면 좋겠네요." 여자가 설명하는 남자의 모습은? 문신을 한 대만 출신의 채혈사다. "당신은요?"

나는 그녀에게 징조를 기다리는 중이라고 말한다.

그녀는 인상을 찡그리며 내게 치즈를 좀 권한다. 나는 메인주의 어느 추운 현관에서 만났던 사회학자를 떠올리고 거절한다. 나도 모르게 이런 생각이 든다. 내가 치즈 없이 살 수 있을까? 우리는 눈 내린 산에서 내려와 어둠 속으로, 등불 빛으로 들어가고 여자는 문학상에 관한 소식을 소리 내어 읽어준다. 나는 그녀에게 그 사람을 안다고 말한다.

그리고 이제는 흥미로운 패턴을 알릴 수밖에 없겠다. 최근의 소식으로 충격을 받지만 않았더라면 내가 일찌감치 알아차렸을 패턴이다.

레딩에서의 야단법석, 캘리포니아 노선 전체의 난리. 오늘 아침 잠시 멈춰 있는 동안, 나는 아즈텍 빨간색의 렌터카가 끽 소리를 내며 주차장으로 들어오는 모습을 지켜봤다. 내가 커튼을 치는 순간 웬 무법자가 실제로 표도 없이 기차에 타려 했고, 건장한 승무원이 그의 작전을 내 창문 바로 앞에서 좌절시켰다. 나는 그림자 인형극 속에서 벌어지는 싸움을 지켜본다. 결국 실루엣은 북쪽으로 이동하고 우리의 기차는 우르릉대며 새크라멘토강을 따라 남쪽으로 나아간다.

아침 햇살에 산의 형상이 나타나더니, 그 형상을 깃털처럼 뒤덮은 소나무들이 점차 드러난다. 치코에서, 우리가 기차역을 떠나기 일보 직전에 레딩에서 보았던, 결연한 제시 제임스*와 똑같은 인물로 보이는 무언가가 다시 기차에 타려 한다. 이번에는 차장에게 뇌물을 주기에도 너무 늦었다. 커튼에 비치는 복잡한 모습을 통해 나는 영화의 한 등장인물을 간신히 알

---

*   미국 서부에서 은행 및 열차 강도, 살인 등을 저질렀던 갱단 두목이자 무법자.

아본다. 승무원용 차량을 따라 달리는 남자다. 그로서는 불행한 일이지만, 현대의 기차에는 승무원용 차량이 없다. 나는 그가 먼지 구덩이 속에 기침하며 남겨졌으리라 생각한다.

여기에서 새크라멘토까지, 강과 바위라는 제한 때문에 기찻길은 고속도로와 나란히 이어진다. 똑같은 아즈텍 빨간색 세단이 우리와 보조를 맞춰 빠르게 계속 달려오고 있다는 확신이 든다. 어느 시점에는 그 차가 너무 가까워져서 운전자가 보일 지경이다. 하지만 길이 갈라진다. 내가 다른 자동차를 그 자동차로 헷갈린 게 분명하다. 문득 우리가 호텔 다무르는 물론이고 아메리칸강의 약탈 지점에도 가까워지고 있다는 생각이 든다. 하지만 그때 우리는 상당히 예상치 못하게도 그곳을 지나 안개 봉우리 속으로 들어간다. 스타라이트는 백색으로 고요해진 땅을 가로질러 둥실둥실 떠간다. 눈 같지는 않다. 떨어지거나 움직이는 것과도, 만질 수 있거나 분명한 것과도 비슷하지 않다. 그저 눈멂이다. 세상에 내리는 쉿 소리. 죽은 자들이 우리 세상을 떠돌 때의 느낌이 이럴 게 틀림없다. 지금은 유령들의 영역을 가로질러 떠가는 것이 스타라이트니까. 어떤 유령이냐고? 알류트족**과 델라웨어족, 스페인인과 나바호, 영국인과 아프리카인, 프랑스인, 호피족, 왐파노아그족, 네덜란드인…… 그리고 왈론.

**   알류샨열도와 알래스카 서쪽에 사는 원주민.

잠깐―뭔가가 보이는데, 그 이름을 알기도 전에, 구름 속에 마치 다른 세상에 속한 것처럼 우현에 매달려 있는 그것이, 어떤 존재가 보인다. 시인의 말을 빌리자면, 왜 이런 기쁨의 감각이 드는 걸까? 중거리에 떠 있는, 캔버스 위의 완성되지 않은 작품인 그 역시 고개를 돌려 나를 본다.

무스다.

무(無)를 가로질러 우리는 서로를 본다. 그런 뒤에 그는 사라진다.

기차가 느려진다. 아즈텍 빨간색 세단이 앞에서 빠른 속도로 멀어지며, 안개 속에 3차원 그림자들을 드리우다가 사라진다.

아, 외로움의 안개여. 아, 신비로운 사랑의 무스여. 아, 아서레스여.

우리가 마르티네스로 들어가자 나의 루메트가 덜컹거린다. 마르티네스의 주차장에는 아즈텍 빨간색 세단이 자리 잡고 있다. 강이 사방에 넓게 번져가고 안개가 걷혀간다. 벤치에 누군가가 페인트로 **순하디순한 서부에 오신 것을 환영합니다***라고 써두었다. 또 한 번 덜컹거리며 우리는 샌프란시스코 쪽으로 움직인다.

문 두드리는 소리가 난다.

---

* welcome to the mild, mild west. 보통 서부에 대해서는 '거칠디거친 서부(wild wild west)'라고 한다.

나의 왈론이여, 우리는 타임머신을 발명할 수도 있다. 과거로 돌아가 절대로 서로를 선택하지 않을 수 있다. 그보다도 더 먼 과거로 돌아가, 우리가 아는 것을 안 채로 모든 것을 다시 시작해볼 수도 있다. 함께 젊은 시절을 사랑에 빠진 채로 보내려 노력하는 것이다. 거의 누구도 그러지 못하는 방식으로. 젊고 바보 같고 행복하게. 하지만 내게는 더 쉬운 해결책이 있다. 그냥 평범한 타임머신을 타는 것이다. 늙어보는 것이다. 늙고 바보 같고 행복하게.

또 한 번의 노크. 문 뒤의 누군가가 소리친다.

"사다리 내려! 사다리 내려!"

나는 안개에 갇힌 풍경을 마지막으로 한 번 보고 일어서서 문을 연다. 걱정으로 깎여 나가고 기대감 어린 미소로 주름진 얼굴로, 창백한 두 뺨 맨 위에 선명한 카네이션이 피어나는 채로 그 자리에 서 있는 방랑자에 관해서는, 나를 선택하기 위해 미국을 가로질러 달려온 수상자에 관해서는, 내 얼굴을 보며 안도감에 헛숨을 들이켜는 그에 관해서는…….

글쎄, 독자여. 그건 그냥 당신의 추측에 맡기겠다.

이 책의 전작,《레스》의 마지막 문장을 번역하면서 벅찼던 마음이 아직 기억난다. 그리 개방적이지 않던 시대에 고등학교 시절을 보낸 게이 주인공의 인생에 깃들 수밖에 없는 애처로움과 짠함, 그리고 그런 슬픔을 가까이에서 들여다보기보다는 한 발짝 떨어져서 바라보며 웃는, 일종의 세련된 품위로 이루어진 세계 여행담을 다 읽은 나는 남은 페이지가 한 장 한 장 줄어가면서 허탈함을 느끼고 있었다. 그 순간 주인공의 집 앞 계단에서 그를 기다리는 연인을 보게 되다니! 나는 레스라는 인물의 매력에 푹 빠졌고 그와 공감했던 만큼 마지막 장면에서도 그의 반가움과 감격을 온전히 느낄 수 있었다. 그랬기에 이야기가 "그들은 영원히 행복하게 살았습니다"로 끝나기를 바라는 한편 둘을 다시 만나고 싶다는 마음도 컸다.

《레스》의 후속작인 이 책《레스 길을 잃다》가 출간돼 번역을 맡게 됐을 때 무척 기쁘고 두근거렸던 것도 그래서였다. 레스와 프레디가 과연 어떤 귀여운 에피소드를 이어나갈까? 아니면 둘이 혹시 헤어지기라도 하는 건 아닐까(아무 사건이 없다면 책 한 권이 새로 나오진 않았을 테니까)? 그랬기에 레스가 프레디와의 관계에 대해 '불확실'이라고 적었다는 첫 장면을 보고 가슴이 철렁하는 한편 '레스가 레스했구나'라는 생각과 함께 "언제나 결국 안전해"지는 레스 같은 남자의 이야기를 기대하며 책장을 넘기게 됐다.

그리고 레스는 역시 나를 실망시키지 않았다. 전작에서처럼 그의 어설픔과 어색함은 그를 바라보는 서술자(프레디 펠루)의 애정 어린 시선 덕분에 신랄하지 않은 기분 좋은 웃음으로 이어졌고, 사이사이 등장하는 사랑에 대한 통찰은 나 자신이 맺고 있는 다양한 관계에 관해 생각하게 했으며, 아름다운 풍경에 관한 유려한 묘사는 레스와 함께 미국 전역을 여행하는 것 같은 만족감을 주었다.

하지만 전작에 비해 이 책에는 의미의 겹이 한 가지 더 있다는 생각이 강하게 들었다.《레스 길을 잃다》는 어떤 게이 커플의 사랑스러운 연애담에서 한발 더 나아가, 미국이라는 나라에 관한 일종의 알레고리 소설이라는 생각이었다.

전 세계를 여행하는 전작에서와 달리 이 책에서 "비주류 미국인 소설가"인 레스가 여행하는 곳은 미국이다. 미국 진보주의의 교두보이자 아성인 캘리포니아에서 살고 있는 그는 "백인인 것만으로는 충분하지 않"고 동성애자들을 죽일지도 모른다고 생각되는—이런 생각을 심어준 사람은 프레디다—미국 중부와 남부를 거친다. 그곳 사람들이 자신을 낯설게 여기거나 은근슬쩍 피하거나 성추행하려는 경험을 하기도 하지만, 그런 경험은 남부의 기분 좋은 환대나 즐거운 여행의 추억과 뒤섞여 있다. 레스의 경험은 대체로 "이곳에서 미국은 좋아 보인다"라는 말로 요약되는데, 이 말은 미국을 찬양하는 느낌이라기보다 자신과 다른 미국인들을 모호하게 위협적으로 여기던 레스가 표현하는 일종의 안도감으로 다가온다.

하지만 레스가 여행한 곳이 미국이라는 이유만으로 이 소설이 미국이라는 나라에 대한 은유라고 주장하는 것은 아니다. 소설 곳곳에는 미국의 정체성에 대한 이야기가 나온다. "왈로니아 출신의 왈론"인 주인공 레스를 포함해 레스가 여행에서 만나는 사람들은 모두 조상에 대한 비슷한 기원 설화를 알고 있다. 뉴욕이 됐든, 뉴스웨덴이 됐든, 유럽의 특정한 고장에서 '뉴월드'로 이주해 온 어떤 불한당에 관한 이야기다. 레스의 연인이자 비교적 최근에 미국에 온 히스패닉계 이민자인 프레디(최근이라고 해도 30년은 됐다. 내 말은, 프레디의 조상이 유럽인들과 함께 이주해 온 건 아니라는 뜻이다)는 똑같은 이민자이면서도 레스 같은 백인들은 자신의 '기원'에 대해 설명할 필요를 전혀 느끼지 못한다는 점에 불만스러운 마음을 표현하기도 한다. 정확한 구절은 "나는 전쟁 영화의 스파이처럼 서류를 보여달라는 요구를 하는 모든 미국인에게 내 혈통을 읊어주고 있는데 내 연인은 제우스의 이마에서 튀어나온 것처럼 굴 수 있다니!"이다. 레스가 저지른 재정적 실수를 해결하겠다며 프레디를 혼자 내버려두고 연락조차 되지 않는 곳을 돌아다니는 동안, 프레디는 다른 아시아계 이민자에게서 "뉴잉글랜드에서조차 아시아인 게이로 사는 것"은 외로울 수밖에 없는 일이라는 말을 듣고 함께 씁쓸함을 나누기도 한다. 좀 더 노골적인 장면도 있다. 여기서는 레스가 흑인 노예를 두고 있던 어느 농장으로 견학을 가서, 그곳의 흑인 관광 가이드가 하는 말을 통해 과거 미국의 노예제도에 대한 날카로운 비판을 듣는 동시에 그런 비판에는 아무 관심이 없는 다른 몇몇 관광객들의 모습을 보며 상념에 젖는다. 프레디는 서술자로서 그런 레스가 자신은 이런 역사에 공모하지 않았다고, 이 모든 것에서 떨어져 있다고 생각하는 건 아닌지 반문한다. 더욱 직접적인 서술에서 프레디는 어디에 있어도 어울리지 못하는 것 같은 레스의 모습을 평소처럼 애정 어린 모습으로 그린 뒤 그런 어색함이 바로 미국인들의 특징이 아니냐고 말하기도 한다.

이렇게 보면 '레스 길을 잃다'라는 제목도, 그가 프레디와의 관계를 '불확실'하다고 말한 것도 최근 이민자 문제를 놓고 벌어지는 미국에서의 분열과 갈등에 대한 은유일 수 있다. 레스가 경제적 어려움을 해결하겠다고 어딘가로 홀쩍 떠나버리는 모습도, 그 과정에서 프레디와의 사랑이 위태로워지는 모습도 현실과 유사한 면이 있다. 내 말은, 수많은 커플도 이들과 비슷한 상황을 겪지만 사회적으로도 이런 일이 일어나고 있다는 뜻이다. 비슷한 맥락에서 다음 문단이 특히 재치 있게 읽힌다. 비록 프레디와 레스의 관계는 이보다 훨씬 큰 애정으로 맺어진 관계이지만 말이다.

미국아, 결혼 생활은 어떠니? 아플 때나 건강할 때나 함께하겠다던 250년 된 약속은? (…) 나도 알아, 수많은 결혼이 그렇듯 사랑을 위한 맹세는 아니었어. 세금 문제 때문이었다는 걸 알아. 하지만 너희 모두 어느새 재정적으로 엮이게 됐지. 공통의 빚과 토지 구매와 미래에 대한 웅대한 비전으로. 하지만 어째서인지 처음부터 너희는 본질적으로 어긋나 있었어. (…) 그래서 어때, 미국아? 너희 각자가 다시 홀로 설 꿈을 꾸긴 하니? 다른 누군가의 가족 말다툼에 참여할 필요가 없어지기를 원해? 한 푼이라도 나눌 필요가 없어지기를? 다른 누군가의 총기 관련 취미 생활이나 자동차에 대한 집착, 영양에 대한 광기를 견뎌낼 필요가 없어지는 걸? 솔직히 말해줘. 난 결혼에 대해 자세히 생각하고 고민하게 됐거든. 너한테 결혼이 통할 수 없다면, 우리 중 누구에게라도 결혼이 통할 수 있을까?

서로 다른 정치적 입장과 인종적 배경 등을 기준으로 벌어지는 미국이라는 사회의 분열을 이처럼 삐걱거리는 부부 관계에 빗대는 작가의 접근 방법은 문제를 지적하는 데서 그치지 않고 대안을 내는 데로 이어진다. 물론 이런 대안은 레스와 프레디처럼 서로를 사랑하는 관계에서나 가능한 것이다(이런 분열을 앞장서 부추기고 갈등을 조장하는 극단주의자들은 일단 제쳐두어야 한다. 아니면 뭘 어쩌겠는가? 이 책의 탁월한 점은 그보다 평범하고 친절한 사람들이 많이 있다는 점, 우리가 서로 그렇게까지 다르지 않다는 상식을 레스와 함께 새로 발견한다는 데 있다). 레스처럼 이런저런 인간적 흠이 있지만 그런 흠까지 포함해 사랑받을 수 있는 평범한 백인 미국인과 그들이 마찬가지로 사랑하는 이민자들의 행복한 '결혼' 생활은 다음과 같은 방법으로 가능해진다(엄밀히 말해 레스와 프레디는 결혼한 사이가 아니지만).

"사랑이란 10년마다 기념하는 게 아니라는 거야. 5년마다 기념하는 것도 아니고. 매일 기념하는 거지. (…) 세상의 문제는 우리가 서로에게 친절하지 않다는 거야. 우리를 움직이는 건 친절함과 인간적인 영혼이거든. 우리에겐 서로가 있어. 우리에게 있는 건 그게 전부야. 그걸 기념해야 해. 기억하게. 자네가 (…) 누군가를 사랑한다면 매일 사랑해야 해. 매일 그들을 선택해야 해."

이 말은 책 전체를 통틀어 내게 가장 감명 깊었던 말이다. 우리는 이런저런 상황에 치이게 마련이고, 그럴 때마다 상대방에게 기다려달라고 요구하게 된다. 상대방도 우리를 사랑하기에, 프레디가 그랬듯 기다리고 또 기다려준다. 하지만 사랑은 언제까지나 그렇게 남아 있지 않는다. 바닷속 고래만이 전화를 받을 수 있는 곳으로 사라져버리게 된다. 아무리 그 사랑을 위해 세상을 가로질러 온 사람이라도. 이것은 모든 사랑하는 개인에게도 진실이지만, 더 큰 사회에서도 진실이다. 그 사회가 미국이 됐든, 이상한 분열에 사로잡힌 우리 사회가 됐든.

《레스 길을 잃다》에서 프레디를 찾아 헐레벌떡 달려가는 사람은 레스다. 이번에는 그가 프레디를 선택하기 위해 미국을 가로질러 달려온다. 독자로서 우리는 그가 프레디를 영원히 놓쳐버렸을까 봐 마음을 졸이게 되지만, 결국 레스는 프레디를 따라잡는다. 프레디는 그에게 문을 열어준다. 다음번에는 어떨지 모르지만 이번에는. 그리고 사실, 매일 사랑해야 하기에 발생하는 그런 아슬아슬함이 사랑의 본질이다. 누군가와 함께 사랑하며 살아가는 유일한 방법이고.

강동혁

레스 길을 잃다

1판 1쇄 발행 2024년 10월 18일

지은이·앤드루 숀 그리어
옮긴이·강동혁
펴낸이·주연선

(주)은행나무

04035 서울특별시 마포구 양화로11길 54
전화·02)3143-0651~3 | 팩스·02)3143-0654
신고번호·제 1997 ― 000168호(1997. 12. 12)
www.ehbook.co.kr
ehbook@ehbook.co.kr

ISBN 979-11-6737-467-7 (03840)